李不白 | 著

中国画报出版社·北京

图书在版编目（CIP）数据

麒麟台 / 李不白著. -- 北京：中国画报出版社，2024.3

ISBN 978-7-5146-2315-4

Ⅰ. ①麒… Ⅱ. ①李… Ⅲ. ①长篇小说—中国—当代 Ⅳ. ①I247.5

中国国家版本馆CIP数据核字（2024）第008843号

麒麟台

李不白 著

出 版 人：方允仲
策　　划：李　安
责任编辑：郭翠青
助理编辑：王子木
封面设计：@Recns
责任印制：焦　洋

出版发行：中国画报出版社
地　　址：中国北京市海淀区车公庄西路33号
邮　　编：100048
发 行 部：010-88417418　010-68414683（传真）
总编室兼传真：010-88417359　版权部：010-88417359

开　　本：16开（710mm×1000mm）
印　　张：21.5
字　　数：351千字
版　　次：2024年3月第1版　2024年3月第1次印刷
印　　刷：三河市华润印刷有限公司
书　　号：ISBN 978-7-5146-2315-4
定　　价：58.00元

历史背景

春秋时期，王室衰微，诸侯争霸。但假如周王室中兴，历史又会怎样发展？本书的故事就是发生在这一假定之下。书中除了人物和故事为虚构外，所有国名、主要地名、山川、关隘、河流都有据可查，各国相互之间的关系，包括地缘关系和血缘关系，也都尊重历史事实。

目录

- 1 第一章 有女如玉
- 9 第二章 身陷图圄
- 17 第三章 呦呦鹿鸣
- 25 第四章 既见君子
- 33 第五章 所谓伊人
- 41 第六章 士即君子
- 49 第七章 所托非人
- 57 第八章 两国结亲
- 65 第九章 无终练兵
- 73 第十章 壮士求剑

- 82 第十一章 易水迎亲
- 91 第十二章 二虎相争
- 100 第十三章 身怀六甲
- 109 第十四章 三朝元老
- 117 第十五章 君若有心
- 124 第十六章 出使晋国
- 132 第十七章 武阳突围
- 141 第十八章 今我来思
- 150 第十九章 北筑边关
- 159 第二十章 封人之妻

页码	章节	标题
168	第二十一章	东窗事发
177	第二十二章	大义灭亲
185	第二十三章	山中访隐
194	第二十四章	一月为期
203	第二十五章	英雄含笑
211	第二十六章	燕成正位
220	第二十七章	修好中山
229	第二十八章	埋骨桑梓
237	第二十九章	南拒齐国
245	第三十章	西山隐隐
254	第三十一章	三战齐军
262	第三十二章	江湖人士
270	第三十三章	游说中山
278	第三十四章	祸起萧墙
287	第三十五章	归国平叛
296	第三十六章	东征山戎
304	第三十七章	水淹令支
312	第三十八章	计收二城
320	第三十九章	直抵辽东
328	第四十章	麒麟故事

第一章 有女如玉

郑原做梦也没想到自己会有那么好的运气。

那天他到山上砍柴，快到晌午的时候，有些疲乏，于是拿出随身携带的干粮，吃了几口，就靠在山洞口的一块大青石下打盹儿。

迷迷糊糊之中，他听见外面似乎有响动，睁眼一看，不远处一头黑熊正呼啸着扑向一名白衣男子。那男子已是浑身带血，胳膊和腿上均划开了好几道口子，正手持一柄长剑与黑熊搏斗。容不得多想，郑原立即起身，拈弓搭箭，力透双臂，"嗖"地一箭射了出去。

黑熊感觉到疼痛，扭头朝他这边张望。郑原又连放三箭，每一支箭都深深没入黑熊坚厚的皮肉之中。黑熊恼羞成怒，丢了白衣男子，呼啸着朝郑原扑来。

郑原扔了弓箭，拾起柴刀，双手擎着，迎着黑熊冲去，自黑熊腹下穿身而过。

只一下，就给黑熊开膛破肚。

黑熊趴在地上，哼哼几声，已动弹不得。

白衣男子收了剑，双手施礼："多谢足下仗义相救，敢问足下大名？"

郑原报了姓名，这才看仔细了，眼前这位白衣男子三十来岁，观其衣着打扮，似是公族子弟，便回了句："不必客气。"他转身去看地上的黑熊，黑熊已经气若游丝，奄奄一息。

这时从山下匆匆跑上来几名披甲执剑的军士，对白衣男子道："公子，你没事吧？"

白衣男子笑了笑，道："不妨事，多亏这位壮士相救，我方逃过一劫。"

几名军士便上前向郑原施礼，以示谢意。

郑原一听，白衣男子果然是公室之人，忙上前施礼："草民见过公子！"

白衣男子忙伸手扶住郑原，道："足下不必客气。足下于我有救命之恩，燕某理当涌泉相报。只是今日偶来兴致，携诸将士外出狩猎，来时匆忙，无以为赠。"说着，从腰上解下佩剑，递予郑原："此剑随我征战多年，可值千金，望壮士笑纳！"

郑原踌躇不敢接，指着地上已经咽气的黑熊道："公子容我将此物带回就行，别的东西就不必了。"

白衣男子呵呵一笑，道："这个自然，壮士不贪财帛，令人钦佩，还请留下此剑，权当纪念，可否？"

郑原只好接了剑，道了声谢。

白衣男子又命两名军士帮忙将黑熊抬送到郑原家里。郑原忙道："不用，我一个人也扛得动。"

白衣男子又是一笑，道："在下燕成，乃燕国公子，壮士日后若有难处，可凭此剑来蓟城找我，成自当鼎力相助！"说罢，领着一群军士下山去了。

郑原心想自己不过是一介山野村夫，与燕侯宫八竿子打不着，公子成那几句话也就是客气客气罢了，哪能当真。最令他欣喜的是今天打到一头黑熊。虽然只是一头幼熊，看架势估计也就一百多斤，但仍可以卖个好价钱。往常进山，通常只能打到几只野兔、山鸡等小玩意儿，顶多碰上只鹿或麂子，没想到今天能逮着一头大个儿的。

郑原今年二十有五，因为家贫，至今仍是光棍一条。他有个心愿：攒钱娶村东头的秋菱。秋菱年方二十，虽然生过一个孩子，却仍是面如桃花，肤若凝脂，水灵可人。两年前，秋菱的丈夫死于山戎之乱，公婆也早已过世，眼下只剩孤儿寡母二人，仗着有些家底，日子倒也将就。秋菱对郑原也有意，曾对他说，只要他备下三间瓦房，她就嫁过去，与他白头偕老。

郑原家差不多是村子里最穷的人家，他十岁时父亲病故，靠母亲一个人将他拉扯大。如今母亲年事已高，又常年疾病缠身，家里只有茅屋两间、薄田几分，只能靠郑原时不时进山砍柴打猎维持生计。柴禾卖不了几个钱；鹿啊、麂子啊跑得快，山林里不便追逐，所以打猎也靠运气，能不空手而归就算万幸。只是没想到，今天能有这么好的运气，碰上了个大的。

郑原将砍来的柴禾藏在他日常栖身的山洞里，找了两根葛藤，将黑熊的前后腿分别绑在一起，拿一根粗木棍子往中间一挑，就把黑熊挑了起来，扛在肩上，然后一路哼着小曲下山了。

山下是无终城，离城不远的西郊就是郑原的家。看着肥肥壮壮的黑熊，郑原想了想，如果把它拿回家去做成肉干，可以吃个半年，但终究舍不得，还是拿到集市上去卖了吧，换些钱，也好早点儿娶秋菱过门。

郑原刚一进城门，就引来无数人围观。众人无不啧啧称赞，夸郑原英勇，居然能单人力擒黑熊，其力大可见一斑。

郑原扛着熊到了集市，因围观的人太多，不一会儿就招来了买主。一个膀大腰圆的中年男子肯出一两金子购买。郑原心想，黑熊已经破了肚，延以时日就会腐烂发臭，身价大跌，便爽快地答应了，还连声道谢。

拿着一锭闪闪发光的金子，郑原满心欢喜，脚步轻快地往家赶去。往常一只麂子或獐子顶多值一千钱，没想到这头黑熊能卖出如此高价。郑原手攥黄金，一边盘算着：这样一来娶秋菱的钱就有了一半的着落，再加上往日积攒的一些零碎，估摸着也能凑齐了。

回到郑村，他没有急着回家，而是先跑到村东头去敲秋菱家的门。天色已晚，月光撩人。秋菱一开门，见是郑原，又惊又喜，四顾无人之后，便放郑原进了屋。

郑原进门后，一边四下打看，一边问："柱儿呢？"

秋菱道："早早地吃完饭，已经睡下了。"

郑原迫不及待地从怀里掏出一小块金子，一边给秋菱看，一边道："你看，今日老天作美，收获颇丰。要不了多久，我就可以娶你过门了。"

秋菱看了看那块金子，也满心欢喜，道："往日出门，至多也不过一千钱，今日却是为何？"

郑原便将遇到黑熊的事一一说给她听。

秋菱将信将疑，道："或是你编瞎话哄我开心罢了，哪有这样的巧事！"

郑原便拿出燕成所赠的佩剑给她看，道："这是官家之物，我若是哄你，哪来的这个！"

秋菱这才信了，忙检视郑原身上，道："你没受伤吧？"

郑原得意地"嘿嘿"一笑，趁机将秋菱一把揽在怀里，不停地亲吻。秋菱顿时言语呢喃，浑身柔若无骨。郑原一时欲火中烧，伸手去解她的襦裙，手刚刚触到她那柔滑似缎的肌肤，秋菱仿佛从梦中惊醒，一把推开了他，整顿好衣衫，道："休要胡来！"

郑原道："你我相好不止一天两天了，今日怎么倒生分起来？"

秋菱道："既知好事将近，你更当收束心身，全心做好迎娶之事。反正我早晚是你的人，你又何必急于一时！"

郑原道："说得也是，只是我如此朝思暮想，度日如年，只怕早晚害出病来。"

秋菱笑了笑，走上前，靠在他的怀里，道："我的心既然是你的，你还怕我跑了不成！"过了一会儿，又退身道："天色不早了，你也劳累了一天，早些回去歇息吧！自今日始，我就静候佳音了！"

郑原听了，满心欢喜，恋恋不舍地回去了。

回到家中，匆匆吃过晚饭，照顾老母歇息之后，郑原回到房间，从床底下拖出一个大竹箱子。竹箱底下露出一块石板，将石板翻开，底下是个一尺见方的土坑，坑里放着一个木箱子，箱子里放的是郑原这几年来积攒的铜钱。他拿出来数了数，能换出二两金子，加上手里的一两，总共三两，盖三间瓦房倒是勉强够了，只是如果再加上聘礼钱、媒人的谢仪，外加置办酒席的钱，就又捉襟见肘了。

他翻箱倒柜地找了半天，家里实在找不出一件值钱的物件了。正一筹莫展之际，他一眼瞟见了公子成送给他的那柄宝剑，便把它拿过来细细瞧了瞧。剑透青光，寒气逼人，剑身上雕刻着饕餮的花纹，剑柄上镶有两块青玉。郑原虽然见识浅陋，却也知道这是一把宝剑。那公子成说它价值千金，未免夸大其词，但值几十两金子应该不成问题。郑原想着自己也算是个习武之人，原本打算留着这把宝剑，一是留作纪念，二是以后入山可以随身带上，万一再碰到什么猛兽，它比砍柴刀强百倍。现如今细看这把宝剑，看它精细的做工，想必来头不小。郑原一边抚摸着宝剑，一边打着它的主意。想自己不过是一介草民，胸无点墨，既不能出入庙堂，又不能仗剑天下，平时也就在家练练拳脚，不时到山中打打猎，如果腰悬这富丽豪华的宝剑，让人看见了岂不要笑话！与其这样，还不如把它卖了，换些现钱，成就自己和秋菱的好事，不是更好！不说百金千金，只要它能换十两金子，既能娶了秋菱，剩下的钱还够一家四口人衣食无忧好几年。

打定了主意，郑原内心激动不已。他将铜钱一一收了起来，把床底恢复原样，将宝剑放在床头，满怀憧憬地睡着了。

第二天天刚亮，郑原本打算去无终城卖宝剑，却又有些舍不得，便将剑收好，依旧去田地里劳作。如此蹉跎了四五天，他也实在想不出别的办法。终于有一天，他早早起了床，洗漱完毕，就背着剑朝无终城去了。

约莫一个时辰之后，郑原进了城，四处打听，找到一家兵器铺，说明了来意。掌柜的是个年纪五十开外的老者，须发花白，他从郑原手中接过宝剑一看，赞不绝口，问道："敢问后生，此剑从何而来？"

郑原道："实不相瞒，此剑乃一贵人所赠，若非家中急需用钱，我决不肯变卖。敢问老丈，此剑价值几何？"

老者道："且容我等商议，壮士且先喝水，在此稍候片刻。"说完，带着几个伙计去了后堂。

郑原在前厅里左等右等，半天也不见老者出来，有些烦躁，心想莫不是他们不肯给个好价钱？不如另换一家试试。他便收起宝剑，对门口的小童道："我尚有要事在身，掌柜的已去多时，不见出来，想是有些为难，不如我先行告辞，日后再说。"

正待要走，掌柜的却从里面出来了，一路叫道："后生留步！适才我等议过了，此剑确为宝器，老夫愿出五百金，如何？"

郑原大吃一惊，简直不敢相信自己的耳朵，道："五百金？当真？"

掌柜的笑道："老夫半截身子入土的人了，岂能诓你！"

郑原道："好，就依老丈，五百两金子！"

"不过，"掌柜的捻着胡子，"敝店陋小，一时难以凑齐这么多金子。后生若肯等候一日，容老夫筹措齐备，明日午时再来，老夫感激不尽！"

"这……"郑原有些为难了，到底与这掌柜的不熟，不知他是真凑不出这五百两金子，还是另有隐情。

掌柜的看出了他的心思，道："我知后生信不过老夫。后生无须多虑，老夫以此为生，终生不曾有负主顾。后生今日只需将宝剑押付在此，待我与后生立了字据，后生明日午时来此，凭字据即可兑换金子，如何？"

郑原想了想，道："不瞒老丈，晚辈家中等钱急用，不然也不至于变卖宝贝。想我乃习武之人，到底是喜爱兵器之辈，今忍痛割爱，实非得已。既如此，烦请老丈容我另寻买家。未能成交，实晚生之失！"

掌柜的哈哈一笑，道："看来后生有所不知，无终城内，买卖兵器者，为敝店最大。敝店尚难凑齐五百金，你若往别店，更是无果。"

郑原一听，左右为难。其实他来的时候已经在路上打听过了，眼前这家兵器铺的确是城中最大的，掌柜的没有说谎。如果换一家，别说一时凑不出这五百两金子，恐怕人家也给不了这么好的价钱。想想五百两金子，别说盖三间瓦房，就是买一座大宅院都绰绰有余。有了这些钱，他就可以和秋菱无忧无虑地白头偕老了。也罢，好事不怕晚，也不急于这一天。

于是郑原将宝剑押在兵器铺。掌柜的拿出一片竹简，给他写了字据。郑原不识字，就请紧邻的客栈掌柜在旁作为证人。

宝剑已去，钱却未拿到，郑原一夜忐忑不安，醒了好几回，总担心出什么意外，又不停地安慰自己，生平头一次做这么大的买卖，难免有些提心吊胆。

天一亮，郑原就又出发了。找到昨天那家兵器铺，因为来得太早，铺面尚未开张，他便在店铺外面苦等。今早离家的时候匆忙，他粒米未进，此时又冷又饿，又不敢走远去吃东西。好不容易等到铺面开门，他直入大厅，问："掌柜的可在？"

一个小厮应答道："客官稍候，小的这便去请！"

郑原心神不宁地等了半个时辰，仍不见掌柜的出来，便又催促。另一个管家模样的人应道："掌柜的外出筹措金子去了，午时方回。"

郑原想起昨日掌柜的的确说过午时来取金子，只怪自己心急给忘了。看来掌柜的是个守信的人，他便放宽了心，溜达到旁边的客栈吃了点儿东西。吃完饭依旧回到兵器铺苦等，不敢再离开，生怕自己一走就错过了掌柜的回店的时刻。

好不容易挨到午时，店前停下一辆马车，掌柜的从车上下来，径入前厅。郑原欣喜万分，忙起身相迎，正待说话，从掌柜的身后冲出几名甲士，为首的问："郑原何在？"

郑原忙道："在下便是！"

两名甲士立即冲上前来，不由分说，将他绑了个结实。

郑原一时慌了神，看看掌柜的，再看看为首的甲士像是官差，便大叫道："冤枉啊，大人！小人一生勤恳老实，不曾有过任何作奸犯科之事，大人何故抓我？"

官差举起手，亮出一把宝剑，正是郑原所卖之剑，道："实话告诉你吧，数日前司马府失窃，丢失贵重器物无数，这把宝剑便是其中之一。如今人赃俱获，你还有什么好说的！"

郑原百口莫辩，又冲着掌柜的喊："老丈，你知道我这把剑的来历，你跟他们说，我是不是偷的？"

掌柜的一拱手："实不相瞒，此事正是老夫报的官。近日城中正在缉拿盗贼，本店早已收到司马府的秘捕文书，教我等留意近日前来卖剑之人。文书中所述宝剑的模样，正与你所卖之剑相同。昨日你拿剑前来，老夫便心生疑惑，只好略施小计，诓你今日复来，同时报与官府，正好擒你。"

郑原知道自己上了当，顿时哑口无言。两名甲士押着他出门，把他推上了车。他还想再叫唤，为首的甲士拿出一块破麻布来，塞在他嘴里，任凭他怎样叫唤，也都无济于事了。

第二章 身陷囹圄

郑原迷迷糊糊地醒来,发现自己已是头戴枷锁,足缠脚镣,躺在一间狭小的隔间里,浑身像散了架一样刺痛难忍。他隐隐约约记得自己被带到一个官府里,不由分说就被打了八十军棍,若不是仗着平时练武,有一副好身板,自己此时恐怕早就一命呜呼了。随后他被两个大汉押入大牢,就昏死了过去。

到底是什么原因突然招来横祸,郑原到现在也不明白,只记得那些人一口咬定那把宝剑是他偷的,不容他争辩。他只知道那位燕成是燕国的公子,但对方到底是什么来头他并不清楚。燕国的公子多的是,这位燕成本是好意赠给自己一把宝剑,结果却让他莫名其妙地摊上了祸事。这位燕公子到底是干什么的?这里面有什么蹊跷?莫非是个陷阱?

郑原一边想着,一边翻了个身,不禁疼得龇牙咧嘴。无论如何,自己是被冤枉的,得想个办法出去,绝不能冤死在这里。

这时隔壁的牢房里有个声音传来:"兄弟,你醒了?"

郑原随口嗯了一声,问道:"你是谁?"

那人哈哈一笑,道:"都是同道中人,认识认识,死后黄泉路上也好有个伴儿!"

郑原听到死字,心里一凉,道:"这是什么地方?"

那人笑道:"这里是地狱之门,来这里的,没有一个活着出去的。"

郑原心里一紧:"当真?可我是被冤枉的!"

那人道:"我也会说自己是被冤枉的,这样不就晚死几天嘛!实话告诉你吧,这里关的都是死囚,你若不是犯了大事,是不会被关到这里来的。"

郑原心里连连叫苦,自己本以为碰到贵人,迎来了好运气,没想到却招来了杀身之祸。他长叹一口气,问那人:"你叫什么名字?怎么会来这里?"

那人道:"叫我德生就行了,你呢?"

郑原道:"郑原。"

德生道:"有名有氏,想必郑兄祖上也曾是贵人。"

郑原叹道:"这我倒不知,只是传到我这一辈,已是庶民,守着几亩薄田度日。"

德生道:"郑兄既是贵胄之后,当以耕读传家,即便不想求取功名,奈何也似我等一般,竟做鸡鸣狗盗之事?"

郑原不太明白他在说什么,只道:"我真是被冤枉的!听你的口气,你果真偷盗了什么东西?"

德生一听,立即来了精神,道:"将死之人,说说也无妨,万一郑兄大难不死,日后出去倒可以将我等的事迹流传江湖。"

郑原苦笑两下,道:"偷盗之事,悔之犹恐不及,又有何面目流传于世?"

德生道:"这你就不懂了。像我们这种人,不通文墨,寡廉鲜耻,一生所为,不过偷盗二字。外人见了我等,唯恐避之不及。不过于我等行内人来说,却是盗亦有道。"

郑原嗤之以鼻:"若盗亦有道,何以招来杀身之祸?"

德生道:"你且听我慢慢说来。先说我们的名号吧,你大概没听说过,我等一共七人,号称'夜行七侠'!"

郑原口气里满是不屑,道:"真是闻所未闻,鸡鸣狗盗之徒,怎敢当一个侠字?"

"郑兄有所不知,虽为偷鸡摸狗、见不得光的事,却也是有分别的。我们七人有条规矩,叫'五不偷'。"

"何谓'五不偷'?"

"婚丧嫁娶不偷;逢年过节不偷;贫贱重病者不偷;老来无子者不偷;身有残疾者不偷。先说婚丧嫁娶,要么至悲,要么至喜,此时入室,难免有趁人之危之嫌,喜者被扰乱心情,悲者则雪上加霜,所以不偷。逢年过节也同理,全家人正喜气洋洋,此时若发现家中招了贼,节也过不成,难免对我等心怀怨恨,因而不偷。或贫或贱或重病之人,家中本就拮据,都是养命的钱,我们若拿去,岂不要了人家的命?故而不偷。老来无子者,年老体衰,无人奉养,只留下点儿活

第二章 身陷囹圄 · 11

命钱，偷之不义。身有残疾者，或为国效过力，或身遭不测，挣钱不易，日子本就艰难，又岂能忍心偷之！"

郑原道："如此倒称得上是'义偷'了，但与侠字仍相去甚远。"

"我等所偷者，多为大富大贵之家；遇到那些贫病交加的人家，反倒会留下些钱财，算不算得上侠？"

"倒也算。"

这时，对面的两间牢房里，有两个人窸窸窣窣地从草堆里坐了起来。郑原被吓了一跳，监牢里光线昏暗，加上他两眼昏花，原以为对面牢房是空的，不知道刚才他们俩的谈话被听去了多少。郑原忙嘘了一声，示意德生不要再讲了。

德生却道："不妨事。不瞒你说，这间牢房，加上另一间，总共关了八个人，其中七个就是我们夜行七侠，只有你一个外人。"

郑原惊诧不已，道："你们既然号称七侠，想必有些本事，怎么会被一网打尽？"

对面两个人瞪着茫然的眼睛，显然是刚刚睡醒，还没明白他们在说什么。

德生道："说来话长，兄弟先给你讲点儿别的事儿吧。郑兄可曾到过蓟城？"

郑原道："蓟城乃是燕国的都城，我只是听闻，不曾到过。"

德生道："那郑兄一定不知宫中之事！"

郑原道："我一介草民，每日种田砍柴，未曾出过无终，一向孤陋寡闻，对宫中之事更是一无所知。"

德生道："我等七人常出入达官贵人之所，对宫中之事倒是略知一二，不知郑兄可愿听？"

郑原道："听听无妨。"

德生道："宫中之事，说来风云诡异。先君在时，曾娶宋国公主，生有二子，乃公子吉、公子成。后宋氏不幸夭亡，先君续弦了一位齐国公主姜氏，生有一子，名泽。那姜氏生得美艳不可方物，极讨先君喜爱。先君老来得子，对燕泽百般宠溺，后来听信妇人之言，废了世子燕吉，立燕泽为世子。两年前，先君薨，燕泽继位，即为当今燕侯。燕侯自小恃宠而骄，生性残暴，国人不满——"

郑原听得一头雾水。德生一下子说出那么多名字，他一时也记不住，于是打断道:"也罢,宫中之事,与我一介草民何干?倒不如讲讲你们的逸闻趣事。"

德生道:"关系甚大,郑兄只要仔细听,便知为何我等今日身陷囹圄!"

郑原一惊,正待要问,却听见门外有说话声,似是有人来了,忙闭了嘴。

开门的正是那天抓郑原的头目,他领着一位年轻将军进了门。那位年轻将军一身戎装,英气勃发,手里拿着的正是郑原的那把宝剑。头目将他领进来,指着郑原说:"就是此人!"

年轻将军让头目出去,把门重新关上,将郑原仔细打量一番,拿出那把宝剑,道:"你可识得此剑?"

郑原点点头。

那人道:"你可据实相告,此剑从何而来,或可免却死罪!"

郑原将信将疑,那天他无论如何辩解,如何喊冤,招来的都是一顿拳脚,没人听他说半句话。尤其是那位头目,长得五大三粗,虬髯虎须,对他更是毫不客气。眼前这位年轻将军似有不同,面目和善,或许真能听他一言,而不至于又遭额外的厄运。

"敢问将军,如何称呼?"郑原道。

"在下蒙毅,兄台可据实告之,如有冤情,在下当亲报公子,决不使兄台蒙受不白之冤。"

郑原顿了顿,道:"此剑实乃公子成所赠!"

蒙毅道:"公子为何赠剑?"

郑原便将那天在山中打猎时遇到公子成被黑熊袭击的事一五一十地说了。蒙毅听完,若有所思,俄而道:"如此说来,兄台倒是公子的恩人。在下即日便回蓟都禀明公子,兄台在此暂且忍耐,万勿弃之!"说罢,就风风火火地出门去了。

牢门重新被锁上,德生道:"看来郑兄有救了!"

郑原叹道:"连日来险象环生,如今不过是奄奄一息之人,且待天命吧!"

郑原想,这蒙毅可能是公子成的亲信,能跟公子说上话。如果真是这样,那自己就有救了。不过,万事不可太绝对,这接二连三发生的事,都教他恍若一梦,不敢相信,还是姑妄听之吧,但愿事情会有转机,但也不要抱太大希望。

干等着也是一种煎熬，郑原想起刚才德生还没有讲完的故事，便道："德生，你接着说吧！"

德生道："后面的事，郑兄还是不知道为妙；如若知道，恐有性命之忧。"

郑原笑道："将死之人，又有何忧？"

德生道："我等是将死之人不错，你却未必。适才那位蒙将军，乃公子成手下的都尉，有他说情，还怕救不了你？"

郑原惨淡一笑："我本是全心赴死，切莫再勾起我求生的欲望，否则到时候死得更是凄惶。你讲吧，如今我别的不求，但求死得明白！"

德生顿了顿，道："好吧，我讲，只是我讲的这些，郑兄心下明白即可，万不可告知旁人，否则会有性命之忧！"

郑原道："当然，在下自有分寸。"

于是德生道："就说这位公子成吧，正是当朝司马，统管燕国三军，这无终城便是他的采邑，所以郑兄说在这里碰到公子打猎倒也不奇怪。这公子成富可敌国，府中宝贝更是不计其数。那一天，我们一行三人摸进了司马府，得手了几件玉器，正待离开，却听得隔间有私语之声。我等想，既是隔间密室，其中必定藏有宝贝，一时好奇，就摸了进去。却见有三人正在密室中议事，时已至三更，想来他们不会久留，我等便倒悬于梁上，只等他们走了好下手。谁知中途听到'弑君'二字，吃了一惊，不觉手中玉器坠落，忙匆匆而逃。府中知道遭了贼，便四处发秘文捉拿。我等七人不知情，将赃物拿到市上问了问价，刚回到庙里，就全被捉了。要说偷盗，不过几块玉器，罪不至死，故而我想，定是他们当时在密室中所谈之事极为机密，担心我等走漏了风声，所以务必一网打尽，斩草除根。说起来，郑兄是受了我等的牵连。"

郑原道："他们所议何事，你可听清楚了？"

德生道："不清不楚，只是听见有'弑君''刺客'等字，其余的就不知道了。"

郑原也没听明白，只道："想必是军国机要大事！这么说，你们也着实冤枉，本不该治死罪。"

德生笑道："说冤倒也不冤，并非因我们偷盗，而是因为当今国君之事。"

"此话怎讲？"

德生道："想我等七人，原本也是良民。可是，自从燕泽即位以来，燕国连年用兵，民怨沸腾，民生凋敝。我等原本是蓟城游商，只因兵祸连连，商路不通，物资又尽毁于战乱之中，不得已落草为寇。今公子成若真举兵夺位，倒是燕国一大幸事，我等虽死而无憾！"

郑原叹道："为国为民，舍生取义，如此你等倒真可谓侠义之士！"

德生道："郑兄谬赞！我等并无此宏愿，只是若能保全公子机密之事不外泄，倒不惜自己一条性命。倒是郑兄，白白受了牵连。"

郑原不说话了。一直以来，他只想过好自己的小日子，不曾有过什么远大抱负，更没想过要为国为民慷慨赴死之类的。现在无辜被牵扯进来，他心里确实恼火，但愿蒙毅快马加鞭，早点儿回来救他。

一天三顿，全是稀薄得可以照见人影的粟米稀饭，不顶饿，仅仅是维持一口气不至于死去。又一天过去，郑原身上的棍伤渐渐好转，亏得他平日里有一副好身板。每天被锁在漆黑的监牢里，除了睡觉，他能做的就是和德生他们闲聊几句。德生倒是豁达，早已将生死置之度外。郑原表面镇静，内心里却焦急地盼望着蒙毅带来好消息，毕竟他家里还有年迈的老母亲，他还要娶秋菱过门，他不想死！

第三天上午，牢门突然被打开。郑原一个骨碌翻身坐起，却见那位头目带着两名狱卒进来，并没有看到蒙毅的身影，心里一阵失落。狱卒提着一只木桶，照常给每名囚犯分发饭食，不过与往常不同，这回分给他们的是一大碗粟米干饭，外加一勺子肉糜。头目还命狱卒给他们打开了枷锁，并道："吃吧，吃饱了好上路！"说完，便带着狱卒出去了。

郑原顾不得许多，狼吞虎咽了几口，这是他这辈子吃过的最好的饭菜。抬头发现其他人还没动筷子，他愣了一下，忽然道："他刚才的话，是什么意思？"

德生道："这还不明白？上路呗，到了阴间也别做个饿死鬼！"

郑原顿感绝望，看来指望蒙毅搭救是没希望了，也许人家当时不过是说一句客套话，自己竟当了真！他忽然吃不下去了，不禁悲从中来。

午时一到，八个人就被狱卒从牢房里带出，去了木枷，反剪了手捆住，跪在监牢中间宽阔的场地上。每人身后都站着一名膀大腰圆的行刑者,个个手擎一把大刀。

太阳毒辣辣地照了下来,八个人都神色紧张,如今已是俎上之肉,只有等着那一刻的到来。郑原只觉得双膝发软,几乎是跪坐在地上。他转脸看了看德生,只见对方额头上汗珠直冒,嘴唇发白。与德生同处一牢好几天,郑原今天是头一次看清他的面貌。那是一个清瘦的小个子,颧骨高耸,獐头鼠目,符合人们对梁上君子的一切想象。

午时三刻已到,头目一抬手,从另一头起,人头次第落下。当看到德生的人头滚出三尺远,兀自睁着眼睛,脖子上的鲜血喷涌而出时,郑原只觉得下身一热,尿了一裤子。

第三章 呦呦鹿鸣

且说那日郑原清早出门去无终城，一日一夜未归，郑母心里焦急万分，担心儿子出了什么意外，第二天一早便拄着拐杖来到村东头，站在大路口张望，一直等了两三个时辰，当天早上去无终城赶集的人都回来了，仍不见郑原的踪影。郑母心急如焚，正要回去收拾东西，打算找到无终城去，这时迎面走来一位女子，道："大娘，何故在此？"

郑母认得她是秋菱，便道："我儿自昨日清早出门前往无终城，至今未归，只怕出了好歹。老身舍下这把骨头，正要到无终城里去寻他。"

秋菱听了，心里一惊，心想怪不得这两天没见到郑原的影子，敢情是出了意外。她忙对郑母道："大娘，我陪您先回去，您慢慢说。郑原出门时，可曾说过他到城里做什么？"

郑母在秋菱的搀扶下，一边往回走，一边回想。其实她也不知道儿子到城里去做什么，只隐约记得他说要去卖剑，便把这事告诉了秋菱。秋菱听了，一时也弄不明白，但心里已有几分主意。她将郑母送回家中，道："大娘，您就在家等着好了，待会儿我去把柱儿抱过来，您帮我照看着，我去城里寻郑原回来。"

郑母早就知道儿子与眼前这位寡妇交好，只可惜自家太穷，一时不能迎娶过门，当下便答应道："好！若寻不着，你也速回！"

秋菱将孩子托付给郑母后，便随身带了些盘缠往无终城去。她一路风尘仆仆，一边想，那天郑原给她看过那把剑，她凭直觉认出是把宝剑，但并没有听说他想卖掉。那把剑既然是一位贵人所赠，想必价值不菲，若不是急着用钱，以郑原平日里痴迷于习武的性格，断不会把它轻易卖掉。那一定是他急于用钱了。刚才也没听郑母说家里碰到了什么急事，那他换钱来做什么？对了，一定是自己跟他说过要盖三间瓦房才肯过门，他便忍痛割爱，拿宝剑换钱。没想到这小子这么实诚，他既然因我而身陷不测，我也必当拼力救他回来！

进了城，看到街上人群熙来攘往，秋菱一时理不出头绪。该到哪里去找郑原呢？从辰时走到午时，她在街上像没头的苍蝇一样到处乱撞，不知不觉走到了南城，看到本村的铁匠张伍在城里开的铁匠铺，正觉得口干舌燥，就想进去讨碗水喝。

张伍年纪四十开外，早年丧妻，一人鳏居至今，常年在无终城铁匠铺给人打造各种兵器，也做一些农具，每月回一次郑村看望父母。

张伍正在给一柄长剑淬火，看见秋菱从门前经过，忙叫道："秋菱妹子，这是赶集来了？"

秋菱进门道："张大哥忙啊，我走累了，进来歇会儿。"

张伍让秋菱坐进里屋，端了一碗水给她："先喝口水，我一会儿就完事了。"

不一会儿，张伍在外屋忙完了，进来道："秋菱妹子好久不见，模样倒是一点儿没变。"说着，趁机拿眼睛不住地瞄她。

秋菱被他看得有点儿不好意思，低头喝水，然后道："张大哥，我问你一件事。"

张伍道："你说。"

秋菱想了想，道："假如我得了一件兵器，想要换些钱，该到哪里去换？"

张伍道："平常我这里的兵器，大多都是雇主出钱订制，还有一些就是兵器铺的人定时来打造的。你要是有什么兵器想换些钱，交给我就是了，等有了买主，我自然会把钱给你。"

秋菱笑道："我并不曾有什么兵器，只是前几日听说郑原得了一件兵器，他想换些钱花。"

张伍道："既是这样，可让郑原将兵器放在我这里寄卖，乡里乡亲，我自然不会亏了他。"

秋菱一听，知道郑原并没有来过这里，便起身告辞。

张伍忙拦住，道："都晌午了，秋菱妹子吃完饭再走！"

秋菱道："多谢张大哥好意，我有急事在身，就先走了！"

秋菱一路打听，来到城东的一条街上，这里有好几家兵器铺。秋菱逐一打听，店家都没见过她说的那个人。最后她进了最大的那家兵器铺，直入大厅，见到一个年纪五十开外的老者，像是掌柜的，便问："敢问老丈，前几日可曾有一个后生前来卖剑？"

掌柜的看了她一眼，问道："他是你什么人？"

秋菱想了想，道："是我夫君。"

掌柜的惊了一下，叹道："你家夫君的剑是从哪里来的？"

秋菱道："听他说，是一位贵人相赠。"

掌柜的道："前几日司马府遭了盗贼，你家夫君所持之剑，正是司马府中所失之物。令夫盗窃公物，现如今已被官府抓去，只怕是九死一生！"

秋菱只觉得眼前一黑，差点儿晕倒，半晌才回过神来，急切地问："拙夫现在何处？"

掌柜的道："无终城大牢里或许有他。"

秋菱本已又饥又饿，再听到这个消息，神情有些恍惚，也顾不得许多，忙向人打听了大牢的位置，匆匆赶去。

无终城的监狱在城南集市附近，呈口字形，中间是个广场，四周的房子是一间间的牢房，每间牢房里隔成四个隔间，关四名犯人。平常的犯人砍头都是在集市，让百姓围观，以儆效尤；需要秘密处决的，就在监狱中心的空地上。

秋菱想直闯大牢，被门口的狱卒拦住，无论她如何苦苦哀求，对方就是不放她进去。秋菱灵机一动，拔下头上的翠玉簪子，塞到狱卒手中，望其网开一面，她只要进去说两句话就走。狱卒拿着簪子掂了掂，爱不释手，却仍是无奈地摇了摇头，还了她簪子，仍不让进。

眼看天色已晚，秋菱无计可施。她今天来得匆忙，没有想到会出这么大的事，又惦记家中的老人和孩子，想着不如先回去把他们安顿妥当，再作打算。

天渐渐暗了下来，秋菱匆匆往回赶。走了一二里地，浑身乏力，她这才想起自己一整天没吃东西。早上走得匆忙，也没随身带干粮，现今又离开了无终城，又渴又饿，不由得放慢了脚步，举目四望，行人寥寥，孤村隐隐，想搭个便车，却半天也见不到一个人。

正在她孤苦无援的时候，远处一辆马车疾驰而来，驾车的是同村的田方，说起来还是郑原要好的朋友，秋菱不禁喜出望外。

田方在她面前停了车,得知秋菱也要回村,便招呼她上车。

这田方年纪不大,却是郑村有名的学究,世代耕读传家,在郑村南边开了一家私塾,教授附近的孩童读书识字,大家都管他叫田先生。

田方一边驾着马车,一边问道:"秋菱,你为何独自一人在此?"

秋菱坐在车后面,几乎没有力气说话,懒得跟他说郑原的事,也不想让他知道自己为郑原的事奔波,只道:"临时进城,买些家用。"

马车经过一片树林,四周雾气盘绕,隐隐约约可以看到几只麋鹿在树林里吃草。秋菱静静地看着,听着车辖辘有节奏的声音。

到了郑村,秋菱迫不及待地跳下车,直奔郑原家中,一进门,发现孩子正坐在地上哇哇大哭,郑母则有气无力地躺在床上。原来郑母在家巴巴地等了一天,也没见秋菱回来,想必是凶多吉少,一时急火攻心,病倒了。

秋菱本想第二天再进城去,却被这一老一少缠住了身。她一边要照顾孩子,一边要照顾病倒的郑母,竟一时脱不开身,只能干着急。

却说燕国公子成,因国君燕泽性情暴戾,民怨沸腾,一直蓄谋弑君夺位,又恐实力不济,反为所害,于是在自己的采邑无终城私练了一支军马,以备不时之需。这支军马平时交由无终城邑宰范缨管理。那天公子成来无终城检阅这支军队,见军威整肃,旌旗赫赫,心中大喜。高兴之余,一时兴起,他就只带了五名士卒到附近的山中打猎,却没想到自己险些命丧于黑熊之腹,甚觉脸上无光,便告诫手下士卒,回城之后不要提及此事,尤其不要告诉范缨,以免又要听他啰唆。军士唯唯诺诺,回去之后对此事只字不提,自然也就没有将郑原出手相救、燕成以剑相赠的事告诉别人。

蒙毅是燕成的司马府都尉,这次打猎并没有随行。回蓟都时,燕成带着范缨一并上车,说是有要事相商。

这天夜里,燕成、范缨、蒙毅三个人躲在密室里商讨刺杀燕泽的事,一直探讨到深夜,方案有三。其一,燕成率所掌之军攻入侯宫,杀燕泽而自立。这个方法动静太大,一旦朝中其他卿大夫趁机起事,局面将不可收拾。其二,在打猎时行刺燕泽,燕成自先君当国之时起就任司马之职,统管燕国三军,燕泽少不得要讨好他,常邀燕成外出打猎,燕成可趁机行事。但这也有一个问题,打猎时周围全是燕泽的侍卫，燕成的侍卫只能待在营帐里候命，一旦出手，燕成必有生命危险。其三，请燕泽来司马府喝酒，于帐中埋伏甲士，以摔杯为号，甲士破帐而出，将燕泽乱剑砍死。但燕成知道，燕泽年少勇武，普通甲士难以近身。况且燕泽自即位以来，防范有加，不管去哪里，都有一群甲士寸步不离身，若一时不能得手，宫中闻之有变，率军来攻，胜负难料。所以，稳妥的办法是找一名武力高强的甲士，一剑封喉，出手毙命，方保万无一失。

燕成虽然想了三个方案，终觉得不太妥当，便问两人："二位以为如何？"

蒙毅道："主公治军多年，威震三军，以毅之愚见，莫若率一支劲旅，直扑侯宫，则大事可成！"

燕成道："三军非燕成之军，乃燕国之军。今以燕国之师而袭燕国之君，万一军士哗变，后果不堪设想！"

蒙毅道："然则命毅为死士，近其身而杀之，不动一兵一卒，可成就大事！"

燕成道："将军乃治军之才，岂可为此莽夫之事！须知少将军一人，如同成失一臂，万万不可！"

范缨一直不吱声，半闭着眼睛听他二人争吵。燕成终忍不住，问道："先生以为如何？"

范缨摇头道："主公所言之策，皆下下之策！"

蒙毅不服，想要争辩，燕成挥手示意他别吱声，缓声道："成才疏学浅，还望先生教我！"

范缨捻了捻胡须，道："昔先君在位之时，正当盛年，无故而薨，国人皆以为燕泽之谋也。今燕泽新立，对外屡屡用兵，对内欺男霸女，民怨沸腾，已非一日。国人欲食其肉者，多矣；朝中欲寝其皮者，众矣，主公何故为人之先？国君虽无道，终是主公兄弟。弑君，不忠；杀弟，不仁。如此不忠不仁之事，主公何故为之？"

蒙毅道："非也！主公勇冠三军，仁布四海，国人盼有德之君如盼甘霖。如若主公秉承君位，乃燕国之幸，社稷之福，列位先君在天有灵，亦当欣慰，何来不忠不仁之嫌？"

范缨笑道："主公如能继承先君大位，自然是好，只可惜螳螂捕蝉，黄雀在后。"

燕成道:"此话怎讲?"

范缨道:"主公岂不闻长幼有序!燕泽若死,朝中卿大夫自是奉燕吉为君,国君之位又岂能落到主公头上?"

燕成倒吸一口凉气,道:"非先生之言,我几忘矣!如此一来,我等辛苦劳累,岂非为人作嫁!"

范缨道:"令兄表面忠厚,实则韬晦。主公手握兵马大权,那燕泽无时无刻不在防范主公,主公若有异动,其必知晓,只恐大事不成,反受其害。以老夫之见,为今之计,主公只需隐忍,勿生二心,且暗中收买奇人异士,待国中有变,必有大用!"

燕成伏拜于地,道:"非先生之言,成几自取灭亡。今谨遵先生教诲,秘养天下异士,以待天时!"

范缨正要伸手去扶燕成,忽听得梁上有动静,一抬头,只见黑影一闪,一块玉佩落了下来,摔成了数瓣。燕成捡起来看了看,道:"此事若泄露出去,我等皆灭族矣!"

范缨道:"主公勿急,想必只是几个毛贼。主公下令检视府中所失之物,列好清单,派人暗中以物抓人,秘密处决即可,万不可声张。"

燕成道:"就依先生之言!"

于是蒙毅领命,一面在府中清点所失贵重物品,列成清单,发往各个古玩店、玉器店,告知一旦有人持清单上的物品前来交易,立即上报,一面又派人到城中四处搜捕,只说司马府中遭了盗贼。分派完毕,蒙毅从前厅走过,无意之中发现剑座上空空如也,不禁诧异。那是一把青铜剑,公子视如珍宝,只有重要大事需要出面时他才带在身上,没想到也教贼人给偷走了。蒙毅忙又将这柄宝剑列到清单上,同时发到各个兵器铺。

最后,派出的军士在南郊抓到了一伙毛贼,七人正在一间破山神庙里分赃,玉器珠宝,一应俱在,独独少了那把宝剑。后来又听说在无终城抓到了偷宝剑的人,为了不至于动静太大,蒙毅下令将所有贼人一并押到无终城,准备秘密处决。处决之前,他亲自到监牢里看了看,后来听了郑原一番话,觉得事情蹊跷,忙马不停蹄地赶回蓟都，向燕成求证。

燕成一听，大惊："此人救我一命，我以宝剑相赠，以感其恩，不料今反致其被害。将军速往救之，我随后便到，勿使壮士寒心！"

第四章 既见君子

郑原已是神志不清，只觉得天地混沌一片，自己命悬一线，即赴阴曹地府报到，却于恍惚之中看见一个人从大门直冲而入，高声喊道："刀下留人！"

行刑者放下了屠刀。郑原从鬼门关回过神来，看清了那人的脸庞，正是蒙毅，他想要致谢却说不出话。蒙毅扶他起身，他双腿仍是颤抖不已，一时竟站不起来。蒙毅只好差两名军士将他扶起，让他先到房中歇息片刻。

郑原像丢了魂魄一样，茫然不知所措，任由他们摆布。歇了一炷香的工夫，喝了点儿热水，换了身衣服，他才慢慢从死神那里把魂魄捡回来，问了服侍他的人，才知道蒙毅在前厅等他，忙前往相见。

蒙毅正在前厅同几名军士闲话，见郑原进来，忙上前相迎，道："郑兄无恙否？"

郑原道："已无大碍，蒙将军相救，原感激不尽！"

蒙毅道："此话羞煞小弟也。小弟办事不周，致使郑兄遭此大难，今幸得及时，若有差池，毅将铸成弥天大错！"

郑原道："将军何出此言！原并非知恩不报之人，只因原离家日久，家中老母必然牵挂，今权且告辞，救命之恩，容日后再报！"说罢，就要走。

蒙毅忙拦住："郑兄且慢！郑兄请随我同往无终城府，我家主公在府中相候，欲求一见！"

郑原一愣，道："城府之深，岂是我等草民可以涉足！烦请将军转告司马大人，好意心领，郑某念及家中老母，不敢耽搁。"

蒙毅道："郑兄昔日救我家主公一命，主公心怀感激，只因当日有要事在身，匆匆别过，未及细谈。事后我家主公常常念及郑兄，恨不能亲往寻访，以叙旧日之情，今闻郑兄在此，岂能错过！主公已连夜从蓟都出发，车马劳顿，就为见郑兄一面，以表谢意，郑兄奈何如此薄情耶？"

郑原道："将军有所不知，非郑某薄情，郑某平日里与家母相依为命，家母年事已高，又体弱多病，今郑某无故离家七日之久，片言未留，家母必定忧心如焚。郑某实不敢久留，必驰往家中以报平安。"

蒙毅叹道："百善孝为先，既是这样，我自当放你回去。只是主公那边，为弟如何交代？"

郑原想了想，道："司马如此恩情厚意，我自是却之不恭。不如这样，将军先容在下回去报个平安，待安顿好家母后，在下即火速前来拜见司马大人，将军以为如何？"

蒙毅道："司马大人从蓟城远道而来，毕竟朝中事务繁多，不可在此久留，想问郑兄，此去回乡需要多少时日？"

郑原道："一日便回，不知司马大人可等得？"

蒙毅心下松了口气，原以为郑原一去一回至少也需要三五日，没想到一天就可以，当下立即道："如此则一言为定！"

郑原匆匆赶回家里。天色已晚，他远远地看见一个人影站在房前张望，手拄拐杖，佝偻着腰身，当下眼泪就流出来了，忙迎上前去，倒头便拜，道："孩儿不孝，让母亲担忧了！"

郑母也是热泪盈眶，拉郑原起来，道："我儿！这几天你去了哪里？"

郑母自从那天病倒后，在秋菱的精心照料下，病竟渐渐好了，今天刚能下床行走，想秋菱这几天也着实累得够呛，便催促她回家休息。秋菱想着老人既然已经好了，便打算好好休息一晚，养足精神，明天再想办法去营救郑原。秋菱刚走，郑母就一个人拄着拐杖到门前等候，眼巴巴地希望郑原回来。虽然这几天秋菱没说郑原到底出了什么事，郑母每每问起她找到郑原了没有，秋菱也只说没找到，多余的话一句也没说，但是郑母心下已明白了几分，知道儿子肯定出大事了。

郑原现在既然已经平安归来，也无须再瞒着，便将这几天前前后后发生的事一一告诉了母亲。郑母听后，不禁有些后怕。她猜到郑原出了大事，却没想到他差点儿平白无故地丢了性命，看来这王侯将相出入之所是个是非之地，以后要尽可能远离那里。她又催促儿子道："你不在的这几日，多亏秋菱悉心照应，为娘才不至一病不起。我儿既已平安归来，当速去登门致谢！"

郑原知道母亲的意思是让他去给秋菱报个平安，连忙起身，去村东头敲秋菱家的门。秋菱刚刚睡下，因连日劳累，睡得很死。郑原敲了半天，孩子先醒了，哭声吵醒了秋菱。秋菱忙穿衣下床，两人一见，又抱头痛哭了一阵，互诉别离之情。

郑原道："我明日一早去无终城拜见司马，须回去做些准备。"说罢，起身要走。

秋菱听了，心里一紧，拉住他道："该不会又有什么变故吧？"

郑原道："理当不会。此事司马有愧于我，想必是要当面表示歉意。"

秋菱道："歉意倒不必，只怕又生变故，我心里都怕了。"

郑原安慰道："你尽管放心，这回断不会有事。明日我早去早回，待我回来，再从长计议。"

秋菱道："生逢贵人，本不图有什么回报，只求有个安心日子。侯门深似海，你万事小心！"

郑原点头道："我知道！"

郑原又抚慰了秋菱几句，便告辞出来，想起这几天的经历，仍是心有余悸。

夜里，他刚吃完晚饭，田方突然来访，道："数日不见，贤弟到哪里去了？"

郑原叹道："去鬼门关走了一遭。"

田方先是一愣，俄而笑道："贤弟说笑了！"

郑原道："并非说笑，若有毫厘之差，愚弟就见不着田兄了！"

田方这回信了，问道："发生了何事？"

郑原便将这几天发生的事一一告诉了田方，只是隐去了德生和他谈起的一些宫中的事。

田方听后，喟然长叹："怪不得那日秋菱风尘仆仆地从无终城出来，我当时就感觉有些奇怪，她只说有事进城，想必是去找你了。"

郑原很是诧异，道："我却不曾听她说起，我只知道，我不在这几日，家母病重，多承她照应，却不承想她还去过城里找我。"

田方道："此女有心啊！"

郑原赧颜道:"想我堂堂七尺男儿,竟使一女子因我而蒙此不幸,心实有愧!"他心下打定主意,明天见了燕成,回来之后,无论如何都要尽快娶秋菱过门。

田方又道:"明日既是司马召见,想必贤弟不日必将富贵腾达。"

郑原道:"田兄何出此言?"

田方道:"我虽僻居乡里,然饱读诗书,天下大事了然于胸。司马召见你,必当重用。贤弟若不信,明日即见分晓。"

郑原笑笑,只当田方跟他开玩笑,并不放在心上,道:"天色不早,愚弟明日还要赶路,请兄包涵!"

田方便起身告辞。

第二天郑原洗漱完毕,背了个行囊正要出门,却见门前停着一辆马车,正诧异着,御手跳下马车来,向他一施礼,道:"司马大人特遣小人在此恭候,请大人登车!"

郑原长这么大以来,从未受过这么重的礼遇,当下愣了半晌,才战战兢兢地登上车,喃喃道:"我一介草民,并非什么大人!"

御手不语,随后登车,高喝一声:"驾!"扬鞭起程。

只一刻的工夫,他们便到了无终城。御手驱车入城,直奔城府。到了府前,自有人前来扶郑原下车,领他进府。走过层层台阶,来到府中大殿,燕成早已站在门前迎候,见他到来,曲身便拜,口中称道:"壮士蒙难,皆燕成之过!"

郑原哪里经受得起,忙趋步向前,扶起燕成,道:"司马如此大礼,岂不折杀小人?"

燕成携郑原至厅中,取出那把青铜宝剑,道:"壮士可知此剑的来历?"

郑原看了一眼,心中扫过一片阴霾,道:"确实不知,请司马指教!"

燕成道:"此剑名为青芒,乃越人所造,锋利无比,蒙先君所赐,已随我征战十余年。成执此剑,转战沙场,已手刃数百人。"

郑原不禁打了个冷战,道:"司马所杀,皆是些什么人?"

燕成道:"无非戎狄、奸佞之徒。"

| 第四章 | 既见君子・29

郑原舒了一口气，道："剑随其主，有君子之风。"

燕成哈哈大笑，双手奉上青芒剑，道："宝剑配英雄，此剑理当归还壮士，也是物得其主。"

郑原踌躇不敢接，道："司马戎马生涯，岂能无宝剑相伴？原乃山中野人，实不相配！"

燕成道："壮士力能搏熊，非常人所能为，何必过谦！君若不受，想必是心有怨气，仍怪罪于成！"

郑原忙施了一礼："岂敢！原不过一山中猎户，平日里使些刀棍，若身怀宝剑而驱逐野兽，岂不是暴殄天物！大人留之自用，好意心领！"

燕成见郑原执意不收，也不好强求，便道："壮士身怀绝技，奈何至今仍流落山林？当今天下，诸侯争霸，豪杰并起，以壮士之才，何不走出山林，求取功名？"

郑原道："不瞒大人说，郑某先祖也是士人出身，奈何家道中落，人丁凋敝。原既无文韬，又无门路，欲求取功名，谈何容易！"

燕成道："壮士此言谬矣！当今各国图谋富强，求贤若渴，三教九流，引车卖浆，只要有一技之长，何愁不得重用！我观壮士武艺，有万人敌，进可陷阵杀敌，退可保家卫国，正是大有可用之处。壮士若不嫌弃，可来我府中，执戟帐前，早晚赐教，不知意下如何？"

郑原吃了一惊，没想到事情还真让田方说中了。对于进城当差一事，他不是没想过。在山村种田打猎，虽说自得其乐，但毕竟日子过得清贫。每每夜深人静的时候，他曾一度幻想，会不会有一天突然时来运转，让他也能跻身士族，恢复祖上的荣光。他听田方说过，有些人仅凭三寸不烂之舌，游走四方，就能换取荣华富贵，一日之间从平民变身大夫。但想想自己空有一身蛮力，文不能安邦，武不能定国，即便上了战场，那些能驾战车的也都是贵族子弟，像他这样平民出身的，只能先做步卒，若有幸立功，得些赏赐，置办一身盔甲，充其量也就当个甲士，跟在战车后面冲锋。倘若真如燕成所说，能做他的侍卫，那真是一步登天，整日出入士大夫之家，威风自不必说，如果能在战场上立下战功，前途更是不可限量。在通常情况下，即使是贵族子弟，自备盔甲，也要从门卫做起，哪能这么快就能做上司马的贴身侍卫。

郑原立即下拜，道："蒙司马厚爱，原必誓死效忠大人！"

燕成将郑原扶起，道："你名为侍卫，实为客卿，不必每日当值侍候左右。我将为你置宅院，蓄家奴，你只需每日习武，勿使武艺荒废，若有用卿之日，望勿推辞！"

郑原再拜，道："谢主公厚爱！臣肝脑涂地，亦不能报主公之万一！"

当下燕成摆下宴席，为郑原压惊，邑宰范缨、都尉蒙毅作陪。

宴罢，燕成又赏赐了郑原五百金、羊皮百张、玉器珠宝无数，让他先回去将家里安顿好，明日同他们三人一同回蓟城，等在蓟城置下宅院后，再回老家接老母到身边奉养。郑原感激涕零，先买了辆马车，将一半的财物装车，又买了两个丫鬟，准备带回去让她们伺候母亲的起居。

到了郑村，郑原先命两个丫鬟将财物搬进屋去，然后进屋与母亲说明原委。郑母一听，拿起笤帚就将他打了出来，一边骂道："哪个叫你入仕的？前日里莫名得了一把破剑，险些丢了性命，才一天的工夫，你就不长记性。王侯之家，岂是我等庶民可以出入的？你不听我的劝告，将来把命丢了，后悔就晚了！"

郑原本以为母亲会喜出望外，并夸他有出息，能光宗耀祖，却没想到她会是这般反应。他一时心里委屈，赌气不说话，任凭母亲打骂完了，就吩咐丫鬟好生照顾母亲，在门口磕了三个响头，跳上马车，绝尘而去。

回到无终城府，郑原歇了一宿。第二天一早，一行人驱车直往蓟城而去。郑原自幼在郑村长大，最熟悉的就是郑村北面的那一带山地。从小他就觉得，郑村是天下最美的地方，依山傍水，村民和善，大家忙时种田种地，闲时捕鱼打猎，日子虽不是大富大贵，却也衣食无忧，怡然自得。无终城原本为戎人所有，城里的戎人时常骑马挥刀出城掠夺，四周村民不堪其扰，不得已常往山林躲避，居无定所。也就是在那时，郑原的父亲死于乱军之中。后来燕国收复无终，一时四方和平，人烟繁盛。郑原第一次到无终城时，还是十年前，那时他忽然感觉一下子眼界大开，无终城的繁华让他惊愕。当时他还不知道，那位领兵征服无终城的人正是眼前这位公子成。燕成当时刚及弱冠，因征服无终有功，被拜为司马，燕君还把无终这块地封给他作为采邑。

不过也仅此而已。郑原到过的最大的地方就是无终城，再远的，他没去过，也不知道这周天子的天下到底有多大，也许有十个无终城那么大吧！

一个时辰之后，郑原举目四望，不禁惊诧，眼前是一望无际的原野，地面平得像无风的湖水，道路两旁是绿油油的麦田，一眼望不到尽头，远处是蓝天白云，几只野鸟在高空盘旋。回望无终城，那里竟变得像指头般大小，以前横亘在村前的高耸入云的山峦竟像几块土包子一样微不足道。郑原感叹不已，仿佛进入了另一个陌生的世界，真不知道那燕国的都城——蓟城会是怎样一番景象！

第五章 所谓伊人

郑原大概一辈子也不会忘记这一天。

午后，郑原一行四人，再加上几十个随从，浩浩荡荡地从蓟城东门驶入。蓟城的繁华远远超出他的想象，街道两旁店铺林立，有吃饭的，有住宿的，有卖各种杂七杂八的，还有青楼，穿着妖艳的女人倚在栏杆上，扭着纤细的腰身向过往的行人招揽生意；街上人烟阜盛，摩肩接踵，有买东西讨价还价的，有挑担进城的，有站在店铺门口与人大声招呼的，还有沿街乞讨的流民。

郑原一行人十辆马车，声势浩大，人群立即退向街道两旁，中间让出一条通道，好奇地看着这一行人。尤其是郑原，一副山中猎户的打扮，眼神闪烁，更是引起人们的好奇。还有人一边议论纷纷，一边用手指指点点，大概是在嘲笑他这一身奇异的装束。郑原立即感到窘迫万分，低下头不敢四处乱看。

马车七拐八绕，最后在一幢高大的府邸前停下了。郑原从旁边的随从口中得知，这就是司马府。

坐了一天的车，有些劳累，郑原在府中仆人的带领下到了房间，准备歇息一会儿，哪知躺在榻上辗转反侧，脑子里满是刚才在街上的所见所闻，明明困倦得不行，可就是睡不着。

晚上，燕成又设宴款待大家。大家一边喝酒，一边闲谈，又有歌舞助兴。

郑原见那些载歌载舞的女子，个个身材妙曼，貌若天仙，歌声婉转如莺啼，顾盼传情似秋水，不禁看得目瞪口呆，宛如置身天堂。燕成见了，端酒离席而来，走到郑原面前，曲身道："你若喜欢，成择日便奉送府上。"

郑原羞红了脸，忙说："不敢！不敢！"端起酒爵一饮而尽。

郑原在司马府上住了几日，每天出入如同贵宾一样，出有车，行有随从，大小事情都有一帮仆人家丁帮忙，照顾得周到细致。过了几天，燕成果然在隔街的地方给他买了一座宅院，与蒙毅相邻，又送了他十几个奴仆，每日打扫庭院，照顾他的饮食起居。

郑原一下子过上了有钱人的日子，一开始还有些不适应，慢慢地也就习惯了。每天他就在院子里练练剑，又请了个先生教他识些字；隔个三五天就去司马府里请示，看看有什么事情没有。燕成却总是告诉他："无事。"

这样倏忽之间过了快半个月，郑原忽然想起家乡的老母亲，有心请她一起进城享福，却又怕她不肯，左右为难，就想去找范缨讨个主意。范缨是个有学问的人，郑原早就发现了这一点，就连燕成在很多大事上都会请教范缨，这世上的事好像还没有他不明白的。范缨还帮郑原取了个字，叫平之。从此以后，他们都管他叫平之。郑原这才知道，原来有身份的人都有字，他们平时称呼都不会指名道姓，而是称字，亲热得像一家人。比如蒙毅，字子决；范缨嘛，年纪最长，大家都叫他先生；燕成不用说了，家臣都叫他主公，外人来了叫司马，所以这两个人的字暂时无从知晓。

郑原正要出门去司马府请教范缨——他猜测这个时候范缨应该在司马府，范缨和燕成整日在一起商讨国家大事，几乎寸步不离——忽听得外面人声杂沓，一辆大马车停在门前，从车上下来三位衣着光鲜、粉面含春的女子，赶车的是司马府的管家，对郑原道："我家主人特意为大人选了三名歌伎，请大人笑纳！"

郑原一时神情恍惚，口中喃喃道："这……这也可以？"

管家没有吱声，将三名歌伎的卖身文契交给郑原，就赶着马车走了。

郑原一时愣在那里，不知如何是好。

三位女子朝他施了一礼，娇滴滴地叫了一声："主人！"

郑原听得骨头都酥了，如梦方醒，忙道："各位姑娘请进！请进！"

来到前厅，三名歌伎又一一上前施礼，并报了名字：长得高高瘦瘦的那个叫雪沫；中等个头、珠圆玉润的叫碧莲；小巧玲珑的叫紫葵。三人站在一起，争芳斗艳，又都有一副好嗓子，郑原只听她们说话，就已经浑身酥软，当即吩咐管家程夷去给她们安排住处。

下午，郑原在后院练了一会儿剑，觉得浑身不得劲，想如今锦衣玉食，又不用外出狩猎，只怕这一身的本事没有用武之地，便丢了剑，回屋歇了一会儿。看看天色已晚，他便在后堂摆酒，让管家程夷陪他喝两杯，又唤三个歌伎出来

|第五章| 所谓伊人·35

助兴。

这雪沫就是那天郑原在燕成府中看中的一位歌女，在一群人中长得最显眼。当时郑原就看得目瞪口呆，心猿意马，却没想到今天能这么近距离地观看，顿时激动不已，想司马真是对自己不薄啊，他日但凡有什么差遣，自己虽万死亦不能辞。

喝到深夜，郑原醉意已浓，便欲回房歇息。管家程夷早看在眼里，凑到他耳边，道："主人，是否要哪位姑娘侍寝？"

郑原听了，眼珠子一转，愣愣地道："这……可以吗？"

程夷道："当然可以，奴仆们都是主人花钱买来的，就如同马匹牛羊，莫说是侍寝，便是要杀要剐，也随主人的心意。"

郑原心脏狂跳，面露笑容，道："原来如此！"

程夷道："主人如有需要，尽管吩咐便是。"

郑原醉醺醺地从坐席上站了起来，走到雪沫跟前，道："你，可愿陪我共寝？"

雪沫道："主人但有差遣，奴婢岂敢不从。"

郑原心里乐开了花，伸手搂住了雪沫，摇摇晃晃地回房间里去了。

范缨见燕成对郑原百般恩赐，又送房子又送珍宝，如今又送去三名美女，却让郑原居于闲职，甚是不解，道："主公如此厚待郑原，想必日后定有重用！"

燕成道："无他，唯感念其救命之恩耳！"

范缨道："既无重用，赐些金玉布帛便可，奈何赏赐如此之过？"

燕成叹道："本当如先生所言，只是想他险些因我而丧命，诚心有愧疚，故而重赏。"

范缨道："老夫听闻主公近来在招募死士，郑原武力过人，何不以死士待之？"

燕成道："确有其事，正待与先生商议。郑原虽武力过人，胆气却不可知。我曾听子决言道，行刑那日，郑原心中恐惧，以致失禁。而死士所为，皆深入虎穴，以身犯险，武力固然不可或缺，胆识却更为重要。郑原武力纵好，然无过人胆识，死士一职，恐难胜任。"

范缨道:"胆识并非天生,郑原自幼长于山村,见识浅陋,却也情有可原。主公若用之,可令其为其所难为,天长日久,胆识自然也就有了。"

蒙毅在一旁听了,道:"胆识虽可磨砺,武力却非一朝一夕可就。依主公所言,郑原武力超群,不过是曾力斗黑熊。以臣之见,郑原日夜在山中行猎,于黑熊之习性了然于胸,故而取胜。而人则不同,可随机应变,若遇习武之人,其未必能胜。"

范缨笑道:"看来蒙将军是不服气了。不如这样,我等择一良日,让蒙将军与郑原比试比试如何?"

燕成沉吟了一会儿,问道:"我听闻郑原现在每日习武练字,可当真?"

蒙毅道:"自从主公送去三名歌伎之后,他每日里纵情声色,只怕武艺早已荒废!"

燕成惊道:"全是我误了他!我一时竟忘了,郑原正是血气方刚之年,又未曾婚娶,如今一见女色,定沉迷其中而不能自拔。不如这样,子决,你挑个日子,与他比试比试,看看他武艺到底如何,再作计较。"

蒙毅领命,一天下午,径入郑原府中。程夷忙跑上前来相迎,蒙毅一把将他推开,站在院中,对着屋子里高声喊道:"郑原何在?"

郑原醉醺醺地从屋子里走了出来,旁边还有歌伎雪沫搀扶着他。他眼神迷离地往院中一看,见是蒙毅,嬉皮笑脸地道:"子决,你来得正好!来,陪我喝两杯!"

蒙毅"嗖"的一声拔出剑来,道:"酒且改日再喝,今日我找平之,就是想一决高下!"

郑原吃了一惊,浑身一激灵,酒也醒了一半。雪沫早被吓得躲到一边去了。郑原一看这阵势,不像是闹着玩的,本能地去抽随身的佩剑,却抽了个空。连日来,他每天饮酒作乐,练武识字的事早已荒废,也记不清有多久没带剑了。当下一惊,却又不好退缩,他只好跳到院子中央,准备赤手空拳来战蒙毅。

蒙毅鄙夷地一笑,扔了长剑,道:"看在你喝了酒的分儿上,我让你三招。"

郑原从来没有这样被人欺辱过,怒不可遏,劈头就朝蒙毅的脑门砸去一拳。蒙毅轻轻一闪,躲过这一拳。郑原一个踉跄,差点儿没站稳。未待蒙毅转身,郑

|第五章| 所谓伊人·37

原又是一掌横扫过去，蒙毅又是快身闪过。

郑原一连两招扑空，恼羞成怒，大喝一声，正飞一腿，直踢蒙毅门面。蒙毅举起右臂，挡住他的腿，道："该我了！"只往前一侧身，横肘就击在郑原的胸口。郑原根本来不及躲避，"啊"的一声倒在地上。

郑原羞愧得满脸通红，从地上爬了起来，还要再战。蒙毅却拍了拍身上的尘土，恨恨而道："不意一月之间，你竟堕落至此！"遂拾起长剑，大摇大摆地出门了。

程夷早就在一旁看着，这时忙跑了过来，要扶郑原起身。郑原一把将他推开，要自己站起来，却没想到一下竟没站起来。蒙毅那一肘，力道十足，郑原至此还觉得胸口隐隐作痛。

雪沫也跑出来了，大呼小叫的："主人，你没事吧？"说着也要近前来扶他。郑原忙制止，自己双手撑地，慢慢地站了起来。

他站在院中，长叹一声，不禁泪流满面。程夷觉得奇怪，问道："主人，一战之败，何至如此？"

郑原叹道："我非为今日之败，实为我堕落而悲。想我郑原不过一山村野夫，蒙司马不弃，召来蓟城，想必日后定有用我之时。而如今我竟日夜沉迷酒色，荒废学艺，他日司马若有差遣，我岂不贻误大事！"

程夷听了，赞道："是小人误了主人，主人果然胸怀大志，来日必有所成！"

从这天以后，郑原果然洗心革面，每天早起练剑，傍晚读书，勤勉不辍。三位歌伎日见冷落，心有不甘，一日向郑原抱怨道："主人每日练剑习书，对我等不理不睬，想必是我们姐妹侍奉不周，令主人心生倦意。果真如此，主人不如将我等打发了，或为商人妇，或为农人妻，我等自有个去处，也不似这般每日无所事事，遭主人嫌弃。"

郑原看着三位歌伎楚楚可怜的样子，心中不舍，便赏了她们些钱财，道："蓟城里商铺林立，各色物什琳琅满目，尔等闲来无事，不妨出去逛逛，采购些自己喜爱之物。"

三位歌伎高兴地去了。郑原自牵马匹，到郊外练习射箭去了。

到了傍晚，郑原从郊外回来，沐浴更衣，感觉浑身舒泰，就命程夷备些酒菜，一个人在后堂自斟自饮起来。酒至半酣，他忽然感觉心里空落落的，恰巧瞥见碧莲打堂前经过，袅娜的身姿在微风的吹拂下愈发迷人，忍不住就招呼她过来陪酒。郑原心想，我只要每日勤练剑法，又何必戒酒戒色？食色，性也。人的本性就是要吃饭，要女色，我又何必违背人的天性？

碧莲已瞧出郑原几分心意，一边劝酒一边靠近郑原，不停地在他身上蹭来蹭去。郑原被撩得心猿意马，终究按捺不住，一把搂住了碧莲，一边喝酒一边调笑。

两人正调笑得欢，雪沫和紫葵也过来了，道："主人真是偏心，有酒喝却单叫碧莲不叫我等。"

郑原正在兴头上，道："来，都来！"他左拥右抱，在三位美女的环绕下又喝了不少酒。

不觉夜已更深，郑原喝得有些头晕眼花，便要回房就寝。碧莲紧拽着他的胳膊跟来，说是要服侍主人。另两个女子就不干了，说："主人已经很久没有恩宠我们了，今夜你岂能独占？"

郑原道："都来！都来！"

于是他搂着三位歌伎回房歇息去了。程夷在后面见了，连连摇头。

郑原醒来，已是第二天下午，教书先生已在书房等候多时。

郑原忙下榻穿衣，回头看了一眼，三位美女还在榻上睡得东倒西歪，心中有些懊悔，匆匆洗漱完毕，便到书房去见先生。

先生在书房瞑坐，见他进来，便起身道："今日的课就免了吧！"

郑原忙道："先生何意？原昨日饮酒过度，以致昏睡不起，万望先生勿怪！"

先生道："申时已过，老夫今日的课时已完，就此告辞！"

郑原拦住道："可先生今日只字未教，如何就走？"

先生道："老夫受司马大人所托，按时授课，按月取酬，聊以度日。你学多少，与老夫无关。你若果真想学，必当守时而至，何至让老夫在此久等？告辞！"

教书先生走后，郑原怏怏地出了书房。来到院中，四下看了看，又是哈欠连天，浑身乏力，想这样下去终究不是事。那日与蒙毅比武输了倒是其次，只怕这样荒淫度日，自己终生难成大事。想来想去，他也始终想不出一个好办法，只恨自己不争气，经不住女色诱惑，又不想这样饱食终日，到头来一事无成。看看天色已晚，一轮明月斜挂枝头，他忽然想起了家乡的老母，还有秋菱。掐指算来，自己离开郑村竟已半年有余，也不知道她们现在怎么样了，倒不如明日起程，回郑村一趟。

第六章 土即君子

要说在这半年多的时间里,郑原也不是没想过他的老母亲,只是每次想起该把母亲接到身边时,眼前就浮现出当初他走时母亲大发脾气的一幕,几次打定主意要接母亲到蓟城又几次放弃。

至于秋菱,郑原想起她时惭愧不已。他在蓟城的这些日子里,身边天天有三位美女环绕,哪里还有心思去想秋菱!想当初他费尽千辛万苦也没有凑够彩礼钱,现如今这点儿钱于他不过九牛一毛,自己却把这件事给忘了。如果早早娶了秋菱,现在也不至于整天沉迷酒色,贻误正事。这次回去,他无论如何都要和秋菱把婚事办了。

郑原带了两个仆从,早早地驾车出门,至黄昏时,到达无终城。在无终城住了一宿,第二天他到集市上买了些布帛物品,装了满满一车,便向郑村驱车而去。

时值隆冬季节,万物萧条,北风骤起。行至半道,天上下起了零星小雪,赶车的车夫放慢了车速。郑原又冷又饿,催促车夫快些。路上已有些泥泞,车夫一不小心,车轮掉进了泥坑里,半天出不来。郑原没办法,只好和另一名仆从下来推车,费了好大功夫才把马车从泥坑里推出来。

半个时辰之后,郑原到家。走进家门,他感觉有些奇怪,院子里静悄悄的,一个人影也没有。他命两个仆从将车上的东西搬进院子,推开房门,仍看不到一个人影。又回到院中,见房顶上炊烟袅袅,便疾步进入厨房,只见母亲一个人在厨下生火做饭,忙上前道:"母亲,孩儿回来了!"

郑母回头,愣愣地看了儿子半晌,道:"你放着蓟城的好日子不过,回来做什么?"

郑原道:"孩儿回来探望母亲,母亲一向可好?"

郑母道:"好不好的,我这把老骨头能活几天!"

郑原知道母亲还在跟他置气，也不便计较，走到灶下，帮着添了把柴草，道："我走之前给母亲买的几个奴仆都到哪里去了？母亲怎么还亲自下厨？"

郑母一边炒菜，一边道："都是吃闲饭的，被我打发走了！"

郑原惊道："母亲操劳一生，如今年事已高，该享些清福，没有仆人，家里的杂事谁来做？"

郑母道："小门小户的，又没多少事，要仆人做什么！我还没老糊涂，一个人做得来。"

郑原连连叹气，道："既是这样，母亲就随我到蓟城去，让孩儿伺候您安度晚年，如何？"

郑母扔了锅铲，正色道："不去，老身死也要死在这里！"

郑原无话可说，悻悻而出，想着趁他在这里，能帮母亲分担一些家务就分担一些，便吩咐两名仆人担水的担水，劈柴的劈柴，自己却偷偷地溜出门，往村东头走去。

到了秋菱家，却见大门紧锁，院子里的积雪落了厚厚一层。他敲了半天门，也不见有人来开，心下狐疑，却想不出秋菱会去哪里。年关将近，秋菱带着孩子回娘家了也说不定。

院子里有株冬梅，那还是一年前他和秋菱一起种下的，如今已有一人多高，在这冰天雪地里竟开出了两朵娇艳欲滴的梅花来。郑原怔怔地看了半晌，正待要走，却见邻居顾大嫂开门出来了，想必是听到了刚才的敲门声。

顾大嫂隔着一堵院墙朝他道："郑原呀，来找秋菱？"

郑原点头说是。顾大嫂意味深长地笑了笑，道："你如今发达了，哪还能想得起我们这些穷邻居！"

郑原道："嫂子取笑了，兄弟只不过在都城谋了个闲差，聊以糊口而已。"

顾大嫂只是笑，顿了顿，道："说吧，你找秋菱什么事？"

郑原不便据实相告，只道："多日不见，特来相访，竟不知她去了哪里？"

顾大嫂见郑原跟她虚头巴脑地打哑谜，冷冷地道："秋菱是个实在妹子，待你可不薄，亏你还能想起她来！"

郑原惊道："何出此言！莫非秋菱她出了什么事？"

顾大嫂狠狠地呸了一口，道："你安的什么心哪！"

郑原忙道："兄弟失言，嫂子勿怪！"

顾大嫂瞅了他一眼，叹了口气，道："可惜啊，秋菱命苦，又所托非人！"

郑原越发着急，朝她拜了拜，道："请嫂子明示！"

顾大嫂见郑原确实急了，便道："也罢，我便告诉你吧。秋菱啊，你不用找了，她已经嫁人了！"

"啊？"郑原站在院中，半晌说不出话来。他看了看左右，又看了看顾大嫂，道："嫂子是在说笑吧？"

顾大嫂拍了拍身上的雪，道："这大冷天的，我站在风雪里跟你说笑话，你真当我闲的！兄弟，坦白跟你说吧，作为邻居，我眼不瞎耳不聋，你们的事我也略知一二。这秋菱妹子原本是要嫁给你的，可谁知你一去蓟城音讯全无，想必是天天莺歌燕舞，锦衣玉食，早就把她给忘了。可这孤儿寡母的，也得过日子，先夫留下的那点儿家什，也架不住坐吃山空，所以她只好嫁人了。要说这秋菱妹子，论模样也是万里挑一，年纪又轻，还能生养，想娶她的人不少呢，可人家偏偏等了你两年。女人这一辈子能有几个两年？可你倒好，一过上好日子，就把人家给忘了！"

郑原被说得羞愧难当，背脊直出冷汗，道："她嫁给什么人了？"

顾大嫂道："索性我都告诉你吧。那人倒也不是生人，就是同村的张伍，在无终城里开了个铁匠铺的那位。"

郑原告别了顾大嫂，怏怏地往回走。他真想立即驱车到无终城里探个究竟，可一想起这半年来自己的所作所为，万一秋菱质问起来，自己又有何颜面面对？

他心绪纷乱地在雪地里瞎逛，不知不觉走到了村子南边的大路上。路边有家小酒店，是平日里过往行人歇足打尖的地方。郑原不想回家，便走进小店。小店也是本村人开的，见郑原来了，拉着他问长问短。郑原曾经无数次幻想过自己荣归故里时的样子，那会是何等的春风得意！却没想到这头一件事就是听到秋菱已经嫁人的消息，心情糟糕透顶，也不想和小店掌柜多说，略略应承几句，就找了个靠窗的位置坐下，要了一壶酒、几个小菜。

窗外路对面的树林里，就是田方的私塾。郑原虽然与田方交往多年，却从未去过他的私塾。田方饱读诗书，从没瞧不起郑原这个目不识丁的人。可在郑原心里，田方是个士人，可以出口成章，可以腰悬利剑。而他郑原不过是个庶民，即便他武艺不错，平常也只好使刀，不敢弄剑。剑是士人的象征，即便是手无缚鸡之力的士子，也可以腰悬三尺利剑行走天下，而他郑原却不行。半年前卖剑一事，差点儿酿成大祸，现在想想，假如当初自己也是个士，而不是一介武夫，见到宝剑爱不释手，又怎会舍得卖掉？好在这事有惊无险，自己大难不死，又承蒙司马关照，擢而为士，从此可以和田方平起平坐了。

郑原朝窗外看了看，又看了看腰中佩剑，信心满满，想喝完这壶酒就去对面拜访田方，借机看看他的私塾，以了自己多年的心愿。

天色渐渐昏沉起来，雪还在悄无声息地下着，店里的客人三三两两。郑原又想起秋菱的事，不知不觉多喝了几盏，看看天色不早，正欲起身离去，却见对面坐着一人，食案上一样摆着几碟小菜，一壶酒，一尊酒爵，朝他道："怎么我刚来，你却要走？"

郑原睁大迷离的醉眼，一看是田方，便施了一礼，道："田兄，我正要去尊处拜访，却不料在此相遇了。"

田方笑道："几时回来的？也不打个招呼！"

郑原道："今日刚回。"他将食案朝前挪了挪，和田方的食案并在一起，道："田兄常来此处？"

田方道："今日天降瑞雪，正适合饮酒闲谈，我正愁无人叙话，却没料到你在这里。看贤弟的样子，莫不是有什么烦心事？"

郑原叹道："瞒不过田兄，老母生性执拗，不肯随我去蓟城，因此苦恼。"

田方举起酒爵，与郑原对饮一杯，笑道："令堂在此生活已有数十年，过惯了操劳的日子。蓟城乃繁华富贵之地，只怕她过不习惯。习惯操劳的人，一旦闲适下来，反倒容易疾病上身，不去也罢，贤弟又何必苦恼！只怕还有别的事吧？"

郑原的心思被田方看穿，颇为尴尬，他瞧瞧左右无人，掌柜的站在柜台后算账，相隔甚远，应该听不清他们的谈话，便厚下脸皮道："秋菱已嫁作他人妇，为弟心中甚是不快！"他想着，不管田方怎样嘲笑自己，也都由他去吧。

不料田方并没有笑他，反倒劝道："婚姻一事本是天定，你二人今生无缘，实乃天意，你又何必自寻烦恼！"

郑原道："说起这事，都怪我做事轻浮，未曾考虑周全，辜负了她一番美意。"

田方摇头道："世事岂能人料！秋菱跟了张铁匠，也未尝不是一件好事。贤弟已身居公门，自当另寻一位富贵千金为妻。以愚兄之见，即使秋菱今日未嫁，贤弟以士子之身而归，她也未必肯从。门不当户不对，秋菱深明大义，岂会强攀高枝！"

郑原道："田兄这么说，倒教我心里好受些，只是——"

田方一摆手，打断了他的话，道："两情相悦固然是好，门当户对方能长久，贤弟不必为此愧疚懊悔。张伍为人忠厚，又有一门好手艺，秋菱跟了此人，合该圆满。"

郑原不再说话了，频频举爵向田方敬酒。一壶喝完，他又要了一壶，忽然想起一事，道："田兄，愚弟正有一事想请教。"

田方道："贤弟请讲！"

郑原道："何为士？"

田方道："士即君子。"

君子，即是国君之子。按照周礼，国君的嫡长子仍为国君，其余的诸子为卿大夫；卿大夫的嫡长子仍为卿大夫，其余诸子为士。听田方的口气，像他田方这种世袭的、正儿八经的士当然可以称为君子；但像他郑原这种半路出家的，祖上跟国君到底有没有关系谁也不知道，也许八辈子都是山里的农民，承司马厚恩，擢而为士，会有人认同吗？

郑原道："庶民可否为士？"

田方道："通五经贯六艺，即为士。"

郑原道："何为五经？何为六艺？"

田方道："《诗》《书》《礼》《易》《春秋》，谓之五经；礼、乐、射、御、书、数，谓之六艺。"

郑原道："五经六艺，若非家底深厚且自幼而学，难以通晓，庶民几无可能。"

田方道："心怀天下，轻生死重大义，亦为士。"

郑原道："何为大义？"

田方道："以天下苍生为念，不谋私利，不计得失，小则修身齐家，大则治国平天下。"

郑原道："以兄之见，愚弟可算一士？"

田方笑道："若我直言，贤弟勿怪！"

郑原道："兄长但讲无妨。"

田方道："贤弟虽生性纯良，与人为善，然胸无大志，贪图享乐，可为良民，非士子之为也！"

郑原羞愧难当，半晌不说话。田方忙给他劝酒，说："愚兄一面之词，贤弟权且一听，不必当真。"

郑原道："田兄所言极是，愚弟离做一名士子还差得远，也不配腰悬利剑！"说着就要去解腰间的佩剑。

田方忙拦住，道："愚兄倒有一事不明，文武二艺，乃士子必修之课，贤弟的武艺学自何处？"

郑原道："自幼跟随家父所学。"

田方道："令尊既通武艺，必不是庶民。"

郑原道："家父年轻时，曾在军中任事。"

田方道："可曾任何职？"

郑原道："我实不知，家母也不曾说起。"

田方道："能披甲上阵者，必为士人。早些年间，庶民不可与战，诸国皆同。想必是令尊立有战功，得几亩田地，便从此弃了戎装，甘为农人，落得逍遥快活。"

郑原道："倒也可能。"

田方道："如此说来，贤弟既为士人之后，自当世袭为士人。只是囿于山林日久，与一般农人无二。"

郑原道："田兄休要以此安抚我，即便如此，愚弟也不配为士。正如仁兄所言，士以天下为己任，从今往后，愚弟定当痛改前非，以士子之心律己。他日相见，定教仁兄刮目相看！"

　　田方笑道："孺子可教也！"

　　两人又喝了一阵，郑原道："田兄博古通今，又是士子出身，以兄之才，求取功名富贵易如反掌，奈何甘愿老此山林，与孩童为伍？"

　　田方道："田某不求官禄，不问世事，隐居山林，终日以教书授徒为乐，看似胸无大志，不图进取，实则传道授业，开启民智，乃天下头等大事！"

　　郑原拱手道："愚弟眼拙，竟不知兄长胸怀如此大志，佩服！可惜，愚弟只会武艺，不通文墨，恐怕终生难有所成！"

　　田方道："此言差矣！士有文士、武士、侠士、谋士，不一而足，凡有一技之长者，皆可成就大事！"

　　郑原起身，朝田方重重地施了一礼，道："今日受教，胜读十年书，小弟虽驽，定不负仁兄厚望！"

第七章 所托非人

郑原在村子里歇了几日，拜访了一些亲朋旧友，便带着两名仆从回蓟城了。他再三劝说母亲跟他一同去蓟城，母亲就是不去。经过那天田方的分析，郑原也大致明白了，父亲以前从军，母亲一定是整日为他提心吊胆，没有过一天安生日子，后来大概是父亲得了一些赏赐，为了不再让母亲担心，就安心在家务农。也正是因为这样，母亲一再反对儿子步入仕途。宦海沉浮，几多凶险，她大概是对这种担惊受怕的日子心有余悸。郑原勉强不得，便只好留下母亲一个人在家，独自返回蓟城。路过无终城的时候，他本想去看看秋菱，犹豫再三，还是没去，一路快马加鞭回到了蓟城。

　　回到府上，郑原做的第一件事就是让管家找些人家把那三个歌伎给打发了，然后去司马府主动请缨，想谋求一份正式的差事。

　　司马燕成眼下正有一件愁心事。寒冬已至，无终城附近的山戎因缺吃少穿，常常三五成群地出来袭扰，城外百姓常遭其劫掠。他们抢完东西之后迅速躲到附近的山林中，待城中派出兵马征讨时，已不知其踪。而年关将至，蓟城之中琐事繁多，他难以脱身，正打算让蒙毅带百十来人进山清剿，又不知山戎虚实，怕万一遭了暗算，反而会吃大亏，一时拿不定主意。正好郑原前来请缨，他便命郑原为亲侍，早晚到司马府听差。郑原领命而去，打算回去准备一下，从第二天起就入职当差。

　　郑原回府后，见三个歌伎正在那里哭哭啼啼不肯走。他不忍心看她们一副可怜的样子，又命程夷给了她们每人一千钱，把卖身契还给她们，给了她们自由之身，这才把人打发走。

　　待郑原走后，燕成心里已经有了主意。早在一年前，他就在无终偷偷练了三千骑兵。这三千骑兵本来是用来对付燕泽的，万一哪天燕泽听信谗言，或头脑发热，要对他下手，他凭这三千骑兵足以抵挡一阵子。眼下他虽然掌管着燕国的三军兵马,可这三军毕竟是为燕国效力的,不管燕泽是以什么手段上位的,现在他名义上是燕君,万一宫中有变,这三军将士是听他燕成的还是听燕泽的真不好说。三军加起来有兵车千乘,兵车虽然厉害,但只适合平原作战,遇到山地就摆不开阵势,相反骑兵就灵活多了。而无终城是靠近山地的一座城池,为什么训练骑兵而没有打造兵车,燕成也是经过深思熟虑的:其一,兵车太贵,小小的无终城耗费不起;其二,无终城原本就是山戎建立起来的城市,燕成征服它之后,收留了很多山戎的降将降卒。这些山戎兵不懂驾车,不懂布阵,却擅长骑马。他们骑技之高超灵巧,往来袭扰,倏忽如风,令敌人防不胜防,追无从追,无论平地、山地,还是泥滩,都能来去自由,快如闪电。燕成充分利用了这些山戎人的特点,训练了一支强悍善战、来去无踪的骑兵。但这些骑兵只是在城郊训练时用过,偶尔也进山打个猎,算是演习,还从未真正实战过。一来,燕成都是秘密行事,不敢声张,怕燕泽知道后对他起疑心;二来,国事都是派遣国家军队出兵,没有用他燕成私家军的道理。现在一小股山戎强盗在无终城附近出没,这个机会就来了。

所以,燕成打算让蒙毅和郑原各带五百轻骑进山清剿山戎,余下两千骑兵仍留在营中,每十日一轮换。两人各领一支人马,是为了以防万一,好有个照应。

范缨听了燕成的这个想法之后,道:"郑原从未领过兵打过仗,主公轻易交付五百骑士与他,恐怕凶多吉少!"

燕成道:"我是有意要磨炼他。郑原武艺虽好,却从未杀过人,若是在战场上见点儿血,对他大有好处。"

范缨道:"三千骑士日夜操练一年有余,来之不易,为郑原一人而轻掷他人性命,窃为主公不取也!"

燕成道:"可让赵贲与他一同带队,郑原名为主将,实则由赵贲调度,先生以为如何?"

范缨道:"恐有不妥!"

燕成道:"如何不妥?"

范缨道:"蒙毅为主公股肱之臣,片刻不得离身。老夫既然已知主公之意,不如留蒙毅在此跟随左右,我自带郑原前往无终清剿山戎。"

燕成道："先生若走，我倒是没主张了。若有大事，我找何人商议？"

范缨道："主公勿忧，料想几个山戎，无需耗费太多力气。主公若有事，可快马报与老夫，老夫即刻便来；若无大事，修书一封派人送往老夫即可。"

燕成想了想，道："就依先生！"

第二天，燕成就让范缨带着郑原去无终。

二人刚走，燕泽的侍卫就到了，说："国君请司马到西苑会猎！"

燕成心里一惊，心想莫不是走漏了什么风声？容不得他多想，他忙命蒙毅备了弓弩，带了十来个随从朝西苑而去，行前又将青芒剑佩戴在身上，以防万一。

西苑在蓟城以西三十里外，是燕国国君的行宫，里面亭台楼阁、山水画廊一应俱全，还豢养着无数的飞禽走兽。燕泽平日里没事就在这里饮酒作乐，骑马打猎。现在已经是冬天，不适合打猎，燕泽召自己来，恐怕是有别的事。

半个时辰之后，燕成赶到西苑。燕泽不在宫中，内侍说，国君已进入后山林中。

林子里的树木大多只剩下光秃秃的枝干，偶尔有几株松柏还泛着绿色。地上是衰草连天，道路狭窄。燕成让其余的人在林子外守候，独自驾车进了林子。走了没多远，他看见燕泽独自站在车上，正拈弓搭箭，射向一只山鸡。弓弦响，山鸡应声而落。燕成不由叫道："好箭法！"

燕泽一回头，道："兄长来了！"便掉转马头，驱车行近前来。

燕成施了一礼，道："不知国君召臣前来，有何吩咐？"

燕泽一眼瞥见一只山鹰从头顶飞过，忙又抽出一支箭来，搭在弓上，朝天空瞄准，道："好事！"

燕成问："是何好事？"

山鹰飞走了，燕泽收了弓箭，道："中山国遣使前来，想和我燕国结为亲家。兄长知道，寡人刚娶了齐国公主。而兄长自嫂夫人过世之后，鳏居多年，未曾续弦，此番中山国来攀亲，岂不正好！"

燕成道："岂有此理！中山乃狄人之国，非我族类。愚兄若要续弦，自然求于华夏诸国，岂能与戎狄结亲？"

燕泽道："兄长言重了，狄人虽非同族，却也是黄帝后裔，有何不可？而今燕国，北有山戎，南有中山，中山国欲南下灭邢国，故而求好于我，不如趁此良机，与中山国结盟，使我北伐山戎无后顾之忧！"

燕成道："臣闻狄人野蛮成性，断发文身，茹毛饮血。我燕国乃王室之胄，怎能娶蛮夷为妻？此事断不可为！"

燕泽哈哈大笑，道："兄长自幼饱读诗书，没想到竟如此迂腐！狄人与我华夏之人长得一般无二，兄若不信，可亲往中山走一遭，若满意，你就应了这门亲事；若不满意，再推辞也不迟。"

燕成不好再说什么，只得暂且答应。

当晚回到府中，燕成思忖再三，想不出这里面有什么鬼名堂，可惜范缨不在身边，自己看不出这其中的端倪。本想修书一封快马告知范缨，又怕他笑话自己小题大作，还是算了，自己先去一趟中山国了解一下情况再说。

略作准备，燕成便扮作使臣的随从出发了。中山国的使臣已于当日回国，并未和他们同行。燕国的使臣叫吴通，五十多岁，常年在各国之间奔波，饱经风霜，看起来有六七十岁。燕成一路听他讲解各国奇闻，如齐侯好色，鲁侯迂腐，晋侯昏庸，卫侯荒淫，倒也不觉得累，竟不知不觉地到了中山国。

进了中山国，燕成感觉很是奇怪。原以为这里的人们食鸟兽、衣羽皮，却没想到他们竟与中原的华夏人无二，也说中原话语，写篆字。他们的街道与蓟城也没什么两样，两旁房舍也和蓟城如出一辙，唯一不同的是有些女子会在头上装饰些野禽羽毛。燕成百思不得其解，请教吴通。吴通解释道："狄人心向王化，在此已历数百年，为周礼浸染，自然与我等无异。"

两人先到馆驿歇息，等候中山国君召见。晚上，馆尹安排歌舞酒宴款待两人。燕成这才发现狄人的歌舞与中原自是不同，乐中带有肃杀之气，歌伎也多妖冶，不及中原女子端庄。食物中也多有不知名的野味，不像中原人只吃牛羊鱼肉。他们的酒更是有一股奇怪的味道，燕成喝不惯，早早地退席，回房歇着去了。

刚进房门，燕成还没来得及更衣，一把冰冷的弯刀就架在他的脖子上。燕成被吓出一身冷汗，不敢擅动，等了片刻，见来人并没有立即杀死他的意思，便道："你是什么人？为什么行刺我？"

来人慢慢转到他面前，是个蒙面女子，身材娇小，声如莺啼，道："你就是燕国公子？"

燕成没想到自己的身份这么快就被人识破了，只好道："是！我与姑娘素昧平生，奈何初次见面，便以兵戈相向？"

女子不答话，又问道："你是来中山国结亲的？"

燕成说："是。"

女子道："在你眼中，中山国的女人都是丑八怪，未见面之前，便不肯答应？"

燕成道："婚姻大事，岂能儿戏！自是见面之后，心下喜欢，再结为连理为好。倘若贸然应允，娶回去又不喜欢，岂不是冷落了人家姑娘？男儿可以三妻四妾，娶错一个不足为虑；女子一生只嫁一人，如若嫁错，岂不悔恨终生！"

女子听了，慢慢放下弯刀，顺手将蒙面巾摘了，露出一张俊俏的脸，道："像我这样的，公子可喜欢？"

燕成叹道："狄国之中，竟有如此国色天香，燕成开眼了！"

女子道："周人之中，竟有不畏死之人，公子也是人中豪杰！"

正在这时，吴通在外面敲门，因为他忽然想起一件事，中山国并非周王钦封的诸侯国，明日见了中山国君，不知该如何称呼，便找燕成商议。燕成隔着门听完原委，道："我已睡下了，有事明日再议！"

吴通走后，燕成施了一礼，道："姑娘谬赞，敢问姑娘芳名？"

女子笑了笑，不说话，开门出去了。燕成追上去一看，女子已经消失在夜色之中。

第二天一早，燕成刚起床，吴通又来了，道："中山非我华夏族人，爵位不明，尊卑不分，该当何称谓？"

燕成道："吴大夫周游四海，见多识广，还有吴大夫不明白之事？"

吴通道："此前吴某所出使之国，皆周天子之臣属，尊卑有分；此乃狄人之国，只有耳闻，未曾来往。若今日狄酋召见，当以何礼相待？"

燕成想了想，道："不如问馆尹！"

吴通恍然大悟。

于是两人一同去见馆尹，道明来由。馆尹一听，愤然道："周人以不尊周礼者为蛮夷，岂不知我主乃尧帝之后，始封于唐，因不服周人管制，迁于此地，以狄人自居。"

吴通忙道："原来是尧帝后裔，失敬！吴某孤陋寡闻，故有此问，望馆尹大人见谅！却不知贵国君位居何爵，是何姓氏，还望告之，以免令我等失礼，有辱大国威风！"

馆尹道："侯爵，鲜虞氏。"

两人用完早膳，回到房中。燕成心中疑惑不已，道："尧帝后裔，侯爵？果真如此？我竟是闻所未闻！"

吴通道："这倒难说，昔日武王一统天下，原夏、商旧臣有诸多不服者，纷纷逃离中原，避居四野，今日之夷狄，未必不是昔日之王亲——且不管他，今日鲜虞侯若召见，我们倒也好行外臣之礼。"

两人在馆驿中等了一个时辰，也不见鲜虞侯召见，闲着没事，便到中山城的街上逛了逛。燕成发现街上有很多店铺卖兵器，就进去看了看。这里的兵器与蓟城的不同，剑比较少，弯刀比较多，就连短刀也是弯的，他想寻一把可随身携带的匕首都没找到，无奈只好闲逛，无意中发现一把弯刀做得十分精美，刀鞘上装有数颗红宝石，刀柄上有颗蓝宝石，拔出来一看，寒气森森。他想起昨日拿刀行刺自己的那位白狄女子，有心买下这把刀，便问了价钱。掌柜的开价要十两金子。

燕成大吃一惊，道："什么刀要卖这么贵？"

掌柜的道："客官有所不知，此乃宝器，名唤'断肠剑'。"

燕成道："分明是刀，怎说是剑？"

掌柜的哈哈大笑，道："你们华夏人管它叫刀，我们狄人管它叫剑。"

燕成道："真是胡言乱语，剑乃直脊双刃，此物弯脊单刃，便是刀了。"

掌柜的道："华夷有别，客官无须计较许多。客官若真想要，八两金子如何？低于此数，老夫便不能卖了。"

燕成道："我倒有个主意，看这短刀弯如北斗，我给它改一名，叫'七星宝刀'，就七两金子如何？"

| 第七章 | 所托非人・55

掌柜的略一沉吟，道："成交！"

两人逛累了，便往回走，刚到馆驿，中山国使节已在那里等候，道："国君召二位进宫一同用膳，快随我来！"

第八章 两国结亲

二人随着中山国使节来到国宫，中山国国君鲜虞熊已摆下宴席在那里等候。双方施礼毕，各自归席而坐。

鲜虞熊长相魁梧，浓眉大眼，声如洪钟，寒暄过后，他便直言相问："前番国使出访贵国，曾有约定婚约之事，以便两国永世修好，不知贵国意下如何？"

吴通回道："鲜虞公美意，寡君自当明了。倘两国结百年之好，永不兴兵，则国人幸甚，只是——"话到嘴边了，吴通却说不出口。两国结亲，还没有说要先见女方长相的道理，别说在狄国，就算是在中原诸国，提这种要求都是十分无礼的行为。他原本想找个机会私下打探一下，谁知这么快就被鲜虞熊召见并问及此事，答应不答应，全在燕成，自己也做不了主，便只好看着燕成。

燕成是作为副使来的，料定鲜虞熊并不知道他的身份，其实他心下早就有了主意，这时趁机道："不知鲜虞公所许是哪家千金？"

鲜虞熊道："我中山国司马南宫氏之女，配你燕国司马，岂不正好！"

燕成道："我燕国司马深感鲜虞公厚意，岂能不允！为表诚意，司马大人特命下官带上他的一柄宝刀，赠予南宫之女，以为信物！"说着，从怀里取出那把七星宝刀，双手呈上，让侍人转呈给鲜虞熊。

鲜虞熊拿过短刀看了看，道："确是宝刀，却像是我中山产物，非中原人所有。此物赠予南宫姑娘，倒是合适。燕使放心，寡人会亲手把它转交给南宫姑娘。"

燕成道："鲜虞公见谅，下官来时，司马大人特意嘱咐，此物须当面呈交南宫姑娘。"

鲜虞熊一愣，道："哦，是何道理？"

燕成道："司马乃好武之人，只愿所聘之人也会些刀剑，不是柔弱胆小之辈。兵者，凶器也，一般女流见之变色。司马大人说，若姑娘收下此物，便是习武之人，这门亲事就定下了；若她不收，便是懦弱女流，这亲事就不能成了。"

吴通听得胆战心惊，真担心燕成一不小心惹恼了鲜虞熊，后果不堪设想。没想到鲜虞熊一听，哈哈大笑，道："这倒是有意思——来人，传寡人旨意，请南宫姑娘进宫！"说罢，又将七星宝刀还给了燕成。

吴通终于松了一口气，等他们说完，忙不迭地劝酒。众人一边吃酒一边等候。

半个时辰之后，一名妙龄女子身着一袭白裙款款而来，走至殿中，朝鲜虞熊施礼，道："南宫燕见过国君！"

鲜虞熊将刚才燕成的意思跟南宫燕说了，让她自行决定，这刀是接还是不接。

南宫燕回转身来，与燕成四目相对。燕成这才看清她的面目，心下暗喜，自己没有猜错，果然是昨夜行刺自己的那位姑娘，忙双手托着短刀，高举过头顶，等南宫燕定夺。

南宫燕在众目睽睽之下，倒也不羞怯，径直走了过来，从燕成手中接过短刀，还拔出来看了看，点了点头，又插回鞘中，道："这刀我收了！"

燕成连忙施礼："多谢姑娘厚意！"

鲜虞熊见状，抚掌大笑，道："好！自今日起，两国结永世之好，永不兴兵。二位回去转告燕侯，兹定于腊月二十日，在两国交界之地签订盟约。至于两位司马家的婚事，还望贵国遣人速来下聘，尽早完婚！"

从国宫里出来，在回馆驿的途中，吴通大感不解，问燕成："我观公子与这位南宫姑娘似曾相识，然否？"

燕成笑道："成初次来中山，若不是吴大夫带路，还辨不清东西，何来旧相识？"

吴通连连摇头，道："狄人之女，果然不同，与公子相见，竟不生分。"

燕成道："我看那姑娘，机警过人，成甚是喜欢，还有劳吴大夫尽早为我纳下聘礼，勿使好事蹉跎！"

吴通道："公子放心，事关两国前途，下官自当尽心！"

回到馆驿，两人各自回房收拾行李，打算住一晚就走。晚上，燕成独自坐在房间里看书，冷风吹打着门帘，发出沙沙的声响，他不由得心里一动，心想莫不是南宫燕还会来和自己告别？忙走上前去，掀开门帘往外一看，外面黑漆漆的什么也没有。他不由得觉得好笑，笑自己痴心妄想。这位南宫姑娘不简单，自己乔装打扮成使者，本以为神不知鬼不觉，连那鲜虞熊也没看出来，却不料被她看出来了，而且她还知道自己此行的目的。日后见了面，他一定要问个清楚，她是怎么知道的。

二人一行回到燕国，向燕泽复命，并说明盟约和婚约之事。燕泽大喜，当晚摆酒给他们接风。

酒至半酣，燕成便推托不胜酒力，退席而去。时值隆冬季节，北风一吹，外面又纷纷扬扬下起了大雪。燕成在屋檐下站了一会儿，便沿着回廊往外走。大雪天，宫里的路全变了样，加上几分酒意，他竟走错了路，不知不觉就往后宫的侧门去了。快到门口时，他突然发现一个人影在假山后一闪，钻进了一片竹林。燕成倒吸一口凉气，心里一惊，酒也醒了，心想莫不是有刺客，便拔剑在手尾随而去。

黑影在宫中各个房檐和假山后左躲右藏，最后停在寿春宫门前，回头四下打望了一下。他这一回头，借着雪地的反光，燕成竟看清了，那人不是别人，正是他的亲哥哥燕吉。至于寿春宫，燕成也知道，那是燕泽的母亲姜文萱的寝宫。

作为被废的世子，燕吉已经四十多岁了。而燕泽的母亲，实际上只有三十五六的年纪。但即使是这样，姜氏名义上还是燕吉的母亲。这深更半夜的，燕吉跑到姜氏这里来做什么？莫非与废立之事有关？想当初，燕吉被废，改立燕泽为世子，这姜氏可是费了不少心思。

燕吉四顾无人，便轻轻地推门进去了。燕成也悄悄跟了上去，躲在窗下偷看。

屋子里灯光昏暗。燕吉推门进来，轻轻咳嗽了两声，姜文萱立即从卧室里跑了出来，道："怎么才来？"

燕吉道："雪天路滑，走得慢了些。宫女们呢？"

姜文萱道："都打发出去了，你冷不冷？"

燕吉不回答，伸手一把抱住了姜文萱，将她搂在怀里，亲吻起来。姜文萱嘻嘻哈哈地挣脱他的手,道:"你的手像冰一样凉,先到里屋去烤烤火,我刚让宫女把火盆烧旺了。"

来到卧室,屋子中间果然生着一盆炭火。燕吉在火旁烤了一会儿,就对姜文萱动手动脚。

姜文萱道:"瞧你这猴样,急什么!"

燕吉道:"我一日不见你,就想得慌,怎能不急?"

姜文萱道:"真有那么想我,就天天来呀!"

燕吉道:"这宫中戒备森严,我好不容易得空才进得来。若天天来,早晚惹出事来,让你那宝贝儿子看见了,还不要了我的命!"

姜文萱忽然想起什么来似的,道:"方才进宫,内侍没有为难你吧?"

燕吉一提起这个就来气,道:"那姓黄的内侍,不知拿了我多少好处!也只有他当值的时候我才敢来,换了别人,不是打发不起就是怕人多嘴杂,走漏了风声。他子时换班,我得趁他换班之前离开,你还不快些!"

姜文萱一边宽衣解带,一边扑上身来,双手捧住燕吉的脸,道:"让你受累了,早晚我要搬出宫去,不在这里受他人管制。"两人就在榻上卿卿我我起来。

燕成估摸着时辰不早,看外面雪越下越大,地上已积了厚厚一层,如果走晚了,难免会留下深深的足迹,不如趁机早走。于是他悄悄退了出来,沿着廊檐往外走。

刚到侧门,黑暗里冲出一个人来,吼道:"什么人?"

燕成吓了一跳,细一看,正是那位姓黄的内侍,便道:"燕成奉命与国君饮酒,不觉酒后走错了路,有劳公公放行。"

黄内侍拿出灯笼往他脸上一照,道:"原来是公子,老奴冒犯了!"便替燕成开了门。燕成走了出去,回身向黄内侍致谢,却见黄内侍朝他意味深长地笑。他佯装不明所以,拱手而去。

第二天,散朝后,燕成邀请燕吉到府中饮酒。酒过三巡,燕成屏退左右,对燕吉道:"为弟有一句话,不知当讲不当讲?"

燕吉道:"你我乃一胞所生,有何不能讲!"

燕成道:"兄长勿怪,昨夜为弟奉命往宫中饮酒,不料酒后误入后宫,见有一人……"

燕吉不由坐了起来，正色道："除你之外，可还有别人？"

燕成摇头。燕吉长吁一口气，又缓缓坐了回去。

燕成一拱手："恕弟直言，兄长勿怪！"

燕吉道："讲！"

燕成道："姜氏乃燕泽之母，亦你我二人之继母，兄长上蒸继母，实乃大逆不道。此事若让外人知道，当谓我燕国公室丧尽人伦，禽兽不如！"

本以为燕吉听了会大发雷霆，据理狡辩，不料他只是哈哈一笑，道："兄弟你不懂，那姜氏虽是半老徐娘，却颇有几分姿色！"

燕成道："兄长府中美女无数，何独稀罕一姜氏？"

燕吉道："姜氏擅长男女之道，床笫之间，令人欲仙欲死，岂是寻常女子可比！"

燕成道："兄长可知，此事若让燕泽知晓，后果不堪设想！"

燕吉一听到燕泽，就怒不可遏，道："黄口小儿，能奈我何！他夺我江山，我淫其亲母，算起来还是他合算。贤弟难道不知，先君薨时，留下美姬无数，按理讲都是你我庶母，却皆为燕泽霸占。蒸其母者，燕泽为先，我步其后尘而已。"

燕成连连摇头叹气，道："兄长纵不顾人伦，岂不顾自身安危？倘若燕泽得知此事，以其暴戾跋扈之风，岂能善罢甘休？"

燕吉道："此言差矣！历来废世子皆不得好死，我之所以能活到今天，全凭姜氏之力。燕泽为人骄纵，待姜氏却极孝，凡姜氏之言，莫不听从。"

燕成无话可说，拱手道："兄长自求多福，为弟只是为兄长安危着想，兄长若有闪失，为弟岂能独存！"

燕吉端起酒来以示谢意，道："有你这句话，为兄便是死而无憾。他日若能复位，定不忘兄弟厚意！"

燕成听了，惊道："兄长意在夺位？"

燕吉嘘了一声，小声说："谋之于姜氏！"

燕成道："兄长可知，当初若不是姜氏，兄长何至于被废？正是姜氏于先君耳旁进献谗言，先君才废了兄长，立燕泽为世子。"

燕吉道："解铃还须系铃人。姜氏乃有情有义之人，昔日姜氏眼中只有其子，今日却只有我一人。"

燕成摇头表示不信，道："人不爱子，闻所未闻。姜氏与燕泽，血脉相连；而与兄长，不过是男女私情，焉能相提并论？"

燕吉道："此事须从长计议！我且问你，假若姜氏有了我的骨肉，她是爱燕泽多些，还是爱我和这个小儿多些？"

燕成听得瞠目结舌，道："姜氏有……"

燕吉一脸坦然，道："早晚的事！"

燕成叹道："若果真如此，倒也未可知！"

燕吉哈哈大笑，道："兄弟放心，为兄不会鲁莽行事。只是燕泽，现既为国君，手握重权，国人虽多有不满，却敢怒不敢言。为兄隐忍多时，只待良机。今贤弟掌管兵马，国中能与燕泽抗衡者，唯你一人。他日为兄若有义举，还望兄弟万勿推辞！"

燕成连连点头称是，感觉后背直冒冷汗。

一连几天上朝，燕泽都是闷闷不乐，寡言少语。燕成心里一惊，心想莫不是他发现了某些端倪？于是一天散朝后，等众大夫离去，他独自求见燕泽。

燕泽只是个二十出头的年轻人，什么事情都挂在脸上藏不住。燕成想借此打探一下虚实，万一事情泄露，也好早作准备。

燕泽一开始还不见，燕成再三请求他才答应。燕成进到后宫，燕泽正在后花园里无聊地打水漂，见燕成来了，不耐烦地说："你有什么事找寡人，快说！"

燕成道："说来也无事，只是近日见国君愁眉不展，想来必有忧心之事，臣斗胆前来一问，愿替国君分忧！"

燕泽看了他两眼，点点头，道："兄弟一场，算你有良心。"

燕成道："敢问国君为何事忧心？"

燕泽叹口气，道："母亲想搬出宫去，令寡人甚是为难。你说，是不是寡人待她不好，所以她要离我而去？"

燕成道："国君待母至孝，人人皆知。"

燕泽道:"那她为何还要出宫去住?"

燕成道:"老夫人自先君薨后,寡居深宫。国君虽待母至孝,然国事缠身,不能日夜陪伴左右。宫中生活,本是枯燥无味,无聊之极,老夫人愿出宫为一寻常妇人,自有寻常之乐。"

燕泽一愣,道:"照你说,寡人该答应她?"

燕成道:"臣闻所谓孝顺,顺为孝先。且不管老夫人心何所系,为子女者首当顺其心意,而后再孝。国君既不忍与母相离,可在侯宫不远处选一豪宅,多派些宫女内侍,好生奉养,如此宫里宫外岂不一样?"

燕泽一听,茅塞顿开,道:"有理,就依兄长之言!"

过了几天,燕成忽然问蒙毅:"无终可有消息?"

蒙毅道:"没有。"

燕成心里暗暗担忧,道:"该不会出什么事吧?"

蒙毅道:"如若有事,无终必有音讯;今无信,正是一切顺利,主公且放宽心!"

正说着,听见外面有人来报:"无终来信!"

第九章

无终练兵

郑原随范缨来到无终，稍作歇息，便朝城北大营而去。城北大营在一片山谷密林之中，平日里绝不允许闲杂人等靠近。附近的几个山头上也都筑有岗哨，只要有可疑的人靠近，岗哨里的军士就会挥动手中的旗子，向山谷里的守军传递信号。范缨他们一行人刚进山口，就有两匹快马急驰而来。范缨拿出令牌，表明来意，快马立即回报。不一会儿，赵贲领着十几名骑士前来迎接。

一炷香的工夫，郑原一行人到达营地，赵贲领着他们朝中军帐走去。郑原四下观看，惊叹这里别有一番洞天——在沟涧、山谷之间有大大小小的营帐数百座，星罗棋布，山谷里有校场、马场，还有御道、靶场，车马往来，人声杂沓。

中军帐设在山脚的一排山洞里，一股清泉自山顶飞落，注入洞旁的小溪。

郑原诧异不已，以前他在这一带打猎的时候，自认为对这一带的山川谷地了如指掌，从没想到这里竟隐藏着这么一个天大的秘密。

赵贲给两人安排了住宿，随后摆酒为二人接风，道："山中缺吃少穿，粗食淡酒，还望二位海涵！"

范缨道："赵将军哪里话，我二人来此，非为享福，乃有军令在身，清苦一些自是应当。"

赵贲道："主公可有军令给我？"

范缨道："将军只需在营中操练兵马，勿有懈怠，主公自有用将军之时。"

赵贲听了，面露失望之色，道："我每日在此操练不辍，却苦于无用武之地，甚是苦闷，还望先生在主公面前替我多多进言，赵贲万事俱备，只等主公号令，便是赴汤蹈火，万死不辞！"

范缨哈哈一笑，道："将军既有此心，主公必定欣慰，他日若有差遣，必不忘将军！"

歇了一晚，第二天范缨携郑原到校场点了一千人马，各自备好干粮，朝东面一带山林进发。赵贲在一旁看着，艳羡不已。

行了一程，前方有探马来报，在前方五里处的一片山谷之中发现山戎人的营寨。

范缨问："敌人有多少人马？"

探马回道："目测有二三百人。"

范缨立即下马，察看了地图，道："敌军分散于山谷之中，我军须兵分两路，一路正面攻击，一路包抄其后，勿使其逃遁。谁愿与我分兵截敌退路？"

郑原道："先生，我愿分兵去截其退路！"

范缨看了他一眼，没有说话，眼睛扫向其他几名校尉。

一名叫杨路的校尉站了出来，道："末将愿往！"

范缨点了点头，又嘱咐了几句，分了一半人马给他，让他先去截断敌人的退路，并约定以点火为号。

范缨跨上马，又朝前进发，见郑原垂头丧气地跟在他身后，道："平之勿怪，用兵之道，非同儿戏，仅凭一人之勇，难以成事。此战乃检验我虎贲营骑士本领之第一战，关系重大，如有不测，将挫伤我军士气。平之素未领兵，老夫不敢贸然用之。"

郑原道："末将不敢，先生但有用郑原之处，切莫相忘！"

范缨领着五百骑兵，行不多时，却见前面有一山岗。山岗之后，有袅袅炊烟，似乎还有厮杀之声。范缨心想，坏了，一定是杨路误把山戎人的炊烟当作这边发的信号了，忙麾军速进，冲入山谷。

郑原是第一次上战场，不由得心里紧张，见范缨已冲在前面，来不及多想，忙策马跟上。范缨抽出长剑，左砍右刺。郑原也抽出佩剑，却不知该砍向哪里，正犹豫间，一名山戎士兵手执弯刀向他冲来。郑原本能地挥剑躲避，一回头，山戎兵已经掉下马来，脖子上开了个大口子，鲜血喷涌而出。郑原握剑在手，不由得颤抖起来。第一次杀人，竟是这么简单！

郑原望着那名山戎兵在眼前慢慢死去，有些害怕，又有些恻隐。范缨冲他喊道："别看，快往前冲！"话音未落，又一名山戎兵呼啸而至，向范缨冲来。

郑原大喊一声："先生小心！"

| 第九章 | 无终练兵 · 67

范缨回头挥剑抵挡，却被来人撞到马下，兵器被撞飞到了一边。两人徒手搏斗，扭打成一团。

郑原忙跳下马，持剑跑了过去。撞翻范缨的山戎兵是个身宽体胖的大汉，范缨被他撂在地上，吃了不少亏。郑原手持利剑，却踌躇不敢下手，刚才那名山戎兵惨死的样子还在他脑子里闪现。

正踌躇间，又一名山戎兵向他袭来。郑原躲得慢了点儿，腿上被划了一刀，钻心地疼，几乎站立不稳。山戎兵哈哈大笑，又纵马来袭。郑原瞅准时机，只一剑，便将山戎兵刺下马来。回头一看，范缨正被那个山戎大胖子掐住脖子，脸红得像猪肝。他没多想，提剑过去朝山戎兵背后直刺而去。

山戎兵倒下了，剑尖离范缨的胸口只有半寸。郑原惶恐不安，道："让先生受惊了！"

范缨呵呵一笑，一拍郑原后背，道："快，上马杀敌！"

一战下来，山戎兵全部被歼，虎贲营这边死伤了五十名骑兵。范缨一面命人清理战场，一面派人到附近找个避风的山谷好安营。

晚上，范缨命侍卫在帐中燃起篝火，烤了一只羊，和郑原一边喝酒一边笑谈。郑原拿出匕首割肉，手仍在颤抖。

范缨见了，道："平之这是为何？"

郑原道："让先生见笑了，我头一次杀人，现在回想起来，仍是心有余悸！"

范缨道："怪不得，我见你手起剑落，出剑之快，常人难以企及，却每每犹疑不决。也罢，有了第一次，以后就习惯了。"

郑原笑了笑，道："平日里见先生诗书满腹，本以为手无缚鸡之力，没想到却能上阵杀敌，俨然一悍将。"

范缨笑道："生于乱世，岂能不会武艺！只是与你相比，我这点儿剑术，不过自保而已，亲临阵前杀敌，也不过是鼓舞士气。"

郑原道："先生过谦了！"

休息一晚，天一亮，大军又向东方开拔。走不多时，探马又报，前方发现山戎，约莫一千来人。郑原大吃一惊，范缨却只是笑笑，道："以平之之勇，上阵杀敌已无大碍。今我且问你，我军已不足一千，该如何破敌？"

郑原尴尬地笑了笑，道："先生莫不是有意为难我？郑原见识寡陋，文墨不通，又焉知兵法？"

范缨笑道："但说无妨！"

郑原道："敌众我寡，唯有拼死一战！"

范缨摇头道："如此一来，主公一年心血所练之骑士将付之一炬！"

郑原道："以先生之见，该当如何？"

范缨道："为战之道，在于消耗敌军兵力。今敌我兵力相当，强行交战，伤敌一千，自损八百，非为将之道。为今之计，不如尽取无终之兵以攻之。"

郑原道："敌军步卒居多，我军虎贲骑士可以一当十，若尽取无终之兵，岂非大动干戈！"

范缨道："非也，兵不患多，唯有尽力减少死伤，方为上策。主公练此三千骑士，实非易事，日后必有大用，万不能损于我等之手。"

郑原点头称是。于是，范缨派人往无终传令，将剩余的二千骑兵尽数调来。

等了一天，援兵还没有到，前方来报："敌军悉数拔营而去，想必是已发现我军动向。"

范缨立即下令："追！"

郑原大感不解，道："敌军虽已拔寨，人数却与我军相当，如此便战，岂不损失惨重？"

范缨道："敌军无心恋战，正可于中取利，战机稍纵即逝，速速追击！"

范缨领着一千骑兵，快马加鞭，翻过一座山岗，便看见满山遍野的山戎兵。对方也有骑兵，大多为步卒，于是他下令冲上去趁势掩杀。戎兵急于逃命，无心恋战，死伤无数。这边骑兵来去如风，驰骋自如。追杀了几十里路，范缨令大军停止前进，和郑原跃马上了一座山岗，放眼一看，远远地看见一座城池。

这时赵贲兴冲冲地领着前来支援的两千骑兵赶来了。

郑原道："我军势大，何不乘机将敌军一网打尽？"

范缨摇头道："平之有所不知，前方便是令支城，戎人的老巢，骑兵不宜攻城，人多无益。"

郑原道："戎人为害我燕国数十年，不如我回蓟城，请司马调集大军前来，永除戎患！"

范缨道："据老夫所知，令支不远，便是孤竹，二城互为犄角，取之不易，当另图之。"

郑原道："我曾听闻，昔日司马取无终城时，只在一夜之间。以我燕国倾国之兵，取此二城，岂非易如反掌？"范缨笑而不语。郑原急道："如今天寒地冻，大雪封山，山戎之兵尽聚于城中，正是破城良机。如待来年春天，山戎分散于四野，居无定所，取之则难！"

范缨拨转马头，径自下山，令大军速速回营。

郑原不明就里，紧追几步赶上，道："先生并非怯懦之人，却为何如此犹疑？请速遣郑原回蓟城搬兵！"

范缨四顾无人，便道："平之意，老夫自然明白，眼下寒冬季节正是一举荡平山戎之良机。只是，你只知其一，不知其二。"

郑原道："请先生明示！"

范缨道："当今燕国，国君所忌者唯主公一人，国君之所以尚未对主公下手，正因有山戎之患。燕国之中，能用兵者，除主公之外，绝无二人。国君留用主公，只因山戎之患未灭。今日我等若剿除戎患，则主公危矣！"

郑原恍然大悟，道："莫非……莫非这便是所谓养寇自重？"

范缨点点头，道："不得已而为之，实属无奈之举！"

郑原惭愧不已，道："郑原无知，错怪先生。若依郑原之言，反倒是害了主公。"

范缨笑道："不知者不为罪。况且，你我此番前来，实非为剿灭山戎，不过是练兵尔，今意愿达成，可回蓟城复命。"

当夜宿于帐中，郑原趁左右无人，问范缨："主公既身临如此险境，何不弃走他乡，奈何在此坐以待毙？"

范缨道："先君曾有令，命主公辅佑世子。谁料先君西归之前，竟立下遗命废了世子。事发突然，想必皆姜氏母子所为。主公若远走他乡，长公子之命难保，百年之后，主公有何颜面再见先君！"

郑原道："先君为何临终改令？"

范缥道："先君正值壮年，无端暴毙，其中必有蹊跷。所谓遗命，主公曾看过字迹，亦是伪造。主公也曾劝说公子吉兴师问罪，领兵入宫，治燕泽以弑君之罪。公子吉恐事不成，未敢举事。那姜氏生性淫荡，燕泽到底是何人所生难以知晓，单凭他弑君一事，就足以治他死罪，公子吉却是懦弱不敢。说来也是遗憾，若主公为长子，事何至如此！"

郑原道："主公虽非长子，却是先君嫡子，何不只身出击，除此暴虐之人，为燕国除害！"

范缥叹道："平之有所不知，那燕泽年方二十，主公已过而立之年，只身犯险，只恐大事不成反祸及己身。"

郑原道："何须主公亲自动手，只需寻一刺客，趁机行事即可！"

范缥道："燕泽身手矫捷，非常人所能及。只身犯险者，九死一生；武艺不精，非胆识过人者，则事不成反受其害；有此胆识、武艺者，又岂肯为主公所用？"

郑原心想，自从跟着燕成到了蓟城后，以前从没敢想的事居然都发生在自己身上了，该享的福也享了，没碰过的女人也试过了，过了一阵有钱人的日子，眼界也开阔了，该了的心愿也都了了，忽然觉得大丈夫生于天地之间，该去做一件惊天动地的大事，以荫及子孙，而不是这样整天浑浑噩噩地混日子。他也从蒙毅的口中断断续续地听到过一些消息，燕成正在寻找一名技艺高强的刺客，只是这事涉嫌机密，他没好细问。这几天他和范缥同军同宿，一路攀谈，发现范缥对自己并无防范之心，一直坦诚相待，便有意试探，事情果然如他所料，当下便道："先生以为郑原如何？"

范缥一愣，道："此事凶险异常，平之万不可凭一时意气用事！"

郑原道："主公待我恩重如山，郑某无以为报。今主公正是用人之时，我岂能袖手旁观！先生勿疑，郑原甘心犯险，既为报主公知遇之恩，亦为成全郑某，事虽凶险，然万死不辞！"

范缥当即下拜，道："如此，老夫替主公拜谢足下！"

郑原忙上前扶起范缥，道："先生折杀郑某了！"

范缥起身道："此事关系重大，须从长计议，平之切勿心急。我且问你，尚有何未了之心愿？平之若身遭不测，老夫当不让足下死而有憾！"

郑原想了想，道："憾事有二：其一，未能为老母送终；其二，未能有子嗣。此二件，皆不孝之举，先生若能成全，郑某九泉之下当不忘先生！"

范缨道："平之之母，我自当亲自给她养老送终。至于子嗣，老夫有一小女，虽为庶出，老夫却视若掌上明珠，平之若不嫌弃，可往聘之！"

郑原立即下拜，道："郑某实乃山野之人，怎敢娶贵室千金！"

范缨扶他起来，道："幸勿推辞，老夫有此贤婿，倒也荣光。今日我再替主公应允你，此事若成，当封你为大夫。平之当勤练武艺，力求全身而退，才不致小女年轻守寡！"

郑原咬咬牙："谋事在人，成事在天，如若身遭不测——"

"万一身遭不测，当有遗腹子，待其成年，可世袭爵位，子子孙孙，郑氏一脉，自平之起，皆为贵族。"

"如此，郑某便无憾也！"

第十章 壮士求剑

话说燕成听闻无终传来书信，激动不已，命人传入。待信简呈上，燕成展开一看，是范缨的亲笔：

今承主公神威，缨率虎贲骑勇伐戎，二战于无终城东，游戎尽灭，余者悉匿于令支、孤竹二城，未敢出焉。经此二役，虎贲可用，戎患暂息，今且班师，来春再作计较。虎贲乃主公心爱之营，未敢尽用。我等将于无终盘桓一日，即回蓟城面禀，先作书报捷，以宽主公之心。

燕成看完，颔首而笑，道："先生深得我心！"

两年前，无终城还在山戎手里的时候，蓟城一带经常受到山戎的袭扰。后来燕成一战而成，攻克无终，无终城里的山戎大部分都北过居庸，于极北苦寒之地再造了一个无终城。当时，燕成就想出居庸关北上，将山戎一举荡平。那时候燕泽刚刚夺了位，国内正乱，燕成也有外出避乱之意。范缨劝道："主公此去，恐有去无回！"他这才打消了主意。从此以后，对关内的山戎，他是时而清剿，时而放纵。就像范缨说的，如果没有山戎，燕泽早就对他下手了。燕泽素来纨绔，武艺不错，却不会用兵。刚当上国君那会儿，他恐国人不服，自领一万大军往东南征讨夷人，结果大败而归，兵马损失大半。从那以后，对外用兵的事，他只能依赖燕成。

过了两天，范缨回到蓟城，径入司马府，将出征山戎的事向燕成汇报了一遍，又说："郑原甘为死士，主公以为如何？"

燕成道："果真？郑原出身草莽，若为死士，只恐他勇猛有余而智谋不足！"

范缨道："老夫此前和主公所见略同。今我二人同剿山戎，居则同帐，出则同辕，朝夕相处，以老夫观之，已无大碍。况此事非一日可成，郑原纵有不足，范某可日日教习之。"

燕成沉吟半晌，道："郑原于我有救命之恩，此事若成，他当居首功。只是，事若不成，他身遭不测，我于心何安？"

范缨道："自古成大事者，不拘小节。臣斗胆已应允此事，并将小女许配给他为妻。事若成，请主公封郑原为大夫，郑原若遭不测，则请其子世袭其爵。如此，郑原虽死而无憾！"

燕成道："先生如此替成着想，我岂会惜一爵位！只是成以为，行刺之事，终非上策，如能不用，则尽可不用！"

范缨道："以主公之见，何为上策？"

燕成道："领三千虎贲，直取国宫，历数燕泽之罪，擒而杀之，方为上策！"

范缨道："燕泽素来警惕，宫中戒备森严，三千虎贲来势汹汹，声势浩大，势必引来禁军的全力反扑，未必成事。即便成事，死伤无数，两害相权，主公以何者为轻？"

燕成沉吟道："且从长计议，两手准备，方保万无一失。"

范缨道："那郑原这边，老夫该如何相告？"

燕成道："就依先生之言，只是请先生务必转告平之，要他日夜不辍，勤加练习，方保万无一失。我非只图事成，更望他能全身而退！"

范缨从司马府中出来，径到郑原府中，道："主公闻平之之志，感动不已，只是念及平之安危，特命我转告平之，自今日起，可精心准备，一旦时机成熟，便可乘机取事。"

郑原道："多谢先生荐言！郑某自今日起，自当苦心练剑，力求举事之时全身而退，不累及令媛。"

范缨拍了拍他的肩膀，道："元旦一过，便与你二人完婚。"

范缨又找到蒙毅，对他道："自今日始，将军可隔三岔五到郑原府上与其比武，切勿手下留情。郑原有重任在身，万事可蹉跎，唯武艺不可荒废。"

蒙毅不敢多问，点头称是。

第二天，郑原前往司马府点卯。燕成屏退左右，问道："平之何故甘为死士？"

郑原道："我观司马府中，会武艺者，皆不及臣。此乃万险之事，舍我其谁？"

燕成道："成正重金招募死士，平之不必心急。"

郑原道："果真有人挺身而出，非为主公，而为重金。主公此举，乃万分机密之事，不可广而求之，只可私下打探，至今已有时日，非世无武艺高强之人，乃不甘为主公犯险耳。郑某自认识主公，得主公厚恩，无以为报，今有此良机，正是郑某报效主公之时。事若成，请主公赐爵；若不成，郑某甘愿赴死，死得其所。"

燕成紧紧抓住郑原的手，半晌说不出话来，道："容我想想，或许更有良策。平之可早作准备，徐图之。"

郑原道："主公此言差矣，此事于主公，或许有二策；于郑原，却唯此一路，别无他途。君子一言，驷马难追，为今之计，精心准备为上。"

燕成叹道："我有平之，何愁大事不成！"

郑原拜道："郑某有一事相求，不知主公答应不答应？"

燕成道："平之所请，成当倾其所有！"

郑原道："请主公将青芒剑赐还郑原，郑原当日夜苦心练剑，等候主公号令。若有宝剑，胜算则大些。"

燕成当即从堂上取下青芒剑，双手呈给郑原："理当物归原主！"

从司马府回来，郑原一心在想，如若行刺燕泽，明火执仗绝难成事，当出其不意而击之，方能成功。这样一来，身负宝剑之外，当寻一柄匕首，秘藏于身，看情况出击，更能成功。一连几日，他到处打听，却没听说谁有一柄好匕首，就连司马府也没有。普通匕首倒是有，但不管用，那燕泽平日里出门都穿着厚厚的皮甲，平常匕首极难刺穿，更别说取他性命了。

也是年关将近，郑原想着今年不再违拗母亲的意思，陪她在乡下过个年，便早早地收拾了行李，和司马府告假后，回无终了。

到了无终城，举目一片冬日的萧瑟，转眼之间，离开这里去蓟城生活竟有半年了。郑原在无终城逗留了两天，一天神不知鬼不觉地来到了城南的张铁匠铺。

张伍正在铁铺里打铁，旁边供客人休息的屋子里空荡荡的，没什么人。也不知这张伍哪辈子修来的福气，竟娶了秋菱这么好的姑娘！郑原心里一面感叹着，一面蹭到店里坐下来，四下打望，却不见秋菱的影子。

郑原兀自坐了一会儿，正要起身，张伍却过来了，拱手道："郑大人！"

郑原还礼，道："不敢，你我乃同乡，还是以兄弟相称为好，叫大人岂不生分！"

张伍笑道："也好。兄弟光临小铺，可有何事让老哥效劳？"

郑原道："偶然路过，进来看看。张兄每日锻造兵器，想必是行家。小弟欲寻一匕首，不知兄台可有此物？"

张伍道："寻常匕首倒是不少。兄弟既远道而来，想必所寻之物不比寻常。"

郑原道："正是，兄弟要找的，是一宝器，吹毛断发，削铁如泥。如是寻常匕首，自然不消劳烦兄台。"

张伍道："兄弟来得正巧。前些日子，有个落魄公子在我这里典了一把匕首，我见此物制造精妙，特意留下把玩了几天，正想挑个日子卖了，兄弟却来了，天下竟有这样巧的事！"

郑原忙道："快拿来让我看看！"

张伍道："兄弟稍候，我这就取来。"说罢进里屋了。郑原在外面听见他在里屋跟人讲话："来客人了，请内人给客人倒些水喝。"

不一会儿，从里屋出来一个女子，蛾眉高髻，粉面朱唇，正是秋菱。郑原不由站了起来，道："你……你果真在这里！"

秋菱只是微微一点头，给郑原倒了水，一边说："请慢用！"回身便要离去。

郑原忙道："你等等！"

秋菱道："客官有何吩咐？"

"客官？"郑原一愣，"难道你不认得我了？"

秋菱冷冷地道："客官乃出入宫门的贵人，小女子不过是市井荆钗，岂敢相认！"

郑原叹口气，道："好了，我知道你这都是气话。你我相识多年，何必这么生分。"

秋菱道："不是小女子与官家生分，实在是你我身份悬殊，我纵然是流落市井，目不识丁，却也不敢失了礼数。"

郑原又叹口气，道："你我二人何必讲那么多繁文缛节。我今日来，就是想找你好好说两句话。"

秋菱冷笑一声："也罢，官家有什么话，小女子洗耳恭听！"

郑原道："听你这口气，倒像是不愿同我说话了？"

秋菱道："负心之人，有何好说的！"

郑原赧颜道："我知道是我辜负了你，只是我也有不得已之处，望你谅解。"

秋菱只是冷冷地笑，道："你要是有难，我倒是可以谅解；如今逢凶化吉，一日之间，富贵从天而降，只怕是高兴过了头，早把我这患难之交忘得一干二净了！"

郑原羞愧得满脸通红，却仍说："当时我初到蓟城，诸事繁多，一时脱不开身，故未曾相告。"

秋菱道："琐事再多，托个人捎个信儿过来总可以吧？我倒是真傻，还担心你会不会又遭什么不测，哪知道过了几天，却听人说，你正在蓟城里逍遥快活呢，连家里的老娘都忘了，哪里还记得我们这些路人！"

郑原一时无言以对，只得长长地一揖，道："郑原罪该万死，辜负了你的一番心意！不知郑原该如何做，才解你心头之恨？"

秋菱摇了摇头，道："你多想了，事情既已过去，又何必再提！我如今也嫁了个好人家，安安稳稳过日子便是，哪有那么多心思去记恨别人！"

郑原道："我也别无所长，如今只是多了些钱财，如有用得着我的地方，请勿见外！"

秋菱道："我们夫妻二人四肢健全，凭力气混口饭吃倒也不难，怎能受你嗟来之食！"

正说着，一个小男孩从里屋跑了出来，拽着秋菱的紫色罗裙，叫道："娘，你怎么出来这么久？"

郑原一看是柱儿，不禁喜上眉梢，道："柱儿，还认得我吗？"

柱儿看了他一眼，摇了摇头，道："不认识！"

郑原尴尬地笑了笑,道:"我是原叔啊!"

柱儿眨眨眼,还是没想起来。秋菱道:"小孩子忘事快,你别介意!"

郑原道:"怎么会!怪我很久没来看他,他忘了我也正常。"

秋菱打发柱儿先回里屋去,对郑原道:"或许是我多嘴,但我还是要说,公门深似海,你一介平民,一日之间鸡犬升天,难免会遭人忌妒。你又是个实心眼,不善钻营,还是处处谨慎为好。公门不同乡间,人多嘴杂,稍不留神便会招来杀身之祸,你自己多加小心!"郑原连连点头。秋菱道:"你好自为之,这也是我最后跟你说的话,你以后没事就不要到这里来了。好了,你们谈事,我告辞了!"说罢,转身进里屋去了。

张伍拿来一把白玉镶嵌的短剑给郑原看。郑原抽出一看,果然寒光闪闪,锋利无比,道:"从做工上看,倒像是一把宝剑,怕只怕中看不中用。我实话跟你说吧,我买这匕首,有大用处,万不可为了应付我耽误大事!"

张伍拿过匕首,道:"兄弟你看,这剑绝非用寻常青铜所造,以我多年打造兵器的经验看,应该是以天外陨铁所铸,绝非寻常之物。"

郑原问道:"可能刺穿皮甲?"

张伍道:"别说是普通皮甲,就是三层上好皮甲,它也能刺穿!"

郑原摇头表示不信:"何以见得?"

张伍转身去了锻造室,找出一件废弃的皮甲,叠了三层,放在桌上,手拿匕首,一剑便刺穿了皮甲,匕首毫发无损。

郑原大惊,道:"果真是宝物!它可有名字?"

张伍道:"名为玄冰剑。"

郑原道:"通体发黑,好名。价值几何?"

张伍面露难色,道:"兄弟,实话跟你说,我花了一两金子的价钱收的,你诚心要,加一千钱如何?"

郑原点点头,从怀里取出十两金子,交给张伍,道:"我买了!"

张伍一看这么多钱,忙道:"用不了这么多!"

郑原道:"你且收下,容我细说。适才我看到柱儿了,你大概也知道,我一直很喜欢这个孩子。不是兄弟我看不起你这手艺,柱儿也快到了发蒙的年纪,该让他学些诗书，千万别像你我这样，年纪一把了，斗大的字也认不了一箩筐。尤其是我到了蓟城之后，周围全是饱学之士，就我一个目不识丁的莽汉。说句不怕张兄笑话的话，听他们说话，我经常像听天书，偶尔附庸风雅两句，也是心虚得紧。郑村对面有一位田方先生，书教得极好，明年秋天，麻烦你送柱儿到田方舍下读书，这里面多出来的钱，算是柱儿的学费。"

张伍道："那也用不了这许多。"

郑原道："余下的，便是我对张兄的感激之情。郑原虽出入公门，却未能成就大事，烦请张兄办妥此事，郑原感激不尽。他日柱儿若有出息，你我算是功德一件。"说罢，伏拜于地，收起匕首就走了。

张伍看着郑原远去，呆立良久，拿着十两金子进了里屋，对秋菱道："这郑原也真是，把我当什么人了！我待柱儿视同己出，哪里用他来操心！"秋菱便问怎么回事。张伍把刚才同郑原的事一一告诉了她，还说："你放心，明年我准送柱儿去田方那里求学。剩下的钱，你留着吧，我不会用的。"

秋菱道："他买匕首做什么？"

张伍道："没说，还让我保密，不要告诉别人——当然，我告诉你是怕你多心。"

秋菱道："只怕要出大事！"

张伍道："什么？"

秋菱道："郑原曾说，身怀利器乃取祸之道。以前他从不带刀剑什么的在身上；就算是做了官，佩把剑也就是了。如今却买了一把削铁如泥的匕首带在身上……皮甲……坏了，他只怕是有去无回了！"

张伍还是不明白，道："为什么？"

秋菱道："郑原要出大事，我当去劝阻！"说罢，就追了出去。

秋菱并不知道郑原下榻的客栈，跑出几步又回来问张伍："他可曾说过住哪家客栈？"

张伍想了半天才说："他好像提起过云中客栈。"

秋菱匆匆赶到云中客栈，得知郑原已经走了。她想，郑原肯定是要回郑村，从无终城到郑村，最方便的就是西门了。她忙又赶到西门，远远地看见郑原和西门城守攀谈，正拱手作别。秋菱大喊了一声郑原的名字，郑原似乎听见了，却并没有止步，转身上了车，出了城门。秋菱赶到城门，郑原已经跑出一里多路，停在那里，站在车上，远远地向秋菱作揖，又伏身下拜。秋菱愈发证实了自己的猜想，郑原这是在和她永别啊！她后悔自己刚才把话说得太绝，只怕以后真的就见不着他了，想到这里，眼泪止不住地流了下来。

第十一章
易水迎亲

腊月二十，燕泽与中山国国君鲜虞熊在两国交界的易水河畔签了约，誓言两国修好，永不兴兵。燕使吴通又按燕成的指示向中山国纳下聘礼，定于正月初六迎娶南宫氏之女。

燕泽等吴通回来后，召来禁军都尉华钦，嘱咐道："正月初六，乃燕成迎亲之日。将军带二百甲士，埋伏于易水河畔，只等狄国送亲队伍一到，尽皆砍死，一个不留。"

华钦道："国君刚与中山国缔结盟约，如此岂非背信弃义？"

燕泽道："狄人非我族类，其心必异，有何信义可讲！今趁其盟约刚定，出其不意而击之，可获大利。"

华钦道："然则将陷司马于不义！"

燕泽道："燕成拥兵自重多年，以为我奈何他不得。今若借狄人之手，削其兵力，实乃一举两得。你速去准备，此事机密，万不可泄露。"

华钦领命而去。

年初二，郑原从无终回到蓟城，范缨为他操办了婚事。新娘名为范子祺，是范缨的小女，正值二八芳龄。郑原不敢奢望新娘能有多漂亮，只盼望她不要太丑便好。想自己不过是布衣出身，能讨得一个贵族千金做妻，已是几辈子烧高香了。如果她真是个绝色美女，料那范缨也不肯将其许配给自己。

新婚之夜，郑原招呼完客人，醉醺醺地回到洞房，只见新娘文静地坐在床头，等待他去揭盖头。郑原有些踌躇不敢，新娘却发话了："你还等什么，还不快把我的盖头去了！"声音婉转动听，如果只听这声音，郑原倒是满足了。

郑原还在犹豫，子祺却自己将盖头掀了，道："等你半夜，你却还在磨蹭！"

郑原一看那容貌，不由惊叹新妇娇美动人，当即下拜，道："邑宰大恩，郑某没齿难忘！"

子祺见他行为古怪，咯咯发笑，道："你快起来！堂堂七尺男儿，怎么对我一小女子下拜，岂不要折杀我？"

郑原起身道："从今往后，郑原唯夫人之命是从！"

子祺道："你哪来那么多礼数，早些就寝吧，折腾了一天，我也累了！"

第二天一早，郑原还在酣睡中，就被子祺叫醒了："夫君，该起床了！"

郑原半睁着眼看了一下窗外，道："天色还早，让我再睡一会儿。"

子祺却道："不行，一日之计在于晨，现天色方亮，正是习武读书之时，切不可荒废！"

郑原想起昨夜子祺的体贴，料想她也不过是一时兴致，便伸手拉她上床，道："来来，你再陪我睡一会儿！"

子祺却一把挣脱了他的手，正色道："你若是不起，我便站在这里不走，不停地叫你，直到你起床为止。"

郑原以为她在开玩笑，没有理会，转身继续呼呼大睡。谁知子祺果真站在床前，不停地唤他。郑原被唤得心烦，也无心睡觉了，只好起床穿衣。

他刚洗漱完毕，子祺就捧着青芒剑呈到他前面，道："眼下朝气正锐，正是练剑的好时机，夫君莫要蹉跎！"

郑原接过剑，到后院练习去了。早饭时分，郑原练完剑回到后堂，原本宿醉乏力，至此倒觉得浑身舒畅。

吃过早饭，子祺又催促道："请夫君更衣，到司马府上点卯。"

郑原道："司马有令，我不必日日前往点卯。"

子祺道："司马大度，那是司马的恩情。做臣子的，却有臣子的本分。每日点卯，费不了多少时间，却能养成为人臣子的好习惯。"

郑原无奈，只得换上铠甲，前去司马府点卯。司马府上正忙着准备迎亲的事，燕成见郑原来了，便道："初六日，平之随我前往易水河迎亲如何？"

郑原道："遵命！"又请示了司马，见没有别的事，就先回府了。

一回到府中，郑原直奔卧房，一把抱住子祺道："片刻工夫见不到夫人，我竟是万分想念！夫人可曾想我？"

子祺却将他推开，道："光天白日，卿卿我我，成何体统！男欢女爱，当在夜幕之后，到时我自当陪夫君尽鱼水之欢。"郑原怏怏。

午饭后，郑原在院中闲逛。子祺道："夫君今晨早起，睡眠不足，此时正当午睡，休养精神。"

郑原也不再争辩了，乖乖去睡午觉，只是嘴里嘀咕了一句："到底是大家闺秀，规矩就是多。"

一觉醒来，郑原问："下午我该做什么？"

子祺道："习字一个时辰，然后夫君可以出去会朋友。"

郑原只得到书房练字，一个时辰后，想想也无处可去，干脆待在家中陪子祺说说话。晚上，子祺又催促他读书，至戌时三刻才让他入寝。

一连两天，郑原的生活就在夫人的安排下按部就班，几时起床，几时睡觉，几时吃饭，皆井井有条，一丝不苟。第三天，郑原又早早地起了床，准备到后院去练剑，子祺却说："今天是成亲后第三天，该回娘家省亲了。"

范缨住在无终。于是郑原备了些礼品，带着夫人回无终去看望二老。子祺本打算在范府住一晚，第二天再到郑村拜望郑母，郑原却道："明天是司马迎亲的日子，不能有误，须尽早赶回蓟城。"于是两人匆匆赶回蓟城，进城时天已经黑了。

初六日清晨，郑原一身戎装，早早赶到司马府待命。蒙毅也来了，范缨却没有来，还在无终城。燕成带着十几名亲随出了城门，向南进发。

本来按华夏人的规矩，燕成应该亲自到中山国去迎亲，但狄人不讲究这些，说他们的习惯是那边送亲，这边迎亲，让燕成到易水河边去等候送亲队伍。

快到午时的时候，众人到达易水河畔，中山国的送亲队伍还没有到，燕成命大家就地休息。郑原从小就在林子里打猎，行事机警，此时凑到燕成身边说："主公，我们身后似乎有二百名甲士相随，我看来者不善，主公需小心为上。"

燕成一惊，道："在哪里？"

郑原指了指不远处的一片树林，道："已藏于树林之中，似乎是冲主公而来。"

蒙毅也上前道："主公，我也看到了，领军之人正是都尉华钦。"

燕成略一沉思，道："华钦乃燕泽亲信，此番前来必是有所图谋。以二位之见，该当如何？"

郑原道："敌众我寡，不能硬拼，只可巧取。"

燕成道："不如我前去问个明白，喝退华钦。"

蒙毅道："不可，主公孤身前往，岂不正中其怀！"

燕成道："华钦埋伏于林中，似是在等候时机，想来不是要取我性命，而是在等待送亲之人。说来奇怪，中山国与燕泽无冤无仇，燕泽何必取人性命？那定是要栽赃于我，令我与中山国结仇，他好从中取利。我听闻中山南宫氏乃性情暴戾之人，他若知女儿死于我手，必提倾国之兵攻我，万不可让燕泽得逞！"

三人正商议着，只见河对岸有群人披红挂彩地上了船，朝这边划来。燕成立马岸边，举目一望，心道不好，送亲的队伍也只有二十几人，加上自己这边的十几个人，总共也不过三十多人，还有好些人是敲锣打鼓的，非战斗之人，按郑原说的，华钦有二百来人，他们就算是拼命也难以取胜。他忙召蒙毅过来，道："三军之中，唯何严将军与我交厚，子决速回蓟城，取我虎符，命何严带两千兵马前来平叛。"

蒙毅道："此一去一回，便是飞骑也需两个时辰。主公仅此十人，如何能挨两个时辰？只怕我尚未回，主公已被华钦所害！"

燕成道："你速去，我自有办法拖延！"

蒙毅只得快马加鞭而去。

燕成见蒙毅走远了，对郑原道："乱军之中，取华钦首级，平之可有把握？"

郑原道："只需主公助我近华钦十步以内，郑某取其首级如探囊取物。"

燕成道："好，擒贼擒王，且听我号令！"

中山国的送亲队伍越来越近，燕成下令随从做好战斗准备，一定要保护好送亲的人。一炷香的工夫，船已靠岸，送亲的人纷纷弃舟登岸。华钦率领二百甲士，车马齐发，从林子里蜂拥而出。

燕成对郑原道："你先去保护好南宫姑娘，我去与华钦理论。"说完，掉转马头，迎着华钦而去。

华钦远远地停下了战车，拱了拱手："司马大人！"

燕成道："华将军此来，意欲何为？"

华钦道："奉国君之命，取狄人首级。"

燕成道："今日乃我迎亲的日子，将军是要坏我好事？"

华钦道："不敢，国君有令，末将不敢不从！"

燕成道："燕泽乃弑君之贼，将军万不可助纣为虐！"

华钦道："食君之禄，忠君之事，司马勿怪。"说罢，拍马上前，绕过燕成，直扑狄人而去。其余的军士也纷纷跟上。

燕成又急忙掉转马头，回到岸边，对狄人叫道："速回船上！"

狄人尚不明白怎么回事，这边华钦已经杀了过来，于是狄人纷纷抽刀迎战。

燕成命随从应战，随从犹豫："帮狄人杀燕人？"

燕成大叫道："华钦谋逆，速速拿下！"随从这才抽剑应战。

南宫燕早已跳下船，拔刀迎敌。燕成边战边退，靠近她道："你速上船，先回国中，日后我再向你解释！"

南宫燕冷笑一声，道："当我中山人都是贪生怕死之辈？原来你所谓的迎亲，是这般迎法——所有狄人听着，即便是全都战死，也断无后退的道理！"

燕成见一时说不清，只好去找郑原。郑原左右开弓，正杀得起劲。燕成道："华钦一时不敢伤我，你随我来。"

郑原道："南宫姑娘怎么办？"

燕成回头看了一眼，道："以她的武艺，暂时不会有事。"

燕成挥剑冲入敌军，边砍边向华钦靠近。所有的军士见了燕成，纷纷躲避。不一会儿的工夫，他们离华钦就只有十步之遥了。燕成向郑原使了使眼色。郑原会意，跳上一辆驶近的战车，只两三下，就把车上的御手、弓箭手和戎右都扔下了车，驱车直朝华钦冲去。

华钦已经看出了端倪，掉转马头就跑。郑原紧紧跟上，只可惜他御车的技艺是新学的，水平有限，不一会儿就被华钦远远地甩在后面了。

华钦越过几座土丘，穿过一片树林，就把郑原甩掉了。他兜了一圈，又回到了战场上。燕成一看，心下叫苦，眼下三十来人无论如何也不是华钦二百人的对手，只好退了回来，仗着华钦不敢对他下手，左右护住南宫燕。

不到半个时辰，三十多人全都战死，只剩下燕成和南宫燕两个人。华钦教众人拉起弓箭，瞄向了南宫燕。燕成站在南宫燕前面，死死地挡住她，道："华钦，你想连我也杀吗？"

华钦一时拿不定主意，燕泽让他杀掉送亲的狄人，却并没有教他杀燕成。如今燕成的随从因为帮着狄人全都被杀死，也还说得过去，但如果伤了燕成，后果不堪设想，他毕竟是国君的兄弟，天知道他们之间有什么过节！万一国君怪罪下来，自己如何担待得起？但国君也说了，要杀掉南宫姑娘，好引发两国的战争，燕成可以交由燕泽处置，南宫燕却不能放了。

他正犹豫着，忽听得背后有车马声响，心里一惊，想着莫不是郑原回来了，猛一回头，发现郑原驾着兵车正朝他飞奔而来。华钦忙提起缰绳，想驱车躲开，不料四匹马一时没有协调好，左右又有兵车挡着，前方空隙不大，不远处就是燕成和南宫燕，他不敢靠太近，好不容易将车拐过弯来，郑原已从车上一跃而起，大喊一声，落到他的车上了。郑原手起刀落，华钦的人头就已经拿在手上了。

事情发生得太突然，仿佛倏忽之间，众人还没反应过来，华钦已经被割掉了脑袋。燕成立即大叫道："华钦假国君之名行谋逆之实，现已伏罪，余者放下兵器，概不追究！"

众甲士一听，犹犹豫豫地慢慢放下了弓箭。燕成心里松了一口气。却不料一个军校模样的人站了出来，说道："华将军既领命在身，我等也不敢违抗。末将愚鲁，想必是司马大人和国君之间有些误解，既如此，就请司马大人和南宫姑娘同我等一起回城向国君复命。"

燕成立即道："我可以去面见国君，但南宫姑娘不能去！"他回头朝南宫燕小声道："你快上船！"

南宫燕却不为所动，道："不过是一死，何必婆婆妈妈！如今随我来的亲人都死了，让我一个人有何脸面回去？"

燕成道："你若死了，我可就说不清了。燕、中山两国从此兵戈不断，你愿意？"

军校道："华将军此番正是专为南宫姑娘而来，她岂能一走了之？"

燕成道："南宫姑娘本是为结亲而来，今番受此惊吓，岂敢再入虎穴！中山国送亲之人已悉遭不测，南宫姑娘惊魂未定，今且先回国中，再作计较。"

军校无话可说，又不敢强来，便与旁边的另一个人商议。那人说："国君之意，就是要燕国和中山国打起来，若人都杀光了，谁回去报信？如何激起中山国国君的义愤？"

军校觉得有理，于是道："南宫姑娘请便！"

燕成忙对南宫燕道："你速上船，先回中山，日后再作计较。来日我定向鲜虞侯及令尊负荆请罪！"

南宫燕道："你若跟他们回去，必是死路一条！不如随我逃至中山，好歹你我已有夫妻之名，中山国定不会亏待于你！"

燕成道："我堂堂姬姓之后，怎能入狄国为臣？便是死，也要死在燕国。"

南宫燕道："没想到你竟这般迂腐，那你去死好了！"

燕成淡淡一笑，道："你且速回，我自有妙计脱身。婚姻之事，只待来日再议。"

南宫燕犹豫了一下，跳上船，道："来日必是沙场相见，你我就此别过！"

看着南宫燕的船渐渐远去，燕成松了一口气。郑原道："主公，南宫姑娘言之有理，国君分明是要置你于死地，我们不如杀出去。"

燕成道："且慢，华钦已死，我料众甲士一时也不敢拿我怎样，不如见机行事。"郑原点头，时刻不离燕成左右。燕成对众将士道："走，我随你们去见国君。"

没走出几步，只见远处尘烟滚滚，人马杂沓，蒙毅领着五百畴骑出现在眼前。燕成和郑原立即紧赶两步，冲到了对方的阵营里。蒙毅见燕成一众只剩两人，心下已明白，立即拜道："蒙毅来迟，让主公受惊了！"

燕成道："来得正是时候。"他掉转马头，对着华钦手下的一百多军士道："就此止步，听我号令。"对方群龙无首，见燕成这边一下子来了这么多人，心下紧张万分，却也不知道该如何是好。

蒙毅道："末将恐救主未及，故而领五百人先行，其余之人随后便到，主公大可放心。华钦手下已只剩百十来人，不足虑也。"

燕成点点头，道："我已知晓。当务之急，乃是如何面见燕泽。我若去见燕泽，定有性命之忧；若不见，便是公然决裂。"

蒙毅道："事情紧急，主公速作决断！"

燕成想了想，道："既然如此，不如杀入宫中，除此逆子，以正国纲！"

郑原道："主公，那眼下这些人该如何处置？"

燕成道："全部杀光，一个不留！"

第十二章 二虎相争

燕成杀光了华钦手下的禁卫军，带着人马回国，走不多时，碰到何严带着一千五百人马正往这边飞奔而来，于是合兵一处，带着两千兵马直奔蓟城而去，准备围攻国宫，乘机除掉燕泽，取而代之。

正待进入蓟城南门之际，范缨带着十来人匆匆赶来，拦住了大军的去路。范缨问道："主公欲往何处去？"

燕成道："先生来得正好，且与我同往宫中，杀燕泽，为国除逆！"

范缨道："燕泽何逆之有？"

燕成道："燕泽弑君夺位，大逆不道。"

范缨道："主公可曾亲眼见到？"

燕成道："未曾亲见，只是耳闻。"

范缨道："既是未曾亲见，便未可作数。举国之人，有恨燕泽者，亦有爱之者。主公轻举妄动，事若不成，必祸及自身。"

燕成道："先君无故暴毙，岂非蹊跷！"

范缨道："先君之死，确实可疑。彼时燕泽身为世子，乃唯一从中获利者。然先君死时，众卿大夫皆不在侧，种种迹象，皆出自姜氏一人之口。姜氏贵为国母，其人之言，国人若不信，又有何人可信？今主公举兵发难燕泽，若姜氏出面为燕泽澄清是非，主公当何以自处？况且——"范缨下了车，凑近燕成道，"臣闻燕泽的三千禁军已严阵以待，主公此去，必为所败！臣匆匆赶来，即为此事，主公三思！"

燕成大惊，道："先生速往无终调来虎贲营如何？"

范缨道："不可，若待我调来虎贲营，燕泽必尽起三军之士与主公为敌。"

燕成道："三军平日为我节制，我一向待他们不薄，未必肯听燕泽号令。"

范缨道："主公所言固然有理，燕泽新立，又行事不明，国人未必心服。

然姜氏身为国母已十数年，国人岂能不服？"

燕成想了想，倒真是这么回事，难怪燕吉死命巴结姜氏，原来这其中大有文章。他一时拿不定主意，便道："依先生之言，该当如何？"

范缨略一思忖，道："依臣看来，燕泽眼下尚无害主公之心，只是忌惮主公势大，欲借他国之力以削主公之权。为今之计，主公不如罢兵，只带二三随从，前往宫中问罪，讨个说法。燕泽自知有愧，必善待主公。"

燕成道："我若只身前往，岂非自投罗网？"

范缨摇摇头："主公此言差矣，燕泽已是一国之君，主公此举，对其君位毫无威胁，他又何必多此一举？光天化日之下，谋杀其兄，燕泽断无如此愚蠢。主公只身前去，燕泽断定主公并无觊觎君位之嫌，心中疑虑既消，只怕从此以后对主公可推心置腹了！"

燕成道："当真？"

范缨道："以今日之燕国，若无主公，他日中山国前来兴师问罪，我等必皆披发左衽。燕泽杀中山使团，两国大战在即，他岂能不知！"

燕成点了点头，道："就依先生！"于是他让何严带着兵马先行回营，自己只带着蒙毅和郑原二人，大摇大摆地进城，直朝国宫而去。

燕成名义上统领燕国三军，实际上直接受他节制的只有中军，中军副将正是何严。燕成不在军中时，由副将代理日常事务。左军和右军，一向掌管在常、高二氏手中。依大周立国法度，大国置三卿，其中二卿由周天子任命，世袭罔替，另一卿可由诸侯自己任命。燕国虽非大国，但系召公封地，享有大国之遇，故也设三卿。常、高二氏正是由周天子任命的二卿，几十代传下来，已是燕国的大氏，把控燕国的军政大权，与燕氏已成抗衡之势。燕成战功卓著，由先君擢为正卿，与常、高二氏成鼎足之势。燕吉为废世子，先君担心燕泽继位之后，燕吉不服，引起内乱，只给他封了个大夫，并无实权。

燕泽继位以后，为了笼络常、高二氏，将南境的十余城赏给了他们，一来讨二氏欢心，二来利用二氏的势力防范齐国的北进。常、高二氏自然欢喜，与燕泽过从甚密。当燕成在易水河畔与华钦厮杀的时候，常、高二氏当家常谷、高勤已被燕泽召至宫中，商议对策。常、高二氏已命左、右二军，如宫中有变，速速进城平叛。

　　华钦手下的甲士，不断有探马回来往宫中报信。当燕泽听说华钦已得手，将中山国使全部杀死，只剩一个南宫燕时，喜不自胜，当即摆酒与常谷、高勤二人庆祝，并让探马传令华钦："南宫燕乃中山国司马之女，若杀此人，必引来中山举国之兵，务必擒杀此人！"然后对常、高二人道，"眼下中山兵来，燕成若有败绩，必引咎辞职，届时三军就归二卿节制。"

　　常、高二人却心想，如果真把中山国的举国之兵引来，倒霉的可不止燕成一人，三军都会遭殃，到时就算他二人掌管了军权，也是残败之旅，于是道："中山使团，若尽皆屠戮，则无人回国报信，以臣之见，倒不如留此女一命，令其回国报信，国君之计方可成全。"

　　燕泽道："使节一去无返，中山岂能不知其中蹊跷？"

　　二人道："非亲见之人，所传之言皆有谬误，如令南宫燕回国传信，中山国必深信不疑。"

　　燕泽一想，也是，忙让快马照此意思传令。

　　没多久，探马又回，说华钦已被斩杀，所部之人也尽皆被戮。燕泽大惊，问道："燕成何在？"

　　探马回道："司马正领着两千人马往蓟城而来！"

　　燕泽坐立不安，问计于常、高二人。两人说："容臣等速回军中，以备不测！"

　　燕泽道："二卿速回军中，整顿军马，听我号令，一旦宫中有变，速领左、右二军入城！"

　　二人辞宫出来，往城北大营赶去。常谷道："国君此举，实乃置燕国于水火。中山国若真举全国之兵而来，覆巢之下，岂有完卵？"

　　高勤道："我等且回营中调兵进城，燕成果真有取代之心，你我二人与其合兵一处，生擒燕泽，绑缚中山国，听其处置，方可免燕国之难！"

　　常谷道："高卿此计甚妙，不如在下遣人与燕成暗中接洽，听其动向再作打算？"

　　高勤道："你我二人与司马嫌隙已久，当此节要之时，使人打听消息，其必生疑，事反不成，不如见机行事！"

常谷道："言之有理！"

于是两人分头回到军营，调兵遣将，各领了三千兵马，屯于城外，以观动静。

待常、高二人走后，燕泽心下忐忑，忙调来三千禁卫军于宫中各处埋伏。这还不放心，万一燕成将中军一万兵马全部拉来，这三千禁军也只能抵挡一时，常、高二人的兵马又一时难以赶来，便忙又派人去请姜文萱坐镇宫中。自去年年底开始，姜文萱就搬出了国宫，住到了西苑，燕泽隔三岔五去请安一次。燕泽将姜文萱请来，是怕万一燕成打入宫来，自己抵挡不住，还有姜氏在此可以拖延时间，以待常、高二人的救兵。姜氏虽然只是燕成的继母，但作为燕国的国母已有十多年，在众将士心目中还是颇有威望的，就算他燕成想一鼓而下，也不得不给国母一个面子。

姜文萱刚刚搬进新居没几天，就又被请回来，心中很是不爽，道："我看哪个敢造反，只要我在，国宫就在！"

燕泽一切准备妥当之后，探马来报："司马已进了蓟城！"

燕泽道："带了多少人马？"

探马道："只有两个随从。"

燕泽纳闷，道："此为何意？"

探马道："不知，只听说司马到了城门口，遣散了军士，只身入城，未曾惊动城中百姓。"

燕泽百思不得其解，同时暗地里也放了心，看来燕成并没想和他拼个你死我活。

一炷香的工夫，燕成在宫门外求见。燕泽道："请他进来！"

内侍道："国君可需在幕后埋下刀斧手？"

燕泽道："不用！燕成只带了两个随从，并无害寡人之心，寡人又何忍心害之？"内侍听令，也只派了四个侍卫在燕泽左右。

不一会儿，燕成进殿，道："国君欲置臣于死地，臣何罪之有，请国君明示！"

燕泽道："兄长何出此言？"

燕成道："托国君洪福，臣今晨前往易水迎亲，不料华钦领二百军士，将送亲之人尽皆斩杀。臣侥幸逃脱，今冒死前来，无非想得国君一句明言，臣犯何罪，竟至国君欲置臣于死地，否则死不瞑目！"

燕泽故作惊诧道："有这等事？寡人确实不知！"

燕成道："华钦乃国君禁军都尉，且言已得国君之令，国君岂能不知？"

燕泽道："华钦假传君令，乱我兄弟之情，实在可恶！来人，传寡人命令，速速捉拿华钦，令其前来见我，寡人必当面质问清楚，还我兄弟清白！"

燕成道："国君不必动怒，华钦已为臣下所杀。"

燕泽道："华钦假令君令，行谋逆之事，其必有同党，待我一一捉来，为兄长洗冤。"

燕成道："华钦同党，已为臣下一网打尽。"

燕泽道："既如此，兄长以为该当如何？"

燕成道："臣一心事奉国君，忠心可鉴，不意竟有人起谋逆之心，离间你我二人。华钦既已伏罪，臣恳请枭其首级，将其送往中山国。如此，既可以儆效尤，又可阻中山兴师问罪之心！今燕国之中，既有人想离间你我兄弟，幕后必有真凶。臣请领此君令，找出真凶，还我兄弟清白！"

燕泽道："就依兄长。华钦既死，令其子袭其位，如再有二心，必夷其族。兄长以为如何？"

燕成道："华钦虽有罪，与其族人却无干，国君的处置甚妥！"

二人正说着，姜文萱从殿后走了出来，道："我就说嘛，兄弟同心，其利断金，外人怎能离间！依我说，你们两个和和气气的，同心协力，找出这华钦幕后的真凶倒是正事！"

两人忙上前参拜，口称母亲。燕成被吓出一身冷汗，早听说姜氏已搬出国宫，却没想到被范缨言中了，她还真被燕泽请回来了。自己如若不听范缨之言，贸然杀进宫中，有姜氏在，还真不好办。

姜文萱见两人以兄弟相称，一团和气，心下释然，就要离宫回去。两人将其送至宫门。待姜文萱走后，燕泽道："今日本是兄长大喜的日子，不料却遭歹人陷害，毁了兄长的好事，让兄长受惊了。兄长若不嫌弃，且回宫里，寡人略备薄酒，为兄长压惊，如何？"

燕成见燕泽果然没有杀他的意思，心下刚刚松了口气，这时听说燕泽又要请他回宫中喝酒，心里一惊，心想莫不是燕泽支开了姜氏，正是为了好对他下手，刚才的那些话不过是为了让他放松警惕？他抬头看了郑原一眼，郑原是打猎出身，对任何细节都观察至微，如果燕泽在帐后埋下刀斧手，郑原不会没有察觉。

郑原点了点头，意思是可去。于是燕成道："国君厚爱，敢不从命！"

蒙毅和郑原亦步亦趋，不离燕成左右，也要随着进宫，燕泽忙一把拦住，道："兄弟家宴，外人不便参与，二位壮士暂且先回吧！"

蒙毅和郑原齐看着燕成。燕成道："此二人并非外人，乃臣之家臣，今日之难，若非二人舍命相救，你我兄弟难有重逢之日。自今日起，臣视此二人如亲兄弟一般，今日若讨得国君赐酒一杯，臣荣幸之至！"

燕泽无话可说，只好让两人一同进宫。此时燕泽心里已对燕成没有任何猜忌，反而心怀愧疚。

四人一同进宫，燕泽摆下酒菜给燕成压惊。蒙、郑二人并不落席，站立燕成身后，以防不测。燕泽不停地劝酒。燕成推说不胜酒力，不敢多饮，略饮几口，聊表心意。

再说常谷、高勤二人屯兵城外，半天不见燕泽传令，也不知城中的情况，便派人入城打听，回报说国君正和司马在宫中饮酒。两人面面相觑。

常谷道："看来我等毕竟是外人，这兄弟俩时好时散，我等跟着折腾，徒费心力。"

高勤道："老夫倒觉得，此中必有蹊跷！"

常谷道："高大人多虑了，人家毕竟是自家兄弟，虽非一母所生，也强似我等外人。"

高勤道："今国君心中所患，唯燕成一人耳，奈何转眼之间又亲如手足？"

常谷道："大人别忘了，果真燕成被逐，三军掌于你我之手，国君岂能甘心？"

高勤道："常大人言之有理。燕泽此人，以不臣手段继位，行事乖张，每每出尔反尔。你我辅佐此人，犹如伴虎一般，还是小心为上。"

常谷道："为今之计，我等该当如何？"

高勤道："当请示国君后再作打算。"

常谷道："国君酒兴正浓，恐怕早已忘了你我二人在此候命之事。"

高勤道："即使如此，也当请示后方可行动大军，不然国君怪罪下来，你我担当不起。"

常谷道："就依高卿，我这便派人去请示军令。"

高勤道："且慢！燕成尚在宫中与国君对饮，派小卒贸然而进，必生枝节。此事唯有老夫亲往，方能看得仔细。"

常谷道："高卿小心为是！"

于是，高勤带了两个亲随入宫求见燕泽。燕泽一听是高勤，恍然想起二人在城外待命的事，这时如果让高勤进来，担心被燕成看出个所以，于是只好说不见。燕成却道："高大人乃三朝元老，如何能拒之门外！想是微臣在此碍事，便请先行告退。"

燕泽忙拦住，道："兄长言之有理，既是老臣，寡人当亲往迎之。"说罢便出了门。

来到宫门口，燕泽道："司马在此，多有不便，高卿有何见教？"

高勤道："臣与常卿在城外候命，久不见音信，臣只好亲来请教。"

燕泽道："大军可归营，司马已知你来，你且随我进去，佯作有别事相奏，饮几杯酒，略作周旋。"

高勤只好让两名随从回去传令，自己同燕泽入宫，与燕成见过礼，在对面席位上坐下，略饮一杯，抬头看见燕成身后站立的两人非同一般，便问："敢问司马大人，身后何许人也？"

燕成大致猜到了高勤突然出现的缘故，哈哈一笑，道："今日之难，幸蒙二位壮士鼎力相救，燕成方逃过一劫，故而携此二人进宫，特向国君讨杯酒喝，以表燕成感激之情。"

高勤立即满斟一杯，起身走到蒙毅、郑原身边，道："勇士可嘉，当受老夫一杯！"

蒙毅端起酒爵，看了看燕成，见燕成点头，于是一饮而尽，道："谢大人赐酒！"

高勤又满斟一杯，递给郑原，郑原也依样喝了。

高勤回到席上，道："果真是虎狼之士，司马大人好福气！"顿了顿，又对燕泽道，"老夫年迈，不胜酒力，先行告退，国君勿怪！"

燕泽点头："高卿请便！"

于是高勤起身，朝燕泽拜礼，后退三步，转身而去。

来到城外大营，军队正在拔营回撤，高勤对常谷道："国君似是对燕成已无忌惮，然燕成心下却并未松懈。"

常谷道："何以见得？"

高勤道："燕成身后的两位随从绝非常人，以老夫观之，有万夫莫当之勇，国君竟令其入宫，实不知自己已身陷水火。"

常谷笑道："所以高卿匆匆离席，是怕二人再起干戈？"

高勤道："君子不立危墙之下。"

常谷问道："既如此，以高卿观之，二虎相争，何者胜算大？"

高勤摇头道："局势未明，未可知也。"

常谷道："何时可明？"

高勤道："今我燕国杀中山使节，仅存一人。中山乃虎狼之国，若起举国之兵攻我，覆巢之下，岂有完卵！"

常谷道："在下听闻，国君已命人将华钦首级送往中山国请罪，可有此事？"

高勤道："华钦不过一都尉，如何能平息中山人心中之怒！燕泽年少莽撞，不知兵者乃国之重器而擅动之，必将为燕国招来大祸，你我且拭目以待！"

第十二章 身怀六甲

姜文萱自从搬到西苑之后，果然自在了许多。就是有一点不好——这里离城里太远，有些不方便。不过好在这里什么也不缺，一应物什都有宫女内侍定时到城里采购。在这里总比待在深宫里强，闲时可以到处走走，观观花鸟，欣赏欣赏风景。

一直到了阳春三月，姜文萱也没见到燕吉前来。原本以为离开了宫中的耳目，两人更方便私会，却不料这个该死的燕吉，自从过年后，半点儿音信都没有。

一日，姜文萱像往常一样，梳洗完毕，吃过早饭，便在几个宫女的陪同下，来到金水湖畔赏花。湖岸的迎春、玉兰已次第开放，姜文萱看得正高兴，一宫女匆匆来报："公子来了！"

姜文萱不由得喜出望外，忙回到寿春宫，整顿衣冠，道："让他来见我吧！"

不一会儿，从门外进来了燕成。姜文萱大失所望，又不便让人看出来，只冷冷地道："司马远来，有何贵干？"

燕成道："新春刚过，特来拜会母亲！"他命侍从搬来瓜果点心、绸缎玉器呈上。

姜文萱命内侍收了，道："你倒是懂礼。你另外两个兄弟，怎么不见来？我一个孤老婆子，在这荒郊野岭的，何等凄惶。只怕你们在城里，整日花天酒地，早把我给忘了！"

燕成道："不敢！国君年后事多，与诸卿大夫团拜不绝，想是一时脱不开身。至于家兄——"

姜文萱忙问："燕吉呢，他又有何事？"

"家兄一时为琐事羁身，不日便来拜会母亲，特命成先行一步，问候母亲。"

姜文萱道："他几时来？"

燕成略一想，道："明日定来！"

姜文萱略感欣慰，命内侍打赏了几个随从，备下饭食款待燕成。

吃完饭，燕成赶回蓟城，直入燕吉府上，道："兄长何其糊涂！既已惹那姜氏上身，又为何始乱终弃？如遭其忌恨，兄长恐永无安宁之日！"

燕吉一拍脑袋，道："不瞒兄弟，我险些忘了此事，明日便往西苑一会！"

第二天一早，燕吉带了些玉帛及两个随从，驱车直奔西苑而来。行至半道，他远远望见前面有一队车马，黄罗伞盖，描金玉辇，知道那是燕泽的车驾，忙掉转马头，打算回去。不料燕泽停下车来，遣人来问："公子欲往何处？"

燕吉道："前往西苑拜见老夫人！"

来人道："国君也正欲前往拜会母亲，请公子同往。"

燕吉无奈，只得快马加鞭跟上，上前见礼。燕泽因问："兄长一片孝心，怎么今日方想起前往拜会母亲？"

燕吉道："臣有罪，连日应酬，抽不开身。今日得闲，不敢怠慢，不承想竟与国君在此相遇。"

燕泽得意地道："寡人隔三岔五便会前来，你若勤来此地，早该与我邂逅，不止今日。"

燕吉不敢多言，回到自己的车上，紧紧跟随，心里却暗暗叫苦。

到了西苑，燕泽先进去拜见姜文萱，不一会儿就出来了，对燕吉道："寡人宫中有事先回。兄长已有三月未曾向母亲请安，且听候发落吧！"

燕吉面露难色，心中暗自高兴，待燕泽的车马走远了，径入寿春宫。姜文萱不在，他问身旁的宫女："夫人何在？"

宫女答道："夫人在寝宫，怕是春意困倦，已经歇息了，奴婢可前往替公子打探一下。"

燕吉道："不必，想是夫人怪罪我姗姗来迟，我当亲往请罪。"

于是燕吉一路朝寝宫走去。隔着珠帘，他看见姜文萱身着轻纱，正站在一面铜镜前打扮，便轻手轻脚走进去，从后面一把抱住姜文萱细软的腰肢，道："想煞我也！"

姜文萱回转身来，轻推了他一把，道："你个死鬼，倒还记得我？"

燕吉道："当然记得！家中事务缠身，我一时走不开，不然早来了！"

姜文萱道："当真？"

燕吉道："千真万确！"

姜文萱道："何以见得？"

燕吉从怀里掏出一串七彩玲珑珠，戴在姜文萱的脖子上，道："这是我托人从齐国特意给你买来的，费尽周折，要不是等它，我早来了。"

姜文萱面露娇嗔，道："当真是齐国来的，燕国少有。算你还有良心！"

燕吉一边说着，一边开始为姜文萱褪去襦裙。多日不见，姜文萱竟显得有些羞涩。燕吉越发兴致勃勃，很快把姜文萱剥了个精光。

姜文萱道："你这天杀贼，倘若你君父在世，非剥了你的皮不可！"

燕吉道："我本世子，君父无故夺我爵位，父不父，子又何必子？"

姜文萱用指头戳了一下他的脑门，道："实话告诉你吧，夺你爵位的不是你父亲，而是我的主意。你若有恨，就发泄在我身上吧！"

姜文萱一时兴起的话，燕吉听了却僵在那里，道："你说什么？"

姜文萱知道自己一时口误，忙道："你快点儿，让我光着身子躺在这里，冻死了！"

燕吉只好脱了衣裳，拥姜文萱入衾被之中，心想先应付她过去，再慢慢打听这其中缘由。他刚翻过身来，将姜文萱压在身下，姜文萱却猛地一翻身，以手捂嘴，干呕不已，吐了几口黄水。两人面面相觑。

姜文萱道："造孽，只怕是你留下的种子发芽了！"

燕吉大吃一惊，道："这可如何是好？"

姜文萱冷眼道："怎么，我都不怕，你倒怕了？"

燕吉道："若是燕泽知道，必不饶我！"

姜文萱道："怕什么，有我在呢！"

燕吉道："燕泽行事暴戾，身为一国之君，为所欲为。即便是你，又能奈他若何？"他躺在席上，唉声叹气不已。

姜文萱见状，翻过身来安慰道："先别泄气，你我好好想个长远之计。"

燕吉道："如何长远？"

姜文萱道："我若真是有了，不妨先生下来。倘若是个儿子，好好抚养，来日立其为君，如何？"

燕吉立即坐了起来，道："当真？"

姜文萱道："我的骨肉，岂能玩笑？"

燕吉道："燕泽岂不是你的骨肉？到时骨肉相残，你何忍心？"

姜文萱道："燕泽是我骨肉不假，可这个逆子为了君位，竟然弑杀其父。我这个母亲在他眼里，也不过是个摆设，什么时候碍眼了，恐怕也不得好死。"

燕吉越听越糊涂，道："到底是怎么回事？你倒是说说，你如何劝先君废我世子之位，燕泽又如何弑杀先君？"

姜文萱叹了口气，道："外面的传言，多半是真的。我也是一时糊涂，依仗着先君的宠爱，劝先君废了你，立燕泽为世子。谁料这孩子渐渐长大，野心不足，等不得先君老去，深夜潜入宫中，趁先君熟睡之时，用绳索将其勒死。他又央我往外报丧，称先君暴毙。我知道你们早就看出些端倪，只是没有亲眼所见，不敢肯定。"

燕吉叹道："如此说来，燕泽果然是弑君之贼。你告诉我，就不怕害死自己的儿子？"

姜文萱抚摸着自己的小腹，道："为了你，我可将什么实情都告诉了你，将来你可不能负我！倘若你我真能生下一男半女，立你儿子为君，算是我还你一个世子之位。真有那一天，我只求你，燕泽虽犯不赦之罪，好歹留他一条性命，将他驱逐出境即可，他毕竟是我的亲生骨肉。"

"那是自然！"燕吉一面心不在焉地答应着，一面穿衣离席。

姜文萱问道："你要去哪里？"

燕吉恍然道："我去城中为你寻一个妙手郎中。此事机密，不得有丝毫泄露。你这宫里的人，可都靠得住？"

姜文萱道："都是跟随我多年的宫女内侍，不会有事，我会再三叮嘱。"

燕吉点点头，道："若有半点儿可疑，宁可错杀一百，也不要放走一个。尤其要瞒着燕泽。他若知晓此事，你、我，还有腹中胎儿，性命不保，切记！"

姜文萱点头，道："你快去吧，记得时常来看我！"

燕吉将带来的礼物留下，一路马不停蹄地回到蓟城，直奔司马府，找到燕成，道："天大的事，今日我才知晓，先君实为燕泽所弑！杀父之仇，夺位之恨，我必报之！"

燕成莫名其妙，道："此事城中早已传遍，兄长怎会今日方知？"

燕吉道："往日只是听闻猜测，今日我从姜氏口中得知，确有此事！"于是将姜文萱告诉他的话又一一对燕成说了一遍，只是不提姜文萱可能怀孕的事。燕成听了，半晌不语。燕吉急道："此事你得助我，非你不能成功。"

燕成道："此事宜从长计议！"

燕吉道："如何计议，贤弟替我拿个主意！"

燕成道："且容我想想。愚弟今早听闻，中山国已厉兵秣马，不日将进犯我国。国难当头，宜先寻思退敌之策。"

燕吉叹口气道："燕泽胡作非为，此人不除，燕国迟早毁于此人之手！"

出了司马府，燕吉又往坊间寻找郎中。事情机密，他不敢找太医，在坊间打听了一圈，听说一个姓令的郎中医术很好，便前往令郎中家里，请他到西苑走一趟。

令郎中给姜文萱把了脉，从寿春宫出来，燕吉问道："如何？"

令郎中左右看了看，确定四周无人，道："确是喜脉，已有三个月的身孕。"

燕吉掐指算了算，这么说来还真是他的种，又从怀中取出一锭金子，塞给郎中，道："此事万分机密，若有半点儿泄露，小心你的项上人头！"

令郎中忙道："小人不敢！公子有事尽管吩咐！"

燕吉道："此后你隔三岔五前来诊断。若有外人问起，你只消说夫人得了伤寒。按时问药，不得有误！"

令郎中连连点头，从怀中取出一张方子，呈给燕吉，道："按此方抓药，可保腹中胎儿万无一失。"

燕吉收了方子，派人驾车送令郎中回家。

送走了郎中，燕吉回到姜文萱的寝宫。姜文萱问："郎中怎么说？"

燕吉道："你猜得没错，果然已有身孕。"

姜文萱不禁喜上眉梢，道："下一步怎么办？"

燕吉道："你好好养胎，我自有办法。天色不早了，我先回去，明日再来。"

燕吉驾车回到蓟城，一路思绪万千，鬼使神差地又来到司马府，进门就开始唉声叹气。燕成问道："兄长何故感叹？"

燕吉屏退左右，道："兄弟不知，事情果难预料，那姜氏已身怀六甲，只怕从此不得安宁。"

燕成惊道："果真？兄长不正想如此吗？"

燕吉道："我原本想得简单，以为只要姜氏怀上我的子嗣，他日君位必为我得。可如今她只是身怀有孕，孩子是男是女尚且不知。况且怀胎十月方可分娩，天长日久，若走漏消息，燕泽必不肯罢休。"

燕成道："姜氏僻居西苑，兄长只需小心防范，必能瞒过燕泽，可待胎儿降生，再作打算。"

燕吉道："万一燕泽得知，欲加害于我，该当如何？"

燕成道："燕泽若敢为难兄长，燕成必与之拼个死活！"

燕吉道："不愧是亲兄弟，有你这句话，我便放心了。"

等燕吉走后，燕成暗想，若姜氏真怀了个儿子，这事倒麻烦了。原本他以为，自己的竞争对手只是燕泽。燕吉自从被废之后，整日流连歌楼酒肆，胸无大志，对他没有任何威胁。没想到这姜氏一怀孕，又激起了燕吉的权力之欲。倘若自己真的除掉了燕泽，坐上国君之位，燕吉必定不甘心，还会伺机争夺。燕成并不想与自己的亲哥哥拼个你死我活；至于燕泽，既然已确认他杀死了君父，于国于家，都得把他除掉。

燕成在院子里左思右想，不知如何是好。正好这时范缨来了，他便将心中的苦闷告诉了范缨，道："先生教我破解之策。"

范缨道："主公只需谨记，螳螂捕蝉，黄雀在后！"

燕成不解，道："谁为螳螂？谁为黄雀？"

范缨道："先出手者为螳螂，后出手者为黄雀。"

燕成恍然大悟。

一连几次，燕泽到西苑去看望姜文萱，姜文萱都拒而不见，顶多隔着珠帘说几句话。燕泽感觉奇怪，便偷偷叫来一名宫女打听缘由。宫女道："夫人偶感风寒，听太医说，这病能传染，想必夫人是怕传给国君，故避而不见。"

燕泽道:"寡人乃夫人亲子,即便传染上又如何!"

宫女道:"夫人一片舐犊之情,望国君体谅!"

燕泽道:"病情可重?"

宫女道:"听太医说,倒也不甚要紧,只是精神不如往日。国君放心,有我等在此尽心服侍,夫人必无大碍!"

燕泽叹道:"你等好好服侍夫人,若有变故,速差人来报寡人!"

宫女满口应承。

燕泽回到宫里,屁股还没坐热,常谷、高勤二卿求见。燕泽因母亲生病,心中烦躁,不想见,不料二人说有紧急军情,只好让他们进来。

两人入宫,行礼毕,道:"中山国尽起三军,已驻扎于易水南岸,不日将侵入我国,望国君早日定夺,以求退敌之策。"

燕泽到这时才真有些后悔,当初不该引狼入室,道:"寡人已将华钦首级交付中山国,奈何如此相逼?"

高勤道:"华钦不过是一都尉,纵然有天大的胆子,也不敢妄杀使节,中山人当能不知此人不过是替罪羊!"

燕泽道:"依二卿之见,该当如何?"

常谷道:"臣已派使者与中山交涉,中山人不信华钦区区一个都尉,敢行此胆大妄为之事,必要我交出元凶,否则提兵来攻。"

"元凶?"燕泽急得团团转,"寡人即是元凶,尔等想把寡人交给中山不成?"

高勤道:"国君息怒!以老臣之见,不如请司马一同来叙,同商退敌之策。"

燕泽道:"此事皆因司马而起,我兄不计前嫌,已是莫大胸怀,如何再好请他为此两难之事?"

高勤道:"国君此言差矣!司马统管三军,今敌军压境,司马率众御敌,乃分内之事。兄弟之情为私,国家之事为公,国君岂可因私废公?"

常谷道:"国君所虑自有道理,想那司马本以为此事乃华钦私自为之,今又闻中山之人不信,司马怎不生疑?"

高勤笑道:"司马何人也,其智岂不如中山人?依老臣看来,司马早知其中缘由，只是念在与国君的兄弟情分上，装傻充愣而已。司马既有如此忠心，国君何不召其进宫，共议退敌之策？以司马之胸襟，必殚精竭虑，以保燕国。"

燕泽左思右想，道："高卿言之有理，如此便请司马前来议事，共商退敌之策！"

第十四章 三朝元老

燕成早就探听到中山国司马南宫虎已率领三军，屯军易水河畔，准备伺日攻打燕国，心急如焚，忙召范缨、蒙毅、郑原到府中商议。

燕成道："狄兵犯境，诸公有何良策？"

郑原道："兵来将挡，水来土掩，又何惧哉！"

蒙毅道："狄军骁勇，若短兵相接，于我军不利。然燕国与中山国之间，一马平川，无山川险阻，狄军若长驱直入，我军势必难以抵挡。"

范缨不说话。燕成道："先生有何高见？"

范缨道："国君尚且不急，主公何必着急？"

燕成道："覆巢之下，岂有完卵！若燕国当真被灭，岂是燕泽一人遭殃，你我皆为丧家之犬。"

范缨道："不然！以老夫之见，中山国所忌者，晋国也。南宫虎亲率三军征讨我国，不过是虚张声势，意在惩治杀使元凶。若果真尽起三军侵入燕国，晋国必乘虚而入，如此则中山有灭国之危。中山纵有灭我之心，亦不得不防范于后。故以老夫之见，中山来势汹汹，不过是徒有其表，不足为虑。为今之计，当遣一使者至晋国，说其与我燕国首尾相应，夹击中山，中山之兵必不战而退。"

燕成道："先生果然高见！"

正说着，燕泽派人来传话，请司马到宫中议事。燕成请来人先回，他随后便去，回来对众人道："想必是中山之事，我去去便回，诸位稍坐！"

范缨道："国君召见，必是求计于主公。臣有一言，望主公一听。"

燕成道："先生请讲！"

范缨道："当此节要，正是主公执掌大权之际，万勿因国君相求而心慈手软。"

燕成道："先生金玉良言，燕成自当谨记在心！"

燕成来到宫中，见常谷、高勤二卿都在，已大致明白是什么事了，便道：

"不知国君召见，有何差遣？"

燕泽一副心急如焚的样子，道："今狄兵来犯，寡人苦无良策，特请司马前来共商退敌之策。以司马之见，当以何计退敌？"

燕成道："常、高二卿乃国之栋梁，二卿在此，晚辈岂敢献拙？"

常谷和高勤忙道："司马何必过谦，如今燕国之中，谁人不知司马用兵如神。我等老朽，还望司马不吝赐教！"

燕成心想，若真把范缨与晋国联盟的计策告诉他们了，这当中恐怕就没自己什么事了。燕泽现在已经不是想借中山国来削弱他燕成的实力，而是实实在在地怕中山国打过来，追讨元凶。燕国如果因此生灵涂炭，那燕泽这个国君就做不下去了。

于是燕成道："狄人素来善战，堂堂晋国也奈何不得，何况我燕国！若举兵来犯，臣实无胜算。"

常谷道："人道燕国有司马，可保国境安宁。今中山来犯，不过是蛮夷之众，以我华夏精兵，如何就奈何不得？"

燕成道："常卿若有退敌良策，成甘愿为其驱驰，唯常大人号令是从！"

高勤已经听出燕成话里的意思了，道："司马息怒！燕国三军，皆为司马麾下。司马有令，我二人岂敢不从！还请司马大人以燕国百姓为念，整顿三军，前往疆场迎敌。上解国君之忧，下除苍生之难。"

燕成道："高卿如此说，国君不知原委，当以为燕成爱惜羽翼，不肯出兵。既如此，燕成倒也不妨直说。往日行军，我虽为中军之帅，然左、右二军皆为二卿所制，时常各自为政，军令难行。山戎本是乌合之众，不足为患。今强敌压境，二卿若一如既往，不听燕成号令，燕成纵有通天之术，亦难有胜算，还望国君明察！"

燕成这话再明显不过了，是想逼着常、高二人交出军权，归他一人节制。常、高二人一听，面面相觑，没想到燕成在国君面前这么直接。这其实是大家心知肚明的事，燕泽默许他们这么做，正是怕燕成一人独断军权，特意用二人来牵制他。燕成今天把这层窗户纸捅破了，到底是真傻，还是装傻呢？

燕泽假装不知情，道："竟有这等事？"

燕成道："臣不敢妄言！臣资历浅薄，统率三军难当其任，军中有不服者非一二人而已。以臣之见，高卿德高望重，军中无人不服其号令，不如以高卿为帅，率众迎敌，上下同心，可保胜算！"

高勤忙道："司马此言差矣！老夫年事已高，行军打仗尤感心力不济，且此番中山之兵非往日山戎小贼可比，非司马不能取胜！"

燕泽没想到高勤此时当了缩头乌龟，便问常谷："常卿可有胜算？"

常谷忙罢手道："老臣身体欠佳，早已拉不开弓，御不了车，上阵迎敌，恐误大事，国君还是另请高明为是！"

燕泽对二人感到十分失望，狠一狠心，道："两位爱卿乃燕国三朝元老，司马年少，不敢擅意指令二卿，如此军中难有统一政令，上下二心，取胜也难。二卿不如趁此国难之际，让位令郎，回家颐养天年，如何？"

常谷一时愣在那里。高勤愤然道："国君何言也！我二人自领军中事，已历三朝，未尝有过，今无故解职，是为何故？"

燕泽道："正因二卿在军中德高望重，司马治军有诸多不便，今大敌当前，还请二卿多多体谅！"

两人愤然离去，出宫后长叹，道："朝令夕改，竖子不足与谋！"

两人走后，燕泽道："兄长以为如何？"

燕成道："国君厚爱，臣受之有愧。二卿在燕国根深叶茂，门吏众多，盘根错节，贸然除职，恐生变故，于国不利。不如暂削二人军中之职，余者不变，庶几无碍。"

燕泽道："兄长真乃仁慈之心！"

第二天早朝，燕泽当众宣示，除去常谷、高勤二人在军中的职务，命常谷为司徒，高勤为司空。左、右二军的将领由燕成保举，燕泽任命。常谷、高勤二人当庭无话。

燕成保举陆焉为左军主将，许晋为左军副将；刘铭为右军主将，吴离为右军副将，这几个人都是燕成的亲信。燕泽一一应允。至此，燕军三军完全掌控在燕成手上，燕成一时权势冲天。

"如此，便请司马早日率众迎敌！"燕泽道。

燕成道："臣遵命！"

于是燕成在西山集结人马，左、中、右三军各领兵车二百乘向南进发。出发之前，燕成对范缨道："出使晋国，说其夹击中山，乃此役之关键，以先生之见，何人堪当此重任？"

范缨道："老朽不才，愿为主公奔走一遭！"

燕成遂奏请燕君，以范缨为使，让他带二十几个亲随、黄金千两、珠宝数十、玉带数条，绕过中山，西行入晋。

大军行至督亢，前方来报，狄军已渡过易水，在北岸依水结寨。燕成命大军火速前行，进驻武阳城，与狄军相拒。

一连几日，南宫虎派人前来搦战，燕成只是紧闭城门，拒不出战。

郑原道："素闻狄军骁勇，今日一见，言过其实。臣下不才，愿领兵车百乘前往迎敌，必取敌将首级而还。"燕成只是不允。

蒙毅道："我观敌军旌旗散乱，人马混杂，且多为步卒，主公不妨一战，挫其锐气。"

燕成道："狄人久谙兵马，貌似军容不整，实则以一当十，我华夏军士恐非敌手。"他固不出战，一面又令方、涿二城广集粮草，运往武阳。

一日，南宫虎在城下喊话，让燕成出城答话。燕成驱车出城，来到敌军前，道："将军有何见教？"

南宫虎年约五旬，生得虎背熊腰，膀大腰圆，昂首站立车前，道："我好意召你为婿，奈何你恩将仇报，杀我使者，是何道理？"

燕成道："误杀使者，非成之本意，令媛尚在，可以对质。晚生何尝不想与将军结为亲家，怎奈无端祸起，致使好事成仇！"

南宫虎道："休找借口！我且问你，杀我使者，是何人所谋？"

燕成道："华钦顿生谋逆之心，事发突然，以致贵使遇害。晚生有不察之罪，甘愿负荆，还望将军不计前嫌，重结两国之好。"

南宫虎道："休想！华钦只不过一都尉，果有谋逆之心，当率众入宫，杀我使者何为？如此借口，休想瞒我。想必是你燕国觊觎我中山久矣，借此开启两国战端，好掠我国土！"

燕成道："绝无此意！迎亲之难，令嫒可以作证，成也是被蒙在鼓里，并不知其中缘由。今华钦已死，原因尚不明，将军若假成以时日，成必查明真凶，听候将军发落。"

这时从南宫虎身后冲出一名小将，白盔白甲，跨一匹白马，手拿马鞭，指着燕成说："胡说！杀使之事，乃燕国早有预谋，燕成佯作不知，实欺我中山无人矣！"

燕成定睛一看，来者正是南宫燕，道："姑娘何出此言！姑娘亲历此事，成若有预谋，奈何舍命相救？"

南宫燕不理燕成，只对南宫虎道："父亲不必理会此人，明日攻城，定教他武阳城草木不生！"说罢，就纵马回到军中。

南宫虎道："杀我使节，纵然非你所谋；然结亲不成，令我南宫氏蒙羞，此仇不报，枉我南宫一世英名！"一拱手，麾军回营。

燕成一面派细作往狄营打探消息，一面寻思退敌之策，范缨那边又迟迟没有音信，一时心急如焚。当晚，细作回报：狄人号称三军，实不过二军，两万余人。燕成心下大松一口气，看来范缨说得没错，狄人主力在于防范晋国，对燕国不过是虚张声势，但如果能避免交战，就不要擅动干戈。两国相邻，冤仇易结不易解。

深夜，燕成乔装打扮，缒下城去，混入狄营。但见两岸营火，连绵百里。蒙毅说得没错，狄人不善车战，以步卒为主，大营之中，很少见到兵车，多为单骑。范缨说过，狄人善于养马，单骑作战来去如风，一般车阵、步阵难以抵挡。

燕成左右打听，来到南宫燕的营帐前。侍卫喝道："什么人？"

燕成道："我是南宫姑娘的故人，深夜求见，有要事相告！"

侍卫犹疑，不敢让他进。南宫燕却听见动静出来了，一眼认出燕成，道："请进！"

进了营帐，南宫燕屏退左右，忽然抽出一把弯刀，架到了燕成的脖子上，道："深夜来此，你不想活了？"

燕成认得这正是自己送给她的七星宝刀，道："我冒死前来，是有些事情想对你如实相告！"

南宫燕横眉冷对："休要再花言巧语哄我！"

燕成道："我以实相告，信不信由你。"

南宫燕收了刀，道："说吧！"

燕成道："上回杀使之事，我已备知原委：燕泽欲嫁祸于我，引起两国纷争，他好借此削我军权；今又恐两国战端一起，国人生怨，危及君位，故而反悔，令我来此平息纷争。今贵国大军压境，我不得不前来迎敌，与你父女二人交战，实非我所愿也。"

南宫燕冷笑一声："你燕国国君随心所欲，岂非视战事如同儿戏？"

燕成道："他本是弑君夺位之人，何懂国家大事！"

南宫燕道："你身为先君嫡子，竟坐视不管？"

燕成道："非我不管，时机未到。"

南宫燕道："时机若到，然则如何？"

燕成道："杀忤逆，正大统。燕泽本是继室之子，嫡子尚在，废长立幼，已是非礼。且贼子倒行逆施，弑君夺位，滥行杀罚，致使生灵涂炭，百姓遭殃。我若得正君位，必亲往中山，迎娶姑娘，立为夫人！"

南宫燕道："既如此，你我合兵一处，攻入蓟城，杀掉燕泽，助你即位，如何？"

燕成大惊，没想到南宫燕会想到这么出其不意的主意。主意倒是不错，只是他想了想，道："贵国若为华夏一族，此计甚妙，犹可上表天子，奏请嘉奖。只是——"

"只是什么？"

"戎狄之国，助我姬姓诸侯夺位，会叫天下人耻笑。姑娘的好意心领，此事且容我——"

"出去！"南宫燕突然拔出刀来，怒气冲冲。

燕成一愣，道："姑娘何以喜怒无常？成一片赤诚之心，上苍可鉴！"

南宫燕道："你是上国公子，我乃戎狄之女，何必如此垂怜！等公子君临燕国，我已人老珠黄。上国之君，娶我半老徐娘，当我是三岁孩童，信你的鬼话！两国结亲，本是寻常之事，如此大费周折，不如沙场一见，各为其主，杀个痛快！"

燕成道:"姑娘若见允,我愿即刻娶姑娘为妻,只是当此两国交兵之时,如何可行?"

南宫燕道:"你也不必如此。想我南宫燕,也不是非你不嫁之人。你若有本事,尽快来娶;若不能,本姑娘自有去处,绝不空候!"

燕成施了一礼,道:"成谨记姑娘之言,必早日决断,以不负姑娘真心!"说罢,退出营帐,返回武阳城。

第二天,燕成刚刚起床,属下来报,南宫燕在城下搦战。

郑原道:"我等冒死护其回国,此女不知感恩,反来挑战,实为忘恩负义。郑某愿往,生擒此女!"

蒙毅道:"范先生久无音信,想必是晋国不肯出兵。主公连日闭城不战,军中士气已挫。今日正好出城一战,以振军威!"

正说话间,又有人来报,左军校尉陆识未等军令,带兵车十余乘出城,只一回合,便被南宫燕生擒。

燕成大惊,道:"此人如此骁勇!"

郑原急道:"主公,请令郑某出城迎敌!"

燕成想起昨夜南宫燕和他说的那些话,不知道她此番前来到底是什么意图,犹疑不决,既怕伤了南宫燕,又怕伤了自己人。这时,军士又来报,左军将士不服,纷纷出战,又被南宫燕生擒了三位小将。

蒙毅道:"主公当早作决断。此人虽与主公有夫妻之名,却无夫妻之实,今日沙场相见,不是你死便是我活。"

"夫妻之名?"燕成叹道,突然想到这个,眼前一亮。还真是,虽然最后迎亲时出了变故,但他和南宫燕之间,六礼已行了五礼,就差最后迎亲没成,实实在在地应该算是夫妻。难怪昨晚他说的那些话让她气愤不已,原来她是在气他没有把这场婚姻算数。

"你等且去城头守候,命城上的弓箭手切勿伤害南宫姑娘,待我亲自出城去会会她!"燕成一面说着,一面穿上披挂,左手执辔,右手执剑,命守城军士打开城门,没带一兵一卒,单车出城。

第十五章 君若有心

燕成只是觉得，南宫燕今天单车出来搦战有些蹊跷，便也单车出城，不带任何士卒，是为了好问她话，看她到底是什么意思。不料他立马未稳，南宫燕不由分说，便驱车杀来。燕成一边抵挡一边说："你这是为何，莫非自寻死路？"南宫燕不答话，两人大战三十回合，不分胜负。

南宫燕说："君若有心，便生擒我！"

燕成脑中灵光一闪，立即会意，待两车交会之时，手臂一伸，海底捞月一般，将南宫燕抱到了自己的车上。对方将士见南宫燕被擒，便纷纷出列，驱车来救。燕成一挥剑，城楼上的蒙毅、郑原命弓箭手一齐放箭，挡住了敌军，燕成安然回到城里。

燕成将南宫燕带回城府，命下人准备饭食，好生款待，又派了几个丫鬟专心服侍她，道："今晚我便与你拜天地，入洞房！"

南宫燕面带娇嗔，道："谁说跟你拜天地了，你这是抢亲！"嘴角却露出一丝笑意。

燕成一面派人往蓟城请来媒人，一面召来城中文官武将一起喝喜酒。当晚两人沐浴更衣，拜了天地，正式成了夫妻。席上，燕成向众人道："我与南宫姑娘本当是夫妻，怎奈奸人作祟，事败垂成。今不凑巧，沙场迎亲，当是行完了周公之礼！"众人哈哈大笑，纷纷举爵向燕成祝贺。

半夜，燕成醉眼迷离地回到房间，对南宫燕道："从此以后，你我二人便是同林之鸟，生死与共，永不相负！"说罢，伸手揭了南宫燕的盖头。

盖头下露出一张娇嫩羞涩的脸，与其平日里英气逼人的样子大不相同。燕成不由得伸手去抚摸她的脸，道："苍天垂怜，想我燕成竟有这等福气！"

南宫燕道："夜已深，夫君还是早些歇息吧！"柔声细语，婉转如莺啼。

燕成听得浑身酥麻，道："夫人说得是！"

南宫虎在中军帐里听说女儿被捉,大惊,忙披挂上车,要去救人,细一想,觉得不对,心道:"我儿一向善战,素未失手,今为燕成所擒,必是其心甘情愿。"他气愤地跳下车来,暂不作理会,派细作往武阳城中打探消息。

天明,细作回报,说燕成昨夜大摆宴席,已与南宫燕在武阳城中成亲。南宫虎叹道:"果真是女大不中留,两军交战,她竟自行投敌,实是可恶!"于是亲点兵车五十乘,来武阳城下搦战。

燕成仍是闭城不出。武阳城高十丈,坚固无比,南宫虎不敢强攻,忽转念一想,麾军向北,直扑涿、方二城。

涿城、方城正处于督亢,是燕国的膏腴之地,燕国的粮草主要来自这里。探马得到消息后,蒙毅惊道:"敌军此举,意在断我粮草。粮草若断,我军将不战自溃,请主公速作决断!"

众将来到府中向燕成报告军情,请求出兵。燕成道:"方、涿二城素来固若金汤,敌军此举,不过是虚晃一枪,诸将勿忧!"不提出兵之事。

众将心急如焚,天天待在武阳城中做缩头乌龟,还被敌军辱骂,已是十分窝火,今天好不容易出现战机,燕成仍不愿出兵,众将百思不得其解。

蒙毅道:"主公新婚燕尔,正与新人缠绵之时,懒于出兵,此莫非南宫氏的美人计耶?"

郑原道:"想那南宫氏狐媚妖娆,主公已失妻多年,今日得此女,有如久旱逢甘露,温柔之乡尚沉迷不及,怎肯披挂上阵迎敌!"

两人想出城迎敌,却恨手下没有兵马,只得求计于陆焉和刘铭。

陆焉道:"我观司马大人已为妇人所惑,我等切不可坐失战机,令燕国蒙难。"于是向燕成请缨,"南宫虎孤军深入,末将愿领军截其后路,令其腹背受敌,可获大胜。"

刘铭也道:"敌军若有后援,陆将军将腹背受敌。刘某愿领兵攻入敌营,令其无暇支援,方保全胜。"

燕成道:"敌军不过五十乘,众将何以如此惊慌?我观敌军此举,旨在调虎离山。陆将军可领兵百乘,前去截杀南宫虎后路,得利便回,其余诸将各回营帐听令——陆将军切记,万勿伤我岳丈性命!"

陆焉领兵出城追击南宫虎，向北三十里。南宫虎忽然前队作后队，不攻涿城了，杀了个回马枪。陆焉知是中计，也只得迎战。狄人骁勇异常，陆焉抵挡不住，只得且战且退，逃入武阳城中，折去许多人马。

　　陆焉吃了败仗，向燕成请罪。燕成免其罪，道："不怪将军，怪我轻敌。素闻狄人用兵狡诈，今日一见，果不其然。将军且回营中整顿车马，明日与我一同出城迎敌。"

　　燕成回到后堂，对南宫燕道："今日令尊使诈，教我军吃了仗，明日我便出城叫阵。"

　　南宫燕道："所谓兵不厌诈，你技不如人，反倒怨家父，是何道理！"

　　燕成道："其实我心里不愿与令尊兵戈相见，无奈他处处逼我，不得已才战。"

　　南宫燕笑道："你杀了中山使节，又抢了他的女儿，我父对你恨之入骨，两兵相交，决不会留情，你可要小心了！"

　　燕成道："如何才能让两国重修旧好？你可有计策？"

　　南宫燕道："当然有，只怕你做不到。其一，交出杀使元凶；其二，归还南宫之女。你可愿意？"

　　燕成摇头道："杀使元凶乃燕国国君，纵然他与我有杀父之仇，又岂能交与他国发落？至于你，便是杀了我，我也不会交出！"

　　南宫燕笑道："如此，便只有在战场之上打败家父，他或许服你！"

　　燕成道："夫人真乃女中豪杰也！"

　　第二日，燕成总领兵车二百乘出城，左有陆焉、许晋，右有刘铭、吴离，中军自领，令蒙毅为御手，郑原为戎右，浩浩荡荡地向狄营进发。

　　行不过五里，南宫虎领兵一万相迎，两军对圆。燕成见敌军果然多是步卒，兵车很少，想兵步行动缓慢，兵车来往迅速，便趁敌军立足未稳，先令一百辆兵车冲入敌阵。敌军顿时乱作一团。然后他再令一百辆兵车趁机掩杀，同时先行的一百兵车回队，摆好阵形，准备下一轮冲击。如此反复，敌军阵形难结，单兵不敌驷马，大败而逃。

　　陆焉和刘铭想要追击，燕成道："穷寇莫追，追则必竭力相拼，两败俱伤，适得其反。况我国理亏在先，勿使冤仇益深！"于是班师回城。

燕成本以为南宫虎吃了败仗，会消停几日，没想到第二天，南宫虎又来搦战。燕成鉴于昨日大胜，也不忌惮他了，派人迎战。几番来回，各有胜负。燕成心下也就稍稍懈怠了。如果这样拖下去，双方损失都不大，范缨那边与晋国结上了盟，倒是好事。

又这样过了几天。正在众将以为狄人不过如此，远没有传说中的厉害之时，南宫虎忽然尽起三军，将武阳城团团围住，切断了城里的汲水取粮之道。城里顿时慌作一团。燕成一面命人打探消息，一面与众将商议破敌之策。不多时，探马回报，只有北门围兵少，可从北门突围，转战涿、方二城。

蒙毅道："恐敌军有埋伏。"

燕成道："敌军断我粮道，我军难以久持。"遂命刘铭领一千人马从北门突围。

行不过十里，两旁树林之中闪出一彪人马，杀得刘铭人仰马翻。刘铭只得拼死抵抗，边杀边回城。

回到城门口，却发现敌军已有重兵围守，两下夹击，刘铭更是抵挡不住，损兵折将不计其数。燕成站在城头，看得真切，忙命吴离领一支车马出城接应，刘铭方得逃脱。

经这一仗，燕成才醒过闷儿来，原来前日小胜只是南宫虎的骄兵之计，令自己轻敌，待时机成熟后就派大军将武阳城围了起来。燕成再也不敢小觑南宫虎了，命刘铭、吴离、陆焉、许晋分守四个城门，没有命令，不得擅自出战。

从这天开始，南宫虎也不再到城下搦战，只围而不攻。燕成心里明白，对方是想等城里的粮食耗尽了再进攻，一鼓而成。众将每日聚集在府中商议，却也寻思不出一个计策。燕成心急如焚，寝食难安，也不知道范缨在晋国出了什么事，至今杳无音信。

一天晚上，三人对饮，蒙毅对燕成道："知父莫如女，夫人在狄军中浸染日久，必知狄军用兵之策。为今之计，不如求计于夫人，或可得脱。"

燕成道："有道理！"于是回后堂向南宫燕寻求破敌之策。

南宫燕道："父者，生我养我，至亲也；夫者，疼我爱我，知己也。以知己之身，杀至亲之人，愚者不为也。"

燕成惭愧而出，谓蒙毅道："拙荆深明大义，不肯助夫灭父，当别图良策。"

郑原道："擒贼擒王，不如我今夜潜入敌军，取南宫虎首级，敌军将不战而败。"

燕成道："南宫乃拙荆至亲之人，我亦投鼠忌器，平之切勿鲁莽行事。"

郑原点头称是。

燕成看着郑原，心中忽然有了一个主意，道："平之有如此本事，我倒是有一事相求。"

郑原道："主公吩咐便是。"

燕成道："范先生一去十数日，杳无音信，我心中甚为不安。如今城池被围，更是音信不通。平之如能潜出城去，星夜赶往晋国，告知燕国军事，促其速与晋国结盟，当解燃眉之急。"

郑原道："城中粮草尚能坚持多久？"

燕成道："不过半月。"

郑原道："臣今日后半夜便动身，半月之内，成与不成，必回报主公。"

燕成道："好！"他又叮嘱了郑原一些细节，包括见到范缨后该如何做等，确保郑原都听明白了，才放他走。

郑原回到营帐，已是子夜时分。他简单收拾了几件行李，就来到城墙上，跟西门的守城将领许晋道明了原委，找了个人少的地方，偷偷缒下城去。

护城河里水还很凉，郑原将用油布包裹的行李背在肩上，偷偷地游了过去。抬眼四顾，不远处就是狄军的兵营，军士们正在帐中酣睡，只有几个哨兵没精打采地在巡逻。借着夜色的掩护，郑原连穿几座营帐，好在他行动轻灵，没有被人发现。

眼看快到了狄军驻扎的边界，郑原稍稍松了口气，抬眼往前看了看，远处是一片莽莽青山。据燕成说，那就是太行山，穿过太行山，便是晋国的地界了。他正自得意，却没留意脚下被一个东西绊了一下，随即听见有人道："谁？"细一看，有人正蹲在地上方便。月色朦胧之下，郑原看清了那人的脸，是一副狄人军士的打扮，不由吓了一跳。对方也看清了他的脸，道："燕……燕人！"

这一声喊，在寂静的夜空分外响亮。郑原本能地一掌劈在那人的脖颈之上，那人立即不吱声了。

郑原吓出一身冷汗，躲在暗处，四下看了看，见没有任何动静，才长呼一口气，飞步向西跑去。

大约一个时辰之后，郑原看见面前横亘着一座大山，只有一处关隘可通行向西。天还没有亮，关门紧闭。郑原在关下徘徊，举头望去，大门上方写着"紫荆关"三个大字，关上有一面大旗书写着"晋"字。他心稍宽慰，就找了个角落，靠在一块大石上休息，想等天亮了，关门开了好过关。

郑原靠在大石上，不知不觉就睡着了，迷迷糊糊中听到有人说话的声音，忙揉了揉眼，天已亮，守关的士兵正在开门，一行人排着队等着过关。郑原忙跟了上去，排在人群之后。

轮到郑原进门的时候，守关的军士拦住了他，道："看你的样子，不像是普通的商客，可有通关文书？"

郑原这才想起来，忙打开行李，翻找起来。好在行李用油纸包着，里面的东西都没湿。找了半天，找出一片木板，上面的字郑原大多不认识，心想这必是通关文书，便递了过去。

守城的军士拿着看了看，道："燕国使者，怎么就你独身一人？"

郑原道："燕国与中山国交战，离乱之中，随从四散，故而孤身一人。"

军士看了看他，道："这倒是听说了。中山虎狼之国，你们燕国也是自取其祸，白狄人也敢惹！既是燕使，城楼上有粗食淡水，若不嫌弃，请到楼上一用。"

郑原感激涕零，道："谢壮士好意，郑某走了一夜，正是饥渴难耐。"

于是郑原上了城楼，见过关尹，吃饱喝足，不敢耽搁，又起身赶路。关尹见他孤身步行，道："此去绛都，有千里之遥，将军仅凭双足，走到猴年马月？"

郑原大吃一惊，道："人道晋国乃万乘之国，却不料国土竟如此之广。在下初到晋国，实不知晋国如此之大。今国中时逢战乱，未带车马，将军如肯行个方便，在下愿以薄礼奉送。"说罢，从行李中取出一块美玉。

关尹摆了摆手，道："将军客气了，既是燕国使节，某自当提供方便。"他命军士牵来一辆马车，交予郑原，道："末将在此守关已有三年，终日与燕人打交道，燕人也多为末将提供方便。来日方长，毋须客气。"

郑原拜辞了关尹，跳上车，快马加鞭，一路向晋国都城新田进发。

第十六章 出使晋国

却说范缨西入太行，一路马不停蹄，走了整整五日五夜，才到达晋国的都城新田。

晋国使节将范缨一行人迎入馆驿，安排他们住下。范缨求见晋君，晋君避而不见，让内侍传下话来："燕使来此何为？"

范缨道："与贵国结盟，共敌中山。"

晋君又让人传话道："我晋国兵强马壮，无须结盟，早晚踏平中山，可解燕国南方之患。燕使请回，静候佳音。"

范缨一筹莫展，馆尹提醒道："晋国之政，不在国君，而在六卿；六卿之中，以赵氏为首。燕使不如去晋阳求见赵氏，或可一谈。"

范缨道："何为六卿？"

馆尹道："晋国有三军，三军各有将佐一人，共六人，贵为卿大夫，统称六卿。六卿已历数世，现为赵氏、韩氏、魏氏、智氏、范氏、中行氏六家把持，现赵氏为中军将，位居至尊。赵氏专心经营晋阳，不在新田，先生可往晋阳说以利害。"

范缨谢了馆尹提醒，心想既然已经到了晋国，无论如何也要见晋君一面再作打算。范缨四方打听，得知太宰顾雍常出入晋宫，深得晋君宠爱。顾雍贪财，尤好美女，范缨便使人送顾雍玉带一条、宝珠十颗，又使人于歌坊买来美女十名，送给顾雍。顾雍大喜，对晋君道："晋国之患，不在西而在东。秦国狼子野心，觊觎我晋国非一朝一夕。而今我晋军已尽取河西之地，又有黄河天堑阻隔，十年之内，秦国无力东进，西境可保无虞。然东方齐国，桓公时曾称霸一时，其子孙挟桓公之余威，与我晋国抗衡多年，中原诸侯，莫不唯其马首是瞻。今燕使前来，欲与我结盟，正得其时。国君若能逐一纳中原诸侯小国于麾下，何愁霸业不成？"

第十六章 出使晋国

晋君道："燕国小邦，素未参与中原之事，与其结盟，裨益甚微。"

顾雍道："国君此言差矣，燕国固小，于我助益不多，然若其弃我而去，转投齐国，此害甚大，国君不可不察也！"

晋君想了想，点点头，道："说得甚是，即召燕使来见寡人！"

范缨进了晋宫，参拜晋君道："外臣见过晋公！"

晋君道："燕使请坐！燕使远来，多有怠慢，万望燕使勿怪！"

范缨道："外臣岂敢！晋公日夜操劳，国事繁多，能于百忙之中接见外臣，外臣已是感激不尽。"

顾雍在一旁道："说正事！燕使此番前来，有何贵干？"

范缨道："中山国尽起三军，入侵燕国，燕国弱小不能敌，寡君请求上国屯兵漳河之滨，如此则中山首尾不能相应，恐腹背受敌，必然撤军，燕国之围可解。"

晋君道："使我将士甘冒矢石之苦而救燕国，于晋国何益？"

顾雍连咳两声。晋君知道自己说话有些太露骨，忙打住。

范缨道："燕国若为中山所灭，中山并两国之土，必然日益强大，日后虎视晋国。彼时，何人可作晋国后援？晋国又何以能抵挡？"

晋君考虑不了那么远，只是觉得眼前得不到好处，无端地为燕国派兵，不划算，于是道："燕使且回，容寡人思虑片刻。"于是范缨告退。

范缨走后，晋君道："寡人听太宰之言，以为不过是两国缔结文书，日后有事，燕国便唯我晋国是从，谁知竟要我国派兵！"

顾雍道："国君若想称霸诸侯，自当为诸侯解忧。不然，何人肯听国君号令？"

晋君道："如此霸主，倒也无味！"

顾雍道："国君此言差矣！晋国历经数世，拓地千里，如今国势正盛，天下诸侯群龙无首，正是图霸良机。晋国若不趁势而起，恐失天下人所望，有负晋国列位先君！"

晋君愤然道："如今三军尽在六卿之手，寡人手中不过数千禁军，若起大军进驻漳河，寡人岂能独断？"

顾雍道："可召六卿商议此事。"

晋君道："罢了，为一燕国大动干戈，未免兴师动众。传令馆驿，好生款待燕使，请其自回吧！"

顾雍无奈，只好又到馆驿，对范缨道："国君胸无大志，顾某无能，不能说动其心。先生还是早日归国为是！"

范缨道："太宰大人已尽全力，范某感念大人。适才听馆尹言道，此事可前往求见赵将军，以太宰之见，可行否？"

顾雍道："赵将军礼贤下士，不同于寡君。眼下赵将军身在晋阳，离此处虽有数百里，却是先生回国必经之地，先生正好一试，或许可行。"

于是范缨马不停蹄地赶往晋阳。行了两日，远远看见对面一辆马车疾驰而来，范缨站立车前观望，叫道："来的莫不是平之？"

郑原听见叫声，举目一看，道："正是小婿，先生要前往何处？郑原正要去晋都寻访先生！"

范缨驱车近前，道："晋侯昏庸，我未能达成使命，此番正欲前往晋阳求见赵将军，成败尚未可知，今唯有姑且一试耳。平之来时，易水战事如何？"

郑原道："公子屯兵武阳，与狄人胶着于易水河岸，无计可施，特遣郑某前来探听与晋国结盟一事，以回报公子。"

范缨道："平之且慢回报，与我同往晋阳如何？"

郑原道："郑原受主公之命，探得消息即回。若久不归营，恐军中难以久持。"

范缨道："主公若知事不成，必无心恋战，燕军不战自溃；若不知实情，尚怀一丝希望，必能拖延些时日。你且随我前往晋阳求见赵氏，或许可成，彼时再回报主公，定会军心大振，必胜无疑。"

郑原不敢违命，只得道："谨遵先生差遣！"

一行人又走了一日，来到晋阳，求见赵将军赵书。赵书听说是燕使求见，忙请入府中，设酒筵款待。席间，赵书道："燕使前来，赵某蓬荜生辉，不胜荣幸。只是燕使若有军国大事，何不前往新田求见寡君，来此何为？"

范缨道："实不相瞒，范某已见过晋侯。晋侯托词，不肯相助，范某故而来求将军。"

| 第十六章 出使晋国 · 127

赵书道："竟有此事！到底何事，不妨一说。"

范缨道："敝国愿与贵国结盟，共敌中山国，不知将军意下如何？"

赵书道："中山乃晋国心腹大患，燕使不来，赵某亦与中山不共戴天。"

范缨道："既如此，眼下燕国正与中山激战于易水河畔，相持日久，各有胜负。若晋国遣一劲旅，自漳河以北直取邯郸，则中山可一战而平，不知将军意下如何？"

赵书哈哈一笑，道："我与中山交战多年，其人奸，其军武，岂是一战可平？先生来得不巧，眼下晋国内乱，难以抽身相助。先生且回，可劝燕君暂息干戈，与中山结好。待我晋国内乱平息，自然发兵攻打中山，届时望燕国调兵相助，万勿推辞！"

范缨站起身来，愤然道："范某此番前来，非为燕国，实为晋国。人言将军深明大义，看来此言甚虚。燕国地薄人少，不能久持，终将为中山所灭，彼时中山尽占河北之地，庞然大物，国力日强，必西进以取晋国，诸侯莫能抵抗。到时候，晋国想要燕国这个盟友，恐怕也不行了！"说罢，拉起郑原就要走。

赵书忙拦住："先生且慢！先生所言，句句在理。想燕晋两国，皆姬姓诸侯，切不可为狄人各个击破。晋国内乱，确非托词，眼下赵某在晋阳尚有不多兵马，可抽调五千兵马至漳河虚张声势，燕国可趁此脱身。欲图中山，非一日之功，你我可日后再议。"

范缨连忙拜谢，道："不知将军何日发兵？"

赵书道："即日发兵，先生可速回军中广布消息，令狄军军心大乱。待狄军班师南下，燕国可趁机脱身。燕国脱身之日，我自从漳河撤兵。"

范缨再拜，以宝珠二十颗相赠。赵书道："赵某非贪图小利之人，军国大事，岂能以利动之！先生速回，赵某即刻前往营中点兵。"

范缨辞了赵书，投北而去，直奔燕国，一路风餐露宿。又过了两日，一行人到达紫荆关。守关的军士要查看通关文书。范缨道："别时匆忙，未曾讨得文书，还望壮士行个方便！"

军士道："此关离中山国不远，为防细作出入，赵将军有令，无文书不得出关。"

范缥拿出入关时的文书道："我等实乃燕国使者，出访晋国，有此为证，壮士勿疑。"

军士看了看，道："此乃入关文书，非出关文书，恕在下不敢违命。"

范缥叫苦不迭。郑原道："我等确实从燕国而来，为与晋国结盟而出使晋国，壮士不记得我了？"

军士将他上上下下打量了一番，道："恕在下眼拙，每日出关入关人员无数，在下记不下那么多人。将军既如是说，可否将盟书与在下一观，方信所言不虚。"

郑原知道范缥并无两国结盟文书，便道："军国大事，不敢外露，壮士见谅！壮士既不记得我，想必关尹记得我，去时他还请我在关上用过饭。"

将士道："你等来得不巧，关尹大人昨日有事已出关去了。"

郑原不知如何是好，情急之中牵来自己的马车，指给军士看："可是你关中之物？"

军士看了看，见横辕上刻有"紫荆关"三个小字，道："确实是关中之物！"

郑原道："临行前关尹见我徒步而行，将其赠予我作为脚力。"

军士道："将军所言或许属实，只是在下身份卑微，不敢擅作主张，诸位见谅！关中有客栈，诸位可在此歇息一晚，关尹不日便回，若真识得你，自当便宜行事。"

郑原心急不能等，还想再说什么。范缥长叹道："也只好如此了！"他们便带着随从在关中客栈借宿了一晚。

当晚电闪雷鸣，忽降大雨，山洪暴发，好几处关隘塌了方，守关的将士纷纷出城抢险。郑原道："此时不走，更待何时！"他趁乱打开关门，带着众人偷偷逃出关去。

离了紫荆关，雨越发下得大，道路泥泞，天黑路险，极难行走，有两名随从不小心跌下了悬崖，不知所终。郑原也顾不得了，催促众人快走。范缥年事已高，走不了多久就力不从心，郑原便派两名军士一左一右地挟着他走。山道狭窄，三人并走很是不便，郑原便叫两人轮流背着范缥，又怕守关的军士追赶，自己亲自断后。

第十六章 出使晋国

约莫过了两三个时辰，天色发亮，雨停了，紫荆关的军士并没有追来。抬眼看到前面是一片平原，郑原总算松了一口气，跑到前面察看了一下情况。范缨嘴唇发白，神情迷糊，似乎是在发烧。一行人走得匆忙，车马辎重都没来得及带，别说吃的，连口水都没得喝。郑原命众人就地休息一下，派了两个人去找些水来给范缨喝。

范缨喝了水，渐渐清醒一点儿，道："老夫听说武阳城被围，我等随行人员多为文弱书生，若想进城，恐非易事。"

郑原道："先生可有良策？"

范缨摇了摇头，又用手指了指自己的脑袋，意思是自己头晕，思绪混乱，精神也不济，不一会儿就靠在路边睡着了。

郑原站在一块大石上，一筹莫展。往前再走不远，就是狄人的营寨，去时他一个人可以偷偷溜出来，回时这一大帮人太招眼，想进城就难了。别的人倒好说，可以直接回蓟城，不必进武阳，关键是范缨必须尽快进城医治，不然病情严重就不好办了；还有，这燕成身边没了范缨，只身对付中山很是吃力。虽说晋国已答应出兵策应，但晋军到达漳河还有些日子，在这之前，武阳城要靠自己撑住。

范缨仍是昏迷不醒，郑原只好命众人在山沟里各自找个地方休息。好在雨没有再下。到傍晚时分，范缨醒了，郑原忙向他寻求计策。范缨道："老夫风烛之年，死不足惜，平之当想尽办法将晋国军情送至军中。"

郑原道："先生待晚生恩同再造，郑原岂肯弃先生而去！先生勿忧，我就是拼了性命，也要让先生就医。"

范缨连连摇头："我不过是偶感风寒，岂能就此身赴黄泉。平之听老夫之言，你武艺高超，只身潜入城中不费吹灰之力；若带领我等，只是多些累赘，无论如何也进不了城。不如趁今夜月黑风高，你只身前往，依计行事，或狄兵就退，老夫之病自然不治而愈。"

郑原仍是犹疑不决，道："我看先生之病，绝非小恙。先生若有个三长两短，我如何跟令嫒交代！"

范缨叹道："随从军士众多，多你一人也不能治愈老夫之病。大丈夫为国捐躯，死得其所。主公待我，情同父子，今若不辱使命，死又何惜！你速去准备，今夜动身，勿失战机。老夫身心疲劳，不便多言，言多耗费精力。"说罢，又闭上了眼，沉沉睡去。

郑原无奈，只得略作准备，打算星夜穿越狄军营帐，潜入城中。

待到子时，看着狄军营中火光点点，料想狄兵大多睡下了，便用油布包了个简单的行囊，背在肩上，带上青芒剑，悄悄往夜色中走去。

第十七章 武阳突围

燕成几万大军被南宫虎围在武阳城，一围就是十多天，眼看城中粮草殆尽，几次突围又无功而返，心急如焚。走投无路之际，他只得又向南宫燕求教："几万大军围困城中，粮草几尽，今若寻不出破敌之策，我等来日皆为齑粉，夫人可有良策助为夫一臂之力？若能解今日之围，日后燕成甘愿为夫人驱驰！"

南宫燕道："夫君何出此言！夫君之难亦是妾身之难，城池若破，君若捐躯，妾身亦不敢独存。夫君明日予我兵车百乘，我自亲往杀敌。中山之将，多有我旧部，料他们多少有些忌惮我。待我杀出一条血路，夫君自领大军跟随，武阳之围可解。"

燕成道："狄人生性残暴，杀人不眨眼，夫人务必小心！"

南宫燕道："夫君忘了，妾身也是狄人。若论残暴，他们哪个比得了我？"

燕成笑道："夫人所言极是！"

第二天，南宫燕披挂上阵，驱车左冲右突，狄人难以抵挡。燕成在城头看得真切，见南宫燕渐渐得手，眼看就要杀出一条血路，忙命众将各自领兵，准备跟上南宫燕突围。

南宫燕杀得兴起，正暗自高兴，谁料前方狄军突然向两边泄开，当中闪出一员大将，正是南宫虎本人。南宫燕当下心虚了，道："父亲不在军中坐镇，来此何干？"

南宫虎道："我儿背国弃父，或是一时糊涂，为父不与计较，且随我回军中，共商破敌之策！"

南宫燕道："父亲此言差矣，我既已嫁与燕氏，自此便是燕人。今中山举国来侵，正是女儿为国效力之时。"

南宫虎愤然道："燕人背信弃义，趁你出嫁之时，杀我使团，人神共愤，我儿怎可敌我不分？"

南宫燕道："在家从父，出嫁从夫，我夫既为燕国公子，我自当为燕国效力，怎说敌我不分？今父亲既与我为敌，常言道，战场无父子，休怪女儿无情！"说罢，驱车挺枪直朝南宫虎刺来。

南宫虎忙持戟接住，两兵相交，声音响彻山谷。南宫虎暗暗吃惊，道："我儿倒是狠心，对为父下此重手！"

南宫燕也不答话，掉转车头，又杀奔而来。南宫虎知道女儿使了全力，并不硬拼，只是轻轻地一挑，将来势轻易化解了，道："我一向视你为掌上明珠，你却似与我有深仇大恨，是何道理？"

南宫燕道："父亲若真是爱惜女儿，就请即日退兵，莫置女儿于死地。"

南宫虎道："岂有此理！我奉国君之命，讨伐有罪之人，今无功而返，军法难容。"

南宫燕道："两国相持月余，各有死伤，岂说无功！今父亲命狄军将我武阳城团团围住，分明是要置女儿于死地！"

南宫虎一怔，女儿这话却是在理。两军相峙月余，大功没有，小功却不缺，回国交差并不成问题，如今派大军将燕军围困在武阳城，分明是自己贪图奇功，想将燕军一举荡平。

南宫虎正想着，南宫燕一枪刺来，他躲避不及，左臂被刺破，血流如注，忙撕了战袍的一角扎住。南宫燕也吃了一惊，本以为父亲能躲过这一枪，却没想到误伤了，当下勒马慢行，待父亲包扎好了伤口，又挺枪刺来，一边道："父亲年迈，已不是女儿对手，还不快快受降！"

南宫虎有些愠恼，挥戟一挡，南宫燕只觉得虎口发麻，长枪险些脱手而出。她的武艺都是从小由父亲一招一式教的，若不是父亲暗中相让，她怎能抵挡！

两人大战了一百来个回合，南宫燕渐渐处于下风，燕成忙命鸣金收兵，大军退回城中，南宫虎倒也不追赶。

南宫燕登上城楼，道："我父虽勇，必不肯伤我，今正可用其恻隐之心，突围出去，夫君为何令我收兵？"

燕成道："沙场之上，刀枪无情，我见夫人非令尊敌手，故而鸣金。夫人若有闪失，燕成于心何忍！"

南宫燕叹道："狄军有家父，我军实难突围，夫君当另寻良策！"

燕成也叹道："只恨范先生不在身边，令我耳失聪、目失明，整日焦灼，却无计可施。"

蒙毅道："毅虽不才，请与南宫一战，不胜则请军法从事！"

燕成打量了他一下，道："子决非南宫敌手，若平之在侧，或可一战。只可惜此二人前后出使晋国，至今杳无音信！"

当夜，燕成辗转难眠，便走到城头视察敌营动静，寻求破敌之策。从城头望去，漫山遍野全是狄人的营帐，各个要道出口全有重兵把守，燕军真是插翅难飞。用不了几天，武阳城中的粮草就会耗尽，那时军心一乱，狄人趁机攻城，燕国三军只有束手就擒。

燕成沿着城墙转了一圈，想看看狄人的围兵在哪个地方比较薄弱。兵法云：围城必缺。南宫虎深谙兵法，不会在武阳城的四个方向平均用力，必然有一面兵少，而在远处设伏兵，好让城里的人以为能从这里杀出去，跑不了多久就会中了埋伏。

燕军要想撤回燕国，自然是从北门出最方便，这里有条大道直通涿城。连日来，燕成只让将士在东门与狄军厮杀，因为狄人的重兵在东面。燕成本以为，只要适当挫挫狄军的锐气，双方打个平手，这事就可以和解了事，谁料南宫虎铁了心要与他一决高下。

北门外的狄军果然最少，只稀稀拉拉地设几座营帐，一看就是诱敌之计。到了晚上更是明显，白天看不到远处的伏兵，但晚上再远的营火也分外显眼。如果将计就计，可以派兵从北门突围，而后绕到东门，同时东门派兵出击，两面夹击，或许可以打败狄军。单打独斗的话，燕军之中没有一个人是南宫虎的对手，如果用计，南宫虎却未必是行家里手。

想好了主意，燕成便往回走，路过西门的时候，仿佛听见一个声音在叫："主公！"

声音似有似无，燕成以为城里有人喊他，便站在城头朝里瞧了瞧，却见一个人影也没有，觉得甚是奇怪，也许是自己近来没休息好，耳朵竟出现了幻听。

燕成正要走，又听见一声："主公！"

这回听得真切，分明是有人在叫他。燕成左右瞧了瞧，没有人，朝城里看了看，也没人，忽然脑子里灵光一闪，趴到垛口，朝城外一看，果然有个人站在城下，朝他喊话。城下漆黑一片，他看得不甚分明，城墙又高，看不清那人的脸，但燕成是熟悉这个声音的，正是他日思夜想的郑原！

郑原见燕成也看见了自己，没敢再大声喊，而是不停地向他做手势。燕成看明白了，忙喊来侍卫，命人拿来绳索，准备将郑原从城墙下吊上来。

四五个大汉拿了根拇指粗的绳子扔下城去。郑原拽住绳子，正要往上攀爬，却听见身后杀声喊起，十几个狄兵手执火把朝这边冲来，显然他们已经发现了郑原。郑原心想，纵然自己拼命往上爬，如果狄人从身后放箭，自己也难逃一死，不如先行逃匿，明日再作打算。于是他扔了绳子，沿着城墙根一路小跑，霎时消失在夜色之中。

燕成叹惜不已，道："郑原冒死登城，必带来了晋国的消息。只是事有蹊跷，范缨至今没有任何消息。且不管晋国此番是否与燕国成盟，郑原若能回城，亦能助我一臂之力。"于是他派了十来人在此日夜守候，一旦见郑原出现，就用绳索将他拉上城来。

为了防止狄军突袭城门，武阳城的四个大门后面都支起了无数的木头柱子，开城门极为不便，否则燕成刚才就可以命人打开西城门放郑原进来，也不至于功败垂成。

第二天白天，郑原一直没有出现。到了晚上，将近子夜时分，燕成亲到西城门察看。不多时，只见一个人影游过护城河，站在了城墙底下，向上观望。燕成忙命人放绳索。郑原这回小心了许多，回头看了看，见并无人跟来，就将绳索缠在腰上，上面的人用力拉，他双腿蹬着城墙，片刻工夫，就上了城。

主仆相见，一阵寒暄后，郑原道："郑某在城下盘桓数日，今日终得进城。晋军已麾师漳河，狄军不日便退，主公尽可放心！"

燕成松了一口气，道："平之一路风尘，可曾见到范先生？"

郑原道："先生身患重病，已盘桓于城外数日，阻于狄军，不能进城，气息奄奄，存亡未可知。"

燕成大惊，道："先生所患何病，乃至如此？"

郑原道:"先生年老体衰,旅途劳顿,偶感风寒,又缺衣少食,故而病重。"

燕成道:"兹事体大,且回府中商议。"

于是众人回府,燕成设酒宴款待郑原。郑原说有一个办法可救范缨,即把城中郎中召来,由他向郎中描述范缨的病情,让郎中开了方子,到城中药铺照方抓药,他再带药出去,煎给范缨喝。燕成沉吟良久,道:"平之刚来,却又要冒死出城,成于心何忍!"

郑原道:"此事非原不可,难以假手他人。"

燕成道:"晋军虽已应允出兵相助,然大军行至漳河尚需时日,今我城中粮草不过三五日之需,狄军围困不去,先生可曾有何破敌良策以告平之?"

郑原指了指自己的脑袋,道:"先生整日昏迷,神情恍惚,难有奇思妙想。"

燕成叹道:"如此只好有劳平之出城,救先生要紧。待狄军退去,我当亲往迎先生!"

郑原领命,酒足饭饱,正要告辞回帐休息,忽然想起一件事来,道:"晋国赵将军曾道,可于城中遍布晋军欲攻邯郸之消息,如此狄军军心必乱。待南方战事传来,狄军将不战自退。"

燕成道:"此计甚妙!"

明天一早,燕成派人在城中散布消息,说晋军已北渡漳河,正欲攻打邯郸。燕军军心大振。城中狄军的细作听到消息,忙将其传到了城外。狄军果然军心开始动摇,南宫虎更是大吃一惊,不敢相信,但又不得不提防,忙派快马往南方打探消息。

郑原找到城中最有名的一个郎中,向他详细描述了范缨的病情,郎中道:"此人气血两虚,为风寒所袭,当无大恙!"郑原心稍宽慰,忙催郎中开了药方,照方抓了药,又备了些干粮,依旧用油布包了,待到天晚,从西门缒下城去,临走前与守城将士约定,三日后子时,必还。

穿过狄营,郑原来到山谷中,却发现空无一人,心里一惊,暗道不好,跑到坡地上怔怔地看了半天。不远处有点点萤火,想必是个村庄,郑原一时无计可施,心想不如先到村中投宿一晚,待明日再打听范缨的下落。

刚进入村庄,他就听得一阵犬吠,从黑暗里冲出一个人来,叫道:"何人?"

| 第十七章 | 武阳突围·137

郑原吓了一跳,手按宝剑,刚要答话,只听来人道:"原来是郑将军!"

郑原仔细一看,对方竟是范缨的随从。

原来众人在山谷中左等右等,一连三天都不见郑原回来,范缨的病情又加重了,于是众人商议,先到附近的村庄投宿,好歹给范缨弄些吃喝,好挨到郑原回来。众人在村子里刚住下,又怕狄人发觉,便派了几名军士轮流到村口把守,谁知第一个撞进来的生人竟是郑原。

郑原大喜过望,忙到农舍中去看望范缨的病情。范缨脸色蜡黄,气若游丝,看郑原回来,脸露喜色,缓缓起身,道:"平之来得正好,老夫恐不久于人世,有几句话要交代与你。我儿性情刚烈,不似寻常女子温婉,若有冒犯你之处,望平之看老夫薄面,宽以待之,老夫九泉之下当感激平之厚恩!"

郑原泣道:"先生何出此言?晚生能娶令嫒,实乃三生之幸!若无先生,郑原今日尚为一鼠辈。郑原无能,险误了先生之病。今我已从城中寻得良药,先生有救了。且郎中有言,先生不过风寒所袭,小恙不足为患。"他忙打开包裹,取出草药,命人速去煎来,让范缨服下。

范缨吃了药,大汗淋漓,昏昏睡去,一夜噩梦无数,辗转呓语。第二天一早醒来,他觉得身轻神聚,竟能下床行走,刚走到院中,就碰见了郑原,把他吓了一大跳。郑原道:"先生无恙耶?"

范缨哈哈一笑,道:"多亏平之取来良药,药到病除。老夫果真年迈,些许小恙,竟乃至此!"

郑原道:"先生病祛,晚生心慰。只是先生病体初愈,还需多休息几日,切勿劳累!"

范缨道:"待用完早膳,老夫便回榻休息。只是多日不曾走动,腿痒难耐。"

郑原道:"先生还是先回榻上为好,早膳郑某即刻便为先生端来。"

范缨点点头,道:"好!"便回房了。

范缨吃完早饭,又喝了一碗汤药,道:"如今武阳城中形势如何?"

郑原道:"已将先生之意告知公子,如今武阳城中士气大振,狄营之中军心动摇。以晚生看来,狄兵不久即会班师。"

范缨半躺在榻上微微一笑,道:"此一役,平之功劳最大,来日老夫必向主公表奏，保平之加官进爵。"

郑原道："郑某何德何能，敢居此大功！若论功大，当数先生。"

两人相视一笑，不管怎样，经过半个多月的奔波劳累，如今总算看到希望了，只等狄兵一撤，他们就可以平平安安地进入武阳城与燕成相会了。

两人正谈笑着，范缨突然坐了起来，面色凝重。郑原一愣，道："先生何事？"

范缨看看远处，又看看郑原，道："平之，老夫糊涂，竟险些忘却一件大事！"

郑原道："何事令先生如此惊慌？"

范缨道："常言道，功高震主，主必忌之，况燕泽乃气量狭小之人。此番我等游说诸侯，围堵中山国；燕泽稳坐蓟城，无寸尺之功。如今燕国军令外交，皆掌于主公一人之手，来日归国，国君必变本加厉图之。"

郑原道："先生所虑极是。中山乃虎狼之国，华夏诸侯莫不忌之，即便晋国，欲图之久矣，也忌惮三分，今反被我小小燕国所制，莫说国君，纵是中原诸侯，亦当另眼相看。"

范缨道："诸侯高看，自是好事。只是燕泽，待不日归国，不得不防！"

又过了三天，范缨的病彻底好了。郑原高兴万分，拿出些金钱交付农户，让他们备些酒菜，准备晚上与众将士痛饮一场。范缨却出言阻止，道："金钱交付农户，算是近几日的谢仪。至于酒宴，还是等入城再说，此时痛饮，为时尚早。"

郑原只好作罢，晚上只备了几壶薄酒与范缨庆贺。

范缨与众军士一一对饮，道："范某死里逃生，多亏诸位不离不弃！"又对郑原道，"若非平之，范某此时已在黄泉路上。"

郑原道："郑原受先生大恩，无以为报。先生有难，晚生理当效劳！"

范缨大病初愈，不宜多饮，众军士也只是意思意思而已。用过晚膳，众人各自回房歇息，范缨却把郑原叫住了，道："我等回国已近十日，晋军早该屯军漳河，奈何此时狄军尚无动静？"

郑原一想，也是，都过了这么多天了，狄军虽说军心动摇，却并未撤兵，莫非——莫非晋军并没进军漳河？于是便道："先生所虑何事？"

范缨略略一笑，宽慰道："无他，老夫不过是想来蹊跷，随便一问。你且歇息去吧！"

郑原回到房中，越想越觉得范缨话里有话，以范缨固有的缜密心思，不会就这么随便一问，这其中定有什么缘由。他想不出为什么，却忽然想起昨夜本是与城中约定归还的日期，因担心范缨又出什么意外，一心守候，竟给忘了。看看时辰尚早，不如先歇息半晌，今夜子时潜入城中，一是把范缨病情好转的消息告诉燕成，二是打探一下狄军的动静，看这其中是不是有什么变故，也好让范缨想出个对策。于是他更衣上榻，刚躺下，军士就来报："狄军已撤，三军席卷而去，一个不留！"

郑原一个翻身从榻上跳了下来，连鞋也来不及穿，就跑到范缨的房中，把这个消息告诉了他。范缨一听，长吁一口气，道："收拾行囊，连夜进城！"

第十八章　今我来思

燕成待在武阳城中，满以为狄军军心动摇，无心恋战，却没想到南宫虎接二连三地前来挑战。燕成感到万分诧异，为了振奋士气，只得派兵迎敌。一连三天，南宫虎的进攻势头有增无减，燕成疲于应付，又见郑原一去无回，心想糟糕，莫不是晋国虚与委蛇，并未出兵，故而中山人有这么大的底气？到了第四天，燕成不敢大意，苦思应敌之策。谁知到了晚上，猝不及防，中山大军忽然席卷而去。燕成一面松了口气，一面感叹南宫虎的狡诈。

蒙毅见狄军退去，谏言道："狄军败退，定是其南境遭遇晋军。我军若趁其军心已乱，率军掩杀，可获全胜。"

燕成摆手道："狄军连日进攻，示我以必战之决心，今忽然撤退，必是早有准备，追之无益。"

于是燕成传令当夜大摆宴席，犒赏三军。正值酒酣之际，传报范缪、郑原回来了，燕成大喜，亲自出门迎接，拉着范缪的手说："先生无恙，实乃燕成之福也！"又对郑原道，"此役平之功劳至大，请受燕成一拜！"说罢，长施一礼。

郑原连忙扶起，道："主公如此，岂不折杀臣下！"

燕成携手二人，延至大厅，请入上座。三军痛饮，至子夜方散。

第二天，燕泽从蓟城传来君令，让燕成班师回国，他已在国宫备好酒宴，虚席以待。燕成满是得意之色，道："国君此番当知，燕国非某不成也！"

范缪道："主公切莫自得，此令恐有文章。"

燕成一愣，道："何以见得？"

范缪道："主公功高盖主，闻名诸侯，燕泽以篡位之君，如何不忌惮！今可回复国君，如今我国已与晋国结为盟友，晋军尚在南方攻打中山，我军当在北方牵制其兵力，此时撤军，实乃不义。"

燕成道："晋国乃虚攻中山，我军在此无益，唯有我军班师，晋军方可归国。"

范缨道:"此盟你知我知,国君不知,若仓促回国,恐有不测!"

燕成点头道:"言之有理!只是如此回复国君,恐其见疑。"

范缨道:"主公在此守城,回复国君之事自有老夫前去。"

燕成觉得这样最好,欣然同意。

于是范缨带着数名随从独自回国,面见燕泽。燕泽见燕成没有回来,大为不悦,道:"司马违抗君令,是何道理?"

范缨道:"国君岂不闻,将在外,君令有所不受乎?"

燕泽道:"司马尽起燕国三军,屯军南境,今召之不回,莫非欲与寡人抗衡,分疆裂土?"

范缨道:"国君多虑了。臣与晋国有盟,南北夹击,共敌中山,务使其十数年不得再犯我国。今晋军在漳河鏖战,我军若独自撤退,岂不令天下诸侯寒心,视我国为背信弃义之小人?司马名节事小,国君名节事大。他日往洛阳朝见天子,与诸侯相见,若以此见笑国君,司马岂非罪莫大焉!今司马屯军易水,不过是履行盟约,示国君信义于天下耳!"

燕泽见范缨说得有道理,道:"且不知天下人如何看我燕国?"

范缨道:"燕国本是僻居北境之小邦,今仅凭三寸不烂之舌,竟说动万乘之国助其抗敌,天下诸侯莫不刮目相看,视国君为英武之主!"

燕泽喜道:"果真如此,我倒是错怪司马了!先生请进,寡人已略备薄酒,司马未至,且由先生代为饮之,如何?"

范缨拜谢,道:"谢国君大恩!"

范缨随同燕泽进宫入席,神态自若,宠辱不惊。燕泽惊为奇人,以言语试探道:"寡人素闻先生大名,无缘相会,引以为憾。今得一见,实慰久慕之思。听闻先生现为无终邑宰,以先生之才,僻居蛮荒,实乃大材小用。先生若不弃,何不舍弃司马之小家,至朝堂为官,早晚赐教,方不负寡人仰慕之思!"

范缨呵呵一笑,道:"承蒙国君厚爱!范某不过一落魄子弟,蒙司马不弃,委以重任,早晚殚精竭虑,不敢懈怠,以报司马之恩。今若弃之,岂非无情无义之徒!如此无情无义之徒,国君岂能用之?此其一。其二,范某乃司马之臣,司马乃国君之臣,范某效力司马,实乃效力国君,如此两全,窃以为万无不妥!"

燕泽只好尴尬地笑道:"言之有理,非先生之言,寡人几陷忠臣于不义!"

吃罢酒筵,范缨在城中住了一晚,第二天一早又驱车赶回武阳城。燕成道:"国君可有何话说?"

范缨道:"主公屯军于外,国君已有所疑忌。"

燕成道:"如此不如班师。今敌军已退,大军驻于边城,唯有空耗军粮。燕国赢弱,粮资紧缺,不能持久。"

范缨道:"主公只想燕国,却不想自己。"

燕成道:"此话怎讲?"

范缨道:"主公手握三军,今又新破狄兵,已是功高盖主。今若回国,燕泽必因疑忌而削主公兵权,如此岂不前功尽弃?"

燕成道:"燕泽对我疑忌已久,又岂止今日!"

范缨道:"常言道养寇自重。燕国以北,山戎时常侵扰我国,如今看来,不过是乌合之众。易水以南,中山狄人方是心腹大患。利害轻重,燕泽不会不知。狄患若除,燕泽会以主公为无用之人,必择机剪除。主公若要稳居燕国,当借狄人之力。"

燕成沉默不语,半晌才道:"想我堂堂燕国公子,竟要以戎害燕国而寻自保,实是可悲!"

范缨想到了一件事,欲言又止。燕成道:"先生有话但讲无妨!"

范缨道:"此非主公之罪,实乃一山不容二虎。燕泽本是篡逆之君,难堵国人闲语,若不剪除异己,岂能稳坐君位!"

燕成道:"以先生之见,我二人竟是难以共存?"范缨只顾摇头。燕成道:"然则如之奈何?"

范缨道:"不如早作决断,以正大统!"

燕成道:"燕吉乃嫡长子,又是前世子,燕国若有变故,理当由燕吉正位,怎轮得上我!如此岂不为人作嫁?"

范缨道:"主公手握三军,如领兵归蓟城,大军压境,玉石俱焚。乱军之中,刀枪无情,前世子遇难,岂非常事!"

燕成皱了皱眉,道:"以燕国之军,攻燕国之都,大军过境,生灵涂炭,燕国子民何罪之有，竟因我一人而遭此劫难！"

范缨无话可说，只道："主公仁慈！"说完便走。

燕成忙叫道："先生且慢！燕泽谋我君父，我欲除之久矣，只恨不得其时。成原本欲以郑原为刺客，斩杀此贼，只是此番对战中山，我亲见其能，又有些不舍。郑原若留在军中为将，将立不世奇功；若为刺客而犯险，实在可惜。况其现为先生之婿，先生无子，虽有三女，然其他二女皆远嫁他国，唯有此女与先生相依为命，若因我而守寡，我岂能忍心！"

范缨道："主公不忍，怎如老夫不忍？小女深明大义，郑原若能助主公除贼，她甘愿守寡，非为封爵，实为燕国。小女虽为妇人，亦知若非主公正位，燕国迟早大祸临头！"

燕成一脸惭愧，道："容成三思！"

范缨回到自己的营帐，刚休息了一会儿，郑原求见，一进门就满脸喜色，道："听闻先生回城，我当是传言，不料却是真事！"

范缨端详郑原良久，道："平之找我何事？"

郑原笑道："无事，只是多日不见，甚是想念先生！"

范缨不语，命仆人端水。郑原喝了两口，道："先生，晚辈有一事不明，可否请教？"

范缨道："讲！"

郑原道："原虽一介莽夫，然跟随先生日久，于军旅之事，亦有所思。今狄军远去，边患已除，我军何不班师蓟城，却在此空耗军粮？"

郑原不是外人，范缨本想以实言相告，想了想，却道："军旅之事，平之无须费心，自有三军将士思之。以你眼下身份，唯有两件事要紧，一是练好武艺，二是保护好主公安全。其余之事，无须多问。"

郑原点头，觉得范缨今天很奇怪，不冷不热，说话也阴阳怪气，又不好问。他坐了一会儿，便告辞了。

郑原闷闷不乐，跑去找蒙毅喝酒。蒙毅屏退左右，道："平之找我，似有心事。"

郑原道："适才我去拜见范宰，却遭他冷脸，先生莫不是嫌弃我？"

蒙毅道："何出此言？"

郑原便将刚才去见范缨的情形一一诉说，蒙毅听了，道："先生非嫌弃平之，实乃爱惜，心中不舍。"

郑原不明所以，蒙毅便道："平之忘却身肩之重任耶？"

郑原道："日夜准备，不敢懈怠，只等主公一声令下！"

蒙毅道："行刺之事，孤身深入，以身犯险，凶多吉少。先生是担心郑兄身遭不测，故而如此。"

郑原恍然大悟，道："若能助主公成就大事，即便身首异处，又有何惧！"

蒙毅举爵道："郑兄如此深明大义，小弟佩服，请受小弟一敬。"说罢，一饮而尽。

郑原道："郑原年少家贫，不通文墨，近年略读诗书，粗知礼仪。为人臣子，不过是尽人事，听天命。若有幸助主公一臂之力，成就大业，此生足矣。以郑原浅见，燕泽弑主杀父，非人伦之辈。燕吉乃酒色之徒，难成大器。为燕国苍生计，国君之位非主公莫属。主公归位，非一日之功，如有不测，当匿其遗孤远走他方，以待天时。兄饱读诗书，见解胜原百倍。以兄观之，慷慨赴死与苦心立孤，何难？何易？"

蒙毅道："慷慨赴死易，苦心立孤难！"

郑原道："他日有变，我为其易，兄为其难！"

蒙毅当即下拜，道："主公得郑兄，侥天之幸，何愁大事不成！兄之言，为弟谨记！"

过了几天，晋国上卿赵书传来书信，说晋军已成功牵制中山三军南移，估计数月之内，中山都不敢懈怠，燕国边患已除，可以撤兵，若有军情，可再来相扰。范缨一面修书，并派使者带玉器珠宝前往晋国致谢，一面对燕成道："晋军已退，狄军惧其再来，不敢北上，主公可在此休养数月。"

燕成道："如若燕泽得知，将如何？"

范缨道："只言晋军方退，恐狄兵北上，需在此加强戒备，方保无虞。若狄军果不复来，再退兵不迟。"燕成点头称是。

范缨又道："此地已无军情，老夫当回无终，特请辞行。"

燕成道："无终亦无紧要事，先生何必归去？随燕成在此，早晚请教，方保万无一失。"

范缨道："非为无终，实为主公。此地燕泽耳目众多，来往不便。无终离蓟城咫尺之遥，蓟城若有变故，老夫即可飞报主公。"

燕成道："先生孤身一人，多有不便，且令郑原与先生一同前往，如有不测，尚可保护先生。"

范缨想了想，道："老夫不过一介儒生，手无缚鸡之力，并无兵戈之忧。倒是主公的安危要紧。郑原勇猛异常，且令其留下，早晚跟随主公左右，老夫方无后顾之忧。"

燕成无奈，只好答应。

范缨走后，燕成带领三军在武阳城盘桓数月。果不出范缨所料，中山人并不怕燕国，却怕晋国，担心晋军卷土重来，不敢北上。晋军离去之后，南宫虎留了五千人马屯守漳河，其余大军悉数归国。燕成终日无所事事，每日与夫人在院中习剑，或邀郑原、蒙毅到府中下棋，以打发时日。

没多久，南宫燕告诉燕成一个消息，她已怀有身孕。燕成大喜过望，道："今逢喜事，当请三军将校痛饮！"

南宫燕道："岂有怀孕即宴请宾客的道理？妾有一事，还请夫君恩准！"

燕成道："休说一事，便是百事千事，都依夫人！"

南宫燕笑了笑，道："切莫言之过急。妾观燕国，内乱未已，不是安身之所。妾身欲往还中山，待产后携子前往燕国不迟。"

燕成大惊道："夫人既嫁我为妻，自当日夜跟随于我，岂有回娘家待产之理？"

南宫燕道："华夏之礼，妾身不懂；于我狄人而言，却不算失礼。"

燕成道："你背父投敌，中山之人，视你为仇寇。你若回去，岂能安生？"

南宫燕道："我戎狄之人，无此迂腐之念。我在燕国，便是中山之仇人；若回中山，仍是南宫之女。"

燕成说不过她，只道："依我华夏之礼，出嫁之女岂能久居娘家，且你身怀六甲，传将出去，岂不遭人耻笑？"

南宫燕道:"我非华夏之人,休以华夏之礼挟我。况且,若以华夏周礼,公子未经三媒六聘,便娶我入门,就不怕人耻笑?我念公子乃成大事者,不拘小节,故以心相许;今公子却处处以周礼束我,倒令妾身大失所望!"

燕成无话可说,想了想,只好硬着头皮答应了。

第二天,燕成偷偷载一只小船,派了几名随从丫头,送南宫燕到易水边,道:"待燕国平定,速归就夫,你我二人共享天伦。"

南宫燕道:"我心系君心,切勿相忘!"

一天,燕成接到范缨快马来报:国中有变,长公子事发。燕成大惊,不明白这事发指的是燕吉与姜文萱私通的事,还是燕吉突然向燕泽发难,事情败露了,反被所制。他忙整顿三军,同时派人往蓟中打探消息,随时准备杀回蓟城。

三军刚整顿完毕,范缨又传来书信:多留无益,可班师。于是燕军尽起三军,只留两千人马守城,浩浩荡荡地向蓟城进发。转眼之间,已过去半年有余,来时尚是春天,今日班师,已是北风凛冽,寒气刺骨。走不多时,督亢遥遥在望,天降大雪,将士们边走边歌。

燕成担心天气越来越恶劣,一时赶不到蓟城,便命三军加速前进,前往涿城休整。

大军踏着泥泞,至天黑时分,进入涿城,就地安营,以待天晴。

一连几天,天气都不见好转,燕成便命三军将士就地休息。大军屯于城中,时日一长,便生出事端,士兵们不是在街头打伤了人,就是在酒肆里喝醉了闹事,城中百姓不堪其扰,时不时告到燕成那里。燕成百般无奈,城外积雪已达一尺多深,总不能让军士到雪地里扎营,只好命令各级将领严加管束,没有军令,不得上街,不得饮酒。

不几天,城中粮食耗尽,城外道路不通,无法运粮,城守前来诉苦:"眼看凛冬将至,我城中百姓只怕熬不到来年春天。"

燕成道:"将军勿忧,待我回蓟城,便立即命人往涿城调拨粮食。"

城守道:"大军已吃尽我城中粮食,请立即开拔,否则我等只怕等不到公子回都。"

燕成犹疑不决,三军将士只带了来时的单衣,并无过冬的衣服,没想到风云突变，冬雪提前而至，如果就这样出发，只怕数万将士大多会冻死在路上。

又挨了两天，天气放晴，阳光明媚，路上的积雪开始融化。燕成见机会难得，顾不得许多，命大军速速起程，班师回都。他心里犯嘀咕，不知道燕吉到底出了什么事。

第十九章 北筑边关

燕泽见燕成屯兵于武阳城久久不归,心里已是无名火起,想要发作却是无计可施。如今燕国三军都掌握在燕成手中,如果真动起手来,自己一点儿胜算都没有,悔不该当初轻信了他。他发现,自从燕成统管三军,又赶走狄人立下奇功之后,以前还在他面前说燕成不是的人,现在什么也不说了。就拿司徒常谷和司空高勤来说吧,以前他们还总劝自己要对燕成防范,现在倒好,还时不时替燕成说点儿好话。看来自己得动些真格的了,要不然这燕国真成他燕成的了。

　　恰在这时,居庸塞守将李野前来报告:"北部边关即将开建,请国君前往奠基!"

　　燕泽忽然计上心来,如今燕国三军都掌于燕成一人之手,但还有一支在北部戍边的军队几乎被人忘却了,不妨趁此机会前往,以拉拢北关将士之心,将来若有大事,或许用得着。于是他欣然答应,说三日后启程,让李野先行回塞准备。

　　燕泽临走前,将常谷、高勤叫到身边,道:"寡人欲北上巡边,常卿随驾,高卿监国,城中若有异动,速报知寡人。尤其南边司马处,但凡其有北上之心,立即报我,不得有误!"

　　高勤诺诺,道:"国君此去,何日返国?"

　　燕泽道:"寡人行踪不定,岂是尔等可知?"

　　高勤点头称是,不敢再问。

　　走之前,燕泽去向母亲辞行,刚到西苑大门口,宫娥们就飞报姜文萱。燕泽心道:"寡人许久未来,宫人何至如此!"

　　他入了行宫,发现姜文萱不在正堂,正要问,却听一名宫女道:"夫人在寝宫等候国君!"燕泽便在宫女的带领下来到寝宫,却见姜文萱并未起床,正坐于榻上,以被覆盖下身。燕泽惊道:"母亲身体有恙?"

姜文萱笑道："不妨事，些微小恙，不足挂齿。"

燕泽道："母亲有病在身，孩儿不当远行。"

姜文萱惊道："我儿要去往哪里？"

燕泽道："孩儿欲在北部山谷之中筑一座关城，以防胡人南下，如今正欲往行奠基之礼，不承想母亲身体不适，孩儿当留在国中尽孝，不该远行。"

姜文萱道："我儿从小顽劣，今日竟务正业，为娘当替你高兴。为娘只是些微小恙，不足挂齿，将息一日便好。我儿有国事在身，岂能荒废！"

燕泽道："孩儿若趁此离去，国人当笑话孩儿不孝。"

姜文萱道："我儿自即位以来，尚未有功劳于国家，故而国人多有不服。北筑边关，拒胡人于关外，此乃万世之功，我儿若成就此事，国人又何敢胡言乱语！"

燕泽惊道："母亲果然认为筑关如此重要？"

姜文萱道："当然！先君在世之时，也曾言，若在北部于太行、燕山之间筑一道关城，既可屯兵，又可防止胡人扰边，一举两得，只是一直未能成行。我儿若成就此事，先君九泉之下，当含笑而眠。"

燕泽沉吟半刻，见母亲面色红润，倒也不像重病之人，便道："既如此，孩儿谨遵母命！只是母亲身为国母，虽是些微小恙，也不可大意，孩儿立即传太医前来问病，若真的无恙，孩儿才敢放心离去。"

姜文萱心里一惊，愣了愣，道："大丈夫当以国事为重，何况你身为一国之君，何以如此婆婆妈妈！昨日我已请太医看过了，并无大碍。你速去，如无功业，休来见我！"

燕泽被吓了一跳，没想到母亲的态度突变，也许是自己真的太婆婆妈妈了，以致让母亲动怒。他忙站起身来，后退数步，道："孩儿告辞！"

燕泽走后，姜文萱松了一口气，道："以后国君再来，勿使入房，让他在帘外问安便是！"

第三天，燕泽带了百余名甲士，从蓟都向北一路走走停停，游山玩水。原本半日路程，他们却走了一天才到昌平。燕泽见这里依山傍水，风景秀丽，便问："此何人之地？"

常谷道:"封人洪宽,先君封其在此镇守边关,居庸塞中物资多由此人供应。"

燕泽道:"倒是燕国功臣,寡人当亲往拜访!"于是驱车进城。

洪宽听说国君亲自来访,受宠若惊,忙率家臣出城相迎,并备下酒宴款待。

酒酣耳热,燕泽总感觉缺点儿什么,便道:"此地山清水秀,又有美酒佳肴,只可惜无有美人相伴。"

洪宽听出弦外之音,便道:"昌平地处北疆,山高水远,条件简陋,确实无有美女,望国君恕罪!"

燕泽不信,道:"寡人适才入府之时,见有红粉佳人自侧廊而过,如何却道无有美女,该是洪卿不肯与寡人分享?"

洪宽道:"国君所言之人,实为下臣贱内,国君若不嫌弃,可令贱内前来为国君斟酒!"于是他便命人传话,让妻子夏氏到前厅来为国君斟酒。

那夏氏年方二十出头,粉面皙肤,眉清目秀,顾盼生辉。燕泽只看了一眼,顿时便呆了,道:"洪卿已是年过半百之人,如何有此妙龄家眷?"

洪宽道:"国君有所不知,先妻早亡,下臣鳏居多年,于去年此时方续弦拙荆,有碍观瞻,望国君见谅!"

夏氏为燕泽满斟一爵,高举齐眉,呈到燕泽面前,道:"国君请用!"声音娇脆,燕泽听得浑身酥麻,半响才伸手接过。接酒时,他顺便在夏氏手上摸了一把,夏氏立即抽手,险些把酒给洒了。洪宽看在眼里,心中有气不敢出,见礼节已到了,便让夏氏退回后堂。燕泽一直目送着她,直到其身影消失在屏风后面。

一行人在昌平歇了一宿,第二天一早便向洪宽辞行。洪宽送至城门十里外。燕泽见送行的人群中并没有夏氏,心下怅然。

行不多时,他们便进入一片峡谷。李野早率人在此等候,接待燕泽一行人。众人便弃了车辇,换乘马匹,走了约莫一个时辰,便到了居庸塞。

居庸塞是个边关要塞,条件甚是简陋。李野备下简单的饭食招待众人。内侍们在宫里待惯了,满以为到了边关可以一睹塞外风光,却没想到这里放眼望去都是荒山野岭,饭菜更是难以下咽,不由得怨声载道。

饭后,李野带着燕泽一行人四处察看,说如果在这里修一座关城,可以驻屯更多的兵，还可以阻止塞北的胡人南下等。燕泽听得似是而非，只道："李将军所见，自当有理！"

晚上，燕泽躺在榻上，辗转反侧，难以入眠，眼前不断浮现出夏氏那张俊俏的面孔。常谷似乎看出些苗头，道："是否叫一名宫女侍寝？"

这次来居庸塞，因为山路难走，怕宫女们吃不消，所以燕泽只挑了三名身强体壮的宫女随行，让她们主要干些洗衣奉水的活儿，其余随从多为内侍。燕泽只要一想起这三名宫女的圆盘大脸，就毫无兴致，连道："不用！"

正在似睡非睡之际，燕泽忽听得帐外一阵喧哗，便奔出帐外观看，见李野的帐前仍是灯火通明，便问左右内侍："出了何事？"

一名内侍道："抓住几个从关外跑来的胡人，李将军说，明天要杀两个祭台。其中一个听说国君在此，嚷嚷着要见国君。李将军命人往他嘴里塞了马粪，押下去关起来了。"

燕泽顿时来了兴致，想着反正也睡不着，不如找点儿乐子，便径往李野帐中去，道："听说有人要见寡人？"

李野没想到燕泽深夜入帐，吃了一惊，待听明事情原委后，道："不过是胡人胡语，国君休要放在心上！"

燕泽道："抓的是什么人？"

李野道："偷入关口的胡人。"

燕泽道："为何要见寡人？"

李野细一琢磨，道："其中有一人倒貌似我华夏之人，不知从哪里听说国君在此，便要见国君。不过是将死之人以此来拖延时日而已，国君大可不必在意。"

燕泽道："寡人倒是想见见此人，不知将军肯否？"

李野一愣，道："国君要见，末将敢不从命！"于是命人将刚才那位喊叫的人押来。

来人头发散乱，满嘴污秽，一看就像是四处流窜的亡命之徒。燕泽却从他的眼神中看出此人有些不寻常，忙命人端了一盆水来，给来人清洗干净，然后问道："可有姓名？"来人看了他一眼，不说话。燕泽又道："为何流落至此？"

来人还是不说话。

李野怒道："国君问你话，你还不从实答来！"

来人一愣，上上下下地仔细打量了燕泽一番，道："你是国君？"

燕泽道："岂能有假！"

来人道："在下有言说与国君，只是有旁人在侧，在下不敢相告。"

所有人面面相觑。燕泽示意他们都先退出帐外。李野道："国君不可大意，据末将所知，此人颇有武艺。"

燕泽道："不妨事，寡人也非文弱之徒。"

众人出去之后，来人立即下拜，然后道："燕公救我！"

燕泽一愣，这话听起来不像是一个流亡之人说的。

果然，那人接着说："在下晋睿，乃当今晋侯之子，因国家内乱，流亡在外十数年，今幸而从匈奴人之处逃脱，历尽万苦，方逃至此，却被贵国边关将士误以为胡人，行将就木，求燕公相救！"

燕泽大吃一惊，看这人的言谈举止，倒真像是一位公子。但他一时也不敢相信，晋国公子怎么会流落到这里？于是道："既是晋国公子，何不逃往晋国，来我燕国何为？"

那人道："君父听信宠姬之言，废长立幼，继母不容我等兄弟，派人追杀。晋睿如今有国难回，故而逃至燕国，以求喘息之地。"

燕泽倒是听说过这件事，但仍是不敢相信，道："既是晋国公子，又只身一人，有何凭证可令寡人信服？"

那人从怀中摸出一块玉来，道："我若为胡人，身上绝无此物！"

燕泽接过来一看，是一块上好的圭玉，雕琢细腻，做工考究，不是寻常之物，再一细看，上面果然刻有"晋宫"字样。这下燕泽不得不信了，忙将晋睿扶起，道："公子在此，可有旁人知晓？"

晋睿摇头道："旁人一概不知。"

燕泽道："寡人虽与公子并无故交，然燕晋乃同姓诸侯，今公子有难，寡人理当相助。公子今且随我回帐，假扮寡人的侍卫，若有良机，寡人当助公子归国！"

晋睿再拜于地，道："燕公再造之恩，晋睿没齿难忘！"

燕泽领着晋睿出帐，道："此人乃寡人故人之子，不承想在此相认，寡人欲将其带回帐中，不知李将军肯否相让？"

李野不便多问，只道："既是国君的故人，末将焉敢阻拦！"

于是燕泽将晋睿带回，秘密安置别帐。他又深夜召见常谷，将晋睿的来历一一说明。常谷惊道："晋国内乱，诸子竞相残杀。国君此举，岂非惹火上身？"

燕泽不以为然，道："他日此人若得晋国，岂非我燕国之福？"

常谷连连摇头，道："只怕晋国得知公子在此，我燕国从此永无宁日！"

燕泽道："常卿多虑了，以寡人看来，日后此人必得晋国！"并不理会常谷的担忧。

第二天午时，居庸塞新筑关城的破土动工仪式开始，李野命人杀了几名胡人俘虏，以血洒地，又请燕泽铲第一锹土，埋下奠基石，并请燕泽为新关城赐名。燕泽蘸墨挥毫，在一张羊皮上写下"居庸关"三个大字。

仪式过后，李野请燕泽登山远眺，遥指北方道："关外便是胡人之地，国君若有兴致，末将愿随国君前往，一睹塞北风光！"

燕泽一想到塞北到处都是一片荒芜，也没什么好看的，又时常有野人出没，凶险难测，便道："寡人身为一国之君，不可擅离疆土，塞外野人之地，岂是寡人可亲往？"

李野忙道："末将失言，请国君恕罪！"

燕泽道："说说无妨，何罪之有！"他看了看李野，想起一事，便道："寡人有一事不明，将军久居边塞，可有时常想念国中妻儿？"

李野道："末将蒙国君厚恩，委以守疆重任，不敢因私废公！"

燕泽道："将军辛苦！燕国幸有将军，方保百姓安居乐业。"

李野道："分内之事，何苦之有！"

只待了一晚，燕泽便有归国之意。李野想让燕泽再多留一日，检阅守关将士，以振军心。燕泽勉强答应再留一日。

明日检阅完边关将士，燕泽就迫不及待地要回都。李野劝道："天色不早，国君何必急于回都？不如在此将就一晚，明日再走不迟。"燕泽不听，李野只好将一行人送至山口，道："末将有守土之责，不便远送，国君一路保重！"然后便返回了。

走不多时，到了昌平，燕泽道："寡人略有不适，不如权且入城歇息，明日再赶回蓟城。"

常谷便遣人去昌平城通知洪宽，令其出城接驾。不多时，使者回报："因北部山区泥石塌方，压死了不少人，洪大人前往赈灾去了。"

常谷便道："洪宽不在城中，多有不便，国君不妨忍耐一时，我等快马加鞭，即刻便到蓟城。"

燕泽道："寡人不过在城中将息一晚，无须洪宽作陪，有何不便？"执意进城。

洪宽的夫人夏氏听说国君驾临，不便出面，急令家臣岑荆出面相迎，安排一行人等住下，又设宴款待燕泽。

常谷见燕泽能吃能喝，并不像有病之人，心下立时明白了许多。果然，几杯酒喝下肚，燕泽便道："寡人远道而来，何不见主人出面相见？"

岑荆道："家中唯有女眷，不便相见，请国君见谅！"

燕泽道："女眷如何，寡人来时业已见过，此时如何避而不见？"

岑荆无言相对，只得回报夏氏。夏氏无奈，只好出来相见。燕泽又痴痴地看了半晌，道："寡人可怕乎？"

夏氏笑道："国君亲民，如同父母，何怕之有！"

燕泽道："既不可怕，且近前来，与寡人同饮如何？"

常谷吃了一惊，没想到燕泽说出这等话。

夏氏只是淡淡一笑，道："君臣有别，夏氏不过封人之妻，万不敢与国君并坐！"

燕泽道："寡人命你坐！"

夏氏道："国君有亲民之举，贱妾却不敢有非分之想，恕不能从命！"

眼看燕泽就要发作了，常谷忙道："国君不胜酒力耶！"起身拉燕泽回房。

燕泽回到房间，仍是愤愤不平，道："常卿怎敢坏寡人好事？"

常谷道："国君今日有失大礼。此女乃封人之妻，国君若强行霸有，只会教边关将士寒心。"

燕泽道："想那洪宽已是老朽之躯，却有如此如花美眷。寡人身为一国之君，反不及他。"

常谷道："国君后宫佳丽众多，个个国色天香，何出此言？"

燕泽道："佳丽虽多，却无一人能与夏氏相比。"

常谷摇头叹道："想是国君旅途寂寞，故而有此过誉之思。"

燕泽忽然问常谷："寡人待你一向如何？"

常谷道："恩宠有加，臣无以为报！"

燕泽道："今日正是你报答君恩之时！"

常谷一愣："如何报答？"

燕泽附耳低语道："你素来多谋善断，若能施一计，令寡人抱得美人归，寡人必有重赏！"

第二十章 封人之妻

常谷在府中打听到，洪宽刚走了两天，以往碰到这种赈灾的事，通常至少要半个月的时间才能返回。常谷盘算着，半个月的时间，足够实施他的计划了。

第二天，常谷便派人回都城调来二百甲士，说是接驾，但燕泽并没有动身的意思，二百甲士被安排在别院住下。然后常谷亲自求见夏氏，被岑荆截住，道："大人有何事，只需告诉岑某，岑某定当转告夫人！"

常谷道："老夫有要事需面陈夫人，他人不能代劳。"

岑荆道："洪大人离城之时曾有言，万事由在下打理，大人有何事不可相告？"

常谷道："洪家面临灭顶之灾，唯夫人能救洪氏一家老小！"

岑荆无奈，只好带他去见夏氏。

常谷见了夏氏，屏退左右，道："洪氏一族祸事临门，夫人可知否？"

夏氏惊道："夫君世代忠良，恪尽职守，祸从何出？况国君在此，谁敢擅自起事？"

常谷道："祸事正是从国君而来，此祸不在洪宽，只在夫人。只怨夫人生得美貌，令国君搅动凡心。日前国君在席前见了夫人之后，寝食难安，必得夫人而后快，老夫几番劝解无效。国君有言，宁可杀洪氏一门全族，也要得夫人而归。"

夏氏被吓得面色惨白，道："如此该如何是好？想我夫君，兢兢业业为燕氏镇守边疆，今日竟得如此下场，实为不公！常大人身为两朝老臣，又日夜侍奉国君左右，若能解救洪氏一族，妾身感激不尽！"

常谷道："老夫此番正是为解救洪氏而来。"

夏氏道："大人请讲！"

常谷道："如今能救洪氏者，并非老夫，实为夫人。"

夏氏诧道:"我?"

常谷道:"正是!夫人试想,若国君杀洪氏一门,夫人也难逃一劫,不如主动献身国君,反能保洪氏一门。两害相权取其轻,夫人与其被动受辱,不如主动屈身。如此国君大悦,夫人受宠于后宫,洪氏得以嘉奖,岂不两全其美?"

夏氏愣了半晌,面无血色,道:"大人是说……令妾身主动委身于国君?"

常谷道:"正是!"

夏氏连连摇头,又长吁一口气,道:"大人请回,容妾身三思!"

常谷回到住处,燕泽问道:"如何?"

常谷道:"我谅那夏氏已被吓破了胆,为保全洪氏一门,她必然会委身国君。"

燕泽大喜,道:"常卿果然诡计多端!只是那洪宽,待其回城之后,发现夏氏曾委身于我,岂不怀恨在心?"

常谷道:"不妨,臣自有妙计应对。"

果然,到了晚上,燕泽正待入寝,夏氏求见。燕泽激动不已,立即跳下榻来,正襟危坐,传夏氏入内。

夏氏径入房来,一声不语。燕泽会意,屏退左右。待侍卫退去,把房门关好之后,燕泽道:"夫人深夜求见,不知何事?"

夏氏轻解罗裙,露出雪白的肢体,径自走到燕泽身旁,道:"听闻国君旅途寂寞,妾身愿以身相许,以解国君之忧。"

燕泽顿时血脉偾张,将夏氏轻轻抱起,放倒在卧榻之上,道:"寡人今日能与夫人共枕,死而无憾!"

一连几日,燕泽足不出户,整日与夏氏厮混。常谷求见,他也不理睬,只待每日三餐时,才命人传膳进去,其余的事一概不管。眼看日子一天天过去,离洪宽回城的日期越来越近,常谷心急如焚,左思右想,也顾不得许多了,径自闯入燕泽的住处。

燕泽正与夏氏抱在一起低头耳语,猛地被常谷闯进来打断,怒道:"滚出去!"

常谷不为所动,仍站在那里。燕泽无奈,只好让夏氏先退下,然后道:"找寡人何事？"

常谷道："洪宽不日便回，请国君早作打算！"

燕泽满是懊恼，道："我得夏氏，如鱼得水，今正是情浓意切之时，却中道而断，岂不遗憾！常卿当为我二人寻个长久之计！"

常谷道："臣已调来二百军士护驾，国君当先回蓟都，待臣说动洪宽休妻之后，国君再纳之为妃。从此之后，你们便可做长久夫妻。"

燕泽连连摇头，道："如此便要和夏氏分开数月，寡人如何能忍！"

常谷道："国君意欲何为？"

燕泽道："此番回都，我自带夏氏回宫；常卿留在此地，只等洪宽回城，便劝其休妻，岂不两全其美？"

常谷道："如此于礼不合，臣请国君忍耐一时，以免国人笑话。"

燕泽不屑一顾："燕国之中，何人敢笑话寡人！"

常谷道："非笑国君，乃笑洪宽。国君若先携夏氏而去，在洪宽看来，如同夺妻，颜面无存，难免遭人笑话而心怀怨恨。"

燕泽略一沉吟，道："常卿言之有理。只是夏氏与寡人旦夕难舍，此番若弃之而去，休说两三月，便是三五日，寡人亦生不如死。常卿不妨再寻妙计，以了寡人心愿！"

常谷连连叫苦，燕泽却不管那么多，只道："寡人明日便携夏氏回都，剩下的事，就有赖常卿了！"

常谷退了出来，心下寻思，这样一来，那洪宽定会恼羞成怒，自己留在这里也是凶多吉少，于是第二天便和燕泽一同回蓟城。

燕泽见常谷也来了，问道："寡人有要事托付常卿，常卿为何弃之不顾？"

常谷道："非也，国君所托之事甚大，臣当回都备些厚礼再来。"

燕泽离开昌平不久，洪宽果然回来了，听说燕泽已携带夏氏而去后，怒不可遏，当下召集家兵三百，要追杀燕泽。岑荆劝道："国君左右有禁卫、甲士，主公只有三百家兵，非其敌手，贸然而进，无异于自投罗网。"

洪宽道："夺妻之恨不共戴天，我岂能坐视不理？"

岑荆道："主公报仇心切，臣心有戚戚，此仇不报非君子，但若报此仇，却非从长计议不可！"

洪宽道："孟凡有何妙计？"孟凡是岑荆的字。

岑荆道："主公可曾记得，昔日，先君于大荒泽中救我兄弟二人，后我二人被寄养于此。臣受主公厚爱，得习文艺，助主公治理城郭；臣弟被主公送往南方，学习武艺。我兄弟二人受主公厚恩，方有今日，为主公之事，自当赴汤蹈火，在所不辞。今欲雪主公之恨，起兵厮杀绝非明智之举，以臣之见，不如暗寻刺客，行刺昏君。臣闻愚弟已于南方学得绝世武艺，臣今当修书一封，召其回国，助主公一雪耻辱。"

洪宽点头道："孟凡所言极是，老夫险些一时冲动，葬送洪氏一门。"

到了晚上，洪宽一个人孤零零地躺在榻上，眼前不断浮现夏氏娇美的身影，想到她此时已是燕泽帐中之人，越想越来气，一夜未眠。

到了三更时分，洪宽偷偷派去打探消息的人回来了，说燕泽并未急着回国都，而是带着夏氏在清水河畔玩耍。洪宽一听大喜，道："真是天赐良机！宫中守卫森严，若待其回都，我洪家之耻何时得雪！"当即点兵出城，去追杀燕泽。

岑荆连夜修书给弟弟岑芜，刚刚托人把书信送出城去，便听说洪宽带了三百家兵出城，他忙驱车追了上来，道："主公执意出兵，荆当同行。"

洪宽道："孟凡何不留在城中料理家事？倘若我此举失败，孟凡可即刻携带家小逃往他方。"

岑荆道："臣下明知主公此举九死一生，仍乐意相随，虽死无憾！"

洪宽道："孟凡切莫长他人志气，燕泽不过昏庸之辈，此战胜负难料。"

且说燕泽在清水河畔扎营，夜里正抱着夏氏睡得香甜，忽闻帐外杀声四起，慌忙起身穿衣，刚要出帐，见常谷提着剑匆匆闯了进来，那剑头还在滴血。燕泽问："出了何事？"

常谷道："国君勿惊。那洪宽造反，幸亏臣事先调来了二百甲士护驾，方不至一触即溃。"

夏氏还躺在榻上，以被裹身，听了这话，吓得面无血色。

燕泽听说后，冲出帐外，只见双方正杀得兴起。那洪宽的三百家兵，在禁卫甲士面前竟毫无惧色，洪宽更是一车当先，左冲右突，连砍数名侍卫。燕泽见了，按捺不住，叫常谷驾车，他要亲自上阵，直取洪宽。洪宽一看是燕泽，仇人相见，分外眼红，挺枪连连刺来。燕泽一一躲过，反手一戟，将洪宽车前的战马刺伤。战马受惊，一跃而起，立即人仰马翻，战车也被摔得七零八落。洪宽摔倒在地，滚出老远，半晌站不起来。燕泽瞅准时机，跃马一戟直取他颈项。眼见洪宽性命难保，正是这时，斜刺里冲出一辆战车，挡在当中，为首的一员悍将单手挥剑，挡开了燕泽的画戟，另一只手顺手一捞，将洪宽拉上了战车。那人正是岑荆。待燕泽转身再战时，岑荆已驾车远去，消失在乱军之中。

燕泽这边的军士一看国君亲自出战，军心大振，愈战愈勇。而洪宽那边，毕竟是家兵，战力有限，再加上洪宽刚刚败于燕泽之手，众人渐渐心有畏惧。

激战了半个时辰，洪宽不敌，只得退回昌平。

常谷又从蓟都急调了一千禁军，围攻昌平。昌平只是个小城，兵员也少，洪宽的几百家兵用来守城明显捉襟见肘，顾此失彼。到天亮时，城破，洪宽和岑荆边战边退，最后被逼到城府。两人身上数处受伤，仍拼死杀敌，直到最后力竭被俘。常谷带兵入城，将洪宽一家老小三十余口全部抓获，岑荆也在其中。

常谷大获全胜，回营禀报燕泽，询问如何处置。燕泽道："洪宽谋逆，当夷三族。"

夏氏忙哭道："洪大人所为，不过因臣妾而起。今臣妾已屈身国君，请国君念在臣妾的分儿上，饶他不死！"

燕泽见夏氏哭得梨花带雨，煞是动人，心生恻隐，道："看在你的面子上，就灭其一族吧！"

常谷回到昌平，将洪氏一门全部押到南市处决。临刑前，洪宽对岑荆道："悔不听孟凡之言，如今祸及满门，且连累足下！"

岑荆面带微笑道："主公何出此言！主公于臣有再造之恩，臣今为主公而死，死得其所。臣今观燕氏所为，乃取祸之道，早晚不得好死，你我在黄泉路上拭目以待！"

洪宽叹道："若仲平在，何至于败于昏君之手！仲平有万夫不当之勇，若他在，百万军中取昏君首级，如探囊取物。"仲平是岑芜的字。

岑荆道："我已寄信与我兄弟，来日取昏君性命者，必仲平也！"

洪宽哈哈大笑，道："如此，我当含笑而死！"

常谷处决了洪氏全族，提着三十多颗人头回营复命。燕泽这下心里踏实了，从此以后，夏氏就是他的人，他再也不用担心洪宽背地里恶毒的眼神了。常谷心里却是惴惴不安，所有人都知道，这里里外外的主意全是他常谷出的，人们背后不敢骂国君，但会骂他常谷。

在清水河畔游玩了几日，燕泽满心欢喜地回了蓟城。史官杨聪知道事情的原委之后，在燕史上记下：某年某日，燕君夺封人洪宽妻，灭其族。

燕泽一看，怒道："你焉能如此，令寡人史留污名！"

杨聪道："秉笔直书，乃史官职责所在，国君无权干涉！"

燕泽大怒，手起剑落，杀了杨聪，令杨聪的弟弟杨明替代兄职。杨明依然在史书上记下：某年某日，燕君夺封人洪宽妻，灭其族。

燕泽怒不可遏，又杀了杨明，提剑出宫，正碰上杨明的叔叔杨光匆匆赶来。杨光一边走一边说："听闻国君杀了我两个侄子，臣恐燕国史书无人记载，特意赶来。"杨光就在侄子的尸体旁提起笔，依然在史书上记下：某年某日，燕君夺封人洪宽妻，灭其族。

燕泽一看，无奈地扔了剑，道："史官可杀，史书却难改，也罢，由他去吧！"

一天，李野上书，说边关工事甚急，但民夫不够，请国君在国中征调一些民夫过去，好按时完工。这时燕泽忽然想起一个人来，便是他在居庸关救下的晋睿，于是问常谷："此人现在何处？"

常谷道："臣深知此事关系重大，未敢依托外人，他现居于臣家中。"

燕泽忙叫常谷把他带到宫里来。

晋睿一进大殿，燕泽险些没认出来，与在居庸关时的蓬头散发、衣衫褴褛、面黄肌瘦不同，此时的晋睿经过数十日的调养，又新换上了干净的绸缎衣裳，整个人气宇轩昂，举手投足间，明眼人一看就知不是凡夫俗子。到这个时候，燕泽更加相信他就是晋国公子。

燕泽忙命人给他看座，道："寡人近来国事繁忙，无暇顾及公子，失敬！失敬！"

晋睿淡淡一笑，道："燕公新得佳人，整日缠绵，无暇他顾。晋某须眉男子，怎可与佳人相比，理解！理解！"

燕泽道："公子见笑！连日来让公子屈身大夫之家，尚未有栖身之所，实有失我燕国礼数。今寡人召公子前来，正为此事。"

晋睿道："燕公言重了。晋某自逃亡以来，国人不相容，诸侯唯恐避之不及，流落四方，风餐露宿，今有燕公收留，锦衣玉食，车马相护，已是感激之至！"

燕泽道："公子归国无期，而常卿之家终非久居之地，寡人欲在侯宫之侧为公子置一寓所，早晚请教，不知公子意下如何？"

晋睿拜道："燕公大德，晋睿没齿难忘！"

于是燕泽命人在侯宫的右侧置了一所大宅院，让晋睿住进去，又送了他金玉布帛无数，还派了数十名禁军为他看家护院。自此，两人常常往来，甚是亲密。晋睿给他讲述了许多晋国内部的事，以及他一路流亡的所见所闻，燕泽听得津津有味。

这一晃就是数月。有一天，燕泽又到晋睿的住处，一边下棋，一边听晋睿讲故事。这一次和往常不一样，晋睿说着说着，常常忘记说到哪儿了，还连连输棋。燕泽看他心不在焉的样子，道："公子有心事？"

晋睿略一讪笑，道："无事。"

下了不一会儿，晋睿又接连出错，故事也忘了讲了。燕泽气得把棋盘一摔，道："寡人看你确有心事，何不明说！"

晋睿伏身下拜，道："燕公见谅！晋某近日听闻晋国有变，欲动身回国，本想向燕公辞行，又心有不舍！"

燕泽惊道："公子父兄正四处追杀公子，公子此时回国，岂不自投罗网？公子若不嫌弃，不如从此往后屈居燕国，寡人封你田地，为你置办家业，如何？"

晋睿道："燕公大恩，实难回报！然国仇家恨，令晋睿不敢贪图荣华富贵。近日国中传言，家兄已死，家父性命垂危，此时若不回国，晋某只恐永无回国之日！"

燕泽道："公子既已打定主意，何日起程？尚需何物？"

晋睿犹豫了一会儿，道："求燕公借晋某千金，甲士二十名，晋某欲扮作商人模样，回国一探虚实，来日必当数倍报答！"

燕泽道："公子此去，或为君侯，或身首异处。此一别，恐难有再见之日，谈何报答！燕某在此只求公子一件事，他日若我燕泽有难，有求于晋国，公子万勿推辞！"

晋睿道："燕公大恩，晋睿铭记于心，他日若有用晋睿之处，万死不辞！"

回到宫里，燕泽命人给晋睿送去千两黄金，又派了二十名甲士，让他们扮作商人模样，并告诉这些甲士，从此视晋睿为主公，跟随晋睿回晋国。

晋睿选了一个晴朗的夜晚，扮作商人模样，带着一千两黄金，命二十名侍从拉着十车粮食，装作贩卖粮食的商人，在燕泽的目送下偷偷出了城门，星夜往晋国而去。

送走了晋睿，燕泽若有所失，从此又是数日不出宫，整日只和夏氏厮守。直到有一天，他忽然想起，自己很久没去看望母亲了。

第二十一章 东窗事发

这一天，燕泽备了些礼物，到西苑去看望姜文萱。进入行宫，请安毕，他发现姜文萱面色蜡黄，两鬓微汗，似有大病虚脱之感，忙问："母亲身体有恙？"

姜文萱勉强一笑，眼神游离，道："无恙。天色不早，我儿早回。"

燕泽不便多问，只好退出，嘱咐几个贴身的丫头好生伺候，刚走出行宫，却听到身后传来一阵婴儿的啼哭声。

燕泽飞快地冲回宫内，只见母亲面带喜色，正逗着襁褓中的婴儿牙牙学语，顿时脸色大变，大吼道："这是何人留下的孽种？"

姜文萱被吓得双手一松，婴儿滚落到床上，又哇哇大哭起来。见燕泽抽出宝剑，姜文萱一时惊醒，翻身过来护在婴儿身上。燕泽冲出宫门，问两个侍人："何人所为，快说！"

侍人支支吾吾。燕成手起剑落，将两个侍人杀死，又叫来两个宫女，道："如实招来，否则格杀勿论！"

两个宫女哭哭啼啼，把事情的原委如实道来。

燕泽听完，肺都气炸了。他先不理姜文萱，一路马不停蹄地回了蓟城，叫来廷尉，道："燕吉秽乱宫廷，图谋不轨，速带三百甲士，将其一家老小尽皆捉拿，投入大牢！"

廷尉吴江带着三百甲士，直奔燕吉的府邸而来。

燕吉自从得知姜文萱生了儿子之后，喜不自胜，这几天备了很多婴儿用品，正准备趁夜送到西苑，突然听说吴江来抓人，对管家道："事情败露，我活之无益，务必转告我弟，日后替先父及我报仇！"说罢，就抽出宝剑准备自刎。

管家一把拉住他，道："主公何必如此轻生？"

燕吉道："我一死了之，免受其辱。"

管家道："公子成率领三军尚在南境，所谓投鼠忌器，料想那燕泽也不能拿主公怎样。主公不妨受一时之辱，待公子成归国，再作打算。"

燕吉想了想，觉得有理，道："武阳城戒备森严，你一介家臣难以入内。范先生现在无终城，你速从偏门逃走，将此消息告知范先生，令我弟早日归国，搭救我一家老小。"说罢，整顿衣冠，朝前厅走去。

吴江带着几名甲士冲进前厅，一拱手："公子，得罪了！"吩咐左右上前将人绑了，押至院中。

燕吉抬头一看，一家老小全被绑了双手，跪在院中，心中愤恨不已。吴江命手下清点人数，见单单少了管家，便问燕吉："管家何在？"

燕吉昂首挺胸，睥睨了吴江一眼，道："外出未归。"

吴江命令两名甲士："你二人在此守候，待管家归来，一并绑了送往监牢。"两名甲士听命，守在院内。吴江带着其余的人，将燕吉一家老小三十余口尽皆押进国牢。

却说范缨得知燕吉因私通姜文萱被燕泽押进大牢，又恐这事牵连燕成，便只写了简短的几个字教人送往武阳，又对燕吉的管家说："此地非藏身之所，离此三十里，向北山谷中，有一秘营，你持我书信，到此藏身，无有我令，不可出营。待事情平息，我自会派人接你。"

管家点头称是，一番乔装打扮后，将范缨的书信藏在怀中，向北朝虎贲营而去。

打发走了燕吉的管家，范缨苦思对策，心想当今能救燕吉的，也只有燕成一人了，倘若燕吉被杀，燕泽就会一心一意对付燕成，反倒不好。虽说燕吉也觊觎君位已久，但终究不是燕成的对手，当务之急，还是两人联手对付燕泽要紧。于是他又修书一封，教燕成班师。此时若燕成班师回国，料想燕泽投鼠忌器，也不敢对燕吉贸然下手。

过了几天，听说燕成已经班师，却被风雪阻隔在涿城，范缨一时叫苦不迭，忙收拾行装，赶往蓟城。事情紧急，若燕成久不归国，只好自己冒险向燕泽进言了。

燕泽抓了燕吉一家老小，仍恨恨不已，欲将燕吉一家老小全部斩杀，将燕吉五马分尸。常谷谏言道："公子吉乃国君兄长，虽非一母所生，终有兄弟之情，杀之恐使国人以国君为暴虐之徒。"

燕泽愤然道:"有人淫尔生母,尔却熟视无睹,仍以兄长称之乎?"

常谷脸色乍红,不说话了。高勤道:"国君息怒,司徒所言不无道理。公子吉虽有辱国母,罪大恶极,使燕国蒙羞,然若无姜氏应允,公子吉纵有包天之胆,亦不能得逞。依老臣之见,此之罪非在公子吉一人,若要惩治,杀一人足矣,何须断其宗祠?"

燕泽道:"燕吉之罪,淫乱国母,此其一;其二,私诞孽种,图谋不轨,实灭族之罪。"

高勤道:"国君果真重治其罪,当谨慎从事,以防有变。"

燕泽道:"燕吉一家老小,尽皆为我所获,除一管家逃亡在外,谅其不能有所为,寡人何所惧哉?"

高勤道:"国君忘了,公子吉胞弟,现总领三军,自南境而返,国君若杀其长兄,须防其挟军反叛。今我燕国之军,尽掌于燕成之手,他若反水,蓟城将不战而降。"

燕泽疑惑道:"司马已致书于寡人,不日返回,只道是凛冬将至,暂无战事,故而回国,何来反叛之心?"

常谷忍不住,还是说话了:"国君年轻气盛,藐视群雄,自不足为怪。燕成与燕吉乃一母所生,其兄有难,他岂能坐视不理?若其以救兄为名,再论国君篡位之嫌,以兵讨之,国君将何以自处?"

燕泽的气焰顿时矮了半截,道:"寡人年少,一时气恼,险些酿成大祸,二卿有何高见?"

常谷和高勤互看一眼,然后道:"不如顺水推舟,将此事交由司马处理,司马若惩治不公,国君再治其罪,可谓一石二鸟。"

燕泽想了想,道:"此事关系重大,容寡人三思。"

一连几天,燕泽寝食难安。他心想,假若燕成回来,免了燕吉的罪责,燕吉必然对他感恩戴德,二人联手,自己岂不是更被动!又过了几天,他听说燕成大军被风雪阻隔在涿城,一时难以回都,心想不如趁此先发制人,除掉燕吉再说,这个废世子在燕国终究是个隐患。

于是天一放晴，燕泽就命人将燕吉一家老小押赴南市，全部斩首，燕吉被五马分尸。然后燕泽又领了百名甲士，亲自赶到西苑，抓了燕吉和姜文萱生的儿子，在山脚下挖了个坑，把他活埋了。

范缨听到这个消息后大吃一惊，没想到燕泽如此心狠手辣，不但这么快就杀了燕吉，还斩了他一家老小，让他断了宗祠香火。

范缨恳请为燕吉一家老小收尸，燕泽应允，还说："凡燕国之人，顺我者昌，逆我者亡。"

范缨草草埋葬了燕吉一家老小，带了几十名随从，备了十来车寒衣和酒食，匆匆往南去。走了三十来里路，远远看见一支军马迤逦而来，为首的骑一匹高头大马，正是燕成。

范缨忙驱马向前，施礼道："主公可安好？"

燕成神色疲惫，道："三军将士衣不蔽体，数日不食，人困马乏，不知几时才能到蓟城。"

范缨道："为臣带来了酒食衣物，可令三军就地下寨，饮食更衣。"

燕成大喜，道："先生真乃雪中送炭！"于是命全体将士就地扎营，换上寒衣，吃些酒食。

燕成也换了件厚厚的冬衣，吃了些酒食，神情渐渐高昂，道："先生从蓟城来，可有我兄长消息？"

范缨叹道："公子吉已遭车裂，全家老小尽皆被戮，唯有管家一人藏身我处。"

燕成大吃一惊，手里的酒碗当啷一声掉在地上，道："这……当真？"

范缨道："老臣本有打算，怎奈燕泽非常之人行非常之事，令老夫措手不及，未能施救，老夫惭愧！"

燕成道："此事不怪先生，全是逆贼一人所为！"

范缨道："老夫此来，正因此事。燕泽行事乖戾，我恐主公此次回都，贸然进城，或有性命之忧。"

燕成道："竖子弑君夺位，于我有杀父之仇；今又令我兄断绝后嗣，我等不如趁机起事，杀回蓟城，报父兄之仇，除篡国之贼！"

范缥忙道："老夫正为此事担忧，故而匆匆赶来。老夫观主公之兵，已疲惫不堪，以此疲惫之师攻蓟城金汤之城，必败无疑。不如且回城北大营，休养生息，以备不时之需。主公只要不入城，暂无性命之忧。"

燕成道："三军班师，岂有不面陈君主之理？"

范缥道："主公可推托天寒染疾，需于军中调养。如今唯有军中可保万全，主公权且在军中将息，以候天时。"

燕成道："当今之计，也唯有如此了。"

于是燕成领兵直接回了城北大营，范缥则回了蓟城，手持燕成的书信一封，面见燕泽。

燕泽看罢书信，道："司马既已归国，为何不来面见寡人，陈奏兵情？"

范缥道："书上有说，司马于军旅之中为风寒所袭，偶染微恙，只好先回军中调养，待病体痊愈，自然会来面见君上。"

待范缥走后，燕泽将书信交予常谷、高勤二人观看，道："以二卿之见，司马此意，欲在何为？"

常谷道："托病是假，回避国君是真。"

高勤道："国君新杀其兄，司马闻之胆寒。反则恐事不成，进则忧身遭不测，故而托病不出，以观国君动静。"

燕泽道："司马远征中山，劳苦功高，今既有病，寡人当亲往军营探视。"

常谷道："万万不可，如今军中皆为司马党羽，国君孤身前往，恐遭不测。"

燕泽道："司马有病在身，既不便面见寡人，寡人若不前往探视，岂非薄情之人？"

高勤道："国君乃万金之躯，岂能身临险境！不如派一亲信前往，一来以示国君关切之情，二来以探司马虚实。"

燕泽道："如此甚好。"

于是燕泽派吴江带了十来个随从，备了厚礼，去见燕成；同时又派了数十辆车，满载牛羊酒肉，一并前往军中犒劳。

燕成在军营之中听说燕泽派了使者前来探望他的病情，忙拿黄土擦脸，假装带病而出，来到大帐与吴江相见，道："将军甘冒风寒，携国君厚意慰问三军，燕成感激不尽。"说罢，连连咳嗽。

吴江细细观察了他的脸色，道："公子军旅劳顿，以致成疾，国君甚是挂念，特命吴某前来探视。公子病情可有好转？"

燕成一手扶案，作四肢无力状，嘴上却说："有劳国君挂心，好多了！"

吴江道："公子所言，不过是宽君上之心。以吴某察之，公子沉疾不轻，当好心调养，勿使国君忧心。"

燕成道："多谢将军厚意，想是燕成平日大意，一心只想驱敌报国，些许小疾不曾放在心上，致有今日。将军放心，燕成日后定当小心谨慎，待病情略有好转，立即回城拜谢国君。"说罢，又喘息不已，几乎站立不稳，两名随从忙上前扶住。燕成喘息甫定，道："燕成失礼，但觉头晕眼花，欲回榻上歇息，将军勿怪！"

吴江忙拱手道："公子自便！末将不便打扰，只是机缘难得，末将头一回到此，想到处走走，看看便回！"

燕成道："将军自便，替我谢过国君！"说完，便回自己的营帐歇息去了。

吴江让车队先回，自己带了两名随从在军营里四处走动，半个时辰之后便回蓟城向燕泽汇报。

燕泽问："司马病情如何？"

吴江道："似是沉疾颇深，恐一时难以好转。"

燕泽皱了皱眉头，道："果真有病？"

吴江道："司马平日生龙活虎，今日却似气息奄奄之人。"

燕泽半信半疑，道："军中将士如何？"

吴江答道："车马杂乱，士气不振，犹如新败之军。"

燕泽叹道："看来司马果真有病，已无心整顿军纪。传寡人旨意，命杜太医明日一早前往军中给司马看病！"吴江领命而去。

燕成听说杜太医要来给自己看病，不禁连连叫苦，这吴江好骗，可太医的手段在那儿，有病没病一眼就瞧出来了，该怎么办？他苦苦思索，仍想不出一个好主意。傍晚时分，范缨匆匆赶来，给了他一粒药丸，让他吃下去。燕成道："此为何物？"

范缨道:"主公吃下去,明日辰时病发,杜太医即便是扁鹊再世,也难察出蹊跷。"

燕成道:"先生莫非真欲使我致病?"

范缨道:"非也!老夫昔日曾拜一山野郎中为师,学过半载医术。此人有些旁门左道的功夫,又有祖传秘方,临终无子,便将药方传授于我。此方在舍下放置数十载,我曾想恐此生终难用上,不承想今日竟派上了用场。主公放心服下,此药下去,明日辰时病发,戌时病去,不过是虚病一场,应付太医足矣!"

燕成惊喜道:"竟有如此神药!"就了水,把药一口吞服下去。

第二天,杜太医果然前来给燕成看病,嘘寒问暖,客套一番之后,就开始把脉,看舌苔,观气色,连连皱眉,道:"看公子的气色,倒是正常之人;可听其脉象,倒是病得不轻!"

燕成一想,坏了,昨天光顾着依赖神药的力量,竟忘了往脸上擦点黄土了,忙道:"成今晨早起,感觉四肢乏力,故而饮了几杯酒。想是残酒作怪,令我脸皮泛光,我周身实难舒畅!"

杜太医连连点头:"这就对了!老朽为医多年,自忖有些医术,不至有疑难杂症令老朽难以定断。"

燕成道:"太医看我,是何病?可重否?"

杜太医道:"公子连日征战,积劳成疾,需好生静养,吃几服汤药,病自然除去。"

燕成道:"就请太医开方。"

杜太医下了榻,备好竹简,写了个方子,交与帐前侍卫,又嘱咐一番。燕成命侍卫给了杜太医车马费,杜太医谢过后,就告辞了。

杜太医回到宫里,向燕泽回话。燕泽问:"司马病情如何?"

杜太医道:"病入膏肓,恐不久于人世!"

燕泽大惊,道:"何出此言?"

杜太医道:"臣观司马脉象,已是气息微弱,而其人却面带红光,如不出老臣所料,此乃回光返照之象。司马之病,非药力可为,臣亦无能为力,请国君恕罪!"

燕泽怔怔地说不出话，半晌才道："此事机密，万不可走漏风声！"杜太医点头告辞。

燕泽待在宫里来回走动，怎么也想不明白燕成怎么会突然得了不治之症。原本还怕他这里面有什么阴谋，现在看来大可不必担心了。只是可惜，燕成年纪轻轻就这样完了。

却说姜文萱自从燕吉被杀之后，就被燕泽接回宫里，没有他的命令，不许踏出宫门半步。姜文萱从此也对燕泽恨之入骨，想起她的夫君、情人，还有孩子，都是被眼前这个人害死的，她眼里这个儿子俨然已经变成自己最大的仇人了，一心想找个机会报仇。事不凑巧，这天燕泽和杜太医的谈话被她无意中全听到了。本来她想，眼下燕国之中，能替她报仇的也只有燕成一人了，听到这个消息，她也是大吃一惊。她想，无论如何，得想办法出宫，去见燕成一面。

第二十二章 大义灭亲

姜文萱左思右想，以她眼下的处境，想出宫比登天还难，必须找一个很好的借口。

她一夜没合眼，第二天一早起来，眼眶红肿，对燕泽道："为娘虽贵为国母，亦念骨肉之情。今日乃幼子百日诞辰，为娘唯有一事相求，至其坟茔祭奠，以解为娘思念之苦。为娘纵然有错，幼子却是无辜，如今零落荒山，孤魂野鬼，实在可怜。"

燕泽一听她提到那个私生子，气就不打一处来，但看看母亲面色憔悴，又于心不忍，只道："天寒路滑，母亲出去多有不便，叫几个宫女代劳即可，何必亲往？"

姜文萱道："骨肉之情，岂可假手他人！小儿因为娘连累，以致殒命，为娘若不亲往，心中愧疚难解！"

燕泽无奈，只好答应，特意嘱咐两名随行的宫女好生照应。

姜文萱看了一眼两名宫女，知道燕泽的意思——照应是假，监视是真。如今这宫里，她连个知心的人都没有，真是生不如死。燕泽若不死，她就永无出头之日。

三人带了些祭牲，驾车一路往西而去。来到西山脚下，找到她小儿子的坟墓，姜文萱跪在坟前哭了一场，祭了些酒肉，就往回赶了。

走着走着，那马似乎迷了路，竟朝北而去。姜文萱问赶车的侍卫："连生，这马是怎么了？"

连生道："前几日宫里的马病了好几匹，这匹马是从军中借来的，想必是它想家心切，要回军营去。"

两名宫女被吓得花容失色，道："夫人，怎么办？"

姜文萱道："连生，你快拦住它，不要任由它跑。"

连生道："我勒不住它。"

姜文萱道："那如何是好？"

连生道："夫人不知，这马跑了一天，也累了。此地离军营不远，不如就到营中歇息片刻，喂些草料，再赶路也不迟。"

姜文萱不语，看了看两名宫女。两名宫女一早出来，一路饥寒，早已忍耐不住，连连点头。

姜文萱道："既如此，我等暂去军中歇息片刻。不过，此事万不可对国君讲起，否则我等都不好过！"两名宫女连连点头。

来到军营，范缨已在辕门外迎接。两名宫女和车夫被安排到灶下吃饭，姜文萱被请进大帐。

姜文萱四顾无人，对范缨道："我要见公子！"

范缨不知道姜文萱的来历，道："公子有病在身，不便与夫人相见。夫人有何话，可说与范某，范某代为转达。"

姜文萱知道范缨是信不过自己，便单刀直入，道："听说公子病入膏肓，将不久于人世，此事当真？"

范缨被吓了一跳，道："夫人纵然对公子有恨，亦不可如此诅咒公子！"

姜文萱也一愣："假的？"

范缨道："夫人何出此言？"

姜文萱便把昨天在宫里听到的事告诉了范缨。范缨仍拿不定姜文萱的意图，道："夫人莫非是前来探听虚实？"

姜文萱道："确有此意！公子若有不测，国中就无人能替我报仇！"

范缨道："夫人仇家何人？"

姜文萱道："逆子燕泽，弑父夺位，杀兄诛弟，禽兽不如！"

范缨吃了一惊，道："事已至此，夫人眼下唯有此子，岂不念骨肉亲情？"

姜文萱道："我纵然孤独终老，也不要此逆子。"

范缨道："夫人大义灭亲，范某佩服！"

姜文萱道："你且实言相告，公子病情如何？"

范缨道："公子无恙。"

姜文萱喜出望外，道："果真？"

范缨道："夫人稍候，范某即刻请公子与夫人相见！"说罢便出帐去了。

不一会儿，燕成进来，朝姜文萱下拜，口中称道："孩儿拜见母亲！"

姜文萱扶他起身，道："你若真当我是你母亲，就替我除去一人！"

燕成道："何人？"

姜文萱道："燕泽！"

燕成吃了一惊，道："母亲此言当真？"

姜文萱道："我知你屈于燕泽之下，久不服气。燕泽本是弑君篡位之贼，乃我亲眼所见，只是多年来念其为我亲子，不敢告之外人。今日他既然于我无情，也休怪我不义。你若有本事擒拿此贼，我可以作证，其人实乃弑君之人。诛杀弑君之人，一为先君报仇，二为燕国正位。如今先君嫡子，仅剩你一人，继承大统，也非你莫属。"

燕成连忙又拜，道："若有母亲相助，何愁大事不成！此前一直不曾动手，因忌母亲一人而已。今母亲既出此言，燕成再无后顾之忧！"

姜文萱扶燕成起身，道："燕泽禁我于宫中，片刻不得出门，今日我是托词给夭儿上坟，方脱出身来。事前我予车夫一根玉簪，使了些手段，才能到军营歇脚。今见你安然无恙，我亦放心。此地不宜久留，我须速速回宫，以免燕泽见疑。"

燕成道："母亲深居宫中，如若得便，可传递消息与我。若得良机，我必救母亲于水火。"

姜文萱道："如今宫里皆是燕泽心腹，我半句实话也不敢讲，如何能传递消息？"

燕成道："母亲随身可带值钱之物？请赐予燕成！"

姜文萱随身找了找，从腰间解下一块玉珏，给了燕成。燕成道："他日若有人持此物与母亲相见，便是燕成心腹之人，母亲尽可托付大事。"

姜文萱点头，说："我随身所带金钱不多，那两个丫头，还有车夫，你须好生打发，万不可让他们说起军营之事！"

燕成点头称是，一面吩咐军士给姜文萱安排酒食，一面让范缨给两名宫女和车夫送了些金玉。姜文萱用完饭食，没敢停留，匆匆离去。

姜文萱走后，燕成问范缨："如今给宫里买送宫女的是何人？"

范缨道："公子无病！"

这燕无病是先君的庶出弟弟，说起来还是燕成的亲戚，论辈分，燕成该叫他叔叔，现掌管着宗室的内务。公族子弟太多，燕成跟他并不熟，平常只是偶尔打个照面。但燕成知道，此人贪财，于是道："多备些珠宝玉器，买通此人，送一心腹之人至宫中为婢，有大用处。"

范缨道："莫非用来与姜氏暗通消息？"

燕成道："万事瞒不过先生，正是此意。还有劳先生多费心思！"

范缨道："此事不难，老夫即刻去办！"

范缨刚要走，燕成又叫住了他，道："燕泽以为我病入膏肓，先生如何看？"

范缨道："燕泽以主公之将死，必放松警惕，这正是我等图谋大事的良机。主公时刻准备，一旦时机成熟，即刻动手！"

燕成点头道："我也正有此意，且看燕泽下一步如何打算，我等见机行事。"

范缨走后，燕成召集手下将领议事，吩咐各营日夜操练，不得懈怠。他心下明白，此时若麾军攻入蓟城，燕泽只有束手就擒。只是这样做未免鲁莽，战事一起，城中百姓无辜遭殃，他总归于心不忍。可惜寒冬已至，若在春天，燕泽必然会去西苑狩猎，那时自己只需带百十来甲士，就可以轻松解决他。

范缨回到蓟城，多方打听，得知燕无病常去一家酒肆喝酒，不醉不归。范缨便也天天往这家酒肆跑，一来二去，就与燕无病相熟了。闲谈之中得知，燕无病对燕泽也甚是不满，他也听过一些风言风语，说燕泽害死了他的哥哥，篡了位。只是这都是传闻，没有一个人亲眼所见，他也半信半疑。作为庶子，他如今能混上个宗室内务总管的差事已是不易。嫡子们当然看不上这份差事，他们雄心万丈，要建功立业，其他的庶子眼红的却不少。

一天酒后，尚未尽兴，燕无病急着要走，说有事在身，不敢耽搁。范缨强留下他，道："公子且慢，范某新近得了一件宝贝，不知真假，想借公子慧眼一辨。"说罢，从袖中掏出一双玉珏，呈到燕无病面前。

燕无病立即两眼放光，接在手上细细把玩，见玉色润白，有如凝脂，道：

"果真是宝贝！似是来自西域之物！"

范缨道："公子好眼力，范某无意之中购于一游商，此人夸口自西域而来，我只当是诓我，不承想却是真事。公子若是喜欢，就当范某孝敬公子！"

燕无病立即警觉起来，看了看范缨，摇摇头，道："无功不受禄，你我虽相见恨晚，平白无故拿你宝贝，是何道理！"

范缨道："这倒不难，范某正好有一事有求于公子，公子若替范某办成了，便是两不相欠，可好？"

燕无病将玉珏缓缓放下，道："无病不过是一破落公子，无权无势，先生所求，无病未必能办。"

范缨哈哈一笑，将玉珏拾起，放到燕无病手中，道："公子放心，范某所求之事，于范某为要紧大事，于公子却不过是小事一桩。"

燕无病稍稍放松警惕，道："到底是何事？先生不妨说说看！"

范缨道："范某有一郊野亲戚，父母双亡，遗有一女。此女孤苦伶仃，不久前来投靠范某。范某本想寻一合适人家把她嫁了，可此女性烈，说自幼见父母终日打骂，相互诘难，故而不愿嫁，愿终生在舍下为婢。我若从之，只恐外人闲话，说范某刻薄寡恩，亏待血脉之亲。若不从，此女又决意不嫁，却教我如何是好？正为难之际，范某忽然想起公子掌管宫中婢女收买之事，如若能让此女到宫中为婢，倒是不算亏待，不知公子可否行个方便？"

燕无病听完，脸上露出笑容，道："我道是何事，原来不过如此！先生既有困扰，无病又可分忧，何不早说！"

范缨忙施一大礼，道："公子了却我一桩心事，范某感激不尽！"

燕无病满脸得意，将玉珏拿在手上，又故作推辞状，道："小事一桩，无须重礼，先生还是将宝玉收回去吧！"

范缨将他的双手推回，道："此乃小女见面之礼，事成之后，范某另有重谢！"燕无病讪讪地将玉珏收了，道："此女年岁几何？"

范缨道："年方二八。"

燕无病皱了皱眉头，道："有些年长，新近买来的都不过十三四岁。"

范缨哑然，道："这……如何是好？"

燕无病笑道："无妨，若是面嫩，便虚报十三，你知我知，外人何从知晓？"

范缨拱手道："令公子费心！不知几日领来拜见公子合适？"

燕无病道："五日后如何？"

范缨道："那好，五日后范某携此女前往贵府拜见公子！"

回到府上，范缨却有些心慌，燕无病这边算是打点好了，但前几日托人买的丫头却还没有送到，万一五日后交不出人来，岂不是露了马脚！何况这买来的女孩子还得教习她一些东西，合格后才能把她送到宫里去，不然就是白忙活一场。

他正急得团团转，家丁领着一个身材瘦小的女孩子进了门。范缨看了一眼，将家丁拉到门外，道："宫中岂是寻常之地，如此瘦弱邋遢之女，怎好进宫！"

家丁道："寻常人家岂肯卖儿卖女，必是穷困破落之户方为此不得已之事。大人休看此女面色憔悴，却是眉清目秀，极懂礼数之人。"

范缨摇头表示不信。家丁叫来一个年龄稍大的女佣，让她带小女孩去好好洗漱一番，换身干净衣裳。

一个时辰之后，家丁将女孩再次领来。范缨一看，眼前一亮，此女果然眉清目秀，肤若凝脂，不禁叹道："寻常人家竟有此等女子！"他重赏了家丁，问那女孩："叫什么名字？"

女孩答道："秋水。"

范缨道："你可知道，老夫买你来做什么？"

秋水道："进宫。"

范缨道："宫门深不可测，你可知晓？"

秋水道："奴婢家贫，自幼跟随父母躬耕山野，食不果腹，衣不蔽体。若能入宫，整日风雨无扰，衣食无虑，岂非奴婢前生修来的福气！纵然宫门深似海，也强过山野耕田千万倍！大人若能成全奴婢，便是对奴婢的再造之恩！"说罢，跪下来给范缨磕了个头。

范缨忙扶她起身，道："老夫有言相告，你可仔细听好，若有差池，你我性命不保！"

秋水连连点头，道："大人有何吩咐，奴婢自当谨记！"

范缨道："从今往后，你对外人只说是老夫的远房亲戚，父母双亡，来都城投奔老夫，誓不嫁人，故而入宫。此事你知我知，万不可告之他人！"

秋水道："便是奴婢的生身父母，也不可知晓？"

范缨道："不可！若有钱财书信交付父母，可交由老夫转达。万不得已，不可相见。即便相见，需由老夫安排。"

秋水瞪着一双惊恐的眼睛看着范缨，半晌，才点了点头。范缨见状，道："少则一月，多则半载，此事风头一过，姑娘便可一切如故。"

秋水道："大人放心，奴婢既已来此，绝不可半途而废。便是刀山火海，奴婢也要一走到底，绝不辜负大人的期望。"

范缨满意地点了点头，给她讲了些宫中的规矩，以及宫中国君和太夫人的关系。然后，他拿出姜文萱的玉珏，又教她如何接近姜夫人，如何通过门卫传递消息等。秋水一遍又一遍地练习，直到暮色降临才罢。第二天又是如此，如此反复五天，范缨就该带她去见燕无病了。

燕无病正在府中教习一群即将入宫的女孩子行走坐卧，见范缨领了秋水进来，上上下下打量了一番，又让她走了几步，连连点头，道："果然不错！先生放心，此事就交由老夫，令侄今日便可留在府中，与众女一同练习几日，即可入宫。"

范缨感激不尽，又送了燕无病白璧一双。燕无病假意推辞了一番，便接受了。范缨道："此女虽到舍下不久，范某却待之如同己出，往后还望公子多多关照！"

燕无病道："这是自然，先生与某，相见恨晚，令侄即是我侄，岂有慢待之理！"

范缨道："只是宫门深似海，此一去，不知何日得见？"

燕无病笑道："先生真是妇人之心，宫中每月亦有例假，每逢初一，令侄便可休假省亲，何愁不能相见？"

范缨笑道："老夫糊涂！"寒暄一番后，他便告辞了。

回到府上，他刚饮了一盏水，就见子祺的侍女匆匆来报："主人，少主生了，是个男婴！"

范缨大惊，一时喜不自禁，叹道："苍天有眼，平之后继有人！"一面叫人备车要去看看女儿和外孙子，一面差人往军中报与郑原知晓。

第二十三章 山中访隐

郑原在大营得知妻子生了个儿子,按捺不住地兴奋,便到中军帐向燕成辞行,道:"郑某此去,少则一日,多则三日。等安顿好母子二人,自此郑原便无后顾之忧,可为主公赴汤蹈火,在所不辞。"

燕成听得有些伤感,似是永别,道:"我与燕泽不共戴天,不日便见分晓。那燕泽自幼习武,好勇斗狠,力大无穷,非寻常人不得近身。即便身怀绝技之人,若想取其性命,也是九死一生!时至今日,我有一话想问平之:你可曾有悔意?"

郑原道:"郑某原本是一山村野人,蒙主公不弃,追随左右,今出入士族,出有车,食有鱼,光宗耀祖,了无遗憾。若非主公提携,焉能有今日!郑某若遭不测,别无所求,但求主公一事:以士人之礼葬之!郑某虽不过一愚夫,却常以士人自居,望主公成全!"

燕成深深地点头,长叹一声,道:"大事若成,我封你为大夫,岂止为士!以平之的手段,我尤盼你事成之后,全身而退!"

郑原道:"郑某后继有人,死不足惜,唯愿主公早正大位,励精图治,救燕国于水火,驰名中原,建功王庭!"说罢,施一礼,飘然而去。

燕成追至帐外,目送郑原的背影渐渐远去。

郑原回到家里,见范缨也在,来不及多言,略施一礼,便匆匆来到房间。子祺正怀抱着一男婴熟睡,郑原见了,不禁喜从中来,忍不住伸手去逗孩子的小脸蛋。孩子被弄醒,啼哭了两声。子祺被吵醒,见是郑原,道:"夫君几时回来的?"

郑原道:"刚回,夫人可好?"

子祺道:"我母子二人一切都好。家父尚在堂中,你且去相陪,让我和孩儿歇息片刻。"

郑原恋恋不舍地去了。

范缨正在后堂饮水,见郑原出来,道:"我儿到底争气,这孩子来得及时。眼下风声鹤唳,两位公子不久即见分晓,平之有何打算?"

郑原道:"郑某正有一事央求先生!"说罢,跪拜在地。

范缨一惊,忙拉他起来,道:"贤婿有话请讲,何必如此!"

郑原不起身,道:"想我郑原一生,本是山野村夫,自幼随父学得一身武艺,以耕猎为生,本以为碌碌一生,无所作为,谁承想得识公子,又蒙先生厚爱,跻身士族,此生足矣!所憾者唯有一事,郑原一身武艺虽是家学,却也在燕国之中难遇敌手,只是学识浅陋,时至今日,斗大的字也识不了一箩筐,与诗书更是无缘,武艺再高,终归一莽夫耳!郑原此番行大事,若身遭不测,望先生看在令媛的面子上,教犬子识文断字,使他日后像先生一样,做一个饱学之士,方不负郑某舍生取义一场!"

范缨拉郑原起身,道:"令郎乃我外孙,你若真有不测,我自当将其抚养成人,授其平生所学。只是——行刺之事,不做则已,做则必成,否则你我有灭族之祸!"

郑原点头道:"郑原明白!先生放心,众人之命系于我一身,我岂能贪生惜命!郑某今日求先生,原因正是在此。此事不做则已,唯有抱必死之心方能成功。"

范缨听得老泪纵横。

郑原在家待了一天,便起程去无终,一来很久不见母亲,想趁此机会去探望一下,二来把生儿子的喜讯告诉她,希望老人看在孙子的分儿上,或许一高兴,就愿意来蓟城住了。

到了无终,天色已晚,他打算住一晚,明早再往郑村去,便在城南找了家客栈住了下来。晚上他出门闲逛,有些倦乏,便随脚步入一家酒店,要了些酒食。刚吃了几口,却见旁边一人站起身来,走到他面前,道:"眼前莫不是郑大人?"

郑原抬头一看,原来是张伍,不禁惊讶:"张大哥在此,小弟眼拙,适才不曾看见!"

两人移案一处。张伍道："郑大人腾达，却还记得张某！"

郑原道："张大哥见外。外人不知，张大哥还不知道？我哪里是什么大人，切莫取笑小弟，你我还是兄弟相称为是！"

张伍道："那张某就斗胆了。久闻兄弟在蓟城做大事，却何故到此？"

郑原道："家有老母，久不相见，心下想念，今蒙主公准假，得空省亲。"

张伍道："以兄弟之家财，赡养老母轻而易举，奈何使其一人寡居在此穷乡僻壤？"

郑原道："张兄有所不知，老母生性顽固，宁可小弟在家耕猎，也不愿让我入仕，负气在家，不肯入都城与我同住，小弟至今执拗不过。"

张伍道："原来如此！"

郑原道："多日不见，近来店中营生可好？"

张伍道："年关将至，各处罢兵息戈，加之农人休耕，生意有些清淡。"

郑原道："来年入春，战事一起，行情便好了。"

张伍笑道："我虽以贩卖兵器为生，却不愿连年兵戈，如此民不聊生，岂能长久！倒不如打造些农具，利虽薄，却能长远。"

郑原道："张大哥所言极是，小弟浅陋。"

酒过三巡，张伍道："上回兄弟从我处购得宝剑一柄，可好用？"

郑原知道他说的是那把名为玄冰剑的匕首，道："如此宝贝，怎肯轻易使用！"

张伍道："玄冰虽是宝剑，但终非绝世名器。若不称手，我倒是知道有一方法可得名器。"

郑原道："如何获得？"

张伍道："离此城北十里地，山谷之中，半年前自越国来了一位铸剑师，名唤残月，乃欧冶子嫡传弟子，深得其师铸剑之法，所铸之剑，锋利无比。"

郑原道："比玄冰剑如何？"

张伍道："不可同日而语。玄冰剑若是至宝，怎会流落至我这等寻常贩夫手中？"

郑原点头道："所言极是！"想那燕泽，平日就铠甲不离身，就算自己得着机会，普通的剑也根本刺不透铁甲，玄冰剑或许可行，但难保不失手，如果能有更好的剑，岂不是万无一失！于是他道："张大哥可识得此人，烦请为小弟引荐！"

张伍笑道："我不过是一介布衣，哪里认识这些高人，不过也是听人说过而已！兄弟长年在外征战，兵器即是性命，若得宝剑，便是多捡了一条命在手里，若真想要，不妨往山中寻访，或许可行！"

两人喝得酒酣耳热，看天色不早，郑原便起身回客栈。张伍道："兄弟明日可有急事？若得空，不妨到舍下一坐，家常便饭，虽比不了蓟都里的佳肴美馔，然你我同乡一场，也是一份情意！"

郑原倒真想去，他想去看看秋菱，不知道她现在过得怎么样了，自上次一别，已经一年多了，但想到还要到山中寻访残月，恐怕来不及了，便道："张大哥好意心领，兄弟归乡心切，明日一早便要动身，不敢久留，恐无暇至贵府讨扰！"

张伍只好作罢，拱手而去。

第二天一早，郑原匆匆赶回郑村的家，先把子祺生了个儿子的消息告诉了母亲。老人一听，喜上眉梢，便问："那孩子怎生模样，可像你？"

郑原道："母亲若想知道，亲往一看便知！"

郑母知道儿子话里有话，便不言语，低头收拾针线。郑原道："母亲一人在此，甚是孤苦。如今有了孙子，母亲纵然不喜儿子，怎能忍心不见孙子？"

郑母叹口气，道："不是我不喜欢你出入公门，只是你父亲临终有言：来日子子孙孙，宁可为一山村野夫，也切莫踏入仕途。"

郑原道："这是什么道理！山村野夫整日为一饭一粥劳心费神，一旦踏入公门，锦衣玉食，上可报国家，下可荫子孙，何乐而不为？"

郑母道："公门是非多，虚名浮利，迷惑人心，终会引来杀身之祸，倒不如山野之人逍遥快活！"

郑原笑道："母亲此言差矣。想我母子二人，僻居山林，整日为衣食发愁，哪有快活可言，愁苦度日倒是真！"

郑母道："你父亲的话，你既不放在心里，我也懒得多言。倒是孙儿，我想去见一见。"

郑原一听，大喜，道："母亲总算想开了，想我一家三世同堂，其乐融融，能享此天伦之乐，夫复何求！"

郑母道："我可有言在先，看孙儿我去，留不留在我。"

郑原心想，先让母亲去了蓟都再说，说不定到了那里，母亲慢慢习惯了，就不愿意走了，便道："一切皆凭母亲意愿！"

两人商量好了明天起程回蓟都。到了下午，郑原带了些金玉，牵着马匹，便往山中寻访残月先生去了。

时值隆冬季节，山谷中依稀有些残雪。道路崎岖，郑原不便骑马，便牵着马，一边打听，一边往山谷中走去。待到日薄西山之时，他终于找到了残月铸剑的地方。远远看去，只有一座破败的草庐，兀自在寒风中飘忽战栗。郑原有些犹疑，但还是推开了柴门。院子里没有人，他把马拴在一棵树上，来到草庐的门前。门是敞着的，屋子里也没有人。他左右叫喊了几声，也没有人答应。回到院子里，隐隐听到房屋后面传来叮叮当当的响声，像是有人在锻造铁器，郑原便循声而去，转过几个山口，约莫走了一里来路，绕过一块大青石，看见山崖之下有一个衣衫褴褛、头发散乱的中年男人，正在往炉子里加柴，不时将炉火中的兵器抽出来，在铁砧上敲打两下，淬淬火。

郑原看得有些失望，想是传说的人总是夸大其词，看这人的排场，还不如张伍这个打铁的，怎么可能铸得出传世宝剑。他不由叹了口气，意兴索然，打算回去，刚转身要走，就听得那人叫道："既然来了，何不看看再走？"

郑原一愣，本以为自己躲在大青石后面，这人定然看不见，不料对方早就知道了。于是他只好站出来，拱手道："敢问可是残月先生？"他心里希望这人说不是。

那人头也不抬，道："我便是残月。足下来此何干？"

郑原道："在下久闻先生大名，特来求一剑！"

残月没有回话，心思全放在手中锻造的兵器上，连淬了两次火，拿到眼下瞧了瞧，便把它扔到一旁的乱石堆里，一边喃喃自语："废品！又是废品！"

郑原忍不住上前看了看，那是一把剑，已比普通的剑精巧许多，便道："此剑若在军中，大有用处，先生何故弃之？"

残月正在洗手，瞟了他一眼，道："军中屠夫所用之剑，何须我亲为？我所铸者，皆君子之剑，非英雄之辈不可用之。"

郑原一听，这话倒是不同凡响，或许张伍所说属实。他正要说话，残月洗完了手，朝他拱了拱手，道："草房简陋，倒是有甘洌的山泉水，足下若不嫌弃，请到舍下一用！"

郑原跟残月回到草庐。残月倒好水，道："足下求剑何用？"

郑原避而不答，从行囊中取出两锭金子，道："在下军旅中人，日夜刀光剑影，求剑以自保。"

残月将金子推回，道："军旅之中，无须用此金贵之剑。"

郑原又取出一对玉佩，道："在下身负重任，稍有疏忽，恐社稷遭殃，还望先生眷顾！"

残月看了他一眼，道："足下何不实言相告？"

郑原道："军国大事，岂能轻易告之他人！"

残月道："凡我金主，无论贵贱，其人其行，唯残月一人知晓，外人一概不知。只是残月有个规矩，所铸之剑需知其所用，若为非作歹，千金不为；若为天下苍生，分文不取。"

郑原道："话虽如此，先生怎知主顾所言属实？"

残月道："若不属实，残月还金收剑；若不肯，残月便杀之！"

郑原不由心生敬意，道："实不相瞒，当今燕君乃谋其父而篡位之徒，郑某求剑，正是用来刺杀此贼。若成，则解救燕国于水火；若不成，郑某甘冒灭族之险。"

残月听了，不动声色。郑原忽然感觉自己的话有些唐突，叹道："当然，先生乃越国人，燕国的生死于先生又有何干！"

残月缓缓道："若非越国内乱，我又何至于远走他乡，到此苦寒之地！"他将郑原的金子和玉佩推了回去，道："燕国宫中之事，我早有耳闻。足下行大事，我愿助一臂之力！"

郑原喜不自胜，要残月将金玉收下。残月死活不肯，道："此剑有如足下性命，非金钱可买！燕泽即位以来，连年征战，黎民百姓苦不堪言，足下此举实乃挽救燕国苍生于水火。残月有言在先，足下行大义，残月分文不取！"

郑原感激不尽，从行囊中取出玄冰剑，呈给残月，道："大小规制，照此剑即可。"

残月接过短剑，拔出鞘来看了看，道："玄冰剑，商纣王时所造，能刺穿三层皮甲，于铁甲则吃力。"

郑原大惊，道："先生识得此剑？"

残月道："但凡名剑，皆略知一二。"

郑原这下深信不疑了，此人的确是铸剑大师。

两人又闲聊了几句，看看天色转黑，郑原忙着赶路，不敢久留，只好起身向残月告辞。残月道："此山名为莽山，十日后你来此取剑，残月定不负足下重托！"

郑原拱手而去，回到家里，已是深夜，母亲已经收拾好行囊。一宿无话。第二天，郑原就带着母亲回蓟城了。子祺是头一次见到婆婆，有些不知所措。郑原忙打圆场："贱内刚刚诞下幼子，身体不便，礼数不周，还请母亲见谅！"

郑母没想到郑原能娶到这么漂亮的媳妇，对方又是大户人家出身，自己哪里敢计较，只道："好生休养身体，我一个庄户人家，未曾伺候过千金之躯，你有什么需要，尽管吩咐！"

子祺道："婆婆哪里话，儿媳岂敢！婆婆一路舟车劳顿，快回房歇息去吧，我这里有丫鬟使唤，不劳婆婆费心。"

郑母心想，到底是大户人家儿女，家教礼数周到，便也不客套了。她抱起孩子看了又看，问："我孙儿可有名？"

子祺道："昨日家父命人送来一字帖，单取一个梁字，指望孩儿将来成为国之栋梁。"

郑母道："郑梁——好名！"

郑原见她二人聊得投机，便偷偷抽出身来，回到后堂，命家丁去给母亲收拾出一间房来。吃罢晚饭，他便急匆匆地赶回军营了。

过了十天，郑原到莽山之麓取剑。残月果然已将匕首打造好了，衣冠整齐地候在门口等他。郑原看了他半天,只觉对方恍若换了一个人。残月双手将匕首呈上,道:"剑已造好,名唤金乌,请过目!"

郑原双手接过短剑,从鞘中抽出,见剑身乌亮,寒气逼人,不禁道:"果然好剑!"话音未落,残月便挥剑向他刺来。

郑原仓促之中拿匕首抵挡,相持几个回合,终有些吃力,不由后退一步,抽出佩剑相抗,才逐渐占据上风。残月立即跳出圈外,道:"足下今夜在此住宿一晚,残月有一技相传。"

郑原道:"何技?"

残月道:"我观足下剑术,在燕国当数一数二,然足下久在军中,惯使长剑,于短剑之术却颇有不足。在下有短剑三技,曰刺、勾、斩,乃在下平生绝技,欲传授于足下,方保大事可成!"

郑原叹道:"郑某何德何能,既得先生宝剑,又蒙赐教剑术,如大事不成,即无颜苟活于世!"于是当晚就留宿在莽山,跟残月学短剑行刺之术,一直练到拂晓时分。

残月见郑原已学得差不多,便道:"足下可回,往后勤加练习,方得运用之妙。"

郑原拜辞残月,下山去了。

到了无终,郑原心想,行刺燕泽终究是九死一生的事,倒不是不相信残月的短剑不锋利,只是不知道它和玄冰剑比起来如何。于是他去城中买了皮甲、铁甲各一件,回到房中,将两把剑都抽出身来,分别一左一右握着,先朝皮甲刺去,自然都刺穿了;再朝铁甲刺去,玄冰剑只在铁甲上刺出一个小口子,而金乌剑一剑透底,剑身却毫发未损。想那燕泽即使身披金甲,如用金乌剑,这一刺也定能一剑穿心。

第二十四章 一月为期

一个月后，秋水自宫中回府探亲。范缨道："可曾和太夫人搭上话？"

秋水一脸惊恐，连连摇头。范缨道："到底怎么回事？你倒是说话！"

秋水道："我自从入宫以后，每天只做些洒扫、洗衣等杂事，别说和太夫人说话了，我连她的面都没见过。"

范缨道："国君呢，见过不曾？"

秋水道："国君倒是远远地见过。奴婢听人说，像我们这些新入宫的，只能干些粗活；只有那些入宫久的，规矩懂得多的，才有机会接近宫里的夫人；要想接近国君，更得是入宫三年以上的了。"

范缨叹了口气，看着秋水一副罪责难逃的样子，道："这也怪不得你，要怪也怪老夫事先没有打探清楚。我且问你，给你的玉珏可曾收好了？"

秋水道："奴婢每日贴身携带，不敢有半分懈怠。"

范缨道："你且去歇息，我自有办法。往后你若有机会接近太夫人，务必小心谨慎，禀明原委。此事宁可不成，也不可鲁莽行事，否则你我死无葬身之地。"秋水点头欲去，范缨又把她叫住，道："你家中我会时时着人送去钱粮，你不必担忧。"

秋水施礼道："谢大人！"说罢，退出门外。

范缨突然感觉自己这回有些大意了，即便事先没有打听清楚，他也该想到，若没有燕无病照应，秋水是断难接触到姜氏的，事到如今，也只好再去求燕无病了。

范缨又带了些玉器，来到燕无病府中，道："内侄虽机灵，然身体娇弱，每日在宫中洒扫洗衣，恐不能胜任，公子不如将其逐出宫门，老夫自认倒霉，养她一辈子罢了！"

燕无病愣道："岂有此理！令侄既不能胜任重力，明日我将其调至妃嫔之宫，每日之活不费力气，又不冒风雨，她自当能胜任。"

范缨道："如此岂不麻烦公子？"

燕无病道："这有何难？不过一句话的事。"

范缨道："内侄誓不嫁人，当不近男色为好。宫中妃嫔，每有国君宠幸，内侄又颇有姿色，国君正当盛年，若被国君看中，她宁死不从，恐酿大祸，范某如何对得起远房兄长！公子既如此垂怜老夫，可否令其伺候先君遗孀，如此方保无虞！"

燕无病想了想，道："先君遗孀皆已被遣出宫外，如今寡居宫中者，唯太夫人一人耳——事也凑巧，如今太夫人与国君有隙，宫中之人皆冷眼旁观，我倒不如趁此做个顺水人情，就令秋水前往伺候太夫人，一来解你之忧，二来万一他日太夫人与国君和好如初，当念我一份人情。"

范缨道："公子厚恩，范某无以为报！"

燕无病笑道："你我之间何须客套！"

第二天秋水进宫，像往常一样去洗衣房收拾脏衣服准备浣洗，领头的宫女忙拉住她道："你以后不必做这些了，恭喜你高升了。"

秋水一愣，道："姐姐莫非要赶我走？"

领头的宫女一脸谄媚，道："刚才管事的内侍大人说了，让你去寿春宫里伺候太夫人。从今往后，还望你多照应着点儿姐妹们。以前姐姐有什么做得不对的地方，还望你多担待，别跟我们一般见识。"

旁边一个小宫女嘟着嘴道："有什么了不起，不就是伺候一个老寡妇吗！"

领头的宫女朝她喝道："住口，你懂什么！"

不一会儿，果然来了一位内侍，尖着嗓子道："秋水姑娘，请跟我走吧！"

秋水头一次这么近地看一个不男不女的人，感觉有些怪怪的，于是低头跟着他走。另一位年纪小一点儿的内侍过来帮她抱着铺盖。

三人沿着曲曲折折的回廊走了好一阵子，才到达一座宫殿前。内侍道："跟我进来。"

进入屋内，见一位年轻的贵妇人坐在上方，秋水不知道她是谁，心想太夫人至少也有七老八十了吧，左右打看，却并没有见到年纪再大的女人，正犹豫间，听内侍道："见过太夫人！"

秋水一愣，没想到太夫人这么年轻，她不敢多想，忙下拜施礼。姜文萱只是瞟了她一眼，道："起来吧！"

秋水起身，战战兢兢地站在一边，等候姜文萱的命令。姜文萱却没有再看她一眼，起身回房歇息去了。

一连几天，姜文萱都没有正眼看过秋水，偶尔叫她端个水，并无二话。秋水恍然大悟，这姜夫人当我是国君的眼线，处处提防着我呢！于是每次端完水，秋水都道："太夫人还有什么吩咐？"

姜文萱冷冷地道："忙你的去吧。"

一天，秋水趁左右没人，拿出藏在身上的玉珏，呈给姜文萱看。姜文萱起初不经意，只道是这丫头拿什么东西讨好自己，细一看，吃了一惊，左顾右盼，见四下无人，拿在手中细细端详，道："你是什么人？谁让你来的？"

秋水见她识得此物，便道："奴婢受范大人所托，以此物来见太夫人，只道太夫人有什么话，好教奴婢传递与他。"

姜文萱忙起身，拉秋水到里间，道："范先生可有什么话说？"

秋水道："范大人只道，太夫人见此物，如同见公子。太夫人若有什么话，奴婢可告知范大人，再由范大人转告公子。"

姜文萱长叹一声，道："一个多月了，不见公子的消息，我只当他把这事给忘了。从今往后，你就在里间服侍我，外面的粗活笨活让别人去，若有什么消息，我自会告诉你。"

秋水点头称是，从此以后与姜文萱形影不离。

却说燕泽本以为这回燕成病重，又无药可医，必死无疑。谁知过了一个多月，并未得到燕成的死讯，这才恍然大悟，急召常谷、高勤议事，道："司马此举，恐有不轨之图。"

两位听说了详情后，表示赞同，燕成若不是图谋不轨，不会撒下这个弥天大谎，于是道："国君意欲如何？"

燕泽道："不如先下手为强！"

常谷道："司马手握三军，又常驻军营，图之恐非易事。"

燕泽道:"二卿有何妙计?"

高勤道:"不如引蛇出洞。国君即便调遣城中所有兵马,亦非司马对手,当引其出营,然后图之。"

燕泽道:"如何引其出营?"

高勤道:"正月十五,公族诸人当前往先君陵墓祭祖,司马作为嫡子,不得不去。彼时图之,出其不意。"

燕泽道:"先祖陵前,儿孙兵戈相见,恐先祖怪罪。"

常谷道:"成大事者,不拘小节。"

燕泽点头道:"好,就依此计,二位爱卿即刻回去准备,到时各带甲士五百,埋伏于先陵四周,以摔杯为号。"他又交代了一下细节。

时光荏苒,转眼到了年关。一天,姜文萱来说,她想出宫买些东西。燕泽道:"母亲需要何物,吩咐宫女买来就是,不必亲自出宫。"

姜文萱道:"宫女的眼光怎能及我?我不过是想出宫去看看,今年市上可有些什么新鲜玩意儿。"

燕泽仍是不许。姜文萱道:"为娘在此幽居数月,不曾出宫一步。如今年关将至,为娘就想出去散散心。你若不许,便是不孝!"

燕泽叹道:"街市不太平,母亲还是不要出门的好!"

姜文萱道:"如今天寒地冻,各国息兵,哪里来的不太平?分明是你不想让为娘出宫!"

燕泽道:"有人要取寡人性命,只怕连累母亲。"

姜文萱道:"哪个吃了豹子胆,敢取你的性命?"

燕泽道:"寡人的兄弟,燕国司马。"

姜文萱心下一惊,这燕泽是怎么知道的?于是道:"我儿莫不是听信谗言,有人要离间你们兄弟?"

燕泽道:"并非如此。燕成佯装重病,赖在军营里不出,分明是伺机图谋不轨。"

姜文萱笑道:"原来是我儿妄自揣度,并无确切消息。"

燕泽道:"且不管是真是假,此人不除,燕国一日不得安宁。母亲尚需忍耐数日，待我除掉此人，必将还母亲自由。"

姜文萱摇头表示不信："那得忍到何时？"

燕泽道："不出一月便见分晓，还望母亲体谅！"

姜文萱不再强求，默默回到寿春宫，对秋水道："明日你告假回府，只说范先生病重，需回府探望，有要事相托！"

秋水道："太夫人吩咐便是！"

姜文萱道："公子之谋，燕泽已尽知，欲先发制人，以一月为期，令公子小心提防！"

秋水牢记在心，第二天便回范缨的府邸，把姜文萱的话原原本本地说了一遍。范缨一听，大惊，道："老夫小看了燕泽！"遂深夜乔装打扮出城，来到北大营，将姜文萱的意思告知燕成。

燕成沉吟道："以一月为期，当不出十五。燕成是想，我即便托病，十五乃祭奠先君之日，我亦不得不往，其必于先君陵墓之处埋设伏兵。"

范缨道："只怪老夫弄巧成拙，让主公装病不成，反倒暴露了行迹。如今燕泽不管不顾，欲除掉主公而后快，我等不能坐以待毙，需寻思良策以对之。"

燕成道："如今剑拔弩张，不是鱼死便是网破，我倒也无须掩饰，不如尽起三军，攻入蓟都，杀燕泽，正君位，以雪父兄之耻！"

范缨道："三军将领各怀心思，如此声势浩大，只怕燕国自此永无宁日！"

燕成道："先生有何高见？"

范缨道："非常之时，主公可召郑原前来议事！"

燕成便急忙召见郑原。郑原不知何事，问其中原委。范缨道："老夫推测燕泽当在正月十五日祭奠先君之时对主公图谋不轨，以主公之见，不如先下手为强，若率众攻城，又恐生灵涂炭，不如平之跟随左右，相机行事。"

郑原道："郑某盼望此时久矣，如此得偿夙愿，岂不快哉！"

燕成道："燕泽狡诈，手下勇士众多。平之此举，或九死一生，可曾想过？"

郑原道："大丈夫死不足惜，若为国家社稷，死得其所，主公何以有此妇人之心！"

燕成长揖一礼，与郑原歃血为誓，约定于正月十五日，郑原随同燕成一道前往祖陵祭拜，只要得着机会，便就地刺杀燕泽。

转眼就到了正月十五，燕泽果然派人邀燕成一同前往召陵祭祖。燕成内穿铁甲，外披战袍，假装托病而出。

车到山脚，燕泽已在那里等候，想必已有些时辰，见燕成来了，道："兄长病情如何？"说着细细打量燕成的气色。

燕成道："托国君洪福，已好多了。"

燕泽道："事前听闻兄长身患重疾，寡人忧心万分，深恐兄长不测，彻夜难眠。今见兄长气色果然好转，想必是服了哪位神仙的还魂丹，貌似已无大碍，寡人倒也放心了。"

燕成道："国君所言极是。愚兄家臣范缨，结识不少旁门左道之士，前几日为我寻来几丸神药，愚兄服下，却似气血还阳，精神百倍，若不是回光返照，恐怕只消十天半月，愚兄这病也就好了。"

燕泽拿疑惑的眼神看了看范缨，又看了看燕成，道："真有这等神人，明天也为寡人寻几丸神药。"

范缨笑道："国君正当盛年，龙虎精神，岂是药丸可致，不用也罢！"

燕泽哈哈大笑，与燕成携手登坛，刚上了几级台阶，郑原也跟了上来。燕泽道："我兄弟二人祭奠先祖，你一外人上来作甚？"

郑原道："公子病体初愈，行动不便，小人当服侍左右。"

燕泽刚要反驳，燕成也喘着粗气道："愚兄的身体，经此一病，已大不如前，还望国君见谅！"

燕泽不好再说什么，又仔细看了看郑原，见他虎背熊腰，腰悬利剑，心里已有几分忌惮，道："你如此忠心侍主，自当网开一面。只是祭坛之上，腰悬利刃却是大忌。"

郑原不动声色，解下腰间的长剑，交给侍卫。

三人登上祭坛，敬香，化纸，上牺牲。一番忙碌之后，燕泽端起酒爵祭拜天地。洒酒完毕，燕泽瞧见躲在附近树林里的甲士，几次欲掷酒爵于地，又几次犹豫不决。高勤在树林后看得真切，急得一头汗，几次想冲出去，又听不见摔杯的号令。

郑原自然也看见了，那柄金乌短剑就藏在他怀里，而且他就站在燕泽身后，只需抽短剑，向前两步就可以取燕泽性命。但他也担心，纵使自己一时得手，林子后面的甲士也必然蜂拥而出，自己死不足惜，如若连累燕成，岂非铸成大错！

终于，所有仪式都举行完毕，燕泽和燕成携手下坛。范缨和常谷都在台下急得一身汗，见此情景，终于松下一口气，却也百思不得其解。

燕泽径自登车，向燕成道："祭罢先祖陵寝，当回城祭奠祖庙。兄虽身体欠安，然先祖有灵，万勿推辞！"

燕成道："理当前往！国君先行，愚兄随后就到。"

于是燕泽的车驾在前，中间是长长的随从队伍，燕成殿后。常谷与燕泽同车，方行不远，便道："适才国君何以未下号令？"

燕泽道："燕成的侍卫骁勇异常，寡人听闻此人乱军之中取华钦首级如探囊取物，寡人若贸然下令，其必先害我。"

常谷扼腕道："错失良机，又待何时！"

燕泽道："常卿勿忧，寡人已于太庙之中藏有甲士，此番必成。"

燕成也上了车，郑原跟着站到他身边。燕成又邀范缨和自己同车。三人沉默半晌，燕成对郑原道："适才乃大好时机，何不动手？"

郑原道："林中甲士众多，我若下手，只怕主公难以脱身。郑某见燕泽手拿酒爵欲掷还休，想必是以摔杯为号，故而未曾动手。"

燕成道："只须燕泽一死，余者皆不足惧，何须顾忌我之安危！"

范缨道："平之虽勇，行事却谨慎，主公安然脱身，已是万幸。"

燕成叹了口气，总觉得机会来之不易，丢掉了可惜。范缨道："适才有惊无险，稍后前往祖庙，那才是真正险地。"

燕成道："便是险地，有平之在侧亦无大碍。"

范缨道："燕泽已对平之有所忌惮，必不肯令其入内，主公当另寻良策。"

一行人走了大约半个时辰，燕泽站在车上回头张望，见燕成的车队越来越远，道："司马行走何故如此之慢，莫非已知寡人之计策？"

常谷道："司马刚才侥幸逃脱，正心中窃喜，必是最无防备心之时，国君此番必然大事可成。"

正说着，只见后面一骑飞马来报："不好了，司马大人一不小心掉下车来，摔伤了！"

燕泽惊问道："伤重否？"

来人道："口吐鲜血，恐怕已伤及脏腑。"

燕泽有些不信，急急下车，往后走去。常谷在后面喊道："国君小心！"

燕泽全然不听，一路奔跑，匆匆赶到燕成的车旁，只见燕成半躺在车中，嘴角满是血迹，忙道："兄长无恙否？"

燕成道："为臣有罪，恐不能随国君回祭祖庙，万望国君恕罪！"

燕泽又走近了些，细细打量着燕成，看样子不像是假的。正犹疑间，一个黑影从车后闪出，手执短剑，大吼一声，朝他迎面刺来。

第二十五章 英雄含笑

燕泽本能地一闪身，短剑划过右肩，战袍的肩带被割断，铁甲也被划开了一个大口子。他心下倒吸一口凉气，定眼一瞧，来人正是郑原。

郑原被燕泽躲过一剑，心下也吃了一惊，趁燕泽站立未稳，又朝燕泽扑了过去。燕泽重心未稳，急忙后退，却不料一脚踏空，仰面倒地。郑原一剑正刺向他的胸口，双手握剑，力透剑柄，穿过厚厚的铁甲，直刺入燕泽的心脏。燕泽顿时躺在地上不动了。

这时常谷带着甲士已经赶来。燕成站在车上大喊："平之速速撤离！"

郑原却全然不顾，只怕燕泽没有死透，拔出金乌剑来又在燕泽的胸口狠狠捅了几剑。等郑原心满意足地站起身来，常谷带领的几名甲士一拥而上，朝他后背连刺数剑。郑原站立不稳，颓然倒地。燕成的侍从们见状，纷纷上前解救，两边一阵厮杀。

燕成跳下车来，朝众人大喝道："燕泽弑父杀兄，谋权篡位，其罪已诛。余者放下兵器，概不追究！"

两边的甲士一听，纷纷息战。常谷本想殊死一搏，但见手下甲士都扔下了武器，也只好投降。

范缨跑上前，扶起郑原一看，已气息奄奄，不由得悲恸万分。燕成也赶过来，泣不成声，道："国贼已死，平之何故不顾自身？"

郑原满嘴血污，却面带笑容，道："臣不读诗书，未通礼仪，然一心向士。昔蒙主公不弃，拜为股肱，荣华富贵已尽皆享有，夙兴夜寐，但求为苍生社稷为一有益之事。今既已成，此生无憾矣！"说罢，含笑而眠。

两人大哭一场。良久，范缨道："国不可一日无君，燕泽既诛，燕国无主，主公当速往蓟都正位！"

燕成这才起身，命人将郑原的遗体抬到自己的车上，亲自驾车。他回头看了看燕泽的尸体，命人将其尸体也装到车上，准备拉回蓟都。至于常谷，燕成叫人将他捆绑起来，一并押送回都。

范缨心下松了一口气，郑原不幸身亡，虽有遗憾，但众人多年来的努力总算没有白费，今日终于得偿所愿了。

走不多时，身后一队人马赶到。燕成一看，竟是高勤带着上百名甲士从后面赶来，一边高喊："大胆逆贼，竟弑君犯上，还不快快伏罪！"

燕成所带的兵士不多，只有二十多人，即便加上从燕泽那边投降过来的人，也不超过五十人。况且，这些新投降的士卒一旦发现两边打起来，必然又会站到敌人那边去。范缨心中大叫不好，这高勤虽与燕泽不甚相和，但与燕成更无交情，两边若是交战，只怕凶多吉少。

燕成掉转车头，迎上前去，道："高卿所言差矣，弑君之人正是燕泽，高卿不知所以，事贼数年，已是弥天大罪。今不思其罪，反倒欲伐有功之人，是何道理？"

高勤道："此皆传言，未见其实。公子身为一国司马，怎能妄听虚言！先君废长立幼，我知公子心中不服，觊觎国君之位久矣。国君纵有过失，然年少气盛，行事乖张自然有之，却也情有可原。而如今公子却以非常手段，弑君篡位，实非君子所为。"

燕成道："我知高卿不信此事，然事发之时，有一人亲眼所见，却并非虚言。"

高勤道："何人？"

燕成道："燕泽之母，当今太夫人姜氏。"

高勤摇头道："公子何其荒谬，纵然真有此事，其母怎肯承认其子有罪？"

燕成道："如果太夫人亲自指认，高卿信也不信？"

高勤道："如闻太夫人亲言，其子弑君，高某当信之不疑。"

燕成道："既如此，高卿不妨与我同往蓟都，面见太夫人，当面质询。"

高勤摇了摇头，道："公子今日之事，必早有预谋，想必宫中亦有伏兵。高某虽不才，却未必愚钝。"

燕成无奈，只好道："高卿稍安，可令众将士歇息片刻，我即刻命人前往宫中请来太夫人对质。"

高勤点头表示同意，命众将士就地休息，随时警戒。

燕成回转车头，对范缨道："此事非同寻常，非先生莫能达成！"

范缨道："主公勿忧，范某必不辱使命。"随即找了一辆快车疾驰而去。

范缨一路马不停蹄地来到燕宫，守宫的人却不肯让他进去，道："国君外出，任何人不得入内！"

范缨只得求见太夫人。守宫的军士道："太夫人深居简出，不见外人。"

范缨又道："那秋水呢？此人乃我内侄，现为宫中侍女，足下代劳，替我传句话，让她出来见我。"

军士摇头说不认得此人。范缨急得团团转，却一筹莫展。军士又道："宫门之外，不得逗留，速速离去！"

范缨只得到街对面不远处的一处酒肆里坐下，苦思良策。

却说燕成在半道见范缨左等不来，右等不来，也是心急如焚。高勤等得久了，只怕燕成是去搬救兵，道："范缨离去许久，至今不归，其中必有蹊跷。"

燕成只道："高卿少安毋躁。范先生乃守信之人，无论请得到请不到太夫人，其必然归来。"

高勤道："我只怕公子使诈，高某项上人头不保。与其让人谋算，不如你我决一死战。公子赢，自然就位为君，高某忠于其君，死得其所；如高某侥幸得胜，当另立新君，不使燕国内乱。"

燕成道："燕泽乃篡位之君，高卿助纣为虐已是大错，奈何执迷不悟？"

高勤道："死无对证，高某不敢信其有。"

燕成无奈，只好登车，决意与高勤一战。正在这时，后方尘烟滚滚，一辆马车疾驰而来。范缨站在车头上，远远喊道："两位住手，范某来也！"

燕成待范缨走近，喘息甫定，便道："先生只身一人归来，于事无补。我决意与高卿一战，以免众军士受苦。"

范缨道："主公且慢，老夫料定高氏无心久等，先走一步，太夫人稍后便到。"

原来，范缨在宫门苦苦等待，无计可施，正一筹莫展之际，抬头望见秋水从宫里出来，忙飞奔上前，将秋水拉到一边："谢天谢地，今日之事，就指望姑娘了！"

秋水道："太夫人知道公子与国君今日必有一战，不知结果如何，特命我出宫打听，先生可知近况？"

范缨道："老夫此来，正为此事。燕泽已诛，余者皆降，公子正率众归来。谁知高勤率甲士自后赶来，欲为燕泽报仇。公子寡不敌众，命我前来请太夫人。那高勤若知燕泽弑父篡位，必不肯为逆贼卖命。只是宫中乃禁地，我不得入内，在此等候多时，幸得姑娘出宫。就请姑娘速报与太夫人，请出銮驾，以救公子，久必生乱。"

秋水不敢耽搁，忙回宫将事情的原委告知姜文萱。姜文萱一听自己的儿子死了，此前对他的恨意也没了，一时心乱，犹豫不决。秋水道："请太夫人速速动身，如果晚了，只怕公子性命不保。"

姜文萱道："燕泽弑我夫，燕成杀我儿，二人皆我仇敌，我如何厚此薄彼！"

秋水不知如何应答，只得跑出宫去请教范缨。范缨道："亲子既死，继子即为亲子。若继子身死，燕氏旁支得国，太夫人将何以自处？"

秋水将范缨的话转告姜文萱。姜文萱道："言之有理。如若燕成身死，我岂不成一弃妇，又如何在燕国立足？我今助燕成谋就大事，于情于理，他都该善待于我。"于是命人驾车出宫。

范缨见姜文萱终于肯出宫，心下总算松了一口气，上前拜道："太夫人大义，燕国之幸也！"他见耽搁的时间太久，忙上了自己的车，对姜文萱道："老朽离开甚久，恐有变故，先行一步，告之公子。太夫人慢行！"

高勤本想就此了断，突然见范缨赶回来了，且并未带来军马，心下也松了口气，只道："太夫人何在？"

范缨道："即刻便到，高卿少安毋躁！"

不一会儿，姜文萱果然到了，见高勤身披铁甲，昂立于战车之上，似是求战心切，喝道："高卿此意何为？"

高勤道："公子谋反，诛杀国君。高某不才，愿效死力以报国君！"

姜文萱道："混账！燕泽弑父谋国，乃我亲眼所见。只恨我一妇道人家，未能大义灭亲，替先夫报仇。今幸得公子相助，方诛此国贼，上报先君沉冤，下解黎民之困。高卿欲杀公子，是想与我为敌，还是想与燕国为仇？"

高勤大惊失色，忙扔了长戟，跳下战车，跪拜于地，道："高某不敢！高某若知真相，怎敢与国贼为伍！"

其余的军士也纷纷扔掉武器，跪拜于地。

姜文萱看了高勤一眼，对燕成道："此人就交给公子处理，我先行回宫。"

燕成命人将高勤绑了，和常谷一并押到一辆车上，赦了其余人的罪，合兵一处，率众回都。

刚到城北门，他远远看见城头旌旗招展，人头攒动，一排排弓箭手已伏于城头。

燕成驱车上前，高叫道："我乃燕国公子燕成，速开城门！"

城头将士回道："无有我家将军号令，公子不得入城。"

燕成回问范缨："华钦原为都尉，自上回死于郑原之手后，如今何人守城？"

范缨道："其子华当继位。"

燕成叹道："冤家路窄！"

范缨道："主公可调营中大军破城。"

燕成道："破城之法，为不得已。我与华氏纵然结仇，如今为生灵计，亦不得不一试，华钦为虎作伥，其子或深明大义。"于是又驱马上前，道："请华将军答话！"

军士道："公子稍候！"说罢，便往回跑。不一会儿，军士带来一人，此人身披铁甲，腰悬利剑，与燕成冷眼相视。

燕成道："燕泽篡逆，今已伏法。望将军深明大义，放我等入城。今日之功，必有重赏。"

华当冷笑一声，道："燕泽乃当今国君，公子行凶谋逆，欲篡权自立，今反倒诬陷国君清白。华当念公子乃先君之后，不忍刀兵相见，公子速速离去，不得再来！"

燕成叹道："燕泽弑君篡位，国人尽知。将军奈何执迷不悟，为死者伥？"

华当倏地拔出剑来，道："休得胡言！若在此逞口舌之辩，我便即刻点兵出城，与公子决一死战。"

燕成只得退了回来，看看自己所带的一百多名军士，绝大部分是高勤、常谷手下投降过来的，即便这些人对自己忠心耿耿，也绝无可能攻下这固若金汤的蓟城。

燕成叹道："如今看来，只有调动三军，方能过得此关。"

范缨道："三军已待命多时，只等主公一声令下。"

燕成从怀中掏出兵符，交予范缨，道："速去！"

范缨去后，燕成看了看身边，只有几个贴身侍卫是自己人，此时若常谷、高勤二人高喊一声起事，自己性命堪忧。他忽然又想到，即使范缨带领三军前来，以蓟城城池之坚固，绝非一朝一夕可以攻下。若耽延日久，又必生灵涂炭。唉，这一次袭杀燕泽，终归还是仓促，诸多环节尚未考虑妥当。想到这里，他长叹了一声。

高勤问道："公子为何感叹？"

燕成瞟了高勤一眼，道："你我已是仇敌，何必在乎我何所叹？"

高勤道："高某若非听信太夫人之言，你我胜负未决。只是适才高某在等候太夫人大驾之时，公子信守诺言，手握三军而未曾调动一兵一卒来取高某性命。念公子非小人之辈，高某愿意一听。"

燕成道："如今你已为我阶下囚，待到回都时，命不能保，听之何用？"

高勤道："高某自愿弃兵就缚，生死已置之度外，又何道哉！"

燕成道："既如此，燕成愿意一说。如今华当怀杀父之仇，不肯放我等入城。三军到时，必玉石俱焚。军士损伤自不必说，城中百姓亦遭涂炭。燕成不忍如此，然如今又别无他法。"

这时常谷在一旁叫道："高卿休得多言！如今范缨离去，燕成手下不过二十人，其余之人皆你我手下，只要你我二人一声令下，为国君报仇，立即可成！"

燕成心下一惊，刚才真是大意了，没让范缨多留下点军士。这个时候，只需高勤一声令下，自己就性命不保。他有些后悔刚才把高勤绑起来了。

燕成看了高勤一眼，道："若如此，燕国永无宁日！"

高勤也看了他一眼，对常谷道："人常言，虎毒不食子。燕泽乃太夫人亲生，太夫人所言，必句句属实。今燕泽已死，先君唯此一脉，高勤命不足惜，却不愿燕国从此不宁！"

正在这时，从不远处山岗后冲出一彪人马，尘烟滚滚，遮天蔽日，须臾之间已到了眼前。燕成一看，正是蒙毅带了三千虎贲营军而来，不禁大喜过望。他正担心，即使高勤不会萌生反意，城楼上的华当见他们势单力薄，万一冲杀出来，自己也是凶多吉少。如今蒙毅带着虎贲营从无终赶回来了，燕成总算松了一口气。

高勤和常谷从未见过这么多骑兵，惊叹道："神兵自何处来？"

燕成道："此乃燕成家兵，专事骑射，来去如风，纵有上百兵车，亦不能敌。"

蒙毅跳下马来，拜道："末将来迟，让主公受惊了！"

燕成道："子决一路辛苦，且歇息片刻，等我号令。"

蒙毅将骑兵分为十队，一字布开，摆于城下。他走到燕成的车前，看到郑原的尸首，半晌说不出话来。燕成道："平之之死，彪炳青史！"

蒙毅点头，眼有泪花。常谷默不作声。

半晌，高勤道："我中原之地并无良马，公子供养此营，必定所费不菲。如此金贵之军，若用来攻城，实为可惜。公子且留下此营，日后北驱胡人，必造福燕国。老夫今有一计，可教华当献出蓟城。"

燕成喜道："果真？高卿有何妙计？"

高勤道："老夫与华家颇有交情，此华当小将，虽年轻气盛，却非其父那般愚昧无知。请公子为我松绑，我当亲往城楼，说其来投！"

蒙毅道："高大人此计乃金蝉脱壳，主公万不可上当！"

燕成想了想，亲自为高勤松了绑，道："燕国之兴衰，全系高卿一人之身！"

高勤抖了抖身上的尘土，一拱手："老夫去去便回。"说罢，大步流星地朝城门走去。

常谷笑道："此人一去，必不返也！"

蒙毅也道："主公何以轻信他人？那华当与我等有杀父之仇，如何肯就范？"

燕成道："高卿为人持重，非轻诺寡信之人！"

第二十六章 燕成正位

高勤来到城下，高喊开门。华当从城头探出身来，道："高大人来此何为？莫非为公子做说客耶？"

高勤道："某非为公子，实为将军。"

华当犹疑片刻，便叫人打开了城门。

高勤刚一入城，从城门后闪出一位后生，拉着他的衣袖道："趁燕成兵马尚未围城，速随我出南门而去！"

高勤定眼一看，是自己的儿子高元，拂袖道："纵使出得城门，又何以为家？"

高元道："我高氏世为国卿，天下之大，诸侯之中，择一君而事之，仍不失高官厚禄。"

高勤道："纵如你所言，你我二人逃离此地，那高氏一门数百口将何以自处？我儿之言，实为取祸之道！"

高元道："父亲奉国君之命诛杀公子，今事不成，已为阶下囚。燕成早已视父亲为心腹之患，今见攻城之难，故姑且用之，事后必追究其罪。"

高勤道："若舍我一人而保高氏一脉无恙，为父死不足惜。你休要多言，且随我登城，面劝华当。"

两人登上城楼，见了华当。华当道："大人休要为人作嫁，我与燕成有杀父之仇。今日相遇，我未趁其立足未稳而攻之，已是仁义之至。燕成若再盘桓城下不去，我必亲自领兵杀将出去，取其人头，为父报仇。"

高勤大笑，道："将军说说而已，必不肯出兵。"

华当一愣，道："何以见得！我出不出兵，你怎会知晓？"

高勤道："将军不出兵原因有二：其一，守城之兵皆燕氏之兵，非将军私兵，若将军果真出城，众人临阵倒戈，其势必然，届时将军何以自处？其二，今燕泽已死，若将军果真大胜，取燕成首级而得报私仇，使燕国无继位之人，将军必成燕国上下之敌人，如此一来，将军性命恐有不保！"

华当手按剑柄，脸上青筋暴露，怒道："大人莫非是来激我？大丈夫死则死尔，何足挂齿！如能快意恩仇，又何惧哉！"

高勤沉吟了一下，道："将军年轻气盛，自不畏死。只是华氏一脉，世守我燕国都城，从此绝户，岂不可惜！将军为一己之私，成就慨然之气，却连累华氏一家老小，死后又有何面目见列祖列宗？"

华当一怔，手慢慢从剑柄上移开，道："大丈夫有仇难报，又有何面目苟活于世！"

高勤道："将军此言差矣！昔日令尊受国君之命，郑原护卫公子左右，双方各为其主，两军交战，死伤难免，又何来仇怨？倒是令尊一心为主，并无二心，却为燕泽背了黑锅。如有仇怨，当记在燕泽头上，公子与令尊素无冤仇，若非自保，何至于伤令尊性命！"

华当沉吟半晌，道："高大人之言，自有道理。只是……只是那燕成已杀我父亲，视我为仇敌，我今日若放其入城，他日未必肯饶我性命。"

高勤道："将军如何得知公子视你为仇敌？"

华当道："适才公子欲进城，为某所拒，岂能不怀恨在心？"

高勤道："将军因父亲被杀之故，心有疑忌，自是难免。将军若趁此时，悬崖勒马，立即迎公子入城，公子必然心怀感激，又何来仇怨？"

华当道："此言有理，容某三思。"

高勤道："机不可失，将军当断不断，必为所患。"

华当道："此言怎讲？料他数千畴骑，不过利在突袭，若想攻城，却非易事。"

高勤道："适才老夫在城下听得明白，那范缨已持公子的虎符往军营调取三军。三军若到，蓟城必然不保，彼时将军再向公子示好，为时晚也！"

华当走到城垛边上，搭手向远处看了看，衰草连天，万里无云，道："大人休要唬我，三军乃抵御外敌之兵，岂能随意调动，反来围困自家都城？"

高勤道："如今燕泽已死，先君嫡子仅剩燕成一人，于情于理，其必为国君。将军阻国君入城，岂非意欲谋反，另立他人，抑或自立？国君调取三军，入城平叛，又有何不可？"

华当忙道："末将绝无此心！"

高勤道："既无此心，当速开城门，迎立新君，如此则将军仍不失拥立之功！"

再说燕成等人在城下左等右等，已经一个多时辰过去了，仍不见高勤下来，心下已有几分不安。蒙毅道："想必此人欲借机逃遁，不如我派人把住各个城门出口，断了他的念想？"

燕成道："高卿非贪生怕死之人，必是华当心生疑虑，不肯开门。"

蒙毅道："若他不肯开城门，必有谋逆之心，我当即时围城，令其就范。"

燕成道："不可！如若围城，彼唯有一战。今且按兵不动，示之以诚。况虎贲军士，素来以突袭为上，围城反有劣势。"他又往身后看了看，道，"范先生已去多时，仍不见回音，不知何故。"

蒙毅道："先生必以为主公意欲围城。围城非一日之功，三军人数众多，粮草辎重不在少数，若悉数备齐，非即刻可为。"

燕成点头道："华当若不就范，唯有此法！"

蒙毅道："华当如此顽固，何不请太夫人出面调停？某闻方才主公请来了太夫人，不费一兵一卒，高勤便束手就擒。现华当固守城门，主公又不忍刀兵相见，何不仿效之？"

燕成道："此一时，彼一时。高勤乃老臣，自知见太夫人如见君。而华当年少，未必肯听。况且太夫人方失独子，我不便再行叨扰。"

眼看日头西沉，一众人自早上之后粒米未进，此时又饥又渴，军心也有些躁动。蒙毅按捺不住，道："高勤老奸巨猾，想必是以此法疲惫我师，若此时华当趁机杀出，我军必占下风。主公不如暂且退去，寻一安全所在休整片刻！"

燕成思虑再三，道："也好！"正待起身，只见城门大开，华当和高勤引着一彪人马出城。

蒙毅被吓了一跳，立即吩咐众将士摆好阵势准备迎战。却见华当走近之后，跳下车来，朝燕成伏拜于地，道："末将有罪！末将一时糊涂，视公子为仇敌，几陷燕国于水火。今蒙高大人开导，悔恨不已，伏乞公子发落！"

燕成急忙上前，亲自扶华当起身，道："将军何罪之有！失亲之痛，人皆有之，此事不怪令尊，更不怪将军，所有罪责，全在燕泽一人。"

华当起身道："谢公子宽宏大量！公子不怪我，我却难以自谅，今都尉一职，末将实有辱使命，请公子另请贤才。末将愿手持长戈，为公子把守城门，日夜不息！"说罢，摘下身上的佩剑，呈给燕成。

燕成将剑仍交还给华当，道："华氏世守都城，劳苦功高，燕国上下，绝无第二人堪当此任！"

华当领了宝剑，道："城门已开，请公子入城！"

燕成回到车上，刚要起身，听蒙毅道："主公且慢，待末将先行一步！"

蒙毅带着百十号人走在前面。

燕成正要跟上，这时身后隐隐传来轰隆隆的声音，不由得停了下来。不一会儿，铺天盖地的车马越来越近，是范缨带着三军人马来了。华当看了高勤一眼，面无血色。

燕成命大军就地在城外扎营，只带了五百名军士准备入城。

蒙毅先带了一百名军士登上瓮城，检查各个角落，确定没有伏兵，这才让燕成进城。

燕成心怀忐忑，在一众人等的簇拥下进城，当他看到城中百姓纷纷走上街头夹道相迎时，心里才踏实了点儿。

人群之中，常谷趁乱挤到高勤身边，道："高大人救我！"

高勤道："高某自身尚且生死未卜，如何救你？"

常谷道："高大人不费一兵一卒，令华当率众来投，如此奇功，公子定当心存感念，纵然不赏，高大人亦绝无性命之忧。"

高勤道："高某若活，当尽力而为。"

燕成等人穿过蜂拥的人群，半个时辰之后，到了宫门口。燕成带着范缨和蒙毅入内，众宫女和内侍伏拜于地。燕成径往寿春宫拜见姜文萱，道："儿臣见过母亲！"

姜文萱道："你我年纪相仿，如此称谓，实有不妥。"

燕成道："家母早逝，太夫人既是继母，如今又痛失爱子，自此视燕成如己出，正当其时，如何不妥？"

姜文萱道："我儿实不成器，不然不至于此。你虽有此孝心，我实难受纳。待你大位既定，只需寻一别处安置我，便算有心。从此以后，我潜心修行，不与政事，方为上策。如今我只求你一件事，我儿虽自作孽，死有余辜，姑念我只有此一血脉，只图留其全尸，好心安葬。"

燕成只得暂且答应，便退了出来。范缨道："国不可一日无君，望主公早登大位，以安人心。"

燕成命巫师占了一卦，第三天便是吉日。燕成便命范缨速去准备，时间仓促，一切从简。自己也先回了司马府，命蒙毅严守宫门。

第三天燕成入宫，自立为君。念在姜文萱之功，燕成仍尊姜文萱为太夫人，也没有将燕泽五马分尸，只是将其枭首，命吴通将其首级送往中山国请罪，以图休两国之兵。他又命人在西山找了一块坡地，将其尸体草草埋葬，下令不得为其举丧，不得入祠堂。燕成拜范缨为上大夫，蒙毅为大夫，行君臣之礼。他又追封郑原为大夫，世袭罔替，因其子年幼，爵位暂空，待其成年后即可入朝为官。

一切安排妥当，只有高勤、常谷二人，燕成不知如何处置。此二人皆召公之时由周天子任命到燕国为卿，世袭至此，已传数十代。杀之，恐天子怪罪；不杀，二人曾跟随燕泽作孽无数，又恐国人不服。

高勤有功，燕成打算将功补过，放他一马。

至于常谷，是燕泽的首要帮凶，燕成打算将他发往市曹五马分尸，以儆效尤。高勤却道："常卿虽有忤国君，也不过是尽人臣之事，求国君饶其不死。"

燕成道："燕泽非仁君。常谷是非不明，助纣为虐。此人不除，人心不服。"

高勤道："昔日燕泽篡位，乃于宫中秘行此事，宫墙之外，非亲眼所见，谁人知晓？即便是国君，若非有太夫人作证，恐怕也难以定论。"

燕成道："高卿虽言之有理，然此人妄杀忠义之士，寡人若不除之，必教朝堂上下士人寒心。"

高勤道："郑原对国君忠心耿耿，其心可嘉，然彼时各为其主，郑原忠心，常谷岂非不忠？"

燕成怒道："高卿休要胡言，此人不死，寡人愧对平之在天之灵！我今看在高卿的面上，留其全尸，然其死罪难免！"说罢，命廷前侍卫将常谷推出宫门斩首。

不大工夫，侍卫提着常谷的首级回来了。高勤一看，叹道："如此说来，高某曾为燕泽同党，合该当死！"

燕成道："高卿知错即改，非执迷不悟之辈，且以口舌之功平定蓟都，有功于社稷，理当嘉奖。"

高勤道："我与常谷同朝为臣，辅佐燕氏已历三朝。今常谷因尽人臣之本分而遭诛，高某岂能独活！"说罢，拔出剑来，自刎于朝堂之下。

燕成感叹不已，道："真乃义士！"他命人传话叫高勤家人来收尸。

高、常二人虽死，然其祖荫不可废，自即日起，由高勤的嫡长子高波、常谷的嫡长子常山继承爵位，仍为燕国上卿。

至于宫中女眷，凡生了孩子的，男孩一律处死，女孩和妇人赐予甲士为妻；有身孕的，先送到宫外一处房舍安置，待孩子出生后同样处置。

令人为难的是，燕泽的正室夫人绿珠是齐国的公主，尚且年轻，其子燕冒刚过一岁，燕成不忍加害，令其携子返回齐国。范缨谏道："不可。绿珠年少，可返齐国再嫁。其子若一同返齐，日后必为大患。"

燕成道："燕泽仅剩此骨血，杀之不忍！况绿珠乃齐国公主，杀其子而遣其母，恐齐国震怒，引兵来罚。"

范缨道："欲成大事，不拘小节。绿珠只身返齐，犹可再嫁。若携子返齐，绿珠身为齐国公主，身居宫宇之中，其子日后必受人教唆，与国君为敌。"

燕成终是不忍，道："容寡人三思！"

当晚，姜文萱求见，道："国君既是为难，不如将冒儿交付与我抚养。我自令兄死后，已万念俱灰。冒儿终是我的血脉，今燕泽已死，唯此一子尚存，也算给我些安慰。我将他带往西山抚养，教其好好做人，日后必为国君所用。"

燕成道："如此甚好。"

第二天，范缨听说燕泽的儿子燕冒已经被姜文萱带往西山，愤然出宫，叹道："此子终将为燕国的心腹大患！"

一日上朝，文武百官朝拜已毕，燕成问道："寡人自即位以来，奖勤罚怠，兵戈不兴，国泰民安，国人欣慰。然我国北境时有戎狄进犯，如今冬去春来，正是戎狄青黄不接之时，以往年经验，戎狄不日便会大举南下劫掠，众卿有何妙策破之？"

范缨道："往日燕泽在位，荒芜国政，不修边防，致使戎狄时有进犯。我燕国自先君始，虽于北境多处设关镇守，然戎狄以骑兵见长，来去如风；而我北境自西向东绵延数百里，守关将士各自为政，戎狄行踪不定，我军顾此失彼，实难防卫。以老臣之见，莫如将各处关隘相连，筑长城以防，从此我北境将再无外患之忧。"

常山道："我国各处关隘，皆在险要峡谷之中，若将各关隘相连，修筑长城，需翻山越岭，照此筹算，所需劳工无数。且长城非一日可就，如此长年累月，四处征调民夫，必使我国力衰竭。先生此举，岂非疲我燕国！彼时若长城未成，而戎狄进犯，我以何力拒之？"

范缨道："修筑长城，的确耗费巨大；但若不修，戎狄每年进犯，掠夺无数，我燕国所失人口、财物，相较修筑长城而言，只多不少。"

燕成问道："高卿意下如何？"

高波道："修筑长城，实为劳民伤财之事，望国君三思！"

燕成又问蒙毅："蒙大夫有何高见？"

蒙毅道："我燕国地处华夏北陲，地薄人稀，物产贫瘠。近几年又征战不休，国人流离失所不计其数。今若再征调民夫筑城，恐百姓心有怨言。以臣之见，国君新登大位，当与民休息，不宜大兴土木，劳民之术，实不可取。"

燕成又问了其他几位大夫，他们都一致赞成不修长城，只有范缨一人坚持。于是他道："且问我国百姓，每年因戎狄进犯，所失财物几何？不可胜数！近闻漠北又兴起一蛮夷之族，凶残至极，所到之处，片甲不留，人称匈奴。如今匈奴尚在襁褓之中，若待其势大，我燕国即有累卵之危。长城虽耗费巨大，却是一劳永逸之事。今日若不修，待明日匈奴坐大，我等恐悔之晚矣。以寡人之意，以十年为期，每年择其紧要之处修之，十年之后，自成一线。至于所调民夫，就由各位卿大夫分摊，勿使扰民。"

一时之间，朝堂上议论纷纷。有人道："各位大人家中民夫有限，每年春耕秋收又不可耽误，十年为期，恐难以成。"

燕成道："另有，各处所获俘虏、流民，亦可充数，勿使闲置。各位爱卿还有何话？"

大夫们心下思忖，各自私语。这时门外内侍传报："居庸关尹李野求见！"

燕成道："请李将军进殿。"

李野进殿拜见完毕，燕成问道："将军远道而来，所为何事？"

李野道："末将镇守边关已有数年，每至草枯树黄之时，胡人缺衣少食，必南下掳掠。今我国虽在北境设有边关数座，然消息不通，各自为政，每有胡人南下，不能互相照应。而胡人擅骑射，长途奔袭一日数百里，致使我边关形同虚设。因此末将以为，不如将我边防关隘筑墙以接，连成一片，使互通消息，浑然一体。如此胡人欲过我边关，自是比登天还难。"

燕成听罢，哈哈大笑，道："将军之意与寡人不谋而合。此事就交由将军全权负责，具体事宜可与范卿商议。众卿还有何异议？"

众卿大夫只有点头，无话可说。燕成便道："既无异议，今日朝会到此，散朝！"

待众人走后，范缨道："国君雄心壮志，所需操劳之事多矣。然英雄气短，儿女情长。今万事皆妥，唯后宫无主。臣闻夫人在中山已得一子，国君何不遣人前往中山迎其回国？"

燕成道："我正有此意，且看吴通此番出使中山情形如何！"

第二十七章 修好中山

吴通带了十来个随从，一路风尘来到中山国，见到了中山国君鲜虞熊。鲜虞熊道："吴大夫远道而来，有何贵干？"

吴通道："奉寡君之命，特来修好。"

鲜虞熊道："听闻燕成以臣弑君，而后自立，可有此事？"

吴通道："非弑也，乃诛也！"

鲜虞熊道："此话怎讲？"

吴通道："鲜虞公有所不知。燕泽乃篡逆之徒，两年前于宫中弑父自立，外人概不知晓。今蒙太夫人姜氏大义灭亲，披露此事，寡君实奉太夫人之意，诛杀国贼，以正大统。"

鲜虞熊惊诧道："姜氏乃齐女。素闻齐国夷风夷俗，不知礼节，竟有如此深明大义之人？"

吴通道："实有此事。"

鲜虞熊道："如今你我两国正是交兵之时，吴大夫只身前来，就不怕寡人震怒，令你身陷囹圄？"

吴通道："两国交兵，不斩来使。鲜虞公身为尧帝之后，必知此礼。况外臣今日到此，正为两国休兵之事。"

鲜虞熊道："吴大夫言之有理，两国相交，不斩来使，何况两国缔结婚姻——奈何贵国竟杀我使臣十数人？"

吴通道："昔日杀使节之事，皆燕泽一人所为，绝非寡君之意。今寡君即位之初，便令外臣将罪臣之首级献于鲜虞公。"说罢，便将装有燕泽首级的匣子呈上，另有燕成亲笔国书一封：

燕成奉书再拜鲜虞侯殿下：家门不幸，致有贼子，先忤逆弑父，自立为君；

后穷兵黩武，侵扰邻国。昔成蒙南宫氏垂爱，喜结连理，更以两国百年修好视之。不料逆弟欲嫁祸于成，使成与贵国结永世之仇，遂起杀贵使之心。成茫然无知，亦险遭其戮。幸得左右死命，方得幸存。贵国之人，仅南宫氏幸免于难。今成初即大位，立诛此贼，特献贼人首级于鲜虞侯。此心可鉴，唯愿与贵国永世修好，结唇齿之谊。敝邑幸甚！

　　鲜虞熊看罢书信，略略吃惊，将信将疑地打开匣子，看了看，是一年轻后生的脑袋。他也没见过燕泽，便将曾出使过燕国的使臣易方喊来："易大夫且看，此为何人？"

　　易方走上前去，看了看，道："此人的确是燕泽！"

　　鲜虞熊长吁短叹一番，让人先领吴通到馆驿歇息，好让他们君臣商议一番。

　　吴通走后，鲜虞熊道："如此看来，燕侯确有诚意与我修好，众卿以为如何？"

　　中山国的众位卿大夫在台下议论纷纷，莫衷一是。鲜虞熊叹口气，就问南宫虎："南宫大夫有何高见？"

　　南宫虎道："臣虽与燕国交战数月，损伤无数，若论怨恨，臣实有之。然以今日之见，我中山与燕国结仇，确有误会。以臣之见，眼下晋国对我中山虎视眈眈，觊觎我国土已非一日。晋国势大，中山国小，当此之时，不宜两线作战，不如趁此良机，与燕国修好。自我中山移居河北以来，周朝诸侯莫不对我心怀忌惮；中原诸夏，亦视我为蛮夷。今若趁此良机，与燕国结盟，于中山国百利而无一害。"

　　鲜虞熊点头道："司马言之有理！"正想命人修国书予燕成，这时庭下一人道："南宫此言差矣！"

　　鲜虞熊一看，是大夫申未，便道："申大夫有何高见？"

　　申未道："周人常言，非我族类，其心必异。今燕侯新立，无暇他顾，故而以睦邻之策惑我。倘若待其羽翼渐成，日后其必翻脸无情，视我为仇敌，国君切勿轻信。"

　　鲜虞熊道："以申大夫之见，当奈之何？"

申未道:"华夏之人,言而无信时常有之。以臣之见,眼下不如与燕国虚与委蛇,来日趁其不备,直取燕国。燕国破,则我中山国拓地千里,疆域北抵燕山,东至大海。届时,即便是晋国来伐,又何足挂齿!"

南宫虎哈哈大笑,道:"申大夫真是狂妄无知。燕国自召公立国以来,已历千年,其间北方山戎、赤狄侵扰无数,燕国虽北征不暇,非但未遭削弱,反而因此愈发强大。今我中山,以戎狄之身杂处华夏,四邻视我为心腹之患,若此时伐燕,齐、卫、晋诸国焉能坐视?若诸侯趁我北伐之机,国内空虚,率兵来攻,我中山危矣!"

申未道:"司马用兵多年,何其胆小乃尔!今燕君新立,根基未稳,国中兵马多用以平定各方不臣之心,其边防必定空虚。我军若趁此良机,直捣蓟都,以迅雷之势,其城必破。蓟都破,余者必降。所谓兵贵神速,正在此意。待诸侯闻之,我中山尽占燕山以南,已是庞然大物,诸侯纵有此心,焉敢来犯?"

南宫虎道:"燕成非常人,我闻其人即位,燕国人心所向,莫不相庆。今申大夫妄言其根基未稳,实乃臆测。以臆测之心行攻伐之事,乃国之大祸。"

二人争论不休,鲜虞熊只好打断,道:"时日不早,众卿暂且回府歇息,此事明日再议。"于是散朝。

吴通回到馆驿,歇了一晚。第二天一早,他又去求见鲜虞熊,想知道他们商议的结果如何。不料鲜虞熊不见,说身体不适,改日再见。吴通心下明白,于是命四五个随从装上带来的礼物,朝司马府赶去,想趁此机会见见南宫燕,打探一下她的近况。

刚入府门,正好碰上南宫虎外出,吴通便道:"司马可知鲜虞公何病?"

南宫虎道:"未知。"

吴通又问:"司马可知鲜虞公病情厉害否?"

南宫虎道:"未知也。"

吴通道:"司马欲往何处?"

南宫虎道:"前往宫中面君……问其病因。"

吴通道:"司马公务在身,在下不便相扰。只是在下受寡君之托,欲往见令嫒,不知可否?"

南宫虎道:"小女正于家中调养,吴大夫请便!"说完就匆匆离去了。

吴通过了中门,求见南宫燕。不一会儿,一名家奴领着他到一间厢房前,隔着珠帘,他瞧见南宫燕端坐榻上,气色红润,满面春光,朝他道:"吴大夫光临舍下,有失远迎,不知今日到此有何贵干?"

吴通应声道:"受国君之托,前来探望夫人。夫人近来可好?"

南宫燕道:"燕成即位之事,我也有所耳闻。回想我与夫君离别之时,恍若昨日,不想倏忽之间,已有一年。如今他为国君,我诞下犬子,业已满月。吴大夫尽可回报夫君,我虽身居娘家,父母待我却如未嫁一般。大丈夫当以国事为重,勿以为念!"

吴通点点头,想了想,还是直说了:"不知夫人可曾想过何日归国?"

南宫燕一愣,道:"莫非你此番前来,想接我回燕国?"

吴通点头:"国君确有此意!"

南宫燕道:"既如此,燕成何不亲来?"

吴通道:"国君新立,诸事缠身,难以亲临。况天子有令,身为国君者,无故不得擅离封土亲临他国。国君今日已非往昔,诸事身不由己,还望夫人见谅!"

南宫燕道:"我中山乃狄人之邦,非华夏之国。我夫君纵然亲临,又有何不可?"

吴通道:"夫人言之有理。只是擅离封土,终归有违周礼。国君身为周臣,理当谨守。"

南宫燕叹道:"周人如此多礼,我甚是不习惯,只怕日后入宫,更多繁文缛节,教人不胜其烦。"

吴通道:"夫人不必多虑,宫中自有宫女侍应。"

南宫燕沉吟了一会儿,过了片刻,又道:"归国之事,容我三思,今日不便应允。吴大夫打算何日归国,可还有其他事?"

吴通道:"燕国欲与中山结盟,我在此等候鲜虞侯回音,归期未定。如有归期,定来相告。"顿了顿,又道:"夫人可否让臣下一睹公子尊容,夫人若不肯同归,臣也好回告国君。国君在宫中日夜挂念夫人和公子,臣此番可先代国君一观。"

南宫燕便命侍女抱着儿子出门让吴通看。吴通看了，满脸欢喜，叹道："子肖其父，果然不假！"

南宫燕隔着门帘问道："听闻国君此前已有二子，不知其年岁几何？"

吴通回道："长子十岁，次子八岁。"

南宫听罢，叹道："国君曾言要立我为夫人，若果真如此，我儿当为长子？还是三子？"

吴通知道南宫燕的意思，立马不吱声了。南宫燕仍道："若依你们周礼，我儿该何以自处？"

吴通被逼无奈，只好答道："若依周礼，夫人为继母，三位公子皆夫人亲生一般。"

南宫燕冷笑一声，不再答话，叫侍女将孩子抱进屋去。吴通只好告辞，命侍从将礼物留下。

回到馆驿，有人来报中山国君召见，吴通又匆忙赶往宫中。鲜虞熊见了吴通，道："我中山国人并非不通情理之人，既然燕侯诚心待我，我国必以赤诚之心相报。今以二月初一为期，两国于易水河畔缔结盟约，永不相伐。吴大夫以为如何？"

吴通回道："外臣即刻回报寡君，修两国之好！"他掐指一算，离二月初一不过十来天的工夫，得赶紧回国准备。

一夜无话。早上醒来，吴通又去求见南宫燕，道："臣下打算明日起程归国，不知夫人可愿随行？"

南宫燕答道："我夫既已临朝正位，而后宫无主，实为不妥。如今两国修好，我仍居娘家，于理不通，理当归国助夫君一臂之力。吴大夫且回馆驿准备，明日我在府前相候。"

吴通听罢大喜，立即回馆驿开始收拾行装。

第二天一早，吴通驱车来到司马府前，南宫燕已准备妥当，等候在那里。于是两队车马合为一队，一同往燕国赶去。

一天后，车队到达易水河畔，南宫燕回望中山，叹道："从此以后，我便是燕国人了！"

两天后，众人到达蓟城。燕成亲自出城相迎，扶南宫燕下车，道："你我一别，不觉之间已有一载，夫人一切可好？"

南宫燕道："妾身一切安好，一年不见，夫君倒是消瘦许多！"

燕成道："夫人远居他国，令寡人日夜挂念，岂能不瘦！"

南宫燕笑道："只怕是夫君国事缠身，日夜操劳，寝不安席，食不甘味，以致形削体瘦，干我何事？"

燕成大笑，携手南宫燕准备入城。南宫燕道："且慢，夫君竟不看看我儿如何！"

燕成忙道："寡人一心只想与夫人团聚，竟忘却了孩儿之事，该死！"

南宫燕命侍女将孩子抱下车给燕成看。燕成双手接过来，抚摸了两下，道："眉骨清奇，似夫人般貌美，老天垂青，寡人福气不浅。"将孩子交还给侍女，道："夫人请随我一同入城！"

两人并肩入城，百官相随。

按照事先约定的日期，二月初一，燕成带着范缨、蒙毅，率百十名甲士，到易水河畔与鲜虞熊缔结盟约。这边刚在河边扎下营寨，河对面鲜虞熊的队伍也到了，远远看去，约莫也只有百十来人，一边埋锅造饭，一边安营扎寨。

晚上，蒙毅带兵在四周警戒，燕成和范缨在帐中一边饮酒，一边商讨明日盟约的事。

第二天一早，河对岸派来使者，道："寡君请问燕公，今日盟会，是在哪边举行？"

燕成道："鲜虞公年长，自然是寡人过河前往。"

巳时，燕成便带着范缨和蒙毅以及十来名甲士，划了两只小船过河。

鲜虞熊出帐相迎，延众人入帐，并向燕成一一介绍他的随行官员，有南宫虎，有易方，有申未。

三人入帐坐定，留下十余名甲士在帐外守卫。鲜虞熊设下酒筵歌舞款待。酒至半酣，鲜虞熊道："燕侯既是召公之后，必知周礼，如今罔顾中原诸侯非议，竟与我狄人结盟，岂不怕周天子怪罪？"

燕成道："燕国弱小，自有生存之道。天子远居中国，岂知我边陲小国恶邻环伺！况鲜虞侯为尧帝之后，若论起来，与我华夏实乃同族。天子若知，必不计较！"

鲜虞熊道："昔日武王伐纣，以臣伐君，实为天下仁义之士所不齿。天下不事周者多矣，周人竟以蛮夷视之，实为自大。"

燕成道："召公乃武王之弟，昔日武王伐纣，召公亦在其中，若武王不臣，召公亦难辞其咎，则我燕国岂非罪人之国？"

鲜虞一时哑然，顿了顿，忙道："寡人酒后胡言乱语，燕侯勿怪！"

燕成道："祖上之事，我等后人不过听闻只言片语而已，岂能尽知，不可妄议！"

鲜虞熊连道："燕侯所言极是！"说完，端起酒杯向燕成敬酒，以示歉意，不料脚下不稳，险些跌倒，随手扯掉了身后的帐幔，露出帐后躲藏的十数名甲士。

一时众人惊呆，鲜虞熊也呆在那里。

蒙毅立即反应过来，持剑护在燕成身旁，一边喊帐外的甲士入内护驾。鲜虞熊却道："且慢！"他回转身来，凝视着自己的三位大臣，怒道："此乃何人所为？"

南宫虎和易方面面相觑，摇头表示不知。申未却踏步向前，慨然道："此乃臣下所为！"

鲜虞熊道："为何如此？"

申未道："臣恐国君有所不测，故在此藏匿甲士，有备无患。"

鲜虞熊道："适才你亲眼所见，燕国君臣过河，随从不过十数人，现皆站于帐外候命，所谓不测从何而来？"

申未道："燕国多有奇士，侍卫之中，或藏有高手。"

鲜虞熊道："以小人之心度君子之腹，如此会盟，诚意何在？"

申未还想说什么，鲜虞熊喝道："勿用再辩，分明是你想趁乱对燕国君臣下毒手！险些坏我大事！来人，拉出去砍了！"

燕成也吃了一惊，没想到鲜虞熊会作出这个决定，忙道："鲜虞侯，请三思！"

鲜虞熊道："燕侯无须多言，寡人诚心诚意来此会盟，此人竟罔顾我一番心意，一意孤行，欲陷两国于水火，实不能相容！"一挥手，两名甲士上前，将申未拉出帐外。

不一会儿，两名甲士进来，将申未的首级扔在席间的草地上，鲜血淋漓。众人都惊出一身冷汗。

鲜虞熊仿佛是解了气，对燕成道："燕侯既不顾非议，诚心与我结盟，我中山人岂能不识抬举！今日之事，实属意外，非寡人本意，惊扰了燕侯，万望勿怪！"

燕成道："既如此，你我不如及早歃血为盟，缔结文书，以免节外生枝！"

于是侍卫进来摆好牲畜，双方君臣站在一起，祭拜天地，喝血酒，签订盟约。双方约定，自即日起，两国互不侵扰；若有外国侵略，互相支援。

自此两国从边境罢兵，燕国一心应对北边的山戎，中山专注于南边的晋国，商贸车辆于两国间来往，络绎不绝。

第二十八章 埋骨桑梓

郑原的棺椁一直停放在家中，并未下葬。本来燕成下令要厚葬郑原，只是郑母不同意，说要带郑原回无终安葬，燕成只好作罢。子祺也要带着孩子一同去。范缨想派几个家丁护送他们到郑村，又不放心，想亲自送，无奈琐事缠身，一直没空，于是一拖再拖。如今好不容易国中无事，他便向燕成告了假，带领一家老小前往无终。

郑原是燕国的大英雄，范缨并不想让他死得默默无闻。从到无终开始，他就请了个鼓乐队，一路吹吹打打地向郑村去，好不热闹。

到了郑村，他先命人将棺椁停放在院中，并令鼓乐手暂歇。村子里的人听到响动，纷纷前来观望。这是范缨第一次来到郑村，之前他曾听郑原说过家境贫穷，却没想到郑原家里的境况远超乎他的想象。所谓的院子，只不过是用泥坯简单围了一下。房子也都破旧不堪，屋顶都是茅草，有几处都破了洞。倘若碰上刮风下雨，这屋里就和外面没什么区别了。所有的墙壁，长年累月地禁受风吹雨打，早已斑驳。想必是因为穷，有十多年没有收拾这房屋了吧。

范缨早已料到，郑母此次回乡，定然不肯再回蓟城。但若是女儿也留在这里，日后的生活不堪想象。

外面嘈杂，郑母请亲家和儿媳进屋，命侍女去备些点心。范缨见左右并无外人，道："亲家，老夫有一言，不知当讲不当讲？"

郑母道："我儿能有今日，全赖大人关照，一家人何必说两家话！"

范缨不知道她这是说好话还是说反话，也顾不得许多，便道："国君已将渔阳之地封给郑原。渔阳山清水秀，物阜民丰，是个十足的好地方，亲家为何不将贤婿葬于渔阳，却偏要葬在此处？"

郑母道："这里是我儿生养的地方，死了自然要埋于故土。渔阳在哪里老身都不知道，哪有拿他乡当故乡的道理！"

范缨道："既是如此，老夫还有一事相问。渔阳既是郑原的封土，也是日后你们活命的本钱，待郑原下葬后，你们是留在这里还是迁往渔阳？"

郑母道："当然是留在这里，我一把老骨头，活不了几年，死了也要埋在这里，还兴师动众地搬迁做什么！渔阳的事，就委托他岳丈费心打理了！"

范缨道："至于打理，范某义不容辞，亲家不必担忧。只是此地条件简陋，你等孤儿寡母，居此穷乡僻壤，万一有什么急事，生活多有不便。"

郑母看了子祺一眼，道："儿媳是娇贵之人，自然过不惯这里的日子，你母子二人还是回蓟都吧。我一个老婆子，在这里习惯了，不觉得简陋，给我留个侍女就行，死了好给你们报个丧。"

子祺忙道："婆婆何出此言！今夫君新殁，婆婆孤苦一人，儿媳此番前来，正是为了孝敬婆婆。婆婆不走，儿媳自当留下侍奉左右。"

郑母道："你父女二人就不用在此跟我客套了。自从郑原去了蓟都，我一个孤老婆子也过了一年多。实话跟你们说，我一乡下人闲散惯了，受不了都城里的那些繁文缛节。郑原一生辛苦，图的什么？不就图个封妻荫子？你回蓟都，好好抚养我孙儿，我也就没什么牵挂了。"

子祺看了父亲一眼。范缨道："既如此，我儿遵命就是，往后隔三岔五带梁儿回来看望奶奶，以解祖孙相思之苦。"

子祺终觉这样有些不妥，把一个孤寡老人扔在这穷乡僻壤的，会让外人说闲话，也有负郑原的在天之灵。范缨看出女儿的心思，趁郑母转身去了厨房，便道："郑母所言并非虚情，实乃出自肺腑。此地熟人熟路，不像在蓟城人生地不熟，她自觉活得洒脱，我儿不必自责。"

子祺点头称是。

第二天，一家人开始为郑原举办丧事，设灵堂，作法事，请了左邻右舍来吃丧酒。一时满院哀号，声彻天地。郑原在世时，并无几个朋友，死了左邻右舍倒也给面子，真哭假哭声不断。天快擦黑时，众人吃饱喝足，逐渐散去。估计不会再来人，一家人开始收拾残羹剩饭。谁知这时门外忽然来了一人，一进门，便冲着郑原的灵牌道："兄志存高远，非我等凡夫俗子可比。只可惜英年早逝，日后已无人与我谈心，人生之憾，莫过于此！"

范缨正站在不远处，忙走过去，问道："敢问足下尊姓大名？"

　　来人道："不敢！在下田方。想必先生就是范大人？"

　　范缨道："正是老夫。"

　　田方连忙施礼，道："久闻先生大名，今日得见，实乃三生有幸！"

　　范缨请田方落座，心想渔阳正缺个邑宰，早就听郑原说过这人，是个饱学之才，倒是个不错的人选，只是不知道他肯不肯屈就，于是道："贤婿曾对老夫言，田先生才学高深，今日一见，果然不同凡响。只是老夫有一事不明，还望田先生指教一二！"

　　田方道："指教不敢，大人请讲！"

　　范缨道："以田先生之才，若谋取功名富贵，如探囊取物，奈何屈居僻壤，独善其身？"

　　田方道："大人谬赞，田某不过略读诗书，粗通文墨，能在此教些小儿识字，已是莫大恩荣，岂敢复有他望！"

　　范缨道："今渔阳城尚缺一邑宰，不知田先生肯否屈就？"

　　田方笑道："渔阳乃郑原封地，田某尽知。照理田某与郑原乃莫逆之交，理当相助，只是在下所好，唯有诗书，于民政之事，不甚了了，十数年来，也闲云野鹤惯了，如勉力而行，恐有负大人重托，恕难从命！"

　　范缨叹道："果真是个隐士，老夫俗套了！"

　　第三天出殡，来帮忙的人也不少。一行人簇拥着郑原的棺椁，来到村北的山坡下，挖穴，立碑，忙活了大半天。待一切仪式举行完毕，往回赶时，天已擦黑。走到半道，子祺忽然道："坏事了。"

　　众人问怎么回事，原来是她走得匆忙，将随身的罗帕忘了。侍女道："辛苦夫人抱着孩子，我回去找便是。"

　　子祺看了一眼孩子，胖嘟嘟的，挺沉，想想回去的路还远，她可能抱不动，便道："还是你抱吧，我去去便回，不用等我。"说完就往回走了。

　　夜幕已经降临，初春的天气还有些冷，道路两旁是光秃秃的树枝，远处偶尔传来一两声乌鸦的叫声。子祺不由得打了个寒战，加快了脚步。

　　快到墓地的时候，子祺被眼前的景象吓住了：郑原的墓前竟站立着一个女子。她搞不清那女子到底是人还是鬼，心下一慌，忙躲到一垛草丛后。

只见那女子站在墓前，点燃了几炷香，又双手合一，口中念念有词。子祺大概听清了，话中大意是：你到那边要好好对待自己，这里的事情请你放心，你的母亲我会常去探望。

子祺立即明白了，这不该是鬼说的话，便慢慢走过去。那女子听见身后有响动，便回过身来，怔怔地看着她，半晌，微微屈身，施了一礼。子祺道："你是什么人？"

女子道："小女名叫秋菱，想必是惊着夫人了！"

子祺道："倒也没有，你……是来给我夫君上坟？"

秋菱道："夫人勿疑，我原本就是郑村的人，以前与尊夫为邻。郑大哥生前对小女多有帮助，我今日正好从无终城回来，便赶过来一拜，以表谢意。"

子祺也不理她，自顾去草丛中找丢失的罗帕。天太黑，她找了半天也没找到。秋菱便问："夫人找什么？小女可以帮忙！"

子祺道："倒也不是什么重要什物，一方罗帕而已。"

秋菱便也在草丛中帮忙翻腾，不一会儿，竟然找到了，遂呈给子祺。子祺接过罗帕，道："天色不早，你也早些回去！"便自顾自先走了。

晚上，一家人坐在一起吃饭。范缨感觉难以下咽，勉强吃了几口，就放下了筷子。他抬头看见女儿对面前的饭食一副兴致全无的样子，估计也是吃不惯这里的饭菜，想到她还要哺育孩子，便道："我儿好歹多吃几口，不可饿着怀中婴儿。"

子祺看了父亲一眼，突然问郑母："婆婆可认识一个名叫秋菱的女子？"

郑母突然一口粟米饭呛到喉咙里，咳嗽不已。

范缨和子祺互看了一眼，又一齐看向郑母，一时无语。

没住两天，子祺果然不习惯，问范缨："父亲打算何日回蓟城？"

范缨看出女儿的心思，道："为时尚早，如今国中无事，眼看山河解冻，春暖花开，你我二人不如在此多住些时日，闲来无事可以出门游山玩水，岂不快活！"

子祺道："女儿倒是无妨，只是梁儿年纪尚幼，这偏野荒村，春寒料峭，万一梁儿有个什么头疼脑热，此地又无医馆，当如何是好？"

范缨道："不妨事，为父好歹也懂些医术，万一有恙，为父自忖尚能应付。"子祺还想说什么，范缨压低声音道："郑原刚刚下葬，头七未过，身为未亡人，怎好离去！"

子祺点头道："女儿明白。"

用过早膳，范缨独自漫步，来到村子对面的竹林，步入书院，耳旁立即传来琅琅的读书声，不由叹道："真是个好所在！"

话音未落，田方从一间偏房里走出，拱手道："不知大人驾临，有失远迎！"

范缨一拱手，道："闲来无事，不觉被琅琅书声引领至此。"

田方请范缨到房中落座，奉上清水。范缨道："此地山清水秀，唯书声相伴，先生徜徉其中，便是神仙，也不过如此。"

田方道："田某素无大志，唯好读书，不比郑原，令大人见笑。"

范缨道："教书育人，乃国之根本。燕国可以无范某，却不可无先生。"

田方道："大人过奖！晚生唯此一技之长，聊尽绵薄之力耳。国之大计，还须仰仗大人。"

这时远处传来悠悠的琴声，范缨一时听得入迷，道："此为何人所奏？竟似高山流水！"

田方答道："晚生同僚。先前此处仅晚生一人在此授课，后来有同好者相继加入，至今已有四人，晚生也落得清闲些。不然，大人此番前来，晚生也无暇照应。"

说到这里，范缨想起心中一事，道："老夫有一事，想与先生商议，不知可否？"

田方道："大人有话请直言，晚生洗耳恭听。"

范缨道："郑原有一子，即老夫外孙，日后读书一事，可否委托先生？"

田方道："大人莫不是拿晚生取笑？以先生之才，早晚教习，令外孙必得真传，晚生岂敢班门弄斧！"

范缨道："先生有所不知，老夫平生所学，以谋略居多。梁儿幼小，不宜过早跟随老夫学习。人之为人，若心中无有正气，而又通晓各种谋略，非国之幸也。老夫之意，令其先随先生学习诗书，习得浩然正气，待其成年，再随老夫研习治国方略，如此日后方可造福社稷。"

田方略一点头，道："大人言之有理，只是诗书正气，大人本身有之，一样教习，何必舍近求远？"

范缨道："我每日忙于国家政务，眼之所及，皆阴谋诡计之事。梁儿若跟随我左右，耳濡目染，只怕诗书未曾习得，诡诈之术却一点即通。人心向恶，从来从善者难，从恶者易。梁儿日后必将入朝为官，掌管国家大事，若得向善，实乃社稷之福。"

田方连连点头，道："大人思虑之远，田某不及也。大人所求，敢不欣允！"

范缨道："既已说定，你我便以五年为期，待梁儿长至五岁，我便带他前来拜师，如何？"

田方道："谨遵大人吩咐！"

两人又说了些闲话，范缨见天色不早，便告辞出来，还未出门，只见一名女子领着一个四五岁的孩童进来，叫道："田先生，我把柱儿带来了，你来看看！"

田方回道："秋菱一路辛苦，快到屋中歇息片刻！"

范缨觉得这个名字好耳熟，便好奇地回了下头，只见那女子虽已为人母，却生得粉面皙肤，模样可人。他一时想不起来在哪听过，便匆匆离去。

回到郑原家，郑母在院中劈柴，子祺在房间里喂孩子，几名侍女也都各自忙着。范缨百无聊赖，便去帮郑母劈柴。郑母连推带搡，道："去去去，你们读书人哪干得了这个？还是我这庄稼人来吧！"

范缨无奈，只好回到屋里，幸好他还带了几捆书，便在案上打开来了看。刚看不了几卷，房间里的孩子开始啼哭，他书也看不进去了，于是就到外面随处走走。村子很小，没走几步就又转回来了。他忽然想起郑原曾经跟他说过，离这不远处的山中有位铸剑的高人，名叫残月。他不但剑铸得好，诗文也好，对国家大事亦了如指掌。听说他是越国人，千里迢迢到此，必事出有因。范缨一直遗憾，自己长年待在无终，只知道燕国的一些事情，即使是后来燕成经常召他到蓟都商量大事，他对外面诸侯列国的事也并不知晓。已经记入史册的事，他倒可以看到，但对于最近在各国发生的事，他还真是知之甚少。燕国地处北境，中间又有个中山国阻隔中原，即使是周天子从洛阳城里发下什么圣旨，燕国也是最后一个才知道。这位剑客既是从越国远道而来，途经数国，必定对各国的事有所了解，自己不如去找他切磋一番，或有收获。

想到这里，范缨竟兴奋不已，忙命侍从去套车。这时子祺从屋子里出来，道："父亲要去哪里？"

范缨道："前往山中寻一隐士。"

子祺道："几时归来？"

范缨道："归期未定。山中隐士，神龙见首不见尾，几时寻着尚且不定，何况归期！"说罢，就跳上了车。

子祺追出院门，道："若是宫中来人，我如何转达父亲？"

范缨大笑道："我儿放心，如今燕国国泰民安，无甚要事。即便有事，待为父回来处置不迟！"

正说着，一名快马急驰而来，停在门前，道："国君请范大人速回蓟都，有要事相商！"

范缨脸一沉，道："可知何事？"

快马道："齐国大军犯我南境，国君请大人回去商讨计策！"

范缨大惊，半晌，喃喃道："我儿莫非神算子！"

子祺心中暗暗好笑，道："父亲想去寻访神仙，看来是不成了！"

范缨道："齐军犯境，非同小可！我儿且在此多住几日，为父先行一步！"说罢，掉转车头，跟随快马疾驰而去。

第二十九章 南拒齐国

原来绿珠回到齐国后,向齐侯大肆数落燕成的不是,说燕成弑君夺位,把她赶回齐国,还夺走了她的孩子。齐喜听完大怒,安慰了女儿几句,亲自整顿兵马,要来燕国替女儿女婿报仇。

燕成得到消息时,齐军已渡过黄河,连下两城,便急忙召范缨回来议事。

范缨连夜进宫,见了燕成,道:"国君召见,想必事情紧急。"

燕成道:"齐军已连破我两城,照此下去,不出一月,我燕国将被齐国所灭。"

范缨道:"可知齐军为何伐我?"

燕成将齐国的战书往书案上一扔,道:"还不是这个绿珠,寡人好心待她,反倒惹来大祸。"

范缨道:"国君可修书一封,回复齐侯,道明原委。"

燕成道:"齐侯正在气头上,恐于事无补。"

范缨道:"无论如何,修书一封,可缓解齐侯心头之气,如此齐军攻城势头或可减缓。齐军一缓,给我以喘息之机,我军便可趁此良机结集南下。"

燕成叹道:"寡人都气糊涂了,寡人这便修书给齐侯。"

半个时辰之后,燕成写好了。范缨拿过来一看,道:"燕泽罪不容诛,此乃我燕国大事,齐侯无权干涉。然驱逐齐女,纵使仁至义尽,在齐侯看来,亦为不妥。齐侯心疼小女,怒而发兵,实为小女出气,为燕泽正名之事,不过是师出有名罢了。国君于书中当言辞恳切,自揽其罪,齐侯方解心头之气。"

燕成叹了口气,道:"我为三军司马时,何时受过这等屈辱!分明是齐女颠倒是非,齐侯失察,反倒要寡人认罪,岂有此理!"

范缨笑道:"三军将帅,主在奋勇杀敌;一国之君,当忍辱负重。此为缓兵之计,国君佯为屈身,待我军击退齐军,此一时之辱可一笑了之。"

燕成只好又回去重新写，前面照旧把燕泽杀父篡位的事说了，但对于遣送绿珠回齐，以及把燕冒扣下的事，承认自己处置失当，言辞恳切，句句肺腑。他还说，燕国无意与齐国为敌，假如齐国退兵，他必亲至疆场请罪。

范缨看了，连连点头，道："如此或可感动齐侯。"

燕成便立即召见吴通，道："速将此书送往齐军，面呈齐侯。"

吴通领命而去。

第二天，燕成和范缨亲自来到北大营，点校三军，向南进发。行至半路，快马来报，齐军正向平舒城结集。范缨道："平舒若失，我南境便形同虚设，三军全速前进，一日之内赶到平舒。"

到了平舒城，却发现城外并无齐军的踪影，燕成感到奇怪。范缨道："想必是齐侯看到国君的书信，暂缓攻城。"

燕成领一军进城，让陆焉、刘铭各领一军于城外扎营，以为策应。进城之后，来不及歇息，燕成忙召平舒守将方达问话。方达道："开始之时，齐军攻势甚猛，渡河后连下河畔青、梁两座小城，我军抵挡不住，退守平舒。前日，齐军调集三军，准备围城，恰巧吴大夫赶到，未及进城，持国君书径自渡河去见齐侯。不久，齐军便退，青、梁二城也只留少许兵马把守。"

燕成道："看来齐侯略有悔意。"

范缨道："未必。齐国自桓公之后，皆酒囊饭袋之徒。今齐军稍有懈怠，国君不如趁此良机夺回青、梁二城！"

燕成摇头道："此时夺城，岂非激怒齐侯？万万不可！"

晚上，吴通从齐军大营返回，求见燕成。燕成道："齐侯可有退兵之意？"

吴通道："齐侯托臣带来国书一封，请国君过目！"说罢，便呈上齐喜的书信。

燕成看罢，气得将书信往地上一摔，竹片顿时飞得满地都是。范缨道："国君何以如此动怒？"

燕成忿然道："齐侯无礼，竟要我割青、梁二城作为赔罪之礼！"

范缨道："国君息怒，臣有一计，可夺回二城。"

燕成稍稍平了下怒气，道："先生请讲！"

范缨道："国君可修书一封，回复齐侯，约于后日午时在黄河北岸交割城池，明日由吴大夫送往齐营。趁其不备，我军于明日三更时分夺城，可一举而得。"

燕成道："寡人早该听信先生之言，齐侯果真贪图小利之辈。"于是又写了一封书信，约齐喜一日后于黄河北岸交割，让吴通明天一早就把书信送过去。

第二天，吴通一出发，燕成就开始召集陆焉、刘铭进城议事，让二人当晚三更时分各自领军去取青、梁二城。

青、梁二城原本是平舒城的子城，平日只是用来囤放兵械、粮草，守军不多，所以齐国不费吹灰之力就拿下了。齐国占领后，也只各派了千来人把守，作为攻击平舒城的前哨。燕成不愿割此二城，并非这两座城池有多重要，只是如果这两城在齐国手中，那平舒城就是齐国的囊中之物。平舒城若丢，齐国在黄河北岸有了前沿阵地，随时可以攻入燕国腹地，蓟城也就曝露在齐军的眼皮底下了。

当晚，吴通就回来了，说齐侯看到书信后很高兴，正与众将摆宴庆祝。范缨叹道："利令智昏！"

当夜子时，两军开始造饭，三更出发。等到天快亮时，快马回报：两城皆已收回，齐军渡河往南逃去了。燕成长吁一口气，道："初师告捷，幸甚！"

范缨道："此乃小胜。齐侯闻之，必然大怒，若引全军来攻，其势甚大，我军当做好应敌之策。"

过了两天，齐国整顿兵马，果然渡河来袭。燕成命五千弓箭手守于北岸，等齐军的渡船行至河中心，万箭齐发，齐军死伤无数，哀号声一片。齐军见形势不利，立即鸣金收兵。燕成道："幸得有河水相护，齐军奈我若何！"

范缨道："河水可阻齐军一时之攻，却未可久安！"

果然，齐军歇了一天，又强行渡河。船分两排，前面是步卒，后面是战车。燕成依然命弓箭手于北岸放箭。箭如飞蝗，眼看就要射到齐军，船上的齐军纷纷拿出盾牌挡在船头。瞬时，战船插满羽箭，形同刺猬，齐军却毫发未伤。燕成大惊，一时无计可施，齐军却已近岸。燕成忙命弓箭手退后，各将士立即套车上阵。齐军纷纷跳上岸来，左右刺杀。弓箭手退避不及，纷纷倒地。燕军将士匆匆驾上战车，还未摆开阵势，后面齐国的战车已经从船上飞驰而下，一阵掩杀。燕军抵挡不住，退守平舒城。

齐军登岸后，就地下寨，并不急着攻城。燕成一时无计可施，齐军却在前军的掩护下纷纷渡河，南岸只留了几千人马守护粮草。

燕成立于城头观看，道："齐军全军渡河，来日必有一场恶战。"

齐军占据黄河两岸，中间船只来往络绎不绝。齐喜沾沾自喜，于中军帐中摆宴庆功，歌舞声穿破云霄，直达平舒城。

燕成召众将议事，道："齐军恃功而傲，其意必怠，不如今夜劫营。"

范缨道："不可，齐军初来，其势正锐，万不可与之交锋。"

燕成道："若不趁其骄纵之时击之，来日于我军不利。"

范缨道："不如假以时日，待其锐气过后，见机行事。"

燕成道："若其明日攻城，我军当如何？"

范缨道："我军尚有二军屯于城外，以为呼应，齐军恐遭我两面夹击，必不肯围城。倒是青、梁二城，恐难自保。"

第二天一早，探马来报，青、梁二城又失。燕成扼腕道："二城得而复失，于我军不利，先生可有良策破敌？"

范缨道："青、梁小城，不足挂齿。国君当速做守城之备，来日齐军必攻平舒城。"

燕成道："先生昨日尚言，齐军忌于我城外二军，必不肯来攻城，如何今又必来？"

范缨道："此一时彼一时，昨日不来，只因有青、梁二城牵制。今二城已失，齐军无后顾之忧，必来攻城。若得平舒，犹得我燕国南门，齐军岂肯坐失良机！"

燕成道："守城之法，望先生指点一二。"

范缨道："无他，死守耳！"燕成大惊失色。

一连三天，齐军却并不来攻城。燕成感觉奇怪。范缨道："国君切勿懈怠，齐军以此疲我，令我不备。"

又过了一天，齐喜亲自领兵出动，于城下摆开阵势，叫燕成前来答话。范缨道："国君可将齐侯引至近前，我于城头埋伏弓弩手，待其靠近，国君速撤，我军万箭齐发，不怕齐侯不死。"

燕成摇头道："非我不愿取胜，此等诈术，非君子所为。齐侯若死，当死于我剑下。"说罢，披挂上车，引十乘战车出了城门。

两军对圆，齐喜驱车上前两步，喊道："燕侯何在？"

燕成也驱车上前两步，道："燕成在此，齐侯有何见教？"

齐喜上上下下打量了他一下，道："篡逆之君，何敢应声？"

燕成道："篡逆者乃公之贤婿，非寡人也。"

齐喜鼻子里直吹冷气，道："一面之词，寡人如何能信！燕泽曾为世子，父死子继，天理昭昭。况燕泽即位之时，上达天听，天子有册立文书在案，诸侯莫不知之。你为一己之私，诬其篡位，私行废立，天子可知否？天下诸侯又有谁人认之？"

燕成道："燕泽确曾被立为世子，然先君却死于其手，如何不是篡逆？弑父篡位，天下之人莫不诛之。齐侯身为东方大国之君，何以能容忍如此大逆不道之事？"

齐喜道："燕泽弑父，你可亲见？"

燕成道："非某亲见，齐侯之妹却是亲眼所见。"

齐喜一愣，道："休得诬寡人！"

燕成道："正是令妹不忍家父含冤九泉，故而令燕成除此逆贼，以振朝纲！"

齐喜连连摇头："岂有此理！人谓虎毒不食子，舍妹纵然糊涂，如何肯令外人诛杀其子？"

燕成道："齐侯不信，可差人亲至我国问个究竟！"

齐喜道："如今寡人的妹妹生死未卜，寡人正率三军北上燕国问个究竟，竖子何不快快让道！"

燕成喝道："岂有此理！"挺戟便朝齐喜刺来。

齐喜也不示弱，持戈相接，怒道："寡人今日来与燕侯讲理，如何不宣而战？"

燕成道："燕泽谋我亲父，我手刃仇敌，乃燕国分内之事，齐国是非不分，贸然兴兵，是何道理？"

齐喜道："绿珠乃我爱女，堂堂齐国公主教人驱逐，岂不令天下诸侯笑话？"

燕成道："我念令嫒年纪尚轻，令其返齐再嫁，一番好意，你却恩将仇报！"

齐喜冷笑道："绿珠已为人母，你令其母子分离，灭绝人伦，反倒说好意！文萱也当壮年，尚可生养，如何不让她返齐？"

燕成道："姜氏乃一国之母，何去何从，岂是晚辈所能左右！燕冒乃逆贼之子，论理其罪当诛，今我留其性命，也是看齐侯的面子。齐侯不识好歹，反领兵伐我，实乃是非不分！"

齐喜道："寡人纵然是非不分，也不似你满口胡言！"

燕成道："燕成句句实话，倒是令嫒满口胡言，诬陷好人！"

齐喜道："前番你两次以书信诈我，也是实话？"

燕成一时哑然，刺了一戟，道："两军交战，兵不厌诈！"

齐喜一闪身躲过，道："燕人无信，想必文萱与冒儿生死不明。"

两人你一言，我一语，大战了十来回合，不分胜负。

蒙毅见状，一挥手，命众将士一齐上前厮杀。齐军将士也纷纷上前。两边一阵厮杀，各有死伤。范缨见齐军势大，担心燕成吃亏，忙命人鸣金收兵。

齐军担心燕国城外的两支军队从背后杀来，不敢恋战，也收了兵。

燕成收军回城，道："寡人正待与那老儿决一死战，先生为何鸣金？"

范缨道："国君乃千金之躯，怎能在万军丛中逞匹夫之勇！国君若有闪失，我军岂能久持？不如回城，商讨退敌之策要紧！"

燕成卸了披挂，道："先生神机妙算，可有退敌之策？"

范缨听出燕成的话里有怨气，道："暂且没有！"

燕成道："既然没有，如何同我商讨？"

范缨道："非范某无策，只因国君意气用事，恐于三军不利！"

燕成忙道："寡人一时气话，先生切勿同寡人一般见识！寡人诚心请教先生退敌之策！"

范缨略一笑，道："适才我听国君与齐侯答话，心中已有一计！"

燕成道："何计？"

范缨道："可请太夫人至此，不费一兵一卒，齐军可退！"

燕成道："倒是妙计，只是太夫人自从隐居于西山，不问国事，更不肯下山一步，寡人如何请得动？"

范缨一听，也犯了难，道："当今燕国，若非国君，恐怕已无第二人可以请得动太夫人！"

燕成忽然灵光一闪，道："先生却忘了一人！"

范缨道："何人？"

燕成道："当初太夫人欲往西山隐居，宫女之中无一人肯前往，唯有一人甘愿相伴左右，终老一生。"

范缨恍然大悟，道："国君所指，莫非秋水姑娘？"

燕成道："正是！太夫人隐居西山，亲自抚养冒儿，除两个内侍照应外，只有秋水与其常伴左右。如今两人朝夕相处，寸步不离，情同姐妹。先生若请秋水姑娘说情，必肯一行！"

范缨叹道："说起秋水，老夫心中实为有愧。此女乃我从乡野买来，送往宫中，助我立下大功，老夫却未能为其寻个好归宿！"

燕成道："秋水虽出身贫贱，却是心高气傲之人，寡人欲留其在宫中，她亦是不肯，又如何肯嫁人？以寡人看，此女当真看破红尘，情愿孤独终老，如今能与太夫人相伴，如何不是个好归宿！"

范缨道："国君言之有理，老夫即刻动身，前往西山！"

燕成道："先生此去，当定归期。齐国若来攻城，我当奈何？"

范缨道："以三日为期，成与不成，老夫必归。国君只需坚守不战，待老夫归来，必有计较。"

于是范缨辞了燕成，驾一辆快车，径往西山而去。

第三十章 西山隐隐

范缨只带了两个随从，一路快马加鞭，来到西山。在乡民的指引下，一行人来到一处青峰下。山间路窄，马不能行，三人只能弃车步行。走了半个时辰，仍是空山枯木，渺无人迹。范缨走累了，便找了一块大石头坐下喘口气。

不远处传来溪水声，随从道："先生想必口渴，我去替先生打些水来。"去不多时，打来一壶水。

范缨喝了水，道："此处有溪水，有水必有人家，不如逆此溪而上。"

于是三人沿着小溪往上游走。一个时辰之后，见有一位侍人正在河边担水，范缨便上前问道："此处可是太夫人别宫？"

侍人答道："正是，先生从何而来？"

范缨道："北平大夫范缨，有要事求见太夫人，烦请通禀一声！"

侍人道："大人请随我来！"

侍人放下水桶，领三人上山。转过一片树林，眼前是一条碎石路，路的前方是座月亮门，侍人在门前停下，道："诸位在此稍候，待老奴前往通禀太夫人！"

不一会儿，内侍出来道："范大人请进——二位军士在此等候！"

范缨随内侍进了门。前面是个小花园，不过春天刚到，这山中尚有寒气，院中并没有什么花草。只见前方是个小殿，挂着珠帘，那姜文萱就端坐在珠帘之后。

范缨忙上前行礼，道："下臣拜见太夫人！"

姜文萱道："先生免礼！先生年事已高，不辞劳苦，来此必有要事！"

范缨道："正是。今齐国以我国诛杀燕泽之故，兴兵来伐，三军锐不可当，我军连尝败绩——"

姜文萱打断了他："我已退隐于此，不问国事，先生无须跟我讲这些。"

范缨愣了愣，一向能言善辩的他也有些迟疑了，道："只是——只是齐国兴兵来伐，皆因燕泽之故。齐侯不信燕泽弑君之事，只道是燕成弑君夺位——"

姜文萱又一次打断了他："我已说过，我退隐在此，不问国事，先生休要拿国事烦扰我！"

范缨一时哑口无言，只好直接道："臣此番前来，有一事相求！"

姜文萱道："讲！"

范缨道："请太夫人起驾，于两军阵前向令兄道明原委，如此齐国罢兵，燕国无忧矣！"

姜文萱道："两军交战，自有尔等须眉男子相敌，如何请我一妇人退敌，岂不教人笑话？"

范缨道："臣奉国君之命，前来请太夫人，只因——"

姜文萱道："老身离宫之时曾言，今生老死山林，誓不下山，便是国君亲临，老身也不为所动。先生请回，趁天色尚早，速速下山，此间山路难走，以免误事！"说罢，起身离去了。

范缨愣愣地站在院子里发呆。多少年来，他从没为任何事情犯难过，可眼前这事，确实让他为难了。

出了院门，两名随从眼巴巴地看着他。范缨只是摇了摇头，叹口气，道："走吧！"

刚走出两步，他猛地醒悟，道："险些忘了，秋水——"他四处打量，并没有看到秋水，刚才那位侍人也不见了踪影。

范缨不好再闯进去，只得站在门口等。又过了半个时辰，只见秋水从山下走上来，背着个竹筐，里面装满了各种蔬菜，后面跟着一名内侍，也背着个竹筐，筐里满是粮食。范缨连忙上前，叫道："秋水——"

秋水也看见范缨了，欣喜道："大人！"从背上卸下竹筐，交给那名内侍，打发他先进去，然后对范缨道："大人何不进屋？"

范缨道："适才已进过了。"

秋水道："许久不见大人，近来可好？"

范缨道："老夫还好，你呢？这山里的生活，可还习惯？"

秋水笑道："没什么不习惯的，比我以前在山村里好多了！"

范缨道："比宫里也好吗？"

秋水噘了噘嘴，想了想，道："不怕大人怪罪，宫里哪有这里自在！"

范缨道："那就好！你如今跟着太夫人，也算有个依靠。"

这秋水姑娘，几日不见，仿佛换了个人，以前无论在乡下还是在宫里，总是低眉顺眼，现在却活泼了许多。范缨满是欢喜，看来燕成说得有道理，秋水喜欢这样的生活。

秋水左右打量了一下那两位随从，道："大人进屋吧！大人远道而来，让秋水给您倒杯水喝，尽尽孝心。"

范缨道："恐怕会打扰太夫人。"

秋水道："不妨事！这里山高水远，平日里也不会有人来，今日来了贵客，太夫人高兴还来不及呢！"

范缨只好跟着进去。秋水带他进了一间偏房，端上水。范缨尝了一口，道："山间之水，味甘清冽，不错！"

秋水道："是我亲自担来的呢，大人若是喜欢，走时可带一壶去。"

范缨道："使不得，你这里出入不便，担水辛苦，我喝这一盏足矣！说到这个，老夫倒是忘了——"从怀里摸出一个东西来，递给秋水，道："年前有人从西域带来此物，赠与老夫。老夫半百之人，岂用这个！倒是姑娘戴着合适，一直想着给姑娘，只是不得便，今不凑巧，就带来了。"

秋水一看，是支玉簪，满心欢喜，道："谢大人！"

在屋里待了一阵，范缨感觉身上暖和了，又聊了几句闲话，就准备起身告辞。秋水道："大人今日前来，不单是为看秋水，当有别的事吧？"

范缨迟疑半天，道："说来惭愧，老夫今日确实有求于姑娘！"

秋水道："大人何故如此见外，有什么事大人尽管盼咐便是，秋水理当效劳！"

范缨道："当今燕、齐两国交战，齐军势大，我军难敌。眼看社稷不保，范某不得已来求太夫人。只因我燕国遣返齐国公主，齐侯心中不平，便引兵来伐。那齐侯乃太夫人之兄，齐侯以不知舍妹生死为由，不肯罢兵。故我星夜兼程来此，请太夫人南下临阵，以退齐军。无奈夫人不肯，范某无计可施，特央姑娘相助。"

秋水想了想，道："请夫人下山，便是秋水也难。不过秋水倒有一法，可救燕军。"

范缨道："何法？"

秋水道："太夫人虽不能亲临，但或许可写书信一封，大人将此书信转交齐侯，岂不两全？"

范缨道："太夫人肯写书信？"

秋水道："燕国乃燕国人之国，国若亡，我等皆为奴隶。夫人纵不肯下山，却断无不肯救燕国之理！"

范缨道："若如此，便是最好！"

秋水道："大人在此稍候，秋水这就去求书信！"

一炷香的工夫，秋水回来了，呈上一卷书简。范缨一看，见其中写道：

吾兄无恙：近闻吾兄领兵伐燕，以燕驱齐女之故。燕国之事，一言难尽。昔泽谋父夺位，吾亲眼见之。后其跋扈日益，不思修德，又诛其兄，囚禁其母。妹日居深宫，裹足难行，不得已会同燕成，共谋逆子。燕成继位，怜泽妻孤苦，故令其归国，以享天伦。妹本有归国之意，无奈年岁已高，恐遭人耻笑，故隐居山林。今闻两国交兵，皆因泽起。为此不肖子，吾兄大举兴兵，何其谬也！不如早弃干戈，重修旧好，社稷幸甚！苍生幸甚！

范缨看了，道："多谢秋水姑娘！"

秋水道："大人不必客气，往后若有事，只消吩咐便是！"

范缨再三拜谢，道："前方战事正紧，老夫当速速离去，不便多留，告辞！"

秋水送他到碎石路的尽头，道："大人慢走！"

三人沿着溪边小道下山，到山脚下时，天已擦黑。范缨让两名侍从去把车找回来，他在这里等着。晚风凄凉，两人刚走出几步，忽听得背后有异响。众人回头，看到树丛之中有六颗发着荧光的珠子。范缨惊道："此为何物？"

两名随从冲上前来，一字排开，挡在范缨前面，道："大人靠后，此乃中山狼，想必跟随我等已久。"

范缨道："三只野兽而已，何足惧哉！"拔出佩剑准备迎战。

三只中山狼互看一眼，各扑一人。两名随从都是久历杀戮之人，一人一只，很快就解决了。范缨一剑没砍中狼的要害。那狼受了伤，暴跳如雷，又朝他扑来。范缨躲过，衣服被撕去了一角，天黑路滑，他脚下一空，竟跌倒了。那狼一看，机不可失，飞身跃起就朝范缨扑来。两名随从正转身，看到了这一幕，想出手相救已然来不及，不由得心里一紧。

正在这时，一柄宝剑破空而出，不偏不倚，正好穿透中山狼的脖子。中山狼应声倒地。这时从树林中走出一人，来到狼的尸首边，拔出宝剑，把剑在狼身上擦干净后，插剑归鞘，也不说话，准备离去。

范缨忙道："足下留步！"

那人站住，仍不答话。

范缨道："足下高名？"

那人道："先生有何见教？"

范缨道："足下出手相救，老夫岂能不知恩公姓名？"

那人道："举手之劳，何足挂齿？"

范缨道："足下武艺高强，非常人可比，自然不以为意。然方才足下出手，已让我等大开眼界。老夫范缨，乃燕国北平大夫。足下若不嫌弃，留下姓名，也算你我相识一场，如何？"

那人转身看了范缨一眼，略一抬手，道："原来是范先生，久仰大名！在下岑芜，游历到此，不想无意之中却遇先生，幸会！"

范缨奇怪道："足下识得我？"

岑芜道："燕国之中，谁人不知！"

范缨道："不知足下此番欲往何处，老夫有车，可送足下一程！"

这时两名随从正好把车赶过来了，道："先生军务要紧，耽误不得！"

范缨上了车，招呼岑芜上车。

岑芜不动，问："先生何往？"

范缨道:"平舒城。"

岑芜道:"平舒正是两军交战之地,先生此去,莫非救城耶?"

范缨道:"正是。"

岑芜道:"今燕、齐两国交战,以先生观之,何方胜算多?"

范缨道:"齐强燕弱,齐国胜算多。"

岑芜道:"既如此,先生此去,岂非自投罗网?"

范缨道:"生为国士,当以死报国。死不足惜,但尽绵薄之力耳!"

岑芜道:"既如此,某当随行,以助先生一臂之力。"说罢,也上了车。

范缨道:"足下当何以助我?"

岑芜道:"尚未知也!"

车驾起程,一路朝南奔去。岑芜双手抱剑,目视前方,一声不语。范缨看着他的样子,忽然想起郑原曾经跟他提起过的一个人,上次去郑村的时候,他本想去拜访这个人,可惜没有成行,难道今晚竟在此巧遇?于是他便道:"足下行游四海,久历江湖,必知天下名剑!"

岑芜道:"略知一二。"

范缨道:"金乌剑可知?"

岑芜看了他一眼,道:"未知。"

范缨道:"玄冰剑可知?"

岑芜道:"略知。"

范缨道:"足下何方人氏?"

岑芜道:"四海为家。"

范缨心下叹道,真是个怪人,看来他不想说,别人也问不出什么了,不管那么多了,先回平舒城再说。

第二天一早,一行人到了平舒城,范缨直入府中去见燕成,道:"太夫人誓不下山,不得已求得书信一封,或可一用!"

燕成接过书信,展开看了,道:"料想齐侯见此书信,当无话可说。"忽然发现范缨身后站着一人,惊道,"此何人也?"

范缨道:"侠士岑芜。老夫于山下偶遇中山狼数只,幸得此人相救,不然今日难见国君。"

燕成忙命侍卫斟酒来，奉与岑芜，道："请！"

岑芜打量了燕成一下，略一施礼，端起酒一饮而尽，也不答话。范缨道："此人武艺高强，不在郑原之下，或可助我破敌！"

燕成点了点头，吩咐人给岑芜安排帐房。待他走后，对范缨道："此人是何来历？为何行为如此怪异？"

范缨道："国君勿怪！此乃江湖人士，不惯礼节！"

燕成将信将疑，道："只怕是来混些酒饭而已。若仗此人破敌，教我三军颜面何在！"

范缨笑道："国君多虑了，权当老夫报答救命之恩罢了。至于破敌，自当仰仗我三军将士。"

歇了一宿，第二天一早，燕成召集众将于府中议事，道："今有太夫人书信一封，乃劝其兄罢兵之意。此书需直达齐侯，如今两国交战，何人愿往敌营走一趟？"

吴通道："臣愿往！"

燕成道："吴大夫前番两次假传和书戏弄齐侯，齐侯若见到你，必有怨气。吴大夫稍歇，寡人当另遣他人。"

范缨道："国君若不弃，老臣愿往！"

燕成道："先生连日舟车劳顿，当好生休养。三军调遣，不可少了先生。"

范缨道："两国交兵，不斩来使，老臣此去，可保无恙。既然无恙，老臣愿往敌营一观，察其军情，所谓知己知彼，百战不殆。"

燕成也实在派不出别的人，只好道："先生此去，当多携礼物，以示我诚意！"

范缨道："国君想得周全。"

午膳过后，范缨带着姜文萱的书信和一箱金玉珠宝来到齐军大营，面见齐喜。

齐喜见了他，笑道："燕国无人耶？竟派出如此年迈老夫出使！"众将大笑。

范缨毫无介意，道："寡君自视为后生，若派后生前来，于齐公实为不敬，故遣与齐公年齿相仿者出使，方显慎重。"

齐喜一时被噎得无话可说，堂堂一国之君，也不好发脾气，只道："燕使前来，有何贵干？"

范缨先献上珠宝金玉，道："寡君拜见前辈，当以礼为先。"

齐喜看了一眼满箱的金玉珠宝，道："齐国地大物博，金玉珠宝比比皆是，燕侯以此小小薄礼贿我，于寡人眼中不过浮云耳！"

范缨又递上书信，道："闻齐公甚是想念胞妹，外臣不辞劳苦，特往蓟都求得令妹书信一封，星夜赶来转呈齐公，请齐公过目！"

齐喜一愣，接过书信展开一看，半晌不作声。

范缨松了一口气，看来即便姜文萱没有亲自到场，这封书信也一样起作用。

谁知齐喜突然将书信往地上一摔，怒道："燕人惯使诈术，此信必然有假，休想诓我！"

范缨大惊，道："此信乃令妹亲笔所书，如何有假！"

齐喜道："伪造书信，于你燕国岂是难事？"

范缨道："令妹的笔迹，莫非齐公认不出？"

齐喜道："以你范大夫的本事，仿造舍妹的笔迹，岂非易如反掌！"

范缨无话可说，只道："莫非齐公决意与燕国一战？如此两国生灵涂炭，于事何补？"

齐喜道："燕成竖子目中无人，寡人今且教他见识见识何谓大国！燕国弹丸之地，竟敢与我齐国为敌，不自量力！你速回报燕成，教他整顿好兵马，来日与我决一死战！"

范缨长叹一声，出了齐营。

第三十一章 三战齐军

范缨回到平舒城，将事情的经过都告诉了燕成。燕成紧绷了脸，道："齐侯欲逞大国之威，我军唯有以死相拼。唯有取胜，方能退敌，无须再委身求和。"

眼下的情况，范缨心知肚明。因为要防止塞北的胡人南下牧马，这次燕军南下迎敌，虽说也是三军，但只带了一半的人马，另一半的人马留在大营，以防北方有变。而齐国带来的人马至少是燕国的两倍，燕国要想取胜，谈何容易！

燕成见范缨紧锁眉头，道："先生可有退敌之策？"

范缨道："相机行事。"说罢，便告辞回自己的营帐了。走到半路，他忽然想起那个岑芜，便绕了几步，想去看看这位神秘的人物在干什么。还没走到岑芜的营帐，他就听见鼾声如雷，掀开门帘一看，岑芜喝得酩酊大醉，正躺在卧榻上睡大觉，地上散落了好几个酒坛子。范缨看了直摇头，怏怏地回到自己的营帐，看看天色不早，随便用了些膳食，就睡了。

天一亮，就听见帐外人声鼎沸，范缨起床穿衣，召来侍卫，问外边是怎么回事。侍卫说："齐军已将平舒围困，方才国君着人来请先生到府中议事！"

范缨叹口气，让人传早膳，吃了几口，先到墙头走了一圈，然后去府中见燕成。

燕成道："先生何以姗姗来迟！齐军已将我团团围住，我军将何以自处？"

范缨道："无他，突围出城。"

燕成一愣："如此，则弃平舒不顾？"

范缨道："平舒城小，不足以供养大军。齐军如此围困，不消数日，城中断粮，则我军必乱。不如出城，后方有粮草供给，我军可与齐军相持于平地。"

燕成觉得不妥："我军长途跋涉，来此正为守城，如今弃城而去，岂不前功尽弃？"

其他的将领也纷纷附和，说齐军刚一围城就弃城而去，是不是太窝囊了，

| 第三十一章 | 三战齐军 · 255

还一仗没打呢！

范缨一人难敌众舌，道："齐军兵车五百乘，我城中仅有百乘，若弃城而去，齐军急于夺城，或可突围。今若固守，兵少将寡，难以久持。请国君裁之。"

燕成一看主战的人多，精神为之一振，道："齐军远来疲惫，我军当予以迎头痛击！若一味固守，待齐军养足精神，更难取胜。"

于是燕成领车二十乘出城杀敌，不到半个时辰便败退回来，检点一下随军将士，伤亡近半，痛心不已，只好固守城中不出，道："敌军将我围困城中，使我消息不通。陆、刘二将屯兵城外，却不知我用意。若两下夹击，齐军必败。"

范缨道："老臣力主国君弃城，正在此意。我军屯于郊野，看似败绩，却与三军联络便捷，互为支援。齐军占有平舒，必心生骄纵之心，我军可趁机取事，待击退城外的齐军，再回来夺城不迟。"

燕成道："言之有理，只是如今齐军势大，难以突围。"

范缨道："老臣已于城头察看数次，所谓围城必缺，齐军围我平舒，唯北门最弱。以老臣度之，北门外必有伏兵。齐军之意，在诱我从北门突围，而后聚而歼之。老臣不才，可将计就计。我军可佯装从北门突围，却集全力突围东门而去。与此同时，于城中举烽火，陆、刘二人见烽火，知城中有事，必引军来援。"

燕成道："就依此计！"

于是当天半夜，燕成命蒙毅领兵车十乘从北门佯装突围，自领大军自东门而出，范缨于城中点燃烽火。陆焉、刘铭看见城中烽火起，各自领兵朝平舒赶来。陆焉在东面，先到东门，看见燕成正在突围，于是两面夹击。东门的齐军渐渐招架不住，溃散而去。这时范缨也带人从东门出来了。刘铭在西面，到了西门外一看，没什么动静。左右一看，北门外火光冲天，想是有事，忙朝北门赶去，见蒙毅正与齐军激战，忙上前助阵。

燕成与陆焉合兵一处，来到北门外二十里处，果然发现齐军的伏军。全军出击，双方大战一场。

北门外的齐军本就是虚张声势，兵马不多。刘铭战不多时，就将蒙毅解救出来了。他率军往北跑二十里，正碰上燕成在和齐军的伏兵激战。两下夹击，齐军立即溃散了。

天亮时，燕军点校军兵，损失了兵车三十乘、步卒两千人。燕成命陆焉、刘铭各自回营驻防，自己离城北三十里下寨。

平舒城已空，齐军不费吹灰之力就占领了燕国南边最大的城池。齐喜大喜，大摆酒宴，犒赏三军。

虽说顺利突围，但丢了平舒城，燕成很是沮丧。范缨反而道："如此平舒已失，国君不必记挂于怀。当务之急，乃寻机杀敌，齐军若损耗巨大，必退兵而去。"

燕成道："我军屯于郊野，齐军据于城中，若论杀敌，恐于齐军有利。"

范缨道："非也。我军屯兵城内外，兵力分散，反不利于调遣；如今置于开阔平野，消息互通，调度灵活，反是用兵良机。"

燕成道："寡人不明所以，且看先生一展身手。"

范缨道："决不负国君重托！"

燕成道："想必先生已有妙计，不妨告知寡人。"

范缨道："其一，围城打援。"

齐军原本集中在一处，占了平舒城之后，怕燕军围城，也不敢将所有军队都放在城中。况且平舒城中还有官府百姓，也放不下那么多的军士。于是齐军也将军队一分为三，齐喜领中军在平舒，另两军被派往青、梁二城。

燕成问范缨："先生莫非欲攻青、梁二城？"

范缨道："攻其必救，方能打援。"

于是范缨让燕成自领中军佯装去攻平舒城，让陆焉、刘铭二人各领一军于青城的半道伏击，道："务必全歼！"

燕成道："梁城之兵岂不顾耶？"

范缨道："若分兵，难以全歼敌军。若梁城之援兵到了平舒，国君当立即撤离。"

众人依计而去。燕成带了兵车百乘、步卒八千，以及投石车、云梯无数，去攻平舒城，只打北门，别的城门不管。陆焉、刘铭各领兵车五十、弓弩手五千于青城半路埋伏。范缨坐镇大营指挥调度。

燕成开始攻城不久,青、梁两城果然派兵支援。梁城的援兵一路无阻,暂且不说。单说青城的援兵,听到快马传来消息,深恐国君有失,匆匆点兵点将上车,朝平舒飞驰而去。走到半路,路过一片河谷,见两旁高地上突然闪出一群人马,箭如雨下,齐军一片哀号,纷纷倒地。一阵攒射过后,燕国的战车冲出,人砍马踩,齐军又死伤无数。剩下的齐军伤的伤,逃的逃。陆、刘二人眼看大胜,率众撤离。

两人边说边笑地往回走,看见两名齐国军士正在前面鼓捣战车,身上满是血污,伤痕累累。陆焉驱车上前,道:"你等还不逃走,莫非在此等死?"

齐国军士施了一礼,道:"将军,不是我二人不想走,只是车陷泥中,走不动了。"

陆焉下车看了看,果然是一只车轮陷在泥中。他只伸出一只手,竟将车从泥里抬起来了,齐国军士一拉马,车就出来了。两位齐国军士赞道:"将军神力,难怪我等今日败于将军麾下!"两人上车,驾车走了。

陆焉也回到车上。刘铭提醒道:"且不知国君那边战况如何,你我不妨前去看看!"

陆焉道:"也是,若梁城来援,国君退避不及,岂不坏事!"

两人忙率众向西赶去,远远看见平舒城北门外空空如也,道:"国君已退,我等速速归营复命!"

这一战,齐军在青城的士卒几乎全溃,剩下的不到三分之一,多是伤兵,退往黄河南岸去了。

齐侯大怒,要全力攻打燕军营地。大夫陈文道:"万万不可,今我军刚刚大败,已挫动锐气。此时意气用兵,必招大祸。如今之计,不如整顿军心,伺机而出。"

齐喜哪里肯依,道:"令各军厉兵秣马,明日与燕军决战。"

燕成眼看范缨一计得逞,万分欣喜,道:"先生可依此计再剪除梁城的齐军。"

范缨道:"只怕齐军不会上当。齐军此翼必须剪除,只是得另寻他法。"

燕成道:"有何妙计?"

范缨道:"其二,诱敌深入。齐侯经此一败,心必不忿,来日必来挑战,诸将需做好应敌准备!"

果然,第二日,齐喜就领着大军北进,离燕营五里下寨,同时向燕成送来战书,约定明日于阵前交战。燕成按照范缨的计策,当晚拔寨而起,后退十里。

齐喜一早醒来,听说敌军远遁,便下令三军追击。陈文谏道:"国君切勿深入,以防燕军有诈。"

齐喜道:"燕军如此不堪一击,有诈又如何?"便不听陈文的劝告,依然追击。

追到燕军营地一看,人去营空,地上满是散落的粮草、辎重,齐喜笑道:"燕军如此狼狈,必不堪一击,三军勿歇,再接再厉,勿使敌军逃遁。"

齐军又追出十里,沿途看见燕军丢弃的战车、马匹。齐喜愈发确信燕军已乱,此时只需追上去掩杀一通,便可全胜。陈文谏阻不住,便派快马前去打探。不一会儿,探马回报:"燕军旌旗不整,人马杂沓,三三两两,正朝蓟城撤去。"

齐喜高兴万分,道:"不如一鼓作气,攻入蓟城,从此令燕国俯首!"

陈文道:"敌军分明是骄兵之计,国君切勿上当!"

齐喜不以为然,道:"陈大夫何必如此小心翼翼!寡人行兵打仗多年,所见阵势千千万,似燕军这等不堪一击之老弱残军,滥竽充数而已,剿些山戎毛贼尚可,若要与我齐国为敌,简直是以卵击石,不自量力。陈大夫无须多虑,寡人今日便可荡平燕军主力,令其从此唯我齐国马首是瞻!"

于是,齐军又往前追击了十里,却并不见燕军。

齐喜不由得驻足下车,眼前是一片沼泽,沼泽前面是一片树林,雾气重重,看不清路。他不由得吸了一口凉气,以他多年打仗的经验,倘若在这种地方设下伏兵——

还没等他想清楚,只听得一阵弓弦响,从前方树林里飞出无数羽箭。与此同时,两旁的沼泽地里突然钻出许多步卒,呼啸着朝这边冲杀过来。

齐喜大喊一声:"撤!"

他急忙掉转马头回撤,不料地软泥湿,战车一时陷在泥地里出不来,忙招呼后面的步卒前来推车。车轮陷得太深,半天也没推上来,齐喜一着急,亲自跳下车来，还没站稳，一支羽箭正好射在他的左腿上。他大叫一声，站立不稳，倒在泥地里。御手陈文和戎右连忙跳下车，和众步卒一起把他抬上车，又让四名步卒到前面去牵马，这才把战车从泥地里拉了出来。

两旁的燕军步卒已经冲到了齐军面前，前方树林里停止了放箭，也涌出一群步卒。戎右左刺右挑，好不容易杀出一条血路，带着齐喜往南奔逃。齐喜从车斗里挣扎着起身，看着身后的军士还在搏杀，许多战车陷在泥里出不来，军士被敌人的步卒所杀，心痛不已，道："燕军诡异，不使战士为伍，却以步卒与我使诈，果真是偏居北荒，尽习戎人之气！"

回到平舒城，齐喜伤口疼痛难忍。随军郎中给他治了伤，上了药，道："还好，没有伤到筋脉，已无大碍。不过国君得歇息个十来日方可行动，不然伤口复发，再难治疗。"

齐喜一边饮酒一边道："身为一国之君，不能亲临阵前杀敌，怎可以腿疾而偷享安闲？"

郎中道："国君不知，眼下春暖花开，伤口极易化脓，若此次未能治好，再治便要更费周折，恐半年十月方能医好。"

齐喜只好道："依你便是。想寡人腿上有伤，站立不稳，不能登车作战，实在可恨！燕人如此无礼，此仇寡人必报之！"

到了傍晚，败退的齐国残军陆陆续续回来了。一清点，这一仗又折去了五千兵马。齐喜懊丧不已，召陈文前来道："寡人悔不听陈大夫之言，致有今日！"

陈文道："国君勿忧，臣有一策，可制敌军！"

齐喜道："卿有何妙策，速速讲来！"

陈文道："此番敌军取胜，所仗者无非地形。我军孤军深入，不明地形，故有所败。今三军遭此大败，挫动锐气，不宜再战，只可深沟高垒，以待敌军有变。敌军屯兵郊野，粮草消耗巨大，必求速胜。平舒城坚池深，足可自守。今梁城孤悬于外，敌军必伺机而动。国君可暗中再往梁城增兵，以防敌军偷袭。敌军若偷袭梁城，即令城中军士举烽火，我军速从平舒出兵，袭其后路，如此可得胜。"

齐喜听罢，连连点头，道："就依陈大夫所言！"

燕成得胜之后，依旧南下，离平舒城三十里下寨，问范缨道："先生第三计将若何？"

范缨道："齐军经此大败，必坚守平舒不出。此时正是取梁城的大好时机！"

于是燕成当夜派了一万兵马去偷袭梁城。

梁城虽小，却不是一时半刻能攻下的。燕成亲自领军，指挥众将士攻城。激战两个时辰，损却兵马无数，眼看就要拿下梁城，谁知齐军突然从后方杀来，大肆掩杀。燕军毫无防备，损去许多将士。燕成急命大军后退，自己却被齐军围住，厮杀了半天也不能脱身。燕成暗暗叫苦，没想到自己竟折在一个小小的梁城上。正在危急关头，蒙毅率兵从左侧杀来，给他解了围。众人边战边退，齐军倒也不追赶。回到营地，人困马乏，清点将士，燕国损失了三千士卒。

范缨出营相迎，自责不已："老臣失算，致使国君蒙此大难。老臣有罪，请国君处置！"

燕成道："胜败乃兵家常事，岂是先生一人之过！"卸去盔甲，回到帐中倒头便睡。

齐喜见梁城不但未失，还大败燕军，军心鼓舞，不由对陈文刮目相看，道："陈大夫果然妙计！今敌军大败，军心挫动，可否乘胜追击，大破燕军？"

陈文道："今日之胜，只是小胜，不足以撼动燕军军心。依臣看来，今燕军挫败，数日之内必不敢出战。今平舒、梁城暂保无恙，国君当趁此良机，自南岸往此加紧运粮，补充军士，以备来日决战。"

齐喜道："何日可决战？"

陈文道："只需粮草充足，便可一战。此外，臣帐下有一猛士，力大无穷，国君若肯召来，必为国君所用！"

齐喜道："何人？"

陈文道："臣下家臣方生，日前受臣指派，南下江东。臣昨日得知，此人已回临淄，国君若不嫌弃，臣即刻招此人前来。"

齐喜道："陈大夫所举荐，自当不是凡人，可速速招来，于帐前听令！"

第三十二章 江湖人士

燕成召众将士于帐前议事，道："连日来，燕、齐两国，尔虞我诈，互有胜负，损兵折将，却于战事无补，如今齐军依然占据我平舒、梁城。来日不如与齐军决战，一较高下。"

众将多日闷在帐中无仗可打，纷纷赞同。范缨不语。燕成看了范缨一眼，还是忍不住问了一声："先生以为如何？"

范缨垂首道："国君所言极是！"

于是一切准备停当之后，燕成带领一百辆战车、三百甲士、七千二百步卒前往平舒求战。

齐喜立于城头，道："燕军今日整军而来，不似有诈，谁敢出城一战？"

只见阶下闪出一人，道："末将愿往！"

齐喜一看，是一位少年将军，名唤崔悦，便道："燕军狡诈，将军多加小心！"

于是崔悦领了一千兵马出城。

燕成一看，齐军只出来一辆战车，道："谁能擒杀此人？"

许晋驱车出阵，道："小小年纪，竟敢单车出城，待我前去教训教训此人！"命御手驱车直入。

两车交汇，只一回合，许晋竟被崔悦刺下车来。许晋翻滚在地，还未爬起来，就被对方生擒而去。

燕成大惊，道："少年英雄！诸将切莫大意！"

陆焉一看，早已冲将出去，直取崔悦。两车来来回回战了几十回合，不分胜负。陆焉心想，果然少年英雄，想必涉世未深，我且使一计，定教他吃我一招，于是佯装败走。崔悦果然年轻，眼看就要取胜，见敌人败逃，哪里肯放，急急追来。陆焉瞅准时机，拈弓搭箭，一箭正中崔悦咽喉，崔悦当场毙命。

燕军一片欢呼。陆焉举弓过顶，高叫道："谁敢来战？"

齐军接连派出两员大将，都被陆焉一一刺于车下。齐喜紧皱眉头，问众将："何人敢前往应战？"

齐军众将竟无一人敢应声。

这时，陈文上前道："不如令方生前往？"

齐喜道："燕人多诈，草莽之人未必能应对。寡人不信，我军中竟无一人可用！"

这时从阶下又闪出一员大将，道："末将愿往！"

齐喜一看，是左军将军柴让，便道："柴将军出马，定能获胜！"

柴让领兵出城，只交战数回合，陆焉又佯装败走，柴让紧追不舍。齐喜眼看陆焉又要使诈，在城楼上大喊："柴将军小心！"

柴让似乎没有听见，依然追击。

陆焉瞅准时机，又拈弓搭箭，朝柴让的咽喉射去。柴让只是头一偏，闪过来箭，长枪已探至陆焉的背心。陆焉心里一惊，忙一闪身。柴让手一抖，陆焉立即被枪杆弹下车来。

柴让掉转车头，陆焉已从地上站起，退下阵来，刘铭早已驱车挺戟而上。战了几个回合，两人不分胜负。刘铭心道，齐人果然骁勇，不妨我也智取。于是他驱车败走，柴让照样穷追不舍。刘铭拈弓搭箭，"嗖"的一声放出一箭。柴让心想，又是这种小把戏，岂能哄我！他头一偏，却发现并没有箭飞来，正迟疑间，刘铭的箭已到眼前，柴让忙往右躲，箭透左臂，血流如注。原来刘铭第一次只是拉了一下空弦，并没有放箭，趁柴让诧异的时候才真放了一箭。

柴让败下阵来，退回城去。刘铭在城楼下朝齐喜喊道："齐军非我对手，齐侯不如早早退还城池，回齐国去，两国从此罢兵，岂不妙哉！"

齐喜站在城楼上，一拍城垛，怒道："岂有此理！"回脸看到陈文站在身旁，有些犹疑，"不如让方生一试？"

陈文道："方生有万夫莫当之勇，定不负国君厚望！"说罢，噔噔地跑下楼去。

不一会儿，方生驱车出城。齐喜在楼上看得真切，那方生长得肥头大耳，四肢粗壮,行动迟缓,目光迟疑。齐喜有些后悔让他出城了,只怕又让燕人看笑话了。

果然,燕军看到齐国派了这么个人出来,全都忍不住哈哈大笑。刘铭更是笑得合不拢嘴,道:"来者报上姓名,我不杀无名之辈!"

方生一个字一个字地说:"方——生——"样子像个智障。

刘铭笑道:"齐国无人,居然派一傻子前来应战!"

方生也不答话,驱车缓缓而来。刘铭心想早些结束战斗,便驱车飞驰而去。两车相会,刘铭一戟直刺方生胸口。满以为这一戟刺下去,方生必定皮开肉绽,滚下车去。谁知方生突然一伸左手,接住了画戟,右手一掌劈下去,硬生生将戟柄断为两截,然后左手一挥,朝刘铭迎面扔来。刘铭躲避不及,右臂受伤,退下阵来。

燕军一时看傻了眼,没想到这个看似蠢笨的人出手这么迅捷。齐军一片欢呼。方生立于场中,面无表情。

燕成回看了一下众将,两名主将受伤,许晋被擒,也不知谁还能上前交战。这时蒙毅冲到阵前,道:"让末将会会此人!"

他飞车而去,挺枪直刺方生的面门。方生手一抬,长枪弹过,毫发无损。蒙毅只觉得虎口发麻,暗暗吃惊,真不知这人怎么会有这般神力。

蒙毅掉转车头,不敢近战,操起弓箭朝方生射去。方生只是头一偏,居然将羽箭接在手心。全场所有人都惊呆了,连齐喜都在城头问陈文:"此人莫非神助?"

陈文道:"臣于草莽之中收养此人,今国君用之,齐国之福矣!"

蒙毅一时不知如何是好,众目睽睽之下,也不好息战,只得又挺枪而上。这一次,他没有去刺方生,而是去刺前面的马。他想,如果能刺中其中一匹马,马惊车翻,方生也就会滚下车来。谁知就在枪尖快挨到马身之时,方生单手持长枪一挑,蒙毅手中的枪竟脱手而出。蒙毅一时赤手空拳,来不及再从车上取兵器,幸得戎右的保护,才脱出阵来。

方生立于场中,大喝一声,道:"还有谁来?"声似洪钟,震得燕人不由都后退了数步。

| 第三十二章 | 江湖人士 · 265

燕成问范缨："今日与齐军决战，我军已然大败，不如就此撤军？"

范缨道："此人有万夫莫当之勇，为今之计，撤军为上。国君在前，老臣断后。"

燕成正待掉转车头，忽然一人驾车从身后闪出，道："且慢！"

燕成一看，竟是岑芜。只见他一手执辔，一手执剑，驾着车悠然从人群中驶出，道："燕侯且慢撤兵，容在下一试！"

燕成道："足下无需御手、戎右乎？如此只身前往，绝非方生敌手！"

岑芜道："在下一贯只身作战，若配助手，反添累赘！"没等燕成回话，他已纵马冲出阵前，朝方生飞奔而去。

燕成扼腕不已，此人这样鲁莽行事，岂不是白白送死？

范缨也叹道："此人诚心可嘉，可惜不懂兵略！"

岑芜快马加鞭，四匹马奋蹄疾驰。方生斜睨着眼，满脸不屑。两车快要靠近时，岑芜突然一跃而起，直接落到了方生身后。方生体胖身大，一时难以转身。岑芜手起剑落，又一跃，就已提着方生的人头回到了自己的车上，而后慢慢驶回。

所有的事情就发生在一瞬间，众人还没明白是怎么回事，岑芜已回到阵前，向燕成递上了方生的人头。人头鲜血淋漓，还冒着热气。

燕成惊讶得说不出话来。范缨也一脸愕然。齐喜站在高处，却看得明明白白，忙命鸣金收兵，紧闭城门。

燕军回到营地，燕成召见岑芜，道："公何人？为何助寡人？"

岑芜道："江湖人士，名唤岑芜。国君忘却耶？令尊乃在下的恩人，在下今日前来，正为报恩。"

燕成道："恩从何来？寡人竟不知！"

岑芜道："十年前，在下兄弟二人流落大荒，蒙令尊相救，被寄养于洪宽之家。洪大人待我兄弟二人有如家人。后家兄留于当地侍奉洪大夫，却遣我于南方学艺。一年前，家兄使人传书于在下，说有要事报效洪大夫，令在下速回燕国。不料等在下匆匆赶回，洪门一家皆被燕泽所杀。在下誓为家兄及洪家一门老小报仇，苦于无门，恰逢公子欲使刺客行刺燕泽。在下游学越国时，曾习过铸剑之术，又蒙恩师赐我金乌剑。于是在下假冒剑师，藏身于燕山南麓，以待天时。后郑平之前往求剑，在下听闻此人正是燕公所使刺客，便以金乌剑相赠，以图其一举成功。其若不成，某当继之。不料平之功成身死，在下在此为其哀悼一月。如今事毕，在下正欲离开此地南去，却又听闻燕公被困于平舒，便欲前来一助。又恰逢范先生于西山脚下，便偕同前来。今日一事，权当在下报先君收留之恩，燕公无须介怀！"

燕成叹道："原来如此！寡人却不知足下竟与平之有此交情！足下身怀绝技，非常人可比，今既来之，不妨留在我军中，必有大用！"

岑芜道："在下一贯行踪不定，生性懒散，若入朝为官，恐有负苍生，恕不奉命！今大仇已报，大恩已了。在下从此无牵无挂，正可巡游天下，望燕公勿怪！"

燕成惋惜不已，道："足下可在军中多留几日，三思而行！"

岑芜一拱手，道："在下无心为官，多留无益，望燕公恕罪！他日燕公若有用在下之处，使人召之，不管千里万里，在下都星夜来助。今日在下就此告辞！"

范缨道："壮士且慢！"从怀中取出一柄短剑来，递与岑芜，道："老夫早已料知足下与郑原有些渊源，故命人从蓟城取来此剑。今郑原大事已成，此物理当奉还原主！"

岑芜接过短剑，拔出鞘来看了看，寒光闪闪，又插剑归鞘，道："先生果然为睿智之人，万事瞒不过先生。此剑因郑兄之故，已为天下名剑。先生既以此剑复赠与我，晚生理当接纳。"一拱手，"后会有期！"说罢，飘然而去。

燕成连连叹息，道："世之高人，竟不能为寡人所用，可惜！可惜！"

范缨道："国君无须惋惜，以国君的雅量，天下之才自当归附。昨日一战，敌我双方各有损伤。老臣料定，半月之内，齐军不会妄起战端，国君当速遣使者于齐，交换战俘。"

燕成点头道："言之有理，如今我数位大将尚在齐军之中为虏，当速速交换回来，此事就辛苦吴大夫走一趟吧！"

吴通领命而去。

燕成又道："齐军据我城池，闭门不出，当以何策破之？"

刘铭道："以末将之见，当围城，迫使齐军弃城而去。"

陆焉道："齐军远来，运粮极为不便，当先截其粮道。"

燕成道："齐军自国中运粮，必经黄河，若截其粮道，需先占据渡口。"

蒙毅道："臣愿领兵前去夺取黄河渡口！"

燕成道："敌军占有平舒，子决若贸然出兵，恐遭齐军截断后路。"

吴离也道："渡口乃齐军粮道之关键所在，必有重兵把守，子决若往，末将愿助一臂之力。"

燕成道："齐军虽遭败绩，其兵马仍数倍于我，若分兵截其粮道，恐齐军乘虚而入劫我大营。大营若失，燕国危矣！此计不可用。若破齐军，需寻万全之策！"转向范缨，"先生可有何妙计？"

范缨道："臣有一计，可破齐军。"

燕成喜道："先生请讲！"

范缨道："国君可还记得，数月之前，我燕国曾与中山国有约，若遭敌寇，当互为应援。今齐国无端侵入我燕国，正是强敌当道之时，何不求助于中山，协同破齐？"

燕成猛地惊醒，道："确有此盟，只是不知如何相助？"

范缨道："中山之国，位于黄河以西，燕国之南，若起兵东渡，正好截断齐军后路。齐军后路被截，军心必乱，其将不战自乱。"

燕成道："此计甚妙！只是中山国终非大国，未必肯得罪强齐，当遣一舌辩之士前往，说以利害，其方肯出兵！"

范缨道："此行非老臣莫属！"

燕成道："先生年岁已高，何须经此舟车之苦，何不举荐一年少之人前往？"

范缨道："老臣虽已年迈，却未腐朽，尚能为国君效力。中山紧邻齐国，必知若此番得罪齐国，后患无穷，常人恐难以说动其出兵。"

燕成道："寡人怎敢言先生老迈。先生乃寡人股肱，军中大事，还需仰仗先生出谋划策。先生若去，寡人顿感无所依傍。"

范缨道："国君只需记住，切勿攻城，攻城之法，为不得已之策，即便夺下城池，我军士死伤无数，得不偿失。老臣去后，国君只需坚守，勿使齐军北进，只等中山截断齐军粮道，齐军将不战自乱，届时国君率军掩杀，可获全胜。"

燕成只好道："先生决意亲往，寡人难以阻拦。只是先生此去，万望小心谨慎。中山国出不出兵，尚在其次，先生务须安然而归。"

范缨施了一礼，道："老臣这就去准备。"

范缨带了十来个随从，先回了一趟蓟城，然后去求见夫人，道："老臣将出使中山，不知夫人可有书信捎与令尊？"

南宫燕道："明日先生再来，我有些东西，需先生捎与家父。"

范缨告辞，也去给中山国君及南宫虎备了些厚礼。

第二天，范缨到宫里取南宫燕的东西。南宫燕备了一车绢帛、一封家书，交给范缨，道："我知先生出使中山所为何事，燕国若亡，中山定不容于诸侯，必将腹背受敌，亦难以独存。只是中山国君生性胆小，未必肯得罪齐国。先生此去，务必先去见我父亲，求其通融；若先见国君，恐适得其反。这封书信，务必亲手交与家父，或可助先生此行之功。"

范缨立即明白了这封家书的含义，重重地施了一礼，道："多谢夫人相助，有此书信，老臣必不虚此行！"

南宫燕道："先生休要谢我。先生此举，非唯救燕国，亦是救中山。二国皆与我关系重要，若要谢，理当我谢先生！"

范缨道："中山国中，若皆如夫人这般深明大义，老臣何愁此行不成。"

南宫燕道："中山国不同于燕国，部族众多，各怀心思，国君亦是左右为难。先生只需谨记，先找我父亲，与其商议如何进谏国君，方保无虞！"

范缨施礼道："老臣谨记！老臣立刻动身，按夫人旨意行事，告辞！"

|第三十二章 江湖人士·

第三十三章 游说中山

范缆来到中山，在馆驿安顿好了之后，就去司马府求见南宫虎。他在府外等了半晌，回报却说，南宫虎不在府上，不久前去了邺城，听说晋国又有攻打中山的意图，便守南疆去了。

范缆一时僵在那里，心下念道：这可如何是好？没有南宫虎的协助，贸然去见鲜虞侯，恐怕真如南宫燕所说，会适得其反。

他在司马府前踌躇了一会儿，拿不定主意，就先回馆驿去了。

一夜无眠，第二天一早，范缆打定主意，既然南宫虎去了邺城，一时半会儿回不来，干等下去也不是办法，不如直接去见鲜虞熊，只有他能下令把南宫虎召回来。

洗漱完毕，范缆来到宫门求见。鲜虞熊传话让他进去。范缆进宫之后，先献上礼物，表达两国友好之意。鲜虞熊道："燕使此来，可有何事求寡人？"

范缆道："外臣无求于鲜虞公。"

鲜虞熊一愣，道："既无相求，燕使来此何为？"

范缆道："范某此番特为救中山于水火而来！"

鲜虞熊道："我中山如今国泰民安，水火二字，从何说起？"

范缆道："齐国兵临燕境，燕国危在旦夕，鲜虞公可知？"

鲜虞熊道："寡人略有耳闻。既是燕国危在旦夕，必是求我中山出兵相助，以解燕国之围，奈何说无求于寡人？"

范缆道："燕国弱小，终将为齐所灭。齐国若吞并燕国，燕地将为齐所有，届时中山北有强齐，南有晋国，此二国皆视中山为蛮夷之国，久有吞并之心。有此二国为邻，中山岂能久存乎？"

鲜虞熊道："不能久存。"

范缆道："既不能久存，鲜虞公为何坐视燕齐相争而置身事外？"

鲜虞熊道："燕国已有累卵之危，何不早派使者前来求寡人发兵？"

范缨道："寡君曾与鲜虞公有盟在先，若遇强敌犯境，两国互为支援，今强齐进犯，正是鲜虞公践约之时，何须燕国再派使者相求？"

鲜虞熊沉吟半晌，点了点头，道："燕使言之有理，寡人愧对燕侯。来人，八百里加急，速传南宫司马自南境起兵，驰援燕国！"

这时立即有位大臣站了出来，道："国君万万不可！如今晋国对我南境虎视眈眈，边关正紧。如此紧要关头，撤兵救燕，南境空虚，此时若晋国乘虚而入，后果不堪设想！"

鲜虞熊一看，是上大夫焦产，便道："卿之所虑，寡人并非不曾担忧。只是眼下之际，若任凭齐国吞并燕国，我中山势必危如累卵。南境之患，寡人自可派遣他人前去。"

焦产道："国君身为一国之主，自当知道，晋国乃虎狼之国，久有吞并我国之意。臣以为，若遣他人，恐难以胜任。既如此，国君何不遣他人前往救燕？"

鲜虞熊道："晋国只是蠢蠢欲动，燕国已危在旦夕，轻重缓急，自是不同。如今能解燕国之围者，非南宫司马莫属。"

这时大夫蔡严也站出来道："臣请国君三思。晋国久有吞并我中山之意，此国人皆知。赵氏经营晋阳，意在东进。如今晋国军政集于赵氏一身，若率众来犯，我中山绝非敌手。此时若调南宫司马北进，正是给晋国可乘之机。"

这时，范缨站出来说道："蔡大夫也知道以中山全力尚不能抵挡晋国，若任凭齐国吞燕，中山不久必步后尘。当今之计，不如救燕要紧，燕若得救，可助中山，以两国之力，晋国必不敢贸然兴兵！"

鲜虞熊道："燕使言之有理！众卿无须再议，我意已决，即刻使人往漳河调南宫司马北上，东渡黄河，截断齐军退路，以解燕国之困！"

范缨拜道："鲜虞公圣明！中山幸甚！燕国幸甚！"

鲜虞熊道："燕使可速回报燕侯，令其务必坚守，待我军截断齐国粮道，你我两面夹击，齐军纵有天助，亦必败无疑！"

范缨拜辞出宫，回到馆驿，准备回国，一想还有南宫燕托付的东西未曾交出去，这回去如何交代？特别是这封书信，南宫燕曾说，务必亲自交给南宫虎，这可如何是好？

他想了想，留下两个随从，对其他的人道："你等速回平舒大营，告知国君，中山正往河东调兵，我军务必坚守，若敌军有变，可乘机追杀。为防万一，我当亲往漳河去请南宫虎。"随从们听了，自是领命而去。

范缨收拾好行装，带着两个随从一路南下，不日到了邢台。他感慨万千，这邢台原本是邢国的都城，昔日周天子将邢国封于此地，本指望邢国能在此阻挡戎狄南犯威胁中原，却不料最终被中山这个狄人国给灭了。邢人最终被迫东迁至黄河以东，苟延残喘。如今这里成了中山国的南方重镇，再加上不远处的邯郸，都布有重兵。可以说，晋国想谋取中山国的南方，实非易事。

范缨在邢台歇了一晚，听得前方来报，说南宫虎已到了邯郸，便想不如就在此地等候南宫虎。

没过几天，南宫虎果然率领大军进了邢台城，范缨求见。南宫虎没想到范缨会追到这里，很是诧异。范缨先呈上南宫燕所托的礼物和书信，道："夫人有言，教范某亲手交与将军，范某不敢懈怠，故而南下至此。"

南宫虎感激不尽，道："先生此来，必有以教我。如今齐军正与燕军交战，必有弱处，南宫当从何处下手为好？"

范缨道："齐军劳师远征，所耗粮草无数，故而遣民夫数万从国中日夜往军中运送粮草。今齐军虽已过黄河，粮草却皆屯于黄河南岸。将军若率三军东渡黄河，于南岸截其粮道，夺其粮草，可获全胜。"

南宫虎道："南宫也正有此意，只是不知，若夺得齐军粮草辎重，当归我中山还是燕国？"

范缨笑道："自是尽归中山。我燕国感激中山相救之恩犹不及，何敢居功！"

南宫虎笑道："那就好！先生可速回燕军，你我以烟火为号，白日为烟，黑夜举火，若见南岸举烟火，即是我军已截其后路，燕军可趁机南下，你我两面夹击，齐军必败！"

范缨拱手辞别，回到平舒大营。

燕成道："自先生走后，齐军紧闭城门，每日只往城中运粮运水，并不应战。"

范缨道:"中山已与我约定,攻其后路,劫其粮草,不出数日,齐军将不战自乱。国君当早做准备,趁乱取事。"

燕成道:"齐军远来,粮草乃重中之重,齐军必派重兵把守,只恐中山一时难以得手。"

范缨道:"南宫虎骁勇异常,已亲率大军东渡黄河,功成只是早晚之事,国君不必多虑。"

燕成道:"但愿如此。"

过了数日,齐军仍无动静。燕成按捺不住,道:"想必中山人不肯卖力,如此耽延数日,仍无音信。不如我军主动出击,夺取黄河渡口,切断齐军运粮汲水之道,到时齐军必乱。"

范缨道:"国君少安毋躁!如我军主动出击,齐军必誓死以守,少不得一番厮杀,损兵折将,得不偿失。"

燕成被困于军中,战不能战,退不能退,整日无所事事,便借酒度日。一日酒酣醉卧,睡至半夜,探马忽报:"齐军正悄然撤往南岸!"

燕成忽地从卧榻上坐了起来,酒也醒了,传令三军,准备出击。

等他穿好盔甲,踏上战车出营时,只见黄河南岸火光冲天,想必是南宫虎已经得手。燕国各军也都已准备好了,在营前待命。范缨道:"国君可去夺城;陆将军去取梁城;刘将军与我南渡黄河追击齐军。"

燕成道:"各军听范先生号令,依计行事。"

于是燕国三军鼓声震天,向南奔杀而来。

范缨独领三千人马,直奔黄河各个渡口,命令各军士不要截断齐军退路,只在后面追杀。齐军急于奔命,毫无战心,仓皇而逃,车辆辎重丢了一路,人马杂沓,死伤无数。

齐军好不容易过了黄河,还没来得及喘口气,谁知燕军并未就此罢休,依然尾随而至。范缨让刘铭攻齐军左路,自己攻齐军右路,这样好早点儿与南宫虎会合。

齐喜自从听说中山劫了粮草,就知道大势已去,必须早早脱身。只是如果白日撤退,必然会被燕军发现,燕军趁势追击,齐军必然损失无数。于是他只好令三军各自暗中准备，选定了一个月黑风高的夜里，悄然出城。梁城的军士也约定好了在黄河岸边会合，只等三军聚齐，就南下黄河。谁知刚到黄河渡口，燕军就闻讯赶来，齐喜只好命各军尽快渡河。众军士早已毫无战心，纷纷抢船渡河，人马杂沓，乱成一片，落水而死者不计其数。

燕成不费吹灰之力就夺回了平舒城。陆焉赶到梁城时，已是人去楼空，他留下几百人把守后，便领着剩余的兵马来平舒回报燕成。燕成道："范、刘二人已杀过黄河，齐军虽无斗志，然人数众多，不可轻敌。将军与寡人一同渡河接应。"于是两人又领着兵马过河，只留着少许人马把守平舒。

燕成过了黄河，一路厮杀，到处都是散落的齐军。杀了半天，他也寻不见范缨的影子，不一会儿，连陆焉也走失了。

范缨并不知道燕成跟着过了黄河，只顾向前厮杀，没多久，自己的队伍也被冲散了，只有十几个人还紧紧地跟随着自己。范缨也顾不得许多，只管往前冲杀，希望能看到南宫虎的军马。有几次，他的确是看到了，但顷刻之间又被冲散了。齐军像没头的苍蝇一样四散逃窜，根本无心恋战，燕军压抑数十日的怒火终于找到了一个发泄口，见到齐人就杀。范缨看得胆战心惊，他没想到燕国将士心里对齐人会有这么大的仇恨。

战了有一个时辰，范缨终于又看到了南宫虎，忙驱车靠近过去，道："南宫将军，战况如何？"

南宫虎哈哈大笑，道："齐国管守粮草的将士，已被我军尽数杀光，一个不留。我已派两员大将守在齐军回国之路的两旁，但见齐军，格杀勿论。先生眼下只管杀敌，来日你我好好喝酒庆功。"

范缨道："齐军溃败而去即可，将军何必赶尽杀绝！"

南宫虎道："先生好仁慈。齐国数十年来欺我中山无数，今日得为国人报仇，岂不痛快！"

范缨道："两军交战，只须定下输赢，胜者得其利，输者受其罚，何须涂炭生灵！"

南宫虎道："先生高论，南宫实难从命！我非华夏之人，故而无须恪守军礼。今日之战，南宫虽为燕国之请，也为中山人报仇而来。先生有所不知，自我中山在河北建国以来，中原诸侯莫不视我为心腹大患，尤以晋、齐为甚，数十年来，屡侵我国，杀我国人无数。我今日所杀齐人，不过九牛之一毛。"说罢，又舞枪驰入敌阵，左右厮杀。

范缨无奈，嘱咐手下将士，将齐军驱走即可，不必赶尽杀绝。火光之中，他仿佛看见了燕成，忙拨开人群赶了过去，一看，果然是燕成，道："国君何以在此？"

燕成一看是范缨，喜不自胜，道："平舒已是空城，寡人唾手而得。又见先生孤军深入南岸，怕先生有失，特来相助。"

范缨道："齐军已不战自溃，不足为虑。只是那南宫虎杀红了眼，定要将齐人赶尽杀绝，国君何不以姑婿之身份，前往劝阻？"

燕成一愣，道："何须劝阻！数百年来，齐国始终压我燕国一头，使我不得南进。今日一战，正好大伤齐国元气。寡人敢保证，齐国经此一战，数十年不敢再觊觎我燕国！"

范缨道："齐军终究乃东方大国，国君令齐侯如此受辱，岂不怕中原诸侯视我燕国如同蛮夷？"

燕成哈哈大笑，道："何为大国？还不是东征西讨，吞并弱小而成大国！想武王分封之时，泰山之东小国林立，如今还剩几个？还不是为齐国所并！"

范缨道："山东小国，多为蛮夷，昔日桓公讨之，乃奉王命而攘夷，深得诸侯之心。今国君联夷抗齐，已有背王命，若使齐国因此而重创，岂不教天下诸侯寒心？"

燕成笑道："先生多虑了，今天子暗弱，诸侯唯强者是从。我今伐齐，非为贪图齐国土地，乃齐国擅自用兵在先，我国不得已自卫而已。齐国若尊王命，何以擅自攻我燕国？"

范缨道："齐国无故用兵我国，自是失礼。国君率军自卫，自是合乎人心。然以老臣之见，齐军溃退即可，勿使齐侯尊严尽失，否则后患无穷！"

燕成笑道："先生多虑了，齐国一向恃强凌弱，今日一战，必使其悔不当初，方保我燕国从此太平。"说罢，又冲入敌阵，一阵厮杀。

范缨见苦劝不住，只得跟上。

齐军本来一心南逃，无心作战。跑得快的，已跟上了齐喜的大队人马，直奔临淄而去；跑得慢的，见前方退路已被狄人把守，退无可退，便回转身来，殊死一战。范缥跟着燕成厮杀，不一会儿，就被返冲回来的齐军冲散。范缥披坚执锐，左冲右突，却再也回不到燕成身边，四周围来的齐军反而越来越多。战了一个多时辰，车毁马翻。范缥只好跳下车来，与齐军短兵相接，连杀十几名齐军士卒。这时四五名燕国军士围拢上来，护住范缥，道："先生年迈，不可与后生相搏。"

他们见身后有一小山坡，便护着范缥退到山坡上。

范缥问："可曾见到国君？"

军士答道："齐军与我军混成一片，不分彼此，也不曾见到国君。"

范缥忧心忡忡，生怕燕成有失。

激战了一夜，齐军逃的逃，散的散；没逃掉的，全都战死。到天亮时，漫山遍野几乎都是齐国士兵的尸体。

范缥坐在缓坡上，看着四周，眼前是堆积如山的尸首，奄奄一息的战马，破损的战车，以及横七竖八插在地上或尸体上的戈矛剑戟。山谷之中血流成河，一股腥臊之味扑鼻而来，天空昏暗，狼烟四起，看不见太阳。燕国的士兵也死伤无数，侥幸活下来的，浑身血污，疲惫不堪地靠在砖石上、大树边，或者破损的战车旁睡觉。范缥心中也很诧异，没想到一夜之间，竟杀死了这么多齐军。这一仗，打得齐国丢盔卸甲，大伤元气，数年之内，料想齐军再也不敢染指燕国。但是范缥心里也很清楚，这一仗，也将给燕国带来无穷无尽的麻烦。

他走上山坡，举目四望，想看看燕成的军队在哪里，却意外地发现一株粉色的桃花，在满是狼烟的沙场上，背着光，悄无声息地兀自开着，仿佛是在为死去的亡灵哀悼。

第三十四章 祸起萧墙

自从燕成领兵南下后，蓟城几乎成了一座空城。做了多年的司马，燕成习惯了每一场大战都亲临前线，却不承想，现今他已身为国君，不同往日，他一走，还带走了范缨和蒙毅，蓟城之中就有人开始骚动了。

这人不是别人，正是常谷的儿子常山。早在常谷被燕国俘获之初，常山就以为他们一家老小性命不保，没想到燕成不但没追究他们一家老小，事后还让他继承了常谷的爵位。他心下感激不尽，发誓要忠心耿耿地侍奉燕成。哪知常谷的夫人，也就是常山的母亲曾氏却心中不忿，常在儿子面前道："你父尸骨未寒，你不思报仇，反而奉仇人为君，你父九泉之下怎能瞑目！"

一开始，常山对母亲的话听之任之，偶尔还反驳一下："妇人之见！"

时间久了，常山心里不由得存了个疙瘩。无论如何，父亲是被燕成杀的，自己天天把仇人当亲人一般侍奉，岂不教人笑话？于是他在心里常常念道："大丈夫有仇不报，枉为人！"

燕成去平舒抗齐之后，一去数十日，蓟城之中已无燕成亲信之人，此时不作为，更待何时！于是有一天，常山找到高勤的儿子高波，道："人言新君圣明，却是是非不分。我父本无反抗新君之意，只是彼时各为其主，新君不念我父忠义，反诬以谋逆，将其斩首。想我常氏，世奉燕公，披肝沥胆，今新主不念我祖德，反以谋逆之名诬之，我父于九泉之下，难见列祖列宗。弟每思之，彻夜难眠，不知何以报我父之恩，使其含笑九泉！"

高波道："你我两家世交，已历数十世，世奉燕氏，功德无量。今燕成所用之人，尽皆外氏。你我虽位列上卿，实置于闲地。高氏一脉，传至于我，竟凋零如此，弟每思之，亦不能安枕。"

常山道："想先君在时，常、高二氏何等风光！先君一去，外氏得宠，我等形如枯槁。"

高波道："如今国中，唯范氏、蒙氏权势日重，新君待之如亲人。新君念你我祖上之功，我等在此尚能苟延残喘，只怕时日一久，你我爵位难保。"

常山道："幸得先君骨血尚存，今你我二人，不如趁此良机，拥立先君之子为新主。新主即位，以你我拥立之功，何愁不得重用？"

高波道："燕成手握重兵，只怕难以成事！"

常山道："齐军骁勇，今新君南下御敌，一时难以脱身，蓟城之中已无重兵，且范缨、蒙毅皆在军中，实乃天赐良机。此时起事，只需你我各带家兵，大事可成！"

于是二人一商量，各自带着家兵，趁着傍晚时分杀入宫中。宫廷侍卫殊死抵抗，无奈寡不敌众，尽皆被杀。宫女四散逃命。南宫燕带着小儿杀出重围，不知所终。常、高二人进得宫中，将燕成的两个大儿子杀了，封禁了宫闱。常山亲自带人到西山迎接燕冒回宫。姜文萱本不肯交人，见常山杀了两个内侍，这才交人。

常山带着燕冒回到宫中，拥立燕冒为君。所有的事情，就在一夜之间。第二天，常山召百官入朝。众大夫一看换了新君，大惊失色，却也无可奈何。高波命华当封了城门，亲自带人四处搜寻南宫燕。

却说南宫燕带着儿子燕和四处躲藏，挨到城门，才知道华当已封了城门，任何人不得出入。无奈之下，她只得跑到郑府，去找子祺。

南宫燕在门口敲了半天门，没人应声，又不敢大声，四顾无人，又敲了几下。一个睡眼惺忪的家丁开门出来，道："你是何人？深更半夜的为何敲门？"

南宫燕压低声音道："我乃国君夫人，来此求见你家夫人，速与通报！"

家丁被吓了一跳，睡意也没了，仔细一看，眼前这个妇人一手抱着个孩子，一手执剑，满身血污，剑刃上的血迹尚未干透，他一时吓得脸色煞白，结结巴巴地道："夫人且先进来，小人立即去禀报我家夫人！"

南宫燕进了门，顺手把门关了，看着家丁一溜烟地跑去，这才松了一口气。回想起刚才那一幕，仿佛是做了一场梦。

不一会儿，子祺穿过前厅出来，上上下下地打量了南宫燕一番，道："果真是国君夫人？"之前她并没有见过南宫燕。

南宫燕道："岂能有假！常、高二人谋反，占了国宫，我奋死拼杀，侥幸逃脱。燕国之中，我并无旧交，只曾听国君说起，郑大夫一门忠义，事出紧急，无处可去，求夫人救我母女二人！"说罢，不由得泪水涟涟。

　　子祺忙道："夫人何出此言！夫人有难，臣妾理当誓死护卫。只是我乃一介女流，一时竟也不知如何是好。夫人且先进屋，安顿好小儿，你我二人再寻计策。"

　　南宫燕进了屋，先看了看怀中的孩子。还好，孩子已经睡着，刚才在乱军之中，他一点儿声息没有，自己还担心他是不是有什么不测呢。

　　两人先把孩子安顿好，然后回到后堂，商议对策。南宫燕将事情的经过细细地讲给子祺听了。

　　子祺听说事情的原委后，怒道："二人好大的胆子，光天化日之下竟行谋逆之事！我当速遣家丁传书家父，令其速速回都平定叛乱！"

　　南宫燕道："子祺少安毋躁。如今城门被封，常人难以出入，若被守城之人搜出书信，反倒惹火上身。"

　　子祺道："夫人藏身我处，却也非长久之计，高氏早晚会寻来。我倒是有一去处，可保夫人安全。"

　　南宫燕道："何处？"

　　子祺道："无终郑村地处偏远，乃先夫所在，夫人若藏于彼处，可保无恙。"

　　南宫燕道："倒是有所耳闻，如今郑村仅有老夫人在彼，我若藏身于彼，高氏必不生疑。只是眼下，需先寻出城之计。"

　　两人正商议着，不觉天色已亮。子祺道："夫人奔波一夜，不如先歇息片刻。"

　　南宫燕虽疲惫不堪，却仍是惊魂未定，道："只怕难以合眼。"

　　子祺道："夫人如此困倦，只怕也想不出好办法，还是歇息片刻，我去城门打探打探。待我回来，你我再商议对策也不迟。"

　　南宫燕道："如此便好，子祺万望小心！"

　　看着子祺出去了，南宫燕便靠在榻上。她本无睡意，可又实在太困倦，不知不觉竟睡着了。

子祺在城中转了一圈，发现高波正带着人四处搜寻南宫燕和公子的下落，四方城门增加了不少卫兵，任何人出入都再三盘查，稍有可疑便会被带走，心想书信是带不出去了，不如派个家丁去往平舒传个口信。打定这个主意，她便匆匆回府了。

刚进府门，她被吓了一跳，只见院中站着一名武士，腰悬利剑，正昂首背对着大门。子祺道："你是什么人？无故闯入我家中，意欲何为？"

那人回转身来，一脸沧桑，朝子祺施了一礼，道："来者可是郑夫人？"

子祺道："是我！"

来人道："在下岑芜，见过夫人！"

子祺皱了皱眉，道："我并不认得你！"

岑芜道："夫人可曾听说过残月？"

子祺道："先夫所用金乌剑，乃残月所赠，我如何不知！"

岑芜从怀中掏出一柄短剑，呈给子祺看，道："可是此剑？"

子祺眼前一亮，惊道："此剑如何在你手上？前几日家父遣人来取此剑，我只道……"

岑芜道："在下便是残月，此剑乃令尊归还在下的。"

子祺这才信了，忽然灵机一动，道："如今城门盘查十分严密，你如何进得城来？"

岑芜笑道："小小戍卒，如何能难倒在下！纵然十万精兵把守，于在下看来，形同无物。"

子祺也曾听郑原说过残月的本事，这回更深信不疑了，道："你今日来此何事？"

岑芜道："在下欲往南国，特来向夫人辞行。夫人家中必有郑兄的灵堂，请容在下一拜！"

子祺叹道："可惜我夫早亡，不然也不会落到今日这般地步！"

岑芜惊道："夫人何出此言？"

子祺道："你既是郑原的生死兄弟，我也不瞒你。你来得不巧，如今国中出大事了！"于是她将常、高二人谋反的事一一告知岑芜。

岑芜听了,大吃了一惊,道:"二贼如此大胆,我当亲往取其首级以报国君!"说罢,便要离去。

子祺叫住了他,道:"二贼早晚当诛,壮士何必急于一时!当前尚有一紧要之事,国君夫人护着公子杀出重围,如今正藏身我处。我思先夫与家父,皆国君亲信之人,常、高二人早晚寻到此处,以你一人之力,终究寡不敌众。你若要救我等,不如速去平舒,告知家父与国君,令其速速领兵来救,方是上策!"

岑芜沉吟半响,道:"平舒战事正紧,国君与令尊一时也难以脱身,若告知此事,必定军心大乱,到时蓟城之乱尚未平,先遭齐军所败,岂不坏了大事?以在下之见,宜先帮公子和夫人寻一个安身所在,国君若得胜于齐,必然班师,到时蓟城之乱自平。"

子祺点头道:"还是你想得周全,就依你之言!"

两人一商议,子祺先回屋去安抚夫人和公子,岑芜出城寻找脱身之计。

到了傍晚,岑芜还没有回来,子祺等得心焦,担心他真的去找常、高二人报仇了,反倒惹出新乱子。南宫燕生完孩子之后,身体尚未恢复,又经过这一战,越发虚弱。子祺命侍女好生伺候,又安慰了她几句,终不放心岑芜的去向,又怕南宫燕看出来她的担心,反惹她忧虑,便走了出来,来到院中等候。

天渐渐黑了下来,岑芜去了多时,到现在还没有回来,该不是出了什么事吧?子祺越想越怕,便开了门,探身往外看了看。

这一看便吓了她一跳,门口整整齐齐地站了十几名甲士,为首的是个年轻将军。子祺想要退回身来,却又来不及。年轻将军看见她开了门,施了一礼,道:"在下华当,特来为夫人守家,事前未曾通报,惊扰了夫人,见谅!"

子祺道:"我家不过孤儿寡母二人而已,平素深居简出,与人无争,将军率军来此,到底是何居心?"

华当道:"今城中方乱,华某窃恐有不良之徒趁乱而入,故而前来,以保夫人母子平安。"

子祺道:"国中暴乱,与我妇人何干?将军此来,恐不为此!"

华当走近道:"夫人可否借一步说话?"示意子祺让他进去。

子祺不便拒绝,但心里想,这华当与郑原有杀父之仇,此番前来,自己恐怕凶多吉少，不管怎样，绝不能让他知道南宫燕藏身在这里。

华当进入院中，随手把门关上，道："夫人勿疑，末将今日前来，正为救夫人与公子！"

子祺一惊，故作镇定道："将军糊涂了，这里哪有什么公子！"

华当道："我知夫人不肯信我。昔日家父曾死于郑大夫剑下，末将也曾心怀怨恨，怪不得夫人疑我。只是前番国君进城，非但未以仇人视之，反委我以重任，末将方知国君乃心胸宽广之人，故誓死效忠国君，不曾有悔。今常、高二人，不思感恩，反而恩将仇报，实忘恩负义之徒。末将迫于形势，不得已而屈就，只等国君班师回城，以平叛乱，救燕国于水火。今高氏已遍寻城中，未曾寻到南宫夫人及公子，料定二人藏身于此，已暗中布兵，将于今夜三更时分突袭入府，寻刺公子。末将闻之，便向高氏请缨，先派数名军士在此把守，以免公子走脱。高氏应允，某故而在此，万望夫人勿疑！"

子祺听了，仍是半信半疑，道："即便南宫夫人在此，又当如何？以你一人之力，又如何能救公子？"

华当道："二更时分，此处的侍卫会换岗，夫人母子与南宫夫人母子可趁机出走；子时，我有亲信秘开蓟城东北角门，诸位从角门而出。彼时，高波到此，已是人去楼空。"

子祺仍是将信将疑，想这华当终究是来打探南宫燕的消息的，仍道："将军真是费心了，可惜国君夫人竟不在此！"

华当施了一礼，道："华某在此多言，恐遭人怀疑，华某告辞，夫人保重！"

他并没有追着要看南宫燕到底是不是在府上，这倒让子祺有些相信他了。

华当刚出去，岑芜便回来了。子祺有些愠怒，道："你去了哪里？怎会这么久？"

岑芜道："让夫人担心了，岑某不该。岑某已打听清楚，高波已搜遍了城中大小住户，唯有此处不曾来过。他已料定公子即藏身于此，将于今夜子时前来突袭，公子性命堪忧。"

子祺听了，愣了一下，这和华当说的一模一样，看来华当没有说谎，便将华当的事一五一十告诉了岑芜。

岑芜听了，道："此计甚好，如此公子可以得救！"

子祺仍是不放心，道："以你看来，这华当可信否？"

岑芜道："可信！"

子祺道："为何？"

岑芜道："他若想害公子，眼下便可动手，何须等到半夜，还假借他人之手！"

子祺道："那高波何以要等到半夜才肯动手？"

岑芜道："常、高二人立燕冒为君，不过是掩人耳目。那燕冒不过两岁，二人一手遮天，卿大夫们多有不服，所以二人做事不得不有所顾虑。而华当不过一都尉而已，杀人报仇无须顾虑许多。"

子祺这才信了，道："既如此，今夜就有劳先生送南宫夫人母子出城，我在此应付高氏。"

岑芜摇头道："覆巢之下，岂有完卵！夫人留在此处凶多吉少，不如一同出城，在外避过风头，等国中叛乱平息再回来也不迟。"

子祺喃喃道："子祺倒无所谓，只是我儿……郑原生前只此一点骨血。既如此，我便同先生一同出城去吧。"

等到二更时分，门口的侍卫果然撤离了，众人赶了两辆马车，只带着一箱简单的行李和两个仆人，吩咐程夷好好看家，就偷偷地出了府门。

岑芜负责赶车，在前面带路，只走小巷，不敢走大道，因为大道有军士巡视。两辆马车在巷道里左拐右拐，约莫半个时辰之后，来到了东北角门，却见城门紧锁。

子祺大吸一口凉气，道："早知华当不可靠，我怎的还是信了他，只怕他已在此设下天罗地网，我等只能束手就擒了。"

岑芜却示意她不要出声，自己跳下车去，往前走几步，往城楼下黑暗处一施礼，道："公子在此，速开城门！"

这时从黑暗中走出一人来。子祺待他站在月光下，已经看清了其脸面，此人正是华当。华当也看到了子祺，问道："此何人？"他指的是岑芜。

子祺道："郑原生前的结义兄弟，由他护送我等，将军尽管放心！"

| 第三十四章 | 祸起萧墙

华当点头，道："如此华某就不远送了！"一挥手，后面城门大开。

岑芜一扬鞭，驱车出城。子祺为自己的疑心惭愧不已，车过华当身旁时，道："将军后会有期！"

两辆车都出了城门，向东直奔无终而去。回首望去，城门已经关闭。这个时候，高波应该已经冲进了郑府吧。

第三十五章 归国平叛

燕成与南宫虎大败齐军,两军会合于黄河南岸,大摆宴席庆功。上一次相见,两人还是战场上的对手。这一回,燕成向南宫虎行姑婿之礼,南宫虎直叫:"使不得!使不得!燕公乃一国之君,岂能向外臣行此大礼,岂不折杀老夫!"

众人正在酒酣耳热之际,忽有人求见,燕成问:"何人?"

来报:"来人自称是华当手下偏将。"

燕成感觉事情蹊跷,这华当派人来会有什么事,便道:"让他进来!"

来人进帐后,道:"末将翟弋,受华将军差遣,特来见国君,有要事相告!"

燕成道:"有何要事,速速讲来!"

翟弋看了看左右,道:"此处不便,请国君借一步说话。"

燕成便携翟弋至一小帐,道:"到底何事?"

翟弋匍匐于地,道:"国君,出大事了!"于是便将常山、高波造反,拥立燕冒为君的事一一说了。

燕成听了,几乎站立不稳,半晌才道:"二贼竟如此大胆!如今寡人妻儿安在?"

翟弋道:"两位公子已被常山所杀,夫人和小公子不知下落!"

燕成双腿一软,瘫坐在地上,道:"寡人悔不听范先生所言,未将燕泽一脉斩草除根,以致有今日之祸!"

不一会儿,范缨进来了,见燕成坐在地上,忙过来拉他,道:"国君何以离席许久,莫非不胜酒力?"

燕成勉强站起身来,道:"先生来得正好,国中有变,当速整三军,回国平贼!"

范缨听得一头雾水,道:"出了何事?"

燕成便命翟弋将事情的来龙去脉又对范缨讲了一遍。

范缪一听，道："二贼如此猖狂，国君勿忧，今有华将军为内应，平叛之事，易如反掌。老夫这就去向南宫司马辞行，只道国君身体不适，当速归国。国君即刻号令三军，整装待发！"

于是第二天一早，三军起程，北渡黄河，向蓟城进发。燕成遭受丧子之痛，神情恍惚，对范缪道："寡人确实身体不适，回国平叛之事，先生多为代劳。"

范缪道："老臣理当为国君分忧。国君稍稍歇息，勿伤贵体。"

到了蓟城，范缪命三军将城池围了个水泄不通，又命蒙毅持燕成虎符到北大营调军增援。高波一听慌了神，亲自到南门城头察看，瞧见燕成的黄罗伞盖，对华当道："将军当誓死守住各个城门，燕成人多势众，不宜硬敌。其人众，粮耗甚大，来日无粮，其必自乱，我乃乱中取事，必一战而成。"

华当道："敌方背靠督亢，取粮便捷。倒是我方困于城中，取粮困难，时日一久，恐生大乱。"

高波怒道："将军奈何长别人志气，灭自家威风！如今新君已立，燕国之中，各城各池皆当听新君号令。燕成不过一废君，如何号令督亢军民？"

华当垂首道："大人说得是，末将遵命便是！"

过了片刻，范缪在城下喊道："反贼高波，还不快快投降！想你高氏世受燕国厚泽，不思回报，今反倒做出如此忤逆之事，岂不遭国人唾弃！"

高波笑道："新君初立，民心所向，国人无不顺从。燕成弑君夺位，实为反贼。先生若肯取燕成首级献上，当立首功，仍不失富贵，奈何从反贼而倒行逆施？不如趁早弃暗投明！"

范缪气得咬牙切齿，大吼道："谁能替老夫拿下此人？"

范缪身后立即冲出数员大将，刚近前，即被城上的乱箭射回，狼狈而还。高波看得哈哈大笑，道："蓟城固若金汤，先生便是插翅也难以动我分毫！"

范缪道："你擅立逆贼之子为君，人神共愤。国人不言，非为顺从，迫于尔等淫威耳。今国君归来，国人盼之有如甘霖。以老夫看来，竖子小命不久矣！"

高波哈哈大笑，道："蓟城已在我掌握之中，国人何敢叛我？先生若不肯顺从，不如逃往他国，尚可保全性命。若留在此，早晚玉石俱焚。"

范缪气不打一处来，看来这小子实在狂妄，今天非教训教训他不可。只可惜蓟城城高水深，难以攻打，只好朝城头上的将士喊道："众位将士听我一言，你等世受国君厚恩，今日正是报效之时，谁肯拿下高波反贼，当记头功，封五城！"

城上的将士一时交头接耳，窃窃私语，却没有一个动身的。高波看罢，哈哈大笑，道："先生奈何如此天真，城楼之上，何人敢动我高某！"话音未落，身旁的华当叫道："华某在此，岂能容你在此猖狂！"说罢，手起剑落，斩下高波的头颅，将之丢下城头。

众将士大吃一惊，面面相觑。华当道："高氏谋反，理当受戮！众将且随我下楼，打开城门，迎国君入城！"

众将士一听，齐声道："遵命！"众人一起下了城楼，打开城门，迎接燕成入城。

常山听说高波被杀，华当领着燕成进了城，忙带着十几个侍卫挟着燕冒往城北逃去。刚出城门，一行人迎面碰上蒙毅带着援军赶来。蒙毅一车当先，冲到前面，一枪将常山刺于车下。剩下的侍卫一看，纷纷束手就擒。燕冒坐在车上，被吓得哇哇大哭。蒙毅道："子不该生于公门之家！"又一枪将燕冒刺死。

燕成入宫，百官匆匆赶来朝拜，尽数常、高二人残暴。燕成道："满朝文武，世受国恩，当此紧要之时，竟无一人挺身而出，今有何面目在此指责常、高二人！"

众官羞愧难当，不停叩拜，声称有罪。

燕成重赏华当，擢升他为大夫，让他入朝任职，另命翟弋为都尉。他又命蒙毅带人将常、高二氏全家老小一并抓获，斩于西市。一时哀号声不绝，血流成河。从此常、高二氏在燕国绝迹。

处理完常、高二氏，燕成又问："众卿可知寡人妻儿下落？"

华当道："据臣所知，夫人及公子当晚和郑氏母子逃往无终方向，具体所在，臣也不尽知晓。"

范缨道："既是逃往无终，想必是在郑村。此地老臣曾经去过，就请国君容老臣走一趟，迎夫人、公子回宫！"

燕成叹道："先生辛苦，若见到寡人妻儿，早晚传书寡人告知，以免寡人忧心！"

范缪领命而去，先去了郑府，询问管家程夷可知子祺母子逃去了哪里，程夷竟然不知。他又把家丁侍女都招来逐个问了，众人全都不知。范缪心下暗喜："不愧为我儿，做事缜密。若有一人知其下落，必被高氏拿去审问出来。"

出了蓟城，除了在郑村，女儿在外面并没有熟人，除此之外，他想不出女儿还会躲到哪里去。于是他打点好行李，带了两个随从便朝郑村出发。

日头西落之时，范缪到了郑村，径入郑原家中，却只见郑母一人在院中喂鸡，两个丫头在屋里忙活，心中一凉，莫非他们早已被高波搜寻去了？他便问郑母："亲家别来无恙！我儿可曾到此？"

郑母一看来的是范缪，连忙放下手中的活计，道："儿媳未曾来过，倒是亲家如何有空光临寒舍？"

范缪心里一沉，道："郑梁呢？他也不曾来过？"

郑母道："说起来，我倒是日日念着我那孙儿，却不曾见他来看望他奶奶一眼！"

范缪一听，转身就走，郑母在后面叫他，他也仿佛没听见一样。

范缪回到车上，左思右想，这子祺会带着南宫燕母子去哪里呢？若真是被高波抓走了，那华当应该知道。况且公子在其中，常、高二人为的是取公子的性命，这么大的事，不可能隐瞒得了。他们不但不会隐瞒，反而会为了让朝中文武死心塌地奉燕冒为君，大肆宣扬公子燕和的死讯。照这么说来，这子祺竟是藏到了一个连她父亲都找不到的地方。想到这里，范缪心里不由得高兴起来。自己还是先回蓟城吧，由国君下令，在燕国各城广贴告示，告知国人常、高二氏反贼已除，这样子祺他们听到消息后，就会自己回来的。

范缪命侍从驾车回都。刚走到村口，他忽然计上心来：田方不是在这附近吗？或许他知道。于是范缪让侍卫停车，径自下去，往竹林深处走去。

范缪进了书院，田方出门相迎，道："不知大人造访，有失远迎！大人请入屋中小憩！"

范缪摆了摆手，道："老夫前来，有一事相问，不知田先生可曾见到过小女？"

田方四顾看了一下，还是请范缪进屋，道："数日之前，晚生在书院后山上诵书。当时天色微亮，晚生远远瞧见两辆马车在村头徘徊，踌躇片刻之后便往北去了。当时相离太远，晚生看不清来人的面相，不过从衣着上看，当是从都城来的贵人。不久之后，晚生即听得国中有变，故而未曾告知他人。大人今日来问，想必就是令嫒。"

范缨道："车上有几人？"

田方道："两对母子，两个仆人，另有一个驾车的，貌似是个武士。"

"武士？"范缨心里不由嘀咕，"难道是岑芜不成？他不是已经走了吗？怎么又回来了？"

范缨朝田方一拱手，道："先生可知残月？"

田方道："有所耳闻。"

范缨道："可知其人住处？"

田方道："由此向北，燕山脚下，至附近村中，一打听便知。大人何故寻问此人？"

范缨道："无事，久仰大名，今日得闲，正好前去拜访，也不枉来此一遭。"

田方道："今日天色已晚，大人不妨在此住宿一晚，明日再去不迟。"

范缨道："先生盛意，老夫心领，夜访隐士，岂不更妙！"

范缨辞了田方，便沿着一条小道朝北而去。走不多时，天已黑了，侍卫打起火把，继续赶路。走了一个多时辰，看见前面有个村子，众人饥肠辘辘，进村讨了些饭食，顺便打听了一下这附近是不是有个铸剑师。村子里的人果然都知道，说一直往前走，见到一棵十丈来高的大枣树就向右拐，然后再在一块十丈见方的大青石处左拐，走一炷香的工夫，就到了残月的茅舍了。

范缨三人吃饱喝足，按照村民的指示继续赶路，临近子夜时分，果然看到了一座茅舍。三人刚靠近，就听见有人拔剑的声音，同时喊道："谁？"

范缨举起火把一看，此人竟是岑芜，道："壮士怎的不认识老夫了？"

岑芜也认出了范缨，道："在下一不留神睡了过去，迷糊之中竟未认出先生，先生见谅！"

范缨呵呵一笑，道："不妨事！我且问你，我儿可在此处？夫人、公子可在此处？"

岑芜欣然笑道："都在，我等在此等候先生多时了！"

说话间，茅屋内油灯已经点亮，南宫燕和子祺还有两个仆人蜂拥而出。范缨向南宫燕施礼。子祺拉着父亲不禁涕泗横流，道："侥天之幸，女儿险些见不着父亲了！"

范缨安慰了女儿两句，对南宫燕道："老臣来晚，让夫人受惊了！"

南宫燕道："国君可安好？"

范缨道："二贼已除，国君在宫中等候夫人及公子，特命老夫前来接驾。公子可安好？"

南宫燕道："和儿此时正在睡梦中，一切安好！"

这时岑芜道："诸位无须在此絮叨，何不进屋说话？"

于是众人进屋。南宫燕道："这一路上多亏岑壮士仗义出手，不然我等妇人恐已遭二贼毒手！"

范缨朝岑芜施礼，道："足下几番出手相救，老夫感激不尽！"

岑芜道："先生不必见外！如今夜已更深，先生远来疲惫，不妨在此住一宿，明早我等一同回城。"

范缨来到里间，看见两个孩子睡得正香。如今两对母子都已平安无恙，他也放下心来，顿感倦意来袭，便依了岑芜，找了间偏房，草草住了一晚。

第二天一早，众人天一亮就起床了。到正午时分，一行人回到了蓟城。岑芜护送子祺母子回家。范缨送南宫燕母子回宫。燕成见到妻儿，抱头痛哭，道："燕成妇人之仁，害你母子遭此大难，今悔之不及！"

南宫燕道："夫君不必如此，幸得我儿命大，今逢凶化吉，日后必有大福！"

过了几天，上朝的时候，边关将士来报："山戎屡犯无终城，请国君发兵剿之！"

燕成道："山戎乃乌合之众，不足为虑，何人肯往前除之？"

范缨道："国君，山戎虽不足为虑，然其散居各处，犹似野火，每每死灰复燃。今国君已平定南方，想我燕国南境，数年之内不再有兵患，正可趁此良机，扫平北方山戎，永绝后患。"

燕成道："寡人正有此意，不知何人愿意领兵前往？"

| 第三十五章 | 归国平叛·293

范缨道:"此役非同往常,老臣恳请国君亲征,将北境戎狄赶尽杀绝,勿使再犯我百姓。"

燕成道:"我军南征数月,归国之后又忙于春耕,今已疲惫不堪,正待休养生息。如再举大军,恐于国不利。寡人以为,遣一上将剿之即可,何必大兴干戈!"

范缨道:"北患若不根绝,来日南境再起战事,我国首尾不能相顾,必有灭国之危。"

燕成道:"山戎散居各处山坳,我以倾国之兵尾随追击,耗费巨大,得不偿失。天长日久,空耗国力而已。"

范缨道:"山戎虽习于游猎,老巢却集于令支城。国君只须率领三军,攻占令支城,杀其酋首,余者不战自降。从此以后,燕山以南无山戎之患。"

燕成道:"寡人之所以迟迟未动令支,非不敌也,实乃令支之南有孤竹一国。二国相交甚好,互为犄角。寡人若攻令支,孤竹必前来支援。"

范缨道:"孤竹乃弱小之国,国君何独畏之?"

燕成道:"寡人非畏其国,乃畏天下人之言耳!"

范缨道:"此话怎讲?"

燕成道:"先生岂不知,孤竹国有二贤。昔日武王伐纣之时,孤竹国二公子,名伯夷、叔齐,叩马而谏,谓父死不葬,非孝也;以臣伐君,非仁也。武王不听二人之言,灭商而兴周,二人不食周粟,饿死于首阳山,世人皆以为贤。我今若伐其国,世人皆道我非仁也!"

范缨道:"伯夷、叔齐乃大贤之人不假,然当时之事离此已有数百年之久。当是之时,商王尚为天下共主,伯夷、叔齐为商王谏言,是为忠。今时移世易,自武王灭商以来,我大周一统天下,普天之下,莫非王土。然此孤竹从未臣服于周,与戎狄无异,今正可替天子讨伐之,国君奈何心存怜悯之心?"

燕成道:"先生之言,自是有理。然普天之下,悠悠众口,二贤之语犹言在耳,而我却率兵诛杀其后,天下人当视寡人与蛮夷无异!想我燕国,自召公以来,已立数百年,虽与中原诸侯相距甚远,然蒙召公神威,天下人莫不视我燕国为礼仪之邦。今若只图其利而不顾廉耻,岂不教天下人耻笑?"

正说着，庭外来报：戎人杀了无终的邑宰，劫掠人畜无数而去。

燕成大惊，这无终本是他的采邑，原来一直由范缨任邑宰；范缨荣升为大夫之后，燕成命自己族内的一位侄子去当邑宰，没想才几个月，他居然被人杀了。

"无终城高池深，山戎何以擒我邑宰？"燕成问。

来人道："戎人自令支城而来，又得孤竹人相助攻城器械，破东门而入，洗劫而去。"

燕成怒道："岂有此理！来人，号令三军，即日拔营！"

第三十六章 东征山戎

岑芜送子祺到家，在郑府住了几日。某天，岑芜径入后堂，对着郑原的灵位拜道："弟与郑兄虽只有一面之缘，却视同生死之交。为弟久未办成之事，兄却不避生死，一举而成，为弟佩服之至。今弟即将远游，特来拜辞。他日有幸，再来拜会郑兄！"

拜毕，他便向子祺辞行。子祺道："天下之大，君将何往？"

岑芜道："某将南下，寻师访友。"

子祺道："足下此去，千里万里，不知何日才能再见！"

岑芜道："见与不见，无甚紧要，夫人保重！"说罢，便要离去。

子祺道："足下此去，一路风餐露宿，何不多住几日再走？也好让吾犒劳足下搭救之恩。"

岑芜道："夫人美意在下心领，只是在下飘零江湖日久，习以为常，过不惯闲适日子。"一拱手，飘然而去。

子祺追到门口，看着岑芜的身影渐去，怅然若失。正独自叹息着回来，身后进来了范缨，道："我儿何故叹息？"

子祺道："岑芜决意离去，女儿劝其多住几日，他却是不肯。"

范缨看着女儿一脸失落的样子，心下明白，道："岑芜乃侠义之士，久历江湖，四海为家，岂能因一人而羁身！况此人与郑原以兄弟相称，此番前来，实为与郑原辞行，感其替己报仇。我儿久居深宅，少不更事，似此等江湖人士，行踪不定，眠花宿柳，实非居家之人。我儿身为郑大夫夫人，当竭力抚养少主，令其成人，日后入朝为官，为国效力，方是正事。"

子祺面有愠色，道："何为江湖人士？"

范缨笑道："所谓江湖人士，周游四海，处处为家，或劫富济贫，或仗义疏财，居无定所，行无定期，与我等常人大异其趣。此种人非礼仪可束，只可结交为友，却不可与之共事。"

子祺不想听父亲啰唆，道："父亲今日前来，可是有事？"

范缨想了想，道："险些忘了，国君不日即将东征山戎，我当随行。此一去，不知几日方回。你兄忙于封地之事，你姐远嫁他国，唯你一人尚在蓟城，你母亲近来体弱多病，为父恐一时难以回国，你当不时过去探望，为父方能安心远去。"

子祺道："我道是何事！父亲即便不说，女儿也自当时时过去照看母亲。"

范缨见女儿说话不冷不热，一时也有些尴尬，便道："既如此，为父先走了。"

子祺点了点头，目送范缨离去。

南宫燕听说燕成又要出征，埋怨道："夫君归国不久，如今城中局势不稳，奈何又要出征？回想上回夫君南征，妾身仍心有余悸。夫君此番前去，少则数月，多则半载，教我如何不忧心！"

燕成道："上回实属大意，此番出征，寡人将留蒙将军镇国，夫人尽管放心。况燕冒已死，燕泽一党余孽尽除，如今朝中已无心怀二意之人，夫人忧从何来？想夫人当年，也是巾帼不让须眉，奈何如今如此怯懦？"

南宫燕道："非妾身胆小怯懦，只因和儿尚幼，禁不得风雨。"

燕成不禁叹道："可怜我两个儿子，死于贼手，实在可恨！"

南宫燕不再言语。

数日之后，三军整顿完毕。燕成率领三军，向东进发。时值炎炎夏日，天干物燥，人困马乏，走不多时，前方来报："前方已近无终城。"

范缨道："国君，烈日似火，军士疲乏，是否令大军进城，一来休息片刻，二来城中百姓遭戎人侵扰，正好进城安抚。"

燕成道："不可，我军行军如此缓慢，当加速前进。"

范缨道："劳师远征，兵家之忌。"

燕成道："戎人猖獗，当速往除之，纵有劳苦，何辞为！"

范缨只好道："如此也罢。"令三军加速前进。

行至天黑，离令支城三十里，燕成下令，三军就地下寨，明日伺机攻城。

三军早已疲惫不堪，扎下营帐后，倒头就睡。到了半夜，突然杀声四起，戎人前来劫营。许多军士仍在酣睡，还未起床就死于屠刀之下。燕成慌忙起身披挂，出营一看，四面火光冲天，到处都是戎人。正犹豫间，范缨驱车而来，道："国君请上车！"

燕成来不及多想，跳上战车，道："出了何事？"

范缨道："军士疲惫，我军疏于防备，戎人趁机劫营。"

燕成道："当速整三军迎敌！"

范缨道："我军乱成一片，难以整顿，国君且随我杀出重围，以图来日。"

范缨带着燕成一边激战，一边往外突围，至天蒙蒙亮时，退至一座土山之后，随军只剩三千多人马。燕成懊悔不已，一面命人至土山上防守，一面命人埋锅造饭。到了中午，零零散散的军士渐渐败退回来，大家聚在一起，范缨一清点，折了一千兵马，回来的也大多丢盔卸甲，伤者不计其数。燕成道："悔不听先生之言，至有此败。损兵事小，如今我军挫动锐气，只怕难以再战。"

范缨道："国君勿忧，山戎历来小股突进，来去如风，今日竟趁我军远来疲惫，夜袭我营，其中必有高人指点，非国君之过，实乃我军轻敌所致。"

这句话点醒了燕成，他道："山戎皆茹毛饮血之徒，如何懂得兵法？"

范缨道："以老夫度之，此中必有孤竹国人相助，否则以戎人之智，绝难想到夜袭我营。"

燕成道："如此看来，令支城却非一日可取，当从长计议。"

范缨道："正是。"

用过午饭，范缨骑马踏上山头，四处察看地形。回来后，他派两支劲旅守住左右两个山头，令其余大军在山谷之中休整，又派两队细作混入令支城和孤竹城中打探消息。

第二天傍晚时分，细作回报。原来令支城里的戎首名叫速也，手下掌管着三千精兵，以骑射为主，附近山野之中的戎人都受他号令，尊他为王。而孤竹国现任的国君为墨容，手下有兵车百乘，自夏朝立国开始，至今已有千余年。孤竹在商朝时，国土广袤，自周朝始，在燕国的压迫下，国土面积不断缩小，至今仅剩孤竹一城，其辽东之地，已尽被箕子朝鲜占有。两国均非周王臣属，互通友好，今见燕军东征，更是抱成一团。

范缪和燕成商讨许久，一致认为，山戎本是乌合之众，虽作战骁勇，却不会用兵，本不足惧，占领令支也不过是寻个落脚之地。关键是令支背后有孤竹帮忙，战斗力一下子增强了许多，要想征服二城，强攻不行，只能智取。

燕成道："二城互为犄角，攻其一，另一城必施以援手。为今之计，不如围城打援，佯攻令支，而于半道截杀孤竹援军。"

范缪道："国君所言极是！明日国君可领兵车百乘佯攻令支，老夫多率弓弩手埋伏于令支以南，以逸待劳，伏击孤竹援军。"

第二天，燕成分了一半兵马给范缪，自领一半围令支城。速也命军士突围，无奈手下多为骑射手，不擅阵前对战，几番突围均被击退。速也只好闭门不出，趁晚间派快马往孤竹求援。

快马行至半道，被范缪拿获。范缪搜出其身上的书信一看，竟是想约定于明日派兵救援，以城中烟火为号，内外夹击，以破燕军。

范缪杀了戎人信使，将书信稍加修改，约定孤竹于今夜北上，见城中火起为号，内外夹击，攻破燕军。然后范缪挑选了一名亲信，让他换上戎使的衣服，去往孤竹国送信。

范缪早已察看了地形，营地往南是一条大道，经过一条山谷，正是从孤竹前往令支的必经之路。他将军队分为三支，左右两支各往山谷两边的树林中埋伏，多备弓弩手，自领一支待阵于前，截断敌军去路。

一切准备妥当，就等孤竹军自投罗网了。

那名亲信来到孤竹国，呈上书信。墨容一看，立即下令点兵。送信的一看，满心欢喜地正要退去，却被墨容手下一名谋士商如看在眼里。他立即起身道："国君且慢！戎王书信可否令下臣一观？"

墨容道："商大夫要看，有何不可！"

商如上阶接过书信一看，又看了看送信之人，道："此信有假！"

墨容一惊，送信的也站住不敢动了。朝堂之上，众大臣开始议论纷纷。

商如道："国君请看，此信笔迹与以前有何不同？"

墨容仔细一看，似乎确实有些不一样，但他又说不出，忙命人取出以前速也来往的信简，两下对比，果然不一样。商如道："臣以为，速也乃戎狄之人，书写我华夏文字终非手随心意，总有生硬之感。而此书之笔迹，却是熟于书法之人刻意为之。"

墨容立即问送信之人："你是何人，从实说来！"

送信的人灵机一动，道："此信确非我大王亲笔！"

众人一愣。

送信的人接着说："最近大王抓获了一名燕人，其人识文断字，我王惜才，不忍杀之，便留其性命，为我王撰写文书。"

墨容道："倒也有理，商大夫多虑了！"

商如却不以为然，大踏步走下台阶，站在信使前面，不停地打量他。送信的被他看得心里发毛，道："大人休要如此看小人，小人不过是个送信的，余下的事小人也不知。"

商如并不理会，只道："你也是燕人！"

信使吓了一跳，脸上抽搐了一下，道："大人说笑了，小人并非燕人，实乃戎人。"

商如冷冷一笑，忽地伸手，一把扯掉了他耳上的铜环，原来是个假的，耳环只是夹在耳朵上，耳朵上并没有洞。戎人喜欢打耳洞戴耳环，华夏人却没有这个习俗，临时装扮，只能戴个假的。

朝堂之上立即炸开了锅，墨容拍案而起，道："大胆奸细，还不如实说来！"

信使立即跪下，道："墨公明察，小人只是自幼习惯如此，并非假冒戎人！"

墨容哪里肯信，大步流星地走过来，伸手拔剑，指着信使道："再不实言，寡人便取你性命。"

信使一口咬定自己不是奸细，墨容一怒之下，没等商如拦住，就把他给杀了。

商如惋惜不已，道："如此看来，此中必然有诈，只可惜国君一时气愤难捺，我等难知其详。"

墨容也后悔不已，道："燕人欺人太甚，寡人一时恼怒，铸成大错，还望商大夫不吝赐教！"

商如略一沉思，道："以臣下度之，燕人必于我北上令支途中设下伏兵，只等我军一至，伏兵一出，聚歼我军。为今之计，只好将计就计。"

墨容道："计将安出？"

商如道："前番我等唆使戎王夜半劫营，燕军大败，已挫动锐气，此番围令支，不过是虚张声势，故国君不必担忧令支有失。此番拒敌，全在燕军伏兵。国君可令一军，多携盾牌，佯为援军，引出燕军伏兵，而后遣大军自两面包抄，袭敌后方，如此两面夹击，可获全胜。"

墨容喜道："此计甚妙！不知何人可领兵前往诱敌？"

商如道："深入敌军伏击之地，乃万险之举，若成此事，非臣下莫属！"

墨容叹道："爱卿孤身深入虎穴，以身犯险，寡人当亲率大军随后，为爱卿解围！"

于是商如领了两千兵马，人人携带盾牌，往北而去。行至半道，过一山谷，商如道："此谷两侧必有伏兵，今我军深入，伏兵必以弓箭为先，传令下去，各将士左手执盾，右手执剑，以备迎敌！"

果然，两千人马刚走到谷中，山谷两边羽箭如飞蝗一样纷纷射来。众将士早有准备，三个一群，五个一伙，聚在一起，以盾牌挡箭，竟毫发未伤。

月黑风高，两边的燕军放过一阵箭后，以为孤竹人死得差不多了，纷纷执剑冲下山谷掩杀。到了谷中才发现，敌人总共也才两千来人，而且毫发未伤，不禁大惊。正犹疑间，忽听得身后喊声大作，无数的孤竹人从山上冲了下来，见人就砍。燕人腹背受敌，难以抵挡，死的死，伤的伤，纷纷向北逃去。

范缨在营前听见厮杀声，还以为燕军得手。等到前方不断地有伤兵逃窜而来，才知道燕军中了敌人的诱敌之计。一时军心大乱，范缨也只好且战且退。退到令支，燕成还在围城，范缨忙道："国君速撤，我军已中敌人奸计！"

燕成忙调集军马撤退，谁知这时戎人一见燕人阵势大乱，趁机杀出城来。一时燕军大败，退至营地死守不出。

一连两次败仗，燕军士气大挫。燕成道："不料此番出征竟如此不利！"

范缨道："敌军之中有高人，怪老夫轻敌了！"

燕成道："先生可有良策？"

范缨一时想不出破敌之策，只让大军好好休整。

一连几日，范缨都一筹莫展，索性出营闲逛，逛着逛着，不由得来到附近一座山顶上，极目四望，只见北边是绵延不绝的大山，一条河水从山谷倾泻而下，汇集成流，向南奔去。范缨问左右："此水何名？"

左右答道："名为濡水。"

范缨道："流向何处？"

左右答道："经令支，过孤竹，南入大海。"

范缨大喜，道："破此二国，就在此水！速随我下山，与国君商议破敌之策！"

第三十七章 水淹令支

范缨回到无终，命人日夜赶工打造百二十船只，又从无终征调了两千民夫，在令支的上游修建了堤坝，截断了濡水。这条河水本是令支、孤竹的命脉，一时水断，两城的百姓没了水吃，纷纷出城汲引山泉。

燕成道："如今我军可趁此良机攻城！"

范缨道："国君且慢！令支虽池水已干，坚城仍在，强行攻城，一时难下，必招致孤竹援兵。"于是他将民夫调往南边，在令支和孤竹之间又筑了一座堤坝。

燕成道："今濡水已竭，先生筑此长堤何用？莫非用以阻挡孤竹北上救援？"

范缨道："国君且静候，来日必有用处！"

且说令支国君速也听说燕人截断了濡水，护城河里的水已经干了，城中的几口井也见了底，百姓纷纷出城打水吃，便命各处军士就地掘井，掘了十丈深才见到泉水；又命守城军士关闭四面城门，不许百姓出入，以防燕军趁机混入城中。

好不容易解决了城中吃水的问题，速也听说燕人在令支以南又修了一座堤坝，还派了军士把守，截断了自令支去往孤竹国的道路，气愤不已，对臣下道："如今我国孤立无援，唯有与燕人拼死一战。"

臣下建议道："何不命人假扮燕人，绕道前往孤竹？"

速也道："即便得往孤竹又如何？如今燕人于大堤之上驻有强兵，孤竹纵有心相救，也无能为力。"

范缨抽调了三分之一的兵力前往令支以南守堤坝，燕成有些不解："北堤有大水相侵，不见先生派遣重兵；南堤空无一物，我本以为先生欲在此筑城，如今看来也只不过一长堤，先生若是想以此阻挡孤竹援兵，就不怕两国南北夹击？"

范缨道："如今两国消息不通，夹击之势难成。纵使二国同来，国君可速领一支劲旅袭击令支城。老夫如今所患者，非戎人攻我，乃其闭城不出，令我军无从下手。"

燕成道："如今令支城中断水已十数日，想必城中军心已乱，可否攻城？"

范缨道："时机未到。"

燕成道："何日才到？"

范缨看了看天，道："难以定论。"

燕成道："先生在等何事？"

范缨道："老夫在等一场雨。"

一连几天，范缨天天到北堤上察看。堤坝修建了一月有余，蓄水却仍不过半，范缨连连叹气，如今天干物燥，恐怕这水一时难以积蓄起来。

忽有一日，天雷滚滚，下起雨来。范缨大喜，急找燕成饮酒。燕成道："天降大雨，令支城久旱得逢甘露，先生筑堤截水之意全然白费，却为何不忧反喜？"

范缨道："苍天有眼，老夫终日难眠，正是在等此雨。"

燕成道："先生岂不担心，若大雨数日不停，冲垮堤坝，岂不前功尽弃？寡人当遣人前往加固北堤！"

范缨忙止住，道："不妨事！"一个劲儿地劝燕成喝酒。

喝完酒，范缨就迷迷糊糊地回营帐中歇息去了。

这场雨连下了三天三夜，范缨也睡了三天三夜。

这天晚上，范缨正在睡梦中，被帐前的侍卫叫醒了："大人，大事不好了，北堤决口了！"

范缨迷迷糊糊地睁开眼，道："什么？"

侍卫又重复了一遍。范缨起身穿衣，道："备车，带老夫去看看！"

范缨来到了北堤，一看，河堤缺了个两丈来宽的口子，洪水像一条白蟒一样冲出缺口，直朝令支而去。

范缨下令，让军士将缺口挖大。军士一愣，范缨不叫人来补修缺口，反倒让人把缺口挖大，是不是弄错了？

范缨道："老夫等了数十日，就等今天！挖开河堤，水淹令支城！"

军士们这才明白，忙开始挖堤。

第二天一早，天放晴，范缨请燕成上山看景。燕成放眼望去，远处白茫茫一片，令支城像座孤岛一样漂在水中，不由得叹道："令支休矣！"

这时从无终城打造好的一百二十只船也运到了，范缨亲领五百军士，驾船前往令支。

令支城已成了一片泽国，速也下令堵死了城门，还不断在城门后堆积泥土，以防止大水入城。即便这样，城中的水也有两尺多深，百姓纷纷逃到了房顶和城墙上。速也命令军士堵完城门后，又四处寻看哪里的城墙漏水，一旦发现，就地取土堵塞。速也立于大殿，不断有军士来报，说城中的水位还在涨，照此下去，城中军民早晚成鱼鳖。速也急得团团转，一筹莫展。手下的将领纷纷献言，有人劝降，有人提议派人出城去决开南堤，可又苦于没有船只。正在这时，门外来报："燕人驾轻舟而来！"

速也道："来了多少人马？"

来人报："有数百人。"

速也急忙披挂出殿，来到城头，只见范缨立于船头，高声叫道："来者可是戎王？"

速也道："正是！"

范缨道："戎王何不早降，如此僵持，徒使城中生灵涂炭！范某不忍见戎人就此覆亡，今特来劝降。"

速也道："大人若肯保我戎人性命，速也何惜一王之虚荣！"

范缨道："范某在此保证，戎王若降我燕国，仍不失富贵，城中百姓更是秋毫无犯！"

速也当即脱去披挂，赤膊上身，命左右反缚了自己的双手，然后朝范缨道："请大人载我去见燕公，速也当面请降！"

范缨便命船夫将船靠近，军士道："大人，小心有诈！"

范缨一时犹疑。速也立即明白，令左右远离。

范缨道："看来戎王诚心投降！"

左右两只小船的军士道："城垛之后，或有伏兵，大人不可亲冒不测，让我等近前即可。"军士当下划动小船，靠近城墙。

城外的大水离城墙只有三尺来高，当小船靠近时，速也立于垛口，自己跳到了船上，道："速带我去见燕公！"

范缪心下松了一口气，押着速也回营。他没想到事情进展得这么顺利，看来戎人并不个个都是亡命之徒。

燕成听说范缪押了戎王前来投降，既惊又喜，忙出帐相迎，亲自为速也解绑，道："戎王深明大义，使军民免遭涂炭，令支之福矣！"

速也再三叩拜，谢燕侯不杀之恩。燕成设宴相待。

范缪见状，便令守南堤的军士决开大堤，倾泄洪水，以解令支之困。众军士不解，问道："先生何不以此水再淹孤竹？"

范缪道："孤竹乃商朝遗民，城中百姓同为华夏之人，与令支不同，不可用此赶尽杀绝之法。墨公于周天子尚且不服，又如何肯轻易降我燕国？倘若其以死相拒，我岂非要犯下滔天之罪！若取孤竹，当服其人心，人心服，其国自归。"

过了一日，洪水泄完，令支城的危险解除，燕成带着速也进入令支城，令支服。

燕成命速也为车骑将军，仍领他的三千骑兵，于帐前听令。速也道："末将此前与孤竹交厚，国君此番若攻打孤竹，请勿使末将为伍。投新主而忘故交，人所不齿也。"

燕成道："将军果然义士，寡人自有分寸。"

燕成一面令大军于令支城外休整，一面派人往蓟都催运粮草。因大水淹了令支城四野的庄稼，至此令支颗粒无收，燕成又派人四处赈济灾民。

大军休整了半个月，从蓟城来的粮草也到了，范缪进言道："如今令支已伏，孤竹孤掌难鸣，国君何不趁此良机攻克孤竹？"

燕成道："寡人正有此意！"

于是燕成遣使向孤竹国递交战书，约定三日后于孤竹城门一决高下。

到了第三天，燕成点校三军向南进发，留速也镇守令支。范缪终觉不妥，偷偷向燕成道："速也新降，其心未稳，国君如此安排，似有不妥。"

燕成道："速也穷途末路，诚心来降，寡人料其必不敢反我！"

到了孤竹城北，墨容也早遣大军迎战。两军对圆，燕军擂鼓，左军进击。

战了数回合，不分胜负，燕成又命右军进击。不到二十回合，孤竹军抵挡不住，退守城中。燕成命人入城劝降，墨容拒不投降，还把使者赶了出来。燕成大怒，命三军围城，截断孤竹汲水取粮之道。

围了数日，孤竹忽然从南门突围。燕成忙命范缨领兵去南门截杀。两军交战，各有损伤。孤竹军愈战愈勇，毫无退缩之意。范缨心下疑惑，孤竹军不过三五千人马，何以敢与燕军两万大军抗衡？正疑惑间，忽听得背后喊声大作，一支军马自东杀来，燕人纷纷败逃。

范缨立于车上，搭手远望，只见来军玄盔玄甲，战车形制与中原诸侯也略有不同，于是便问："此军从何而来？"探马不知。范缨道："速去打探！"

范缨腹背受敌，只好向西渐走。走不多时，探马回报："此军来自辽东朝鲜国。"

范缨大吃一惊，沉吟半晌，忙下令，命大军迅速撤离。

范缨来到城北，见燕成还在那里围城，忙凑近道："国君速撤，军情有变！"

燕成道："何变之有？"

范缨来不及细说，只道："容老臣稍后细禀！总之，孤竹已请来强援，我军一时难以取胜，先撤回令支再说！"

燕成于是撤军，两军合在一起，向北投令支而去。谁知到令支城下一看，大吃一惊，城头居然已插起了戎旗。

范缨道："戎人已反，我军已无退路矣！"

燕成怒不可遏，立于城下大叫道："速也出来答话！"

速也畏畏缩缩地从人群中挤出头来，道："燕公有何赐教？"

燕成怒道："寡人待你不薄，为何反我？"

速也一脸羞愧，道："速也蒙燕公不杀之恩，感激不尽。只是孤竹国君传书到此，斥速也为背信弃义之人，国中将领也多有不服之意，速也无奈，不敢违拂众意，只好有负燕公！"

燕成道："你趁寡人南征孤竹，背后倒戈，何信之有！你若念我诚心待你，打开城门，寡人尚可既往不咎！若背信弃义，日后休怪寡人翻脸无情！"

速也回头看了众将一眼，朝燕成施了一礼，道："恕速也难以从命！燕公速去，切勿在此逗留，速也念燕公不杀之恩，不会追击，权当还燕公昔日之恩。"

燕成还要说什么，范缨道："戎人无信，国君不必动怒！当速寻安身之所，以图将来！"

燕成叹口气，懊悔不已，道："只怪寡人轻信此人！"

范缨道："国君宽以待人，乃为君之道，本无过错，错在戎人反复无信。"

燕成道："今我军粮草、辎重尽在令支，如何肯就此离去！想这令支，为我燕国新收不久，城中多有百姓信服，我军若取令支，须臾可克。"

范缨道："国君有所不知，今令支忽而叛我，必因朝鲜之故。"

燕成不解："朝鲜？寡人闻所未闻！"

范缨道："昔日武王伐纣，平定天下之时，纣王之叔羞于事周，遂率众东奔，于辽东建立朝鲜国。朝鲜与我周朝同岁，至今已有数百年。自立国后，朝鲜东征西讨，已尽取辽东之地，国力空前。孤竹与朝鲜本同为商臣，同气连枝。孤竹本不足惧，然今有朝鲜为后援，我军若想取胜，绝非一日之功！"

燕成半晌说不出话，往上看了看令支城。范缨道："今令支降而复反，必得知朝鲜援军已到。否则，以令支、孤竹二城，我大军数日即可攻克，速也岂能不知！"

燕成叹道："既如此，不如暂且退守无终，命蓟都再办粮草辎重，以图长久之计。"

三军退守无终，休整了一个月，往蓟城督运的粮草、辎重也到了。燕成眼见出征数月以来，无有寸尺之功，反倒耗尽无数粮草、辎重，道："小小二城，耗却我国库无数，长此以往，只恐国人多有怨言！"

范缨道："若只取二城，倒也无须费却许多。老夫之意，此次东征，不如大展宏图，尽取三国，如此一来，国人必无怨言！"

燕成一愣，道："先生之意，莫非欲将朝鲜也纳入我燕国版图？"

范缨道："正是！这一月之间，老夫已派人打探清楚各处地形，并绘有此图。国君请看，有此地图，我军取三国易如反掌。"说罢，从怀中取出一张地图，展开给燕成看。

燕成拿过来一看，上面果然描绘了从令支、孤竹到朝鲜的各处城池、关隘、山川，以及各地驻守的兵马多寡。燕成看得激动不已，道："若果真能取三国，将是我燕国万世功业！"他又将地图展于案上，细细看来。

范缨指着地图，道："朝鲜虽大，然与孤竹之间，仅有一狭长通道，名为傍海道。通道以西，令支、孤竹孤悬于我燕国腹地，若我军于碣石以东驻一劲旅，则朝鲜之兵难以西进支援二国。如此，可先取令支，再取孤竹，然后扼守傍海道，徐图朝鲜。朝鲜之南北，皆蛮夷之地，我军届时向其许以好处，令其骚扰两端，使朝鲜疲于应付。而后，我军可兵分两路进击，一路自傍海道东进，另一路渡海取辽东半岛南端。如此，则朝鲜唾手可得矣！"

燕成拍案叫绝，道："想我燕国，立国数百年来，不过弹丸之地，若尽收三国之地，则国土增至数倍。先生之言，令寡人茅塞顿开，今若不取，愧对列祖列宗！"

范缨道："若取朝鲜，非一日之功，国君当备好两件事！"

燕成道："哪两件？"

范缨道："其一，粮草，朝鲜地广人稀，我军劳师远征，粮草消耗巨大，国君当加紧筹粮，以备不时之需；其二，训练水军，我军历来以车战为主，无有水军，傍海道地狭路长，不宜行走大军，当分兵进入辽东，为保胜算，可遣一支水军从海路进击，如此两面夹击，朝鲜可一鼓而破。"

燕成道："筹粮之事，伍大夫久历农事，可令其督办此事；至于水军，寡人为司马时，也不曾见过船只，以寡人想来，先生并非需要擅长水战之人，而是需要擅于行船之人，船至岸边，军士弃舟登岸，仍是陆战，是也不是？"

范缨道："国君所言极是！"

燕成道："如此倒也好办，尚大夫掌管渔盐之事多年，今可令其至大海之滨广召船夫水手，略加训练，可为先生所用！"

范缨喜道："如此，老夫定教三国率众来降！"

第三十八章 计收二城

一切准备妥当，燕成带陆焉、许晋，范缨带刘铭、吴离、何严，各领一万兵马，燕成往孤竹围城，范缨往碣石东，在傍海道西口安营扎寨。

孤竹国君墨容闻之，急往朝鲜传书求救。快马到达碣石，被燕军抓获，绑送给范缨处置。范缨看了一眼，命令放人。刘铭不解，范缨道："朝鲜若不相救，孤竹唯有死守城池，反于我军不利。"

且说朝鲜国君名为箕洪，为箕子第一百零八世子孙，手下四大将领，名为景松、琴尚、康修、鲁启，皆骁勇善战之辈。孤竹快马到了平壤，将求救书信交给箕洪，道："孤竹危在旦夕，望朝鲜公早发义兵，解我国人民倒悬之危！"为了面子，将自己被燕人拿获之事隐瞒不说。

箕洪道："孤竹与我唇齿相依，唇亡齿寒。使者请往馆驿歇息，寡人即刻点兵相救！"

箕洪命景松、琴尚、康修、鲁启各领精兵五千，前往救援。四人行至辽西，地狭山高，难以大举进兵，只得依次而入。景松在前，快到通道尽头，才发现燕人已在前面安营扎寨，只得停下，就地扎营。后面三人不知缘故，见大军停住，纷纷派快马前来打听。得知情况后，三人一商量，想狭谷里终究屯不下那么多兵，便退守屠何。屠何城正好位于走廊的东头。

范缨听说朝鲜人到了，趁敌人立足未稳，当夜派了两千人劫营，趁势放火。景松毫无防备，人多地狭，一时也难以摆开阵势迎敌，吃了败仗，后退三十里下寨，命军士加强警戒。

孤竹国听说朝鲜已派兵前来相助，于碣石和燕人一战。商如道："燕人围城打援，意在朝鲜，国君可趁机遣兵突围，于碣石以西夹击燕人，我军可获全胜。"

墨容道："若燕成乘机尾随而来，我军岂不两面受敌？"

|第三十八章| 计收二城·313

商如道："可致书戎王，使其领兵南下，以牵制燕军。"

墨容道："如此甚妙，寡人即刻修书与戎王。只是，这突围之人，爱卿可有何举荐？"

商如道："臣愿领兵前往！"

墨容颔首道："寡人听闻范缨足智多谋，爱卿此番与之交战，万望小心，勿中其奸计！"

商如道："臣下虽愚，然自忖不在范缨之下，国君休要长他人志气，灭自家威风。臣此番前去，必生擒范缨！"

这时殿下一人听完哈哈大笑，道："商大夫好大的口气！如今燕国之中，谁人不知范缨之才，即便是燕君，也礼让三分，商大夫竟口出狂言，休要因张狂而贻误国家大事！"

商如一看，是大夫樊吁，道："樊大夫何出此言？商某既出此言，必有破范缨之策，此番前去，若不成功，便请成仁！"

樊吁道："敢立军令状否？"

商如怒道："如何不敢！"

墨容一看两人斗起了气，忙劝解道："两位爱卿都是寡人的股肱之臣，何必相争。"

商如正在气头上，道："请国君赐笔墨，商某在此立誓，此番若不取胜，便提头来见！"

墨容道："樊大夫不过一时气话，商大夫何必放在心上！"

樊吁火上浇油，道："商大夫若是不写，便是口出狂言！"当即请命，"商大夫此举，实自取灭亡！国君，臣愿领五千精兵出城，先破燕成，而后取范缨！"

墨容一时犹疑，不知该听谁的。商如见状，抢过一旁史官的笔墨，当下立了军令状，若不取胜，自己甘受军法处置。

墨容只好令商如领五千兵马出城突围，并遣人密送信函给戎王，让他从令支出兵牵制燕成。

燕成见商如领一支孤军突围，故意让开一条道，让商如突围而去，再命许晋领三千军追击。许晋道："国君为何派兵如此之少？"

燕成道:"墨容意在诱我全军追击,好趁机解孤竹之围。将军只需尾随,趁机取利,不可硬拼。待到达碣石之后,与范先生两面夹击,可获全胜。"

商如一路往南突围而去,见燕成只派了少量兵马来追,心下大喜,原担心燕军会全军追击,自己性命不保,这下倒放心了。

墨容在城楼上也看得真切,见燕人只派了少数人马追击,心下也大喜,看来商如此番前去功在必成。

陆焉心中不解,问燕成:"国君果真以为此乃敌军诱兵之计?末将料想,孤竹国总共不过数千兵马,此番商如带去五千,城中兵马所剩无几,我军若全数追击,聚而歼之,则灭孤竹国指日可待。"

燕成道:"非也。我军若全数追击,商如之军如何能到碣石?我今放其一条生路,正是让他自投罗网。如今孤竹城中所剩兵马寥寥,正是取城之时。"当即下令,全军整肃,待商如远去之后,即开始攻城。

且说戎王收到墨容的书信,抓耳挠腮不知如何是好。自从上次被燕人打败之后,他已经畏燕人如畏虎。虽然他心里很清楚,如果孤竹有失,令支也难以独存,但他还是紧闭城门,不敢出兵。

范缨守着走廊西口,大筑工事,只需何严领着三千人把守便教朝鲜军寸步难进。剩下的兵马全部在营中待命。不日,来人报商如领着五千孤竹军杀来,后面许晋领着三千军紧紧追击。范缨大喜,命刘铭领三千兵马,迂回到商如的后方,与许晋会合,截断了商如的后路,自己和吴离领着四千兵马在原地以逸待劳。

过了一日,商如五千兵马杀到,范缨亲自领兵迎战。双方一场厮杀,各有损伤。息兵之后,商如突然发现,自己已陷入了燕军的包围之中。

吴离谏言道:"我军两倍于敌军,先生只需一声令下,末将愿取商如首级献于先生麾下!"

范缨道:"将军勿急,前番我军数次失算,败于孤竹,皆有赖于此人。此人足智多谋,可惜生不逢主。老夫筹划数日,孤心苦诣,便是要生擒此人,以为国君所用。"

吴离道:"只怕此人未必肯轻易就范!"

范缨道:"此事不难。如今商如被我军四面围住,进退维艰,只需数日,所携干粮、饮水用完，其军心必变。将军听我号令，速往各处搜寻十几口柴锅，十日后于孤竹军四周架锅炖肉，且遍晓孤竹军士，凡投降者，非但无罪，还赏熟肉一斤。"

吴离立即明白，出营准备去了。

且说商如被燕军围在当中，孤立无援，叫天天不应，叫地地不灵，想与燕军决一死战，燕人又常挂免战牌，拒不出寨。就这样熬了三天，孤竹军所携带的干粮吃光，只能掘地为泉，以水充饥。这个时候纵使商如想战也战不了了，军士们饥肠辘辘，浑身无力，连走动都费力气。这时就有手下建议："不如早降，尚可保全战士性命！"

商如道："我等世为商臣，不服周王管束，已历千年，如今怎可降于燕人！"并下命令："如有再言降燕者，斩无赦！"

又过了两天，孤竹军士实在是饿得不行了，道："既不能降，不如早日突围，以求速死！"

商如便带了一队兵马出击。燕人坚守营寨，只以弓箭退之。商如无奈，只好退了回来。军士道："如此虽不战死，早晚饿死，望商大夫早作决断！"

商如道："墨公如知我等被围困于此，必发兵来救，诸君静候。"

军士道："孤竹城中所剩不过千人，又为燕成所围，商大夫望国君来救，无异于水中捞月。"

商如道："朝鲜国救兵已至辽西，不日便至。"

军士道："朝鲜军已困于傍海道，进不能进，退不能退，商大夫望其相救，岂非缘木求鱼！"

商如只好忍痛下令，命各营杀马为食。手下立即道："无有军马，车不能行，来日突围，我军如何一战？"

商如实在没办法，仰天长啸，道："苍天灭我孤竹，何以如此！"

军士们无奈，只好掘草根为食。

就这样又挨了几日，草根也吃得差不多了，地上光秃秃的一片。孤竹军士干脆躺在营中不出，道："就等燕人来替我等收尸吧！"

正当孤竹国的军士们躺在营中睡大觉的时候，有一名军士突然醒来，叫道：

"我梦里吃到肉了，现在还能闻到肉香！"

他这一叫，其他人也纷纷醒了，道："不是做梦，是真的有肉香！"

这话一传十，十传百，军士们挂着长戈，慢慢走出营帐，发现肉香味更浓了。他们本来已经饿得麻木的胃此时又被唤醒，饥饿到了难以忍受的地步。

大家循着肉香前行，不知不觉来到了燕人的营帐前。为了这肉香，死都不算什么了。他们走近一看，原来是燕人在架着大锅炖肉，香气四溢，勾得人直流口水。燕人还在那儿冲他们喊："凡投降者，赏熟肉一斤。"

几个胆大的走了上去，弃械投降，果然得到了刚从锅里捞出的一大块肉，也顾不得烫，拿过来就坐在地上吃了起来。其余的将士你看看我，我看看你，也慢慢地走了过去。

商如已然知道了燕人的诡计，但任凭他怎么叫喊，也没人听。他还挥剑杀了两名军士，可是其余的人仿佛没看见一样。不多时，孤竹军的营帐里全空了，只剩商如一个人，坐在地上大哭。

商如哭了半天，也没人理他。过了半响，一辆青罗伞盖的战车停在他的身边，从车上下来一位老者，亲自为他披上战袍，拉他起来，道："商大夫有经天纬地之才，可惜未遇明主。今部下士卒尽弃大夫而去，商大夫已心无挂念，不如随老夫回营，共事明主！"

商如知道来的人正是范缨，道："败军之将，不敢言勇，商某感先生不杀之恩。然商某有闻，忠臣不事二主，今既败之，只求速死，望先生成全。"说罢，闭着眼睛不说话，只等对方下手。

范缨笑道："商大夫此言差矣！常言道：君有道，从之，忠之；君无道，伐之，弃之。墨公虽非无道昏君，然祖上世居于此，历经千年而不思进取，反倒接连失地，如今仅剩一城，实有失为君之道，致使国弱民贫，乃有今日。以商大夫一人之力，何以挽孤竹千年之颓势？范某窃为足下不取也！"

商如听了，思虑良久，忽然下拜，道："先生一席话，令商某茅塞顿开。商某愿投先生帐下，早晚驱驰，以听教诲！"

范缨扶他起来道："足下既为孤竹大夫，老夫焉敢挟私，当向国君举荐足下，为国君效力！"商如再拜致谢。

范缨收容了孤竹的降兵，令其组成一营，仍由商如带领。吴离道："先生不怕戎王之事重演乎？"

范缨道："戎人蛮而无礼；孤竹乃前朝诸侯，当知礼仪。"

当范缨听说孤竹国内只剩千余兵马时，便问商如："攻取孤竹，足下有何妙策？"

商如一言不发。

范缨心下明白，叹道："不忘旧主，人臣之本分也！"当下分拨五千兵马给吴离，留他在此和何严一同镇守碣石，自己带着剩余的兵马投北而去。

到了孤竹，燕成正在攻城，见范缨来了，道："孤竹人甚是顽强，城池久攻不下，先生有何妙计？"

范缨立于车头一看，道："孤竹殊死反抗，想必是拖延时日，以待朝鲜救兵。为今之计，如能瓦解其军心，其城必破。"

范缨知道商如不愿亲自攻打孤竹，也不为难他，只教他带着投降的军士往城下一站。城里的孤竹人一看，知道等待朝鲜救兵无望，一时毫无斗志。于是燕成派兵攻城，不久就攻下了西、北两座城门。墨容知道大势已去，自杀殉国。其余的孤竹大臣一看，只好开城投降。

燕成领军入城，命人以诸侯之礼安葬墨容，还把无终城南一百来亩的地赐给了墨容的子孙，让他们来日迁过去居住。范缨向燕公推荐了商如，燕成封他为大夫。

戎王速也听说燕成夺了孤竹，吓得寝食难安，连夜传书向燕成求降。燕成一看降书，气不打一处来，为了令支，燕国损失无数兵马、粮草和辎重，便回复道："速也若有诚意，当亲自负荆来降！"

没想到第二天，速也当真光着个膀子，背上绑着荆条来孤竹请罪。燕成传令让他进入城府。

一进府中，燕成便下令："推出去斩首！"

速也被吓得面色惨白，连连磕头求饶。范缨也道："戎人野性难驯，若杀其王，部众分散而去，遗患无穷。不如封其虚职，分散其民，天长日久，其患自平。"

燕成觉得有理，便叫速也起来，封他个散邑大夫，让他到居庸关外去养马，其部众愿跟随者同去，不愿跟随的可留于军中，分编到各营。

自此，令支、孤竹二城皆平，燕国东境再无戎人之患。剩下的，就是关外的朝鲜了。

第三十九章 直抵辽东

范缨命驻扎在碣石的燕国军士依山建城，一面防守，一面在东边谷口筑关，以图长远。这座关口，就被命名为渝关。

有渝关阻隔，碣石为屏障，朝鲜之兵要想西进，几无可能。景松听说孤竹、令支二国已灭，便也退守屠何，一边回报箕洪。箕洪见燕国筑城修关，有东进之意，便命景松、琴尚镇守屠何，康修、鲁启镇守襄平，以防燕军东进。

从渝关到屠何，便是傍海道。四人把守着屠何，范缨要想东进，也同样艰难。

范缨见平定朝鲜不是一天两天的事，便请燕成回国："国君出征日久，国政荒废。取朝鲜非一日之功，关外又是苦寒之地，国君可先行归国，料理朝政。老夫在此镇关，不平定朝鲜，一日不归。"

燕成只带了五千兵马回蓟城，其余的都留给了范缨，临走时道："如今东境安宁，国人再无异族相扰。朝鲜地广，非令支、孤竹可比，先生能取则取，不能取当全身而归，只在勿使侵扰我国便是。"

燕成走后，范缨又在南边海滨修筑码头，建造船厂，将原本散落各处的造船设备、船只和船夫一并调来，并命商如前往督造。不到三个月，千余艘大船齐备，商如回报范缨："可东征朝鲜。"

于是范缨命商如率一万兵马渡海，于辽东半岛登陆，自己率一万兵马沿傍海道东进，两面夹击屠何。

临走前，范缨送给商如一笼鸽子，道："每到一处，若有军情，便以飞鸽传书，互通消息。"

商如和刘铭、吴离三人率领一万兵马，以及战车、辎重无数，驾千余只大船，选了一个风平浪静的日子，便朝茫茫大海出发了。

船行一日，四周仍是茫茫一片，商如心下不安，不停地拿出地图和司南调

第三十九章 直抵辽东·321

整方向。时寒冬已至，不久海上便刮起大风，北风凛冽，削肌蚀骨，除了划船的水手在卖力地摇桨，军士们早已躲到船舱避风去了。商如却仍站在船头，不停地搭手向远处观望。

一天晚上，暴雨大作，船舱被打破了好几个窟窿，油灯也被吹灭。商如惊觉而起，只见军士们乱成一团。商如也是头一次在海上漂这么久，不知如何是好，便请教一个老船夫。老船夫道："天气恶劣，前方一片漆黑，当让船夫们歇息，以防触礁船破。"

商如觉得有理，便让船夫们歇息，一面修补船舱，一面检查底舱，以防漏水，还用绳索将各船连在一起，以防漂走。

第二天天一亮，大家起来一看，晴空万里。各船清点人数物什，损失了五百军士，两辆兵车，以及若干辎重。

又过了两日，乌云密布，天降冰雹，战马受惊，冲出马厩四散而逃，好些马匹冲出了甲板，落水而死。

所幸有惊无险，七天之后，船头的船夫突然叫道："前方发现陆地。"

商如跑到船头，举目一望，果然远处有一片山林，又回船舱拿出地图看了看，道："想必是半岛南端。"便命船夫们加速前进。

船慢慢地靠近陆地，众人才发现沿着海岸有一圈圈白色的东西，在日光下闪闪发亮。天气越来越冷，军士搓手哈气，议论纷纷。商如猜想那是冰，让各船放慢速度，缓缓靠近。

第一艘船靠近沿岸的冰面，一个军士跳下船去，咔嚓一声，冰破了，军士掉进了冰窟。船上的众人赶紧伸出戈去，让他抓住。落水的军士抓住了长戈，在大家的协力下，又回到了船上，但他浑身湿透，身上很快结了一层薄冰，人也冻得瑟瑟发抖。

商如命几名军士站在船头，以戈击冰，先将近处的薄冰敲碎，一直到离海岸不远了，再用长戈试了试，感觉冰层承得住一个人时，再上岸。

就这样，花费了大半天的工夫，一万兵马、辎重全部上岸。商如命全军就地扎营，派几名快马到四处打探消息。刘铭道："船只如何处置？若等明日醒来，恐怕船只早已漂走。"

商如想了想，这里也没有码头，船只确实无法停靠，沿岸都是冰，如果将船拴在冰上，不用几天，如果天冷，冰把船冻在一起，船就会裂；如果天暖，冰就化了，船也漂走了。于是他道："可毁船取火。"

刘铭道："如此我等如何归国？"

商如道："此战若胜，自然从辽西归国；若败，又归往何处？"

刘铭心下明白，商如这是要切断大军的退路，好让众人一心死战，否则别想活着回国。于是刘铭派了一队军士，将船只拆毁，用拆来的木板在营地生火取暖。

临近黄昏之时，快马回报，方圆百里之内，并无人烟。商如大吃一惊，早就听说辽东地广人稀，却没想到竟然这么荒芜，便命快马稍事歇息，再往北打探。

两名快马一个沿着海边往北跑，跑了五百里，另一个沿着海边往南跑，跑了八百里，三天后回报说：各发现了一条河，北边那条河两边有城池，有守军，未敢靠近；南边那条河以南，有一座大城，人烟阜盛，异常繁华，也没敢靠近。

商如按照他们的描述，拿出地图一一对比，当下就明白了：北边那条河正是辽水，辽水以西是屠何城，辽水以东还有个襄平城；而南面那条河叫浿水，浿水以南正是平壤。作为孤竹国的大夫，商如与朝鲜交往多年，自然知道这个襄平是朝鲜旧都，而平壤是朝鲜新都。他拿着地图犹疑不决，现如今朝鲜的兵力都在屠何、襄平一带，平壤兵力空虚，若趁此良机直捣平壤，那么朝鲜可一战而成；但如果一时攻克不下，屠何、襄平之兵回援，自己就陷入腹背受敌的境地了。

他找刘铭和吴离来商量。刘铭道："范先生命我等夹击屠何，商大夫何以不听其命？"

商如道："所谓将在外，君命有所不受，为将者，当临机应变。先生屯兵于辽西，攻虽难进，守则有余，只等我等响应。如今我军已至朝军后方，若乘此攻其都城，则一战而朝鲜可定。所以不决者，只恐朝人顽守，我久攻不下，则屠何、襄平二城之兵必回援，至此则我军腹背受敌，故而犹疑不决，召二位将军商议，不知二位有何高见？"

刘铭道："我大军渡海而来，所携军需粮草有限，且前无接应之兵，后无粮草之援，孤军深入，利在速决。若延以时日，粮草尽时则军心必乱。"

吴离道："直捣平壤虽可一战而立千古奇功，然风险极大，稍有不慎，则满盘皆输；回击屠何，有范先生在西侧应，胜算却大。以末将之见，不如求稳，否则先生数月心血付之一炬，我等岂非铸成大错！"

商如点头道："既如此，就依二位将军之言，即日拔营北上，突袭屠何！"

第二日，大军浩浩荡荡向北进发。商如从笼中取出一只鸽子，用绢布写下"以五日为期，夹击屠何"字样，将其绑在鸽子腿上，放飞于空。鸽子在天空盘旋了一圈，便向西飞去，消失在云层之中。

范缨当晚收到飞鸽传书，立即点兵，从渝关出发，向屠何进军。

商如沿海而行，日夜兼程，行了两日，到一处，就地扎营，四周山民闻风而逃。军需官上报：所携军粮只够维持三天。商如放眼望去，隆冬季节，关外一片萧条，四周人烟稀少，仅有的几户山民逃走后，家里也是携带一空，哪里还能找到粮食，便道："三日足够，屠何城中粮草满仓，就等我军前往取来！"

歇了一宿，他又命大军日夜兼程。又走了两天，众人终于看到辽河。

商如命吴离到附近征调民船，命大军偃旗息鼓，西渡辽河。刘铭道："须防敌军突袭，是否派先锋快马四处侦察再行渡河？"

商如道："朝人绝想不到其腹地会有燕国军队，速速渡河，迟则晚矣！"

果然，位于辽水上游的襄平城发现有一支大军正在下游渡河，不知是何方军队，便报告给了守襄平的康修、鲁启。康修一愣，道："隆冬季节，何来大军！莫非国君又遣大军增援屠何？"

鲁启道："如今平壤城中所剩兵马有限，何来大军！莫非是燕人前来？"

康修道："将军何以说笑！屠何有景松、琴尚二位将军把守，燕人纵是插翅，也难度我边关。"

两人争论不休，只好再派人出去打探，等打探清楚，商如早已率领大军向屠何去了。康修要起兵追击，鲁启道："你我守城有责，若非国君有令，万不可擅离职守。今且先修书与国君，听候军令。"

康修只好作罢，让鲁启修书向箕洪汇报军情，等候命令。

商如到了屠何，就地下寨，切断了屠何的取粮汲水之道，俟日攻城。屠何城中一片慌乱。那边范缨也到了，两军会合，拔去了屠何城附近的几座营寨，只用了一天，便将屠何城团团围住了。

　　景松没想到燕人来势汹汹，一下子就将自己围困在城里了。到现在他也想不明白，燕人是怎么从后方攻来的，让他猝不及防。琴尚建议道："如今我军被困，唯有率一支劲旅突围，向襄平城求救。"

　　景松道："燕人本是从襄平方向而来，如今我军被困，襄平必然知晓，将军暂且忍耐，襄平援军不日便至。"于是下令紧闭城门，严加防守。

　　可是他们等了四五日，也不见襄平发来救兵。这边范缨命商如守住屠何城东边，防止敌军逃窜，一面加紧攻城。屠何城高水深，一时难以攻下，死伤无数。陆焉谏言道："敌军已被我军围困，不消十日，其粮必尽，粮尽则必有变。我军不妨围而不攻，待敌军有变之时，趁机取事。"

　　范缨道："屠何被困，不过一时之事，久则襄平援兵必至，我军利在速决，若待敌军援兵赶来，攻城便是无望。"

　　许晋道："我军连日攻城，无有尺寸之功，反而损兵折将，士气低落，如此下去，只恐我军深陷于此，损伤不计其数。"

　　范缨只好道："如此也罢，自明日起，暂停攻城，二位将军于城下叫阵，或有所获。"

　　两人遵命，第二天开始，轮番到屠何城下叫阵，可景松、琴尚就是不出城迎战。两人没办法，只好回禀范缨："我等连番叫阵，敌军高悬免战牌，拒不出战，如之奈何？"

　　范缨笑道："不妨事，军士已歇息两日，明日可再行攻城。"

　　第二天，燕军备好攻城车、投石车、云梯等一应物什，开始攻城。范缨亲自督战，陆焉、许晋身先士卒，率先登城，一阵砍杀。另一边，东门防守薄弱，地界也比西边开阔，燕国一万兵马齐上阵，商如已率刘铭、吴离攻破了东门。东门一破，朝军已无战心，溃守城中。商如率军一路掩杀，直至西门，大开城门，范缨麾军而入。

　　双方在城中厮杀了两个时辰，朝军死伤不计其数。景松、琴尚带着百十来人向西逃窜而去，其余的朝军全部投降。

　　范缨占领屠何城后，一面派人往国中催运粮草，一面整肃三军，准备再接再厉，攻打襄平。

景松、琴尚刚刚跑到襄平，惊魂未定，就听说燕军已经铺天盖地向东而来。两人一商量，又趁机逃出城，直奔平壤而去。

康修和鲁启刚刚收到箕洪的书信，命他二人驰援屠何。如今屠何已失，二人也不知如何是好。屠何城依山傍水，尚且不能抵挡燕人的攻势，何况襄平四周一马平川。若是燕人围城，襄平城里的兵马就是插翅也难飞。于是两人一商量，各自领兵出城迎敌，抵挡了一阵子，不敌，便向南逃窜，说是去回守平壤。

燕军不费吹灰之力就夺取了襄平。

箕洪听说自己转眼之间就失了辽水两岸，大惊失色，也不好责怪四人，只好重新调拨兵马，命四人依浿水两岸扎营，拱卫平壤。

范缨没想到入朝之后打得这么顺利，在襄平城停驻数日，犒赏三军，大宴将士。陆焉道："如今我军连得两城，辽水以西尽归我燕国所有，先生何不乘胜追击，直取平壤？"

范缨道："取平壤乃早晚之事。我军连日长途跋涉，甚是辛苦，此辽水之滨，正是休整之地，可令军士好生休养几日。待士气高涨之时，我军一鼓作气，直下平壤，岂不更妙！"陆焉连连称是。

范缨在襄平歇了半个月，粮草车马齐备，就准备南下去取平壤了。

大军往南走了不过十来里路，便进入一片山地，车马难行，林木障路。前方的车马停了下来，后面的不知何故，催促赶路，一时人马杂沓，乱成一片。范缨命快马前去察看，路窄马不能迈蹄，去了半晌也不见回来。范缨抬头向四周看了看地形，山高谷深，正是伏兵藏身的绝好场所，当下心里一惊，叫道："不好！"

话音未落，两边山林之中羽箭纷飞，燕军顿时混乱不堪，于慌乱之中往回逃窜。范缨无奈退回襄平，一点校人马，死伤过千。范缨痛惜不已，只好命各军先回营歇息，救治伤兵。

过了一日，范缨召众将到城府中议事，商量如何取朝。陆焉道："据末将探知，自襄平至平壤一路山高水险，无有平地，我中原战车驷马并驱，绝难通行，不如弃车马而徒步行军，可至平壤。"

范缨道："车马既可作战，亦可运粮，若使我军士皆为步卒，纵使弃车马而战，然粮草辎重如何运抵？"

陆焉道："可令军士肩挑手扛，翻山越岭亦不在话下。"

范缨道："粮草可肩挑，云梯可手抬，然攻城车、投石车又如何前行？"

众人不说话。这时商如道："末将自辽东登陆之时，见沿海之地皆平坦，可行兵车，亦可走投石车。先生不妨考虑，是否可以沿海绕道而行，迂回至平壤？"

范缨拿出地图看了看，道："平壤也在沿海，商大夫此言倒是有理。只是如此绕行，路程远了数倍，劳师远征，只怕我等到了平壤，军士早已毫无斗志。"

众人你一言我一语，争论不下，也没说出个所以然来，只好散会。

当晚，范缨独自步出门外，来到院中散步，天干物燥，北风凛冽，他当下心中忽然有了一计，便回房休息去了。

第二天，范缨重整大军，命许晋为先锋，一路举火，焚烧山林。这里的山林虽多为松柏，冬夏常青，但地上已积了厚厚一层松针柏叶，点火就着。许晋在前面放火开路，范缨领大军随后。商如前后察看了一遍，见范缨只带了兵车、粮草辎重，并无云梯、攻城车等大型器械，便道："若我军兵临平壤城下，先生打算何以攻城？"

范缨道："此地四处古木参天，伐木为梯，可以攻城。"

商如不得不佩服，道："先生之智，我等不及也！"

景松原本在燕军南下的山路上埋伏了不少弓箭手，只等燕军进入，便沿途骚扰，没想到范缨想出个放火烧山的法子，自己的伏兵也藏不住了，只好一路退回到浿水河畔。

这一次，范缨倒是一路无阻，只用了五天时间，便兵至浿水河畔，依山下寨，与朝军隔水相望。浿水与平壤，不过百余里路程，若过浿水，平壤便唾手可得。

第四十章 麒麟故事

箕洪听说燕军已到了浿水，急得团团转，忙召众臣商议。众大臣你一言，我一语，有劝降的，有主战的，莫衷一是。箕洪无奈，只好密召景松、琴尚、康修、鲁启回平壤商议，道："诸臣久离中原，不知燕人底细，主战主降，莫衷一是，寡人也甚是为难。四位将军与燕人交战已有半载，燕人或强或弱，四位心知肚明，若我军力战，胜算几何？"

四人都默不作声。箕洪道："四位爱卿败于燕人，寡人深知非四位无能，实乃燕人过强，我军不敌，非诸卿之过。今燕人大军近在咫尺，若不早日决断，恐悔之晚矣！想我先祖自箕子始，历尽艰辛，千里迢迢，到此蛮荒之地，筚路蓝缕，以启山林，方有今日之疆土。如今转瞬之间，半数被燕人夺去。今日寡人若就此失国，九泉之下如何面见列祖列宗！"

四人这才齐齐跪下，道："我等世代为箕氏效力，今连遭败绩，实有负国君厚托。今为我朝鲜江山计，国君不如率众以降，或可保全社稷。"

箕洪长叹一声，眼中满是泪水，将四人一一扶起，道："寡人命你等立即回营，遣使与燕人交涉，我朝鲜可降，然只可降于周，不降于燕，周虽无道，然代商而立，终为天子，燕国不过一诸侯尔，此其一；其二，一旦和约缔结，燕军当即退回，不可越浿水一步。燕人若应此二则，寡人愿奉美女十人、珠玉两箱。"说罢，挥泪而去。

四人回到浿水南岸的大营，派了两名使者北渡浿水，将箕洪的意思传达给范缨。范缨一听，拍案而起，怒道："岂有此理！我大军已深入朝境千里，箕氏竟如此愚顽！"

他正想一不做二不休，率兵灭朝，永绝后患，这时帐外快马报："国君八百里加急文书！"

范缨接过文书一看，立即不作声了，吩咐好生款待使者，回朝后告诉箕洪：

第四十章 麒麟故事 · 329

"容三思！"

等使者走后，陆焉道："先生，我等千里跋涉，死伤将士无数，眼看已至平壤城下，岂能因箕洪一句话而折返，前功尽弃？"

范缨叹道："依老夫之意，何尝不想一鼓平定辽东，永绝后患！只是——"范缨看了看手中的书信。

商如道："莫非国君令我等班师？"

范缨点点头，道："正是，国中有难，国君命我等速回！"

范缨将书信传给众将看，原来燕成在信中道：

燕成顿首拜先生门下：先生远征辽东，捷报频传，劳苦功高。然近日边境探报，天子将率六师征讨我国，我国危在旦夕。先生见书，速班师回国，商讨对策，万勿耽延，切记！

范缨待众将看完，道："王师远来，国有大难。如今燕国兵马，皆掌于我等之手，国中空虚，当速班师，以备不测！"

商如道："然则与朝鲜议和之事，当如何处置？"

范缨道："为今之计，唯有权且允之。"

商如道："如此更好。"

范缨道："此话怎讲？"

商如道："朝鲜之外，南有辰国、韩国，北有肃慎、扶余众多番邦。此数国，素来为朝鲜所欺，视之为敌。今我攻朝，众番邦小国弹冠相庆，谓我替其报仇。若灭朝鲜，我燕国取而代之，日久必为众矢之的，如此边关更为不稳。反倒不如与朝议和，令彼等视我为上国，庇护众番。"

范缨点头道："言之有理！"

第二天，范缨便召景松过河议和，设酒宴相待。席间，范缨道："我燕国远流重洋，倾举国之力东征，实为昔日尔国助孤竹一事。今大军到此，已兵临尔都，本应一举踏平朝鲜，尽纳辽东之地，因念箕子昔日之德，及今箕公之诚，寡君心怀仁慈，不忍绝箕氏宗庙，故大军就此止步，纳降尔国。"

景松战战兢兢，道："天军到此，我国自不量力，触犯尊颜，实为大过。今贵国肯许我条约，心怀感念。末将代寡君在此许诺，自今日起，朝鲜世代为燕国东方屏障，勿使诸戎相扰，贵国尽可南拓，辽水以东永无边患矣！"

宴罢，双方签约，和约规定：两国以浿水为界，自缔约之日起，永不相犯，朝鲜向周王纳贡称臣，另送燕国美女十名、珠玉两箱。

匆匆准备一番后，范缨只带了三个随从，轻车快马，先行回国，众将率大军随后，留下三千人马把守襄平、屠何二城。

范缨走到屠何之时，赶上天晚，于是歇了一宿。早上起来，发现天降大雪，心下感叹，这关外冬季来得快，雪也下得早，蓟城之中恐怕还没有这么冷吧。屠何城原本是朝鲜西边的门户，城高池深，又依山傍水，是一座比较富足的城池，但经过这一场战乱，到处都是断壁残垣，破房废舍。城中百姓流离失所的不少，不少流民在断壁下躲避风雪，沿街上更是乞丐成群。范缨从大街上走过，满脸愁容地回到馆驿，看见一只野猫从院中穿过，在墙角刨泥土里的树叶吃，沿路踩出一串梅花脚印。猫尚如此，何况人乎？范缨忙招来城中守将，命他开仓赈济灾民。守将道："城中粮草无多，若赈济灾民，恐军需不足。"

范缨道："待老夫回到蓟城，定帮你筹措粮草。若待城中百姓都饿死，明年这里将一片荒芜。"守将领命而去。

安排好屠何的事，范缨不敢多作停留，立即启程。

从屠何到渝关，沿途荒无人烟，范缨备足了干粮，打算一口气赶回蓟城。可他刚到渝关，因为连日来积劳成疾，就病倒了，只好在渝关休养。

渝关本是个新修的军事关隘，条件有限，并不是个养病的地方，范缨刚歇了一天，感觉无益于养病，加上燕成又来函相催，不得已只好起身出发，三天后到了蓟都。

回到蓟都，范缨在家休息了一天，找来郎中看了病，吃了药，略感好转，就急忙入宫求见燕成。

燕成一见范缨，激动不已，道："寡人日日翘首以盼，今日终于得见先生！"

范缨拜道："蒙国君厚恩，老臣已平定辽水东西，只剩浿水以南独存，胜利在望，蒙国君召见，只好与朝鲜缔结和约，星夜回都。"

燕成的心思显然不在朝鲜上，道："朝鲜若不犯我，便是天幸。寡人急召先生回国，实乃天大之事，非先生不能决断。"

　　范缨道："国君书中只言天子欲率军伐我，未知其详，可确有此事？或许边关误报？"

　　燕成道："并非误报，先生归国之时，寡人已收到天子降下的讨罪书，先生可细看！"

　　范缨从燕成手中接过一卷竹简，展开一看，上面写着：

　　予自即位以来，敬天安民，四海之内，莫不仰服，九州之土，泰然相与。然诸侯之中，仍有不尊礼法者，予身为天下之主，当为天下苍生讨之，以彰祖宗之法，以遵周公之礼。今燕氏名成者，目无礼法，凡罪有三：其一，弑君自立，是为篡逆；其二，擅杀国卿，蔑视王庭；其三，与戎狄结盟，寻衅诸侯，有违祖制。燕国虽居北荒，然身为召公之后，当为诸侯表率，广施仁义，谨遵周礼。然公倒行逆施，践踏周礼，目无王法。前车之鉴，公岂忘却麒麟台之事乎？公有此三罪，予当奉天讨之，王师所到之处，速自缚来降，以免生灵涂炭！

　　范缨看罢，道："兹事体大，国君明日可召众臣商议！"说罢，告辞出宫，急着回家吃药去了，留下一脸失望的燕成。

　　第二天，燕成召众臣上朝议事。燕成先将周王的讨罪书让内侍念给诸大臣听，然后道："众卿有何高见？"

　　众大臣面面相觑，一言不发。燕成急道："既是天子怪罪寡人一人，不如寡人明日自缚南下请罪，以免祸及众卿！"

　　范缨道："国君何出此言？立君之事，众臣皆有分，若论有罪，满朝文武皆有罪。天子非怪罪国君一人，实乃怪罪你我君臣众人。"

　　燕成吁了一口气，道："以先生之见，此事当如何处之？"

　　范缨道："自缚请降自然不妥，如此国君岂非自认有罪！燕国远离王庭，消息传递极为不便，也多有讹传。天子之所以怪罪国君，当为谗言所惑，实不知燕泽为弑君自立。"

燕成又拿起书信细细看了看，道："先生言之有理，只是——书中所言麒麟台是何物？"

范缨道："国君有所不知，这麒麟台实为麒麟冢，位于鲁国西境大野泽之滨。周敬王三十九年（前481），鲁哀公狩于大野，叔孙氏家臣鉏商获一兽，鹿身、牛尾、马蹄，头上有一肉角，怪而杀之。孔子叹曰'仁兽，麟也，孰为来哉？'使弟子埋之，是为麒麟冢。后周公忌秉政，王室中兴，诸侯之中仍有不服周王号令者，或自相攻伐，或弑君而立，或驱逐世卿。周公率王师伐之，所到之处，无不臣服，凡有罪者皆缚而回国，因念其先祖之德而不忍杀之，遂交由鲁侯看管。鲁侯于麒麟冢广筑石室，囚而禁之，名为麒麟台。凡百余年间，囚禁于麒麟台中的已有八位诸侯。"

燕成不由叹道："莫非天子要让寡人当这第九位！"

蒙毅道："麒麟乃何等吉祥之物，何以用来囚禁罪人？"

范缨道："或许鲁侯念诸犯皆非庸庸之辈，实有麒麟之才，惜之有违周礼，有悖王法。"

华当道："周公乃王朝卿士，所获人犯何以交由鲁侯看管？"

范缨道："昔日天下初定之时，武王封周公旦于鲁，周公因辅政难以脱身，便遣其长子至鲁地建国。鲁国实为周公之封国，故而周公所获人犯，交由鲁国看管，合情合理。"

燕成道："麒麟台既已囚禁过八位诸侯，当时必定震动天下，为何我等多年来却从未听闻此事？"

范缨道："周公忌过世之后，王室又一度暗弱，诸侯竞相侵伐，竟将此事忘却。当今天子新立，正是血气方刚之时，欲有所作为，仿效先贤故事，故而重提麒麟台之事，以此告诫天下诸侯，当洁身自好，听王号令。"

燕成道："先生所言有理。只是寡人尚有一事不明，寡人即位至今，略有一年，为何天子此时才想起讨伐寡人？即便我燕国地处偏远，消息闭塞，也不至于此。"

这时吴通站出来道："臣为使数十年，几度出入洛阳，于王城结下数位好友，恰逢前几日有友人来信提及此事。据其信中所言，此番王师伐我，一为晋国从中怂恿，一为齐国上告天子，言我罪状。臣闻晋侯也为新立之君，落难之时曾与燕泽交好，听闻燕泽被诛，心怀不忿，欲借王师以泄私愤。而齐国新近吃我败仗，怀恨在心，一时又不敢伐我，故欲借天子之威以惩治我国。"

燕成道："齐国之事，本在情理之中。晋侯与燕泽交好之事，寡人却未曾听说，先生可知此事？"

范缨摇头："老臣不知。"

华当道："此事臣略有所闻。昔日晋侯为公子之时，曾落难于匈奴，后逃至我国，为边关守将抓获，征为民夫，修筑关隘。后燕泽检视边关，结识此人，并助此人归国。不久晋君薨，此人即位，因感念燕泽之恩，曾遣使至我国向燕泽致谢。当时臣正镇守国都，告知使者燕泽伏罪被诛。使者听闻后，便转回晋国，再无下文。"

燕成顿时明白了，道："原来如此！此事既由齐、晋二国而起，又仗天子威仪，如今八方震动，我燕国羸弱之国，当奈之如何？"

范缨道："为今之计，国君可一面致书天子，道明原委，以求天子谅解；一面整修军备，以逸待劳，准备一战。"

燕成大惊道："先生莫非要寡人仿效郑庄公，与天子一战？如此大逆不道之事，岂能为之！"

范缨道："国君可先致书天子，如实禀明原委，天子若谅解，赦国君之罪，则万事大吉；若不能，除非束手就擒，否则唯有一战。"

燕成道："天子威仪，所到之处，军民无不膜拜。以我燕国寡陋之人，若见天颜，唯有伏首跪拜，如何敢挺身一战？"

范缨道："以老臣之见，此事既由晋国而起，其军必居先锋，天子在中军，国君可结三军之力击退晋军。晋军若败，天子闻之，自当止步不前。彼时国君再向天子请罪，道明原委，天子或可听之。"

燕成终觉不妥，无论如何，与天子交战终究是大逆不道的事，于是转向其他大臣，道："众卿还有何高见？"

众大臣心里支持范缨的意见，但见燕成不听，也不敢说什么。燕成叹道："满朝文武，竟想不出个万全之策！"

范缨道："国君所虑，老臣自知。当下要紧之事乃修整军备，战与不战，总无坏处。"

燕成道："纵使一战，晋强我弱，岂非自取其辱？"

范缨道："晋国虽强，然此次随天子出征，岂敢倾举国之兵？天子出三军，晋国何敢出六军？以老臣度之，晋国出一军足矣，以我举国之兵战晋国一军之兵，何愁不胜！"

燕成道："我军连年作战，至今仍在归国途中，早已疲惫不堪，以疲惫之军如何抵挡晋国虎狼之师？"

范缨道："国君忘却燕国尚有一支虎狼之师耶？"

燕成道："此番出征，我燕国已倾举国之力，何来虎狼之师？"

范缨提醒道："虎贲营，国君花费多年心血，今日正是用兵之时！"

燕成猛然醒悟，道："寡人果真忘却，若有虎贲营，与晋军作战倒是胜券在握，只是——"

范缨道："老臣有二事相请，请国君允之。至于是否与王师一战，国君可三思而行。"

燕成道："先生请讲！"

范缨道："其一，急令陆焉、刘铭率军星夜兼程回国；其二，速召虎贲营进都，以备不时之需。"

燕成道："准奏！"

三天之后，陆焉、刘铭已率领大军回国，仍驻北大营。范缨令其加紧休整，以备战事。同时，范缨又令赵贲、杨路率虎贲营驻扎在蓟城以南，以防晋军来犯。

又过了两天，前方探马来报，天子已率三军浩浩荡荡而来，借道晋国，不日将抵达紫荆关，其中周王自领三军居中，郑军为左师，齐军为右师。晋军自为先锋，不过兵车七百乘，合五千兵马，已抵达紫荆关，只等天子一声号令，便出关攻燕。

燕成又急召众臣商议。大军压境，众大夫一致主战，理由是："士可杀不可辱！天子不问是非，听信谗言，以王师伐我，理亏在王不在我。今我先击退晋军，挫其锐气，待王师至，或战或降，再作计较。"

燕成道："众卿为寡人免做麒麟台之囚，甘冒天下之大不韪，寡人又何辞为！"

于是燕成调拨三军和虎贲营三千骑士南下。

正是一年最冷的隆冬季节，西风猎猎，黑云压城，一场大战即将拉开序幕。

一个月后，燕成被周天子囚禁于麒麟台，天下震动。

（未完待续……）